从地球到月球

De la Terre à la Lune

儒勒·凡尔纳 著
陈筱卿 译

江苏凤凰文艺出版社
JIANGSU PHOENIX LITERATURE AND ART PUBLISHING, LTD

目 录

环绕月球 / 159

从地球到月球

第一章　枪炮俱乐部

美国南北战争期间，马里兰中部的巴尔的摩城成立了一个颇具影响的俱乐部。大家都知道那些船主、商贾和机械师们的军事才能得到了多么大的发挥和展现。一些普普通通的人，没有经过西点的任何训练，便摇身一变成了上尉、上校或将军。很快，他们在“军事成就”方面便与他们欧洲大陆的同行们并驾齐驱，不相上下了。同那些人一样，这些人凭借大量的炮弹、金钱和人力取得了一些胜利。

但是，在弹道科学方面，美国人却远远超过欧洲人。这并不是说他们的武器达到了一个更完美的程度，而是指他们的武器体积极大，因此射程极远。就平射、俯射、直射、斜射、纵射、反射而言，英国人、法国人、普鲁士人的技术均已达到几近完美的程度，但是他们的大炮、榴弹炮、迫击炮与美国的巨型大炮相比就小巫见大巫，如同一把小手枪一般了。

对此，无人感到惊讶。如同意大利人深谙音乐，德国人擅长玄学一样，美国北佬①——这些世界最早的技师们——是天生的工程师。因此，看到他们在弹道

① 美国北佬：是指美国南北战争时期的北派。

科学方面大胆地运用其聪明才智也就不足为奇了。而这些巨型大炮虽然远不如缝纫机那么实用，但也还是令人惊讶、钦羡不已的。大家知道，在这一方面，帕罗特、达尔格林、罗德曼等功不可没。所以，“阿姆斯特隆”“帕利塞”和博利厄的“特勒伊”等大炮在它们大洋彼岸的对手面前只好甘拜下风，俯首称臣了。

因此，那场在北派和南派之间发生的可怕的战争中，炮兵占据了明显的优势地位；合众国的报纸大肆地颂扬他们的创造发明，以至于连小商小贩和街头小混混也没日没夜地绞尽脑汁在计算一些不着边际的弹道轨迹。

每当一个美国人有了一个想法，他就会寻找另一个美国人来商讨这个想法，而一旦有了三个人，那他们就会选出一个主席和两个秘书来。等有了第四个人时，他们就任命一个资料保管员，办公室便开始运作了。等有了五个人时，他们便召开全体大会，俱乐部就宣告成立。巴尔的摩城的俱乐部就是这种情况。第一个设计新型大炮者与第一个铸造该大炮以及第一个为之打孔的人相互合作。他们三人便成为枪炮俱乐部（又称“大炮俱乐部”）的核心。俱乐部成立一个月后，拥有正式会员一千八百三十三人，通信会员三万零五百七十五人。

但凡参加该俱乐部者都必须具备一个条件，亦即设计过或至少是改良过一门大炮；如果没有设计或改良过大炮，那么设计或改良过任何一种火器也可。不过，说实在的，那些设计过十五响左轮手枪、轮盘式卡宾枪或刀式手枪者并不太受推崇，而大炮发明家则在各个方面都胜前者一筹。

“他们所受到的敬重，”有一天，枪炮俱乐部最资深的演说家中的一位说道，“是与他们的大炮的大小成正比的，而且与其炮弹‘射程的面积’相关！”

这可以说是牛顿的万有引力定律在精神层面上的运用。

人们很容易想象得出，枪炮俱乐部成立之后，美国人的创造才能在这一方面产生了多大的效果。战火中的炮弹体积庞大，而且射程超出现有距离，能够将平民百姓炸得血肉横飞。所有这些发明将欧洲那些可怜兮兮的武器装备远远地抛到了后面。从下面的数据便可以判断出来。

从前，在“美好的年代”，一枚三十六磅的炮弹在三百英尺开外可以击中三十六匹马和六十八个人。那是炮弹技术研发的起步期。此后，炮弹技术在向前发展。罗德曼炮可以把一枚重半吨的炮弹发射到七英里远处，且能轻易地炸死一百五十匹马和三百个人。枪炮俱乐部甚至考虑要对此做一次正式的试验。不过，如果说马匹不会反对这种实验的话，那么要想找到愿意作为试验品的人就难上加难了。

总之，这些大炮具有巨大的杀伤力，每一次发射，士兵们都会像被镰刀割下的麦子似的纷纷倒地。1587年，一枚威力巨大的炮弹在古特拉斯炸死二十五名士兵；1758年，在左尔多夫，另一枚炮弹炸死了四十名步兵；1742年，那门奥地利的凯塞尔多夫大炮，每一枚炮弹都能炸死七十个敌人。但是，与罗德曼炮相比，它们又算得了什么呢？那些决定战役成败的易埃纳[①]或奥斯特里茨[②]的惊人的大炮又算得了什么呢？我们还见过其他许许多多的南北战争期间的大炮！在格梯斯堡[③]的战斗中，由一门滑膛炮发射的一枚锥形炮弹打死了一百七十三名南军士兵；而在波多马克河[④]渡口，一枚罗德曼炮弹竟将两百一十五名南军士兵送往一个显然更美好的世界去了。这里还必须提到一种非常可怕的迫击炮，是由枪炮俱乐部杰出会员和终身秘书J.-T.马斯顿发明的，其杀伤力更大，试炮时就一炮打死了三百三十七人——真的是轰然一声巨响，无数生命化成灰烬!

这么多令人信服感佩的数字，还不足以让我们心悦诚服吗？同样，我们也完全赞同统计学家皮特凯恩所进行的下面的推算：他用枪炮俱乐部会员的人数除以被炮弹炸死的人数，竟然发现前者每个人“平均”杀死了两千三百七十五人还多一点儿。

从这一数字可以明显地看出，这个学者团体唯一关注的是为了一个博爱的目的而毁灭人类，并不断改进被他们视作文明工具的战争武器。

这是一个“死亡天使”组织，都是世界上最杰出的人才。

必须补充一句，这帮天不怕地不怕的美国佬，并不是纸上谈兵，而是身体力行，不怕牺牲自己的生命。他们中间有各种军阶的军官，有中尉，有将军，有年

---

① 易埃纳，德国东部城市。

② 奥斯特里茨，捷克地名。拿破仑在此大胜亚历山大一世和弗朗索瓦二世统率的普俄联军。

③ 格梯斯堡，美国宾夕法尼亚州小城。南北战争期间，联军在此大胜南军。

④ 波多马克河，美国东北部河流，全长六百四十公里。

龄大小不一的军人，有刚入伍不久的新兵，也有老死在炮位上的老兵。许多人都战死在了疆场，他们的名字被留在枪炮俱乐部的光荣簿上，而大多数幸存者都是带有明显的表明其勇敢无畏的标记载誉归来的人。拐杖、假腿、假臂、假手、橡胶下颌、银嵌头骨、铂金鼻子，简直应有尽有。前面所提及的那位皮特凯恩也做过统计，在枪炮俱乐部里，四个人加起来顶多只有一条胳膊，而六个人则仅有两条腿。

不过，这些勇敢的炮兵对死亡和伤残并不在意，而且，每当有关一场大战的报告说敌人死亡人数大大地超过他们所发射的炮弹数量时，他们便会情不自禁地感到自豪。

可是，有一天，那是悲伤而凄凉的一天：战争的幸存者们签署了停战协定；隆隆炮声渐渐停息；迫击炮哑然无语；榴弹炮长期缄默无言；大炮垂头丧气地返回武器库；炮弹码放在露天仓库中；腥风血雨的记忆逐渐淡去；棉花在施了大量肥料的棉田里茁壮生长；丧服因痛苦已不复存在而无须穿戴；枪炮俱乐部深陷于极度的无所事事之中。

某些永不言弃的顽强者仍在进行着弹道的研究，他们仍在梦想着制造出一些巨型炸弹和无出其右的炮弹。但是，若无法实践，那些空洞的理论又有何用？这么一来，大厅空无一人；仆人们在过厅里打盹儿；报纸放在桌子上发霉；昏暗的角落里传来阵阵忧伤的呼噜声；往日里大声叫嚷的枪炮俱乐部的会员们现在被那丧气的和平弄得默然无语，沉浸在柏拉图式的梦幻之中。

“真丧气，”一天晚上，正直的汤姆·亨特两条假腿对着吸烟室的壁炉，边烤火边说道，“毫无办法！毫无希望！好让人心烦的日子！每天清晨欢快的炮声唤醒大家的日子哪里去了？”

“那种日子已不复存在了，”乐呵呵的比尔斯比一边试图伸伸他那两条已不存在了的胳膊，一边回答道，“那时候，可真开心呀！我们设计炮弹，一铸造好，便跑去对准敌人试射。然后，带着谢尔曼[1]的鼓励或麦克莱兰[2]的祝贺返回军营。可是，如今，将军们全都解甲归田，不再弄枪动炮，而是去侍弄他们那没有攻击力的棉桃了！啊！圣母巴比[3]！”

“是呀，比尔斯比，”布洛姆斯贝瑞上校大声说道，“真让人心灰意冷啊！想当初，我们抛弃了平静的生活，摆弄起刀枪，离开巴尔的摩，奔赴疆场，英勇杀敌，可是两三年之后，却不得不撇弃辛劳成果，游手好闲，无所事事，好不悲哀！”

虽然是这么说，但是英勇的上校可不情愿就这么无聊地闲荡，他很清楚自己还是有事可干的。

“看来没有什么仗可打了！”大名鼎鼎的J.-T.马斯顿一边用铁钩手挠着他那古塔橡胶修补的脑壳一边说道，“远方没有一丝战争阴云，可现在大炮科学正是大有作为的时候呀！我跟你们说吧，今天早上，我弄好了一份图纸，是关于能够改变战争规律的迫击炮的，还附有平面图、剖面图和正视图！”

“是吗？”汤姆·亨特一边应声一边情不自禁地回想起尊敬的J.-T.马斯顿上一次的试验来。

“是呀，”J.-T.马斯顿回答道，“可是，研究了那么久，效果又那么好，而且还克服了重重的困难，又有什么用呀？这不是白白地浪费时间和精力吗？‘新大陆’的人民好像商量好了要和平地生活，就连我们那好战的《论坛报》[4]都在预测因人口的骤增将导致的灾难了！”

“不过，马斯顿，”布洛姆斯贝瑞上校又说道，“在欧洲，人们仍在为维护民族自治而奋斗哪！”

“那又能怎样呀？”

“又能怎样？说不定在那儿可以尝试点儿什么。如果他们想要我们效力的

① 威廉·特库姆塞·谢尔曼（1820—1891），美国将军。

② 乔治·布林登·麦克莱兰（1826—1885），美国将军。

③ 圣母巴比，西方神话中的圣母，炮手、工兵和消防员的保护神，12月4日为其节日。

④ 《论坛报》，当时合众国最激进的主张废除奴隶制的报纸。——原注

话……”

“您真的这么认为？”比尔斯比大声说道，“为外国人搞弹道学！”

“总比什么也不干的好。”上校回答道。

“那倒是，”J.-T.马斯顿说，“好倒是好，不过，这只是权宜之计，不应该考虑。”

“为什么呀？”上校问道。

“因为在欧洲大陆，他们对于晋升的一些看法与我们美国所有的传统观念大相径庭。他们那种人想象不出没有当过少尉就能当上将军，也就是说，他们认为不亲手铸炮的人就不能成为一个神炮手！而这只不过是……”

“荒谬至极！”汤姆·亨特一边用宽背刀划着扶手椅的扶手一边反驳道，“这么说来，我们只好去种烟草或去熬鲸鱼油了！”

“怎么！”J.-T.马斯顿扯起嗓门儿大声吼道，“难道我们下半生就不再去研究武器的改进了？我们就不去找机会来试验我们大炮的射程了？天空就不再被我们的炮火照亮了？就再也不会出现国际矛盾让我们向大洋彼岸的某个强国宣战了？法国人将不会击沉我们的任何船只，英国人也不再会蔑视人权绞死我们的国民了？”

“对，马斯顿，”布洛姆斯贝瑞上校回答道，“我们不会有这种运气了！没有了！根本就没有了！而且，就算有这种机会，我们可能也利用不上了！美国人的火气日益消退了，我们成了受气包了！”

“是呀，我们在自取其辱！”比尔斯比回应道。

“也是别人在侮辱我们！”汤姆·亨特气哼哼地说。

“太对了，”J.-T.马斯顿又激奋地说道，“世界上有成千上万个打仗的理由，可他们就是不打！人们不想丢胳膊掉腿，而这正对那些不会打仗的人的心思！喏，用不着跑老远去找什么打仗的由头，北美从前不就是隶属于英国人的吗？”

“那倒是。”汤姆·亨特用他的拐杖狠狠地捅了捅炉火，回应道。

“对呀！”J.-T.马斯顿又说，“为什么就不能轮到英国隶属于美国呢？”

“这样才叫公平呀。”布洛姆斯贝瑞上校说道。

“去向美国总统建议吧，”J.-T.马斯顿嚷嚷道，“看他会怎么对待咱们！”

“他是不会给我们好脸色的。”比尔斯比用他那战争中幸存的只有四颗牙齿的嘴嘟嘟囔囔地说。

“看着吧，”J.-T. 马斯顿叫嚷道，“今后选举时，他就甭想我投他的票了。”

“也别指望我们投他了。”这些好战的残疾人异口同声地应声道。

“现在，”J.-T. 马斯顿说，“总而言之，如果不给我提供在战场上试验我的新式迫击炮的机会，我就退出枪炮俱乐部，到阿肯色州的萨王纳稀树草原中去隐居！”

“我们跟您一起去。”勇敢的J.-T. 马斯顿的同伴们一致回答说。

众人说到这里，情绪越来越激昂，俱乐部面临散伙的危险。但就在第二天，一件意想不到的事情阻止了这一不幸的灾难的发生。

就在他们这次交谈后的第二天，圈中的每一个人都收到了一份通知，上面写着：

作为枪炮俱乐部的主席，我荣幸地通知诸位，在本月5日的会议上，我将宣布一个大家极感兴趣的消息。因此，我请求大家拨冗莅临。

顺致诚挚的敬意！

枪炮俱乐部主席　因比·巴比凯恩

于巴尔的摩

第二章　巴比凯恩的报告

10月5日晚8点，联合街心公园二十一号枪炮俱乐部所有的厅堂里挤满了人。住在巴尔的摩的所有会员应主席之邀，全都参加了会议。至于通信会员，有数百人之多，全都搭乘快车涌入该城。尽管会议厅很大，但这些科学家仍然无法觅得一个座位，因此只好挤到隔壁的厅室里，或待在走廊尽头，甚至站到庭院中去。庭院门口站着一群群的普通民众，人人都试图挤到院门前。他们彼此拥来挤去，互不相让，急切地想听到巴比凯恩主席的重要报告，因为他们都受到自治政府的教育的影响，采取的正是他们那种独特的自由方式。

那天晚上，一个待在当地的外地人，即使出再高的价钱也无法获准进入会议大厅。因为会议大厅是专供当地会员或通信会员进入的，其他各色人等均不得入内。甚至该城的名流、民选的市政官员也不例外，他们不得不挤在市民中间，竖起耳朵来听大厅里传来的报告声。

作为会议现场，这个宽敞的大厅呈现出了一种奇怪的景象。宽大的会场与其用途相得益彰。高大的柱子是用大炮码放成的，基座则是粗大的迫击炮；这些柱子支撑着穹顶上精美的铁架，那是一些用冲头冲制成的铸铁花边。墙上陈列着老式短铳、老式火枪、喇叭口火枪、卡宾枪等各种各样的旧式的和新式的火器，错落有致，蔚为壮观。由上千支手枪拼成的一只只枝形吊灯用煤气点燃，光照大厅。同时，用手枪组成的多枝烛台和用步枪捆成束组成的大烛台燃起，让大厅更加灯火辉煌。还有大炮模型、青铜炮样品、被子弹打成千疮百孔的靶子、被俱乐部的大炮炮弹击碎的钢板、一套套送弹棍和炮膛刷、一排排炸弹、一圈圈火箭炮、一串串炮弹，总之，炮手的所有工具都摆放得十分醒目，不仅令人大开眼界，而且也让人在看到这些武器弹药时，更多地联想到的是装饰而非杀戮。

在荣誉展台上，可以看到一只漂亮的玻璃柜里放着一个被火药炸毁后破碎且扭曲了的炮栓，那是J.-T.马斯顿的大炮的珍贵残骸。

在大厅的尽头，俱乐部主席在四位秘书的陪同下，占了很大的一个地方。他的椅子高踞于一个雕花炮架上，整体看去，呈现出一门三十二寸[①]迫击炮的强大形象。椅子可以转动九十度，是装在转轴上的，主席因此可以像坐在转椅上似的左右转动，这在炎热天气中是很舒服的。在以六个大口径短炮身的海军大炮支撑着的宽大的铁皮办公桌上，可以看到一个精心雕刻的远程大口径火铳炮弹制成的别具一格的墨水瓶，以及一只形似手枪般的可以摇出当当响声的铃铛。在争论激烈时，这只新颖别致的铃铛勉勉强强地可以盖过情绪激动的炮手们的叫嚷声。

宽大的桌子前面摆放着一条条长凳——宛如防御工事的封锁壕，呈之字形排列，形成一座座碉堡和碉堡护墙——上面坐着枪炮俱乐部的全体会员。那天晚上，可以说“碉堡上坐满了人”。大家比较了解主席，知道没有严重的情况，他是不会惊扰他的同事们的。

巴比凯恩年已四十，他沉着、冷静、严肃刻苦、思维严谨、专注，犹如一台精密记时仪一般。他性格坚强，坚韧不拔，经得起各种考验，虽然缺少骑士风度，但却不失冒险精神。而且，即使是在最大胆的行动中，他也很注意实事求是。他是新英格兰的一位杰出之人，是北方殖民者，是斯图亚特人的灾星——寸头派[②]的后裔，是祖国旧时的骑兵，是南方绅士们不共戴天的敌人。总之，他是

---

① 此系法寸，为法国古长度单位，约合二十七点零七毫米。

② 寸头派，系17世纪，美国内战期间议会派的支持者，因全都剪短发而得名，是查理一世的支持者的对立面。

一个地地道道的美国佬。

巴比凯恩曾经营木材生意，大发其财；战争期间被委任为制炮业的主管，创造力极其丰富；他想法大胆，为大炮这种武器的发展作出了巨大的贡献，为试验大炮付出了无可比拟的精力。

此人中等身材，这在枪炮俱乐部的所有会员中是一个罕见的例外。他面部轮廓分明，好似角尺和直线笔勾画出来的一般。如果真的要猜测一个人的本性就必须看他的侧影的话，那么，从侧面看过去，巴比凯恩则显现出最明显的坚毅、大胆和冷静的特质。

此时此刻，他坐在扶手椅里一动不动、沉默不语、全神贯注，眼睛被一顶似乎是美国人常戴的黑锻圆形高顶礼帽遮住。

同事们在他身边大声地交谈着，可他却并未分心。他们在彼此询问，热切地设想着，同时也在打量着他们的主席，想从他那毫无表情的面部猜想出他脑子里在想些什么，但一无所获。

大厅里的钟当当地敲了八下时，巴比凯恩像身上装有弹簧似的突然站了起来。大厅里顿时鸦雀无声，演说家巴比凯恩便用一种略带夸张的声调说道："正直的同事们，很久以来，一种毫无意义的和平让我们枪炮俱乐部的会员们陷入恼人的无所事事之中。在战事中断之后，我们只好撇下我们的工作，在前进的路上戛然而止。我不害怕大声宣布——任何能让我们重新拿起武器的战争都是很受欢迎的……"

"对，战争！"急躁的J.-T. 马斯顿叫嚷道。

"别插话！好好听！"全场一片指责声。

"可是，"巴比凯恩说道，"在目前的形势下，发生战争是不可能的。无论刚才打断我的话的尊敬的先生怎么盼望，我们的大炮想在战场上怒吼起来，还将等待很长的岁月。因此，我们必须拿定主意，改变一下思路，以解决缠绕在我们心头的严重问题。"

全体听讲者都感觉到他们的主席就要谈及那个敏感的问题了，所以大家都竖起耳朵，注意听下去。

"几个月来，我正直的同事们，"巴比凯恩继续说道，"我一直在想，我们是不是可以在我们的专业领域搞点儿什么无愧于19世纪的伟大试验？我们是不是可以把弹道学的进步引向成功的目标？于是，我进行了研究、探索、计算，从而坚定了自己的信念，那就是我们将能够在一项任何其他国家似乎无法实现的事业中获得成功。这个计划我已拟出了很久，今天就要向大家公布。该计划无愧于诸位，无愧于枪炮俱乐部昔日的辉煌，它肯定会在全世界引起轰动！”

“引起轰动？”一位热衷于大炮的人大声嚷道。

“确实如此，绝非戏言。”巴比凯恩回答道。

“别打断主席！”好多人齐声喊道。

“请你们——我正直的同事们，”巴比凯恩继续说道，“集中精力听我说。”

全场的人都感到心情十分紧张。巴比凯恩动作麻利而坚定地戴好帽子，用平静的语气继续他的报告：“正直的同事们，你们中间没有任何人没见过月亮，起码没有谁没听说过它的。我在此跟你们谈论月亮，请你们不要感到惊讶。它也许能让我们成为这个未知世界的哥伦布。请大家理解我，竭尽全力帮助我，我将带领大家去征服它，让它的名字加入到组成我们这个伟大的合众国的三十六个州里来。”

“月亮万岁！”枪炮俱乐部的会员们齐声欢呼道。

“人们对月球进行过大量研究，”巴比凯恩继续说道，“它的质量、密度、重量、体积、结构、运行轨道、距地球的距离以及在太阳系中的作用等都完全被确定了。人们已经绘制出了月面图，即使不超过地面图，至少也与后者一样完美。所拍摄到的月球照片显示出这颗地球卫星美不胜收。总而言之，关于月亮，数学、天文学、地质学和光学所能告诉我们的，我们全都一清二楚了。但是，迄今为止，我们还从未与月球进行过直接联系。”

主席的这番话引起了与会者们强烈的兴趣。

“请允许我，”巴比凯恩继续说道，“简短地对大家回顾一下一些头脑发热、一门心思幻想着做月球旅行的人，是如何吹嘘已经探测到这颗地球卫星的秘密的。17世纪时，一位名叫大卫·法布里丘斯的人，大言不惭地说自己亲眼见到了月球上的居民。1649年，一位名叫让·博杜安的法国人发表了西班牙探险家多米尼克·贡萨雷斯的《月球旅行记》。同一时期，西拉诺·德·贝热拉克出版了一本月球游记，在法国获得巨大的成功。这之后，另一位名叫封特奈尔的法国人

（这些人都非常关注月球），写了一本名为《宇宙的多样性》的书，成为当时的一本名著。但是，发展中的科学却使这本书一下子丧失了其辉煌。1835年左右，根据《美国的纽约》翻译出版的一本小册子中叙述道‘被派往好望角搞天文学研究的约翰·赫歇尔[①]借助一架内部照明的天文望远镜把月球的距离缩短到了八十码[②]。因此，他有可能清晰地看到一些岩洞，里面有河马、金边镶嵌的青山、长着象牙角的绵羊、白色的狍子、长着类似蝙蝠膜翅的居民。’这本小册子[③]是一个名叫洛克的美国人的作品，获得很大的成功。但是很快，人们便发现这本小册子是科幻小说，法国人随即便对它嗤之以鼻，不屑一顾了。”

“敢对美国人嗤之以鼻！”J.-T.马斯顿叫嚷道，“这正是一个开战的理由！”

“您先别激动，我尊敬的朋友。法国人在嘲笑我们之前，先就被我们的那位同胞给糊弄了。在结束这个短短的回顾之前，我还想补充一点，鹿特丹的一位名叫汉斯·普法尔的人，钻进一只灌满从氮中提取的气体的气球中（这种气体比氢气要轻三十七倍），在飞行了十九天之后，到达了月球。这次飞行如同前面所讲的那些尝试一样，纯属幻想，但那却是美国深受读者欢迎的作家的作品，一位奇异的、爱幻想的天才的作品。他叫爱伦·坡[④]！”

“爱伦·坡万岁！”与会者们因为主席的演讲激动得大声呼喊道。

“这些我认为是纯文学性的探索我已经说完了，它们根本就无法达成与月球的真正联系。不过，我还要补充一句，有几位认真求实的人是试着与月球进行真正的联系的。比如，几年前，一位德国几何学家就建议派遣一个专家学者代表团前往西伯利亚大草原，在那辽阔的原野上，建起一些巨大的用反射灯光映现出的几何图形，其中包括法国人俗称的‘驴桥定理’的弦的正方形。这位几何学家说：‘但凡聪明的人都应该懂得这个图形的科学用途。如果真的存在月球居民的话，他们就会用相似的图形来回答，而交流一旦建立起来，就将很容易创造一个

---

① 约翰·赫歇尔（1738—1822），祖籍德国的英国天文学家。

② 一码约为零点九一米。

③ 该小册子由法国的共和党人拉维龙出版；此人在1840年罗马围城中战亡。

④ 爱伦·坡（1809—1849），美国小说家、诗人、批评家，还被认为是侦探小说的鼻祖。

字母表，就能与月球居民进行沟通了。’这位德国几何学家这么说了，但他的计划却并未付诸实行，而直至今日，地球同它的卫星都未建立起任何的直接联系。这正好让美国人的应用才能得以发挥，去同星辰世界建立联系。达到此目的的方法既简单、容易，又可靠且万无一失，它将是我建议的目标。”

主席的这番话引起全场掌声雷动，与会者没有一个不为演讲者的话所折服，所鼓舞和吸引。

“注意听！注意听！肃静！”会场四处传来这种叫喊声。

当乱哄哄的会场安静下来之后，巴比凯恩用更严肃的语调继续他那被打断的演讲：

“大家知道，多年来，弹道学取得了什么样的进步，而且，如果战争继续下去的话，武器将会达到什么样的完美程度。大家也同样知道，一般来说，大炮的后坐力和炸药的爆炸力是无限的。喏，根据这一原理，我曾想过，如果借助一个具有一定后坐力的合适装置的话，是否可能将一枚炮弹打到月球上去。”

听他这么一说，从众人那呼吸急促的胸膛里发出了一片惊愕的“啊”声，随即便是一片寂静，仿佛雷鸣前的沉寂一般。确实，过了一会儿，雷鸣声突然爆发，不过那是掌声、叫喊声、嘈杂声混合而成的“雷鸣声”，震颤了整个大厅。主席想继续讲下去，但却无法办到。直到十分钟之后，他才终于让大家安静下来，听他继续往下讲。

“请让我讲完，”主席冷静沉着地说道，“我把这个问题的方方面面全都考虑过了，并且认真细致地进行了研究。我的无可争议的计算表明，任何一枚射向月球的炮弹，如果其初速度达到每秒一万两千码的话，就肯定可以到达月球。因此，我荣幸地建议大家，我正直的同事们，来尝试一下这个小小的试验！”

第三章　巴比凯恩报告的影响

我们无法描述尊敬的枪炮俱乐部主席的最后一席话所产生的影响。呼喊声、叫嚷声、喝彩声，“噢”声、“啊”声，以及美国英语中的各种象声词响成一片，声震屋瓦！会场上的混乱、喧闹难以形容！人们嘴里喊着，脚在跺着。即使这座“大炮博物馆”的所有武器一起开火也不会造成这么大的声响。这倒也不足为奇，因为有些炮手的嗓门儿几乎同他们的大炮一样响。

在这片情绪亢奋的喧闹声中，巴比凯恩保持着冷静。他也许还想向他的同事们说点儿什么，因为他还在做着手势，让大家安静下来，他把声音清脆响亮的铃铛当当地摇个不停。但是，大家根本就听不见他那铃声。很快，他便被人从座位上拽起来，高高地抬起，忠实的同事们激动不已地将他从人群中传递开去。

美国人是不信邪的。人们常常说法语中不存在“不可能”这个词，他们想必是查错了字典。在美国，一切都很容易，一切都很简单，至于那些所谓的机械难题，没等它们出现便已胎死腹中了。在巴比凯恩的计划与实施之间，没有哪个真正的美国佬会感到存在着困难。他们一言既出，万难皆消。

巴比凯恩的英雄式的游行一直延续到深夜。那是一次真正的火炬游行。爱尔兰人、德意志人、法兰西人、苏格兰人，住在马里兰州的各个种族的所有居民都在用各自的母语叫喊着，激情昂扬地欢呼着，亢奋不已。

月亮好像明白了这一切与自己有关似的，它皎洁、平静地照耀着大地，让它周围的星辰黯然无光。美国佬们全都抬头望着那光亮闪闪的月亮。有的人在向它挥手致意，另一些人则用最温馨的名字呼唤它；一些人在用目光打量它，另一些人则挥动拳头威胁它。从晚8点到午夜，琼斯富尔街的一位光学仪器商靠卖望远镜大发其财。从望远镜看过去的月亮宛若一名贵妇。美国人俨然以贵妇的主人自居。似乎这位金发菲贝[①]早就属于这帮狂妄的征服者，已经是合众国版图的一部分了。其实，他们只不过是在讨论向它发射一枚炮弹而已，这种建立关系的方式未免粗暴了一些，即使是与一颗卫星来说也是如此，不过在各文明民族中，这可是司空见惯的。

午夜的钟声已经敲响，但激奋的情绪并未减退，各阶层的群众皆是如此。法官、科学家、批发商、零售商、搬运工；聪明人和稚嫩者，都感到触动了自己的心弦。这是一个全国性的大事，因此，上城、下城、帕塔普斯科河码头上和船坞里停泊着的船只，全都被灌满了杜松子酒和威士忌的欢快兴奋的人群给挤得满满当当。无论是懒散地躺在酒吧的长沙发上喝着雪利酒的绅士们，还是在费尔波因的阴暗小酒馆里被低廉的烈酒灌得醉醺醺的水手们，全都在交谈着、讨论着、争论着、他们大吹大擂、掌声热烈、赞扬声不断。

到了凌晨两点钟光景，激动的人们平静了下来。巴比凯恩总算回到家里，他已精疲力竭，疲惫不堪，快要散架了。即使是一位大力士也经不住这样的狂热。人群渐渐地从广场和大街上散去。从俄亥俄州、萨斯奎汉纳河、费城和华盛顿通往巴尔的摩的四条铁路把这些各个种族的人送到美国各地之后，巴尔的摩城才较为安静了些。

如果以为在这个难忘的夜晚只有巴尔的摩城在沸腾的话，那你就错了。合众国的其他一些城市，如纽约、波士顿、奥尔巴尼、华盛顿、里士满、克瑞桑城（新奥尔良的别名）、查尔斯顿、莫比尔，从得克萨斯州到马萨诸塞州，从密歇

---

① 菲贝：希腊神话中月亮女神阿耳忒弥斯的别名。

根州到佛罗里达州，各个城市都在欢腾。其实，枪炮俱乐部的三万名通信会员早已大致了解了他们主席的报告精神，所以他们都在以同样的急切心情等待着10月5日的演讲。因此，当天晚上，当主席发表讲话时，他的每句话语都立即以每秒二十四万八千四百一十七英里[①]的速度通过电报传到了合众国的各个州。我们可以非常肯定地说，在这同一时刻，面积十倍于法国的美利坚合众国举国上下齐声发出了欢呼声，两千五百万颗心豪迈地跳动着，每个人的脉搏都在激烈地搏动着。

翌日，一千五百种报纸、期刊、半月刊或月刊都在关注这个问题。它们以政治优势或文明优势的观点，从物理学、气象学、经济学或伦理学等方面对之进行了分析研究。它们在探讨月球是否已经完善，是否不再会有任何变化；它是不是类似于大气层尚不存在时期的地球；它那从地球上看不到的另一面是什么样子。尽管只是想向月球发射一枚炮弹，但是大家都从中看到那是一系列试验的开始。大家都在期盼着有一天，美国能探测到这个神秘的星球最后的秘密，有些人甚至好像还很担心征服月球会不会明显地打破欧洲的平衡。

经过分析讨论，没有哪家报纸杂志对成功地征服月球心存疑虑。各种汇编、小册子、简报以及由科学家、文学家或宗教人士等团体出版的杂志，都在强调指出这一计划的闪光点。而波士顿的“自然史协会”、奥尔巴尼的“美国科学艺术协会”、纽约的“地理统计协会”、费城的“美国哲学协会”、华盛顿的“史密斯协会”则向枪炮俱乐部发出了上千封祝贺信，并表示愿意立即提供人力和资金的援助。

因此，可以说，从未见到过哪一个方案会得到这么多人欢迎。根本就没有人有所犹豫、怀疑或担忧。在欧洲，特别是在法国，向月球发射一枚炮弹的想法必然会遭到嘲讽，漫画纷至沓来，甚至被编进歌曲受到挖苦。而在这里，这一切都不可能，那样肯定会惹来众怒，受到口诛笔伐。在新大陆，有些事情是容不得嘲讽的。因此，巴比凯恩从当日起，便成了美国最伟大的公民之一，有点像是科学

---

① 二十四万八千四百一十七英里，十万法里，相当于电流的速度。——原注

界的华盛顿，而这一例证是众多例证之一，它将表明一国民众对某一个人会赋予多么崇高的敬意。

那次枪炮俱乐部著名的会议之后没几天，一家英国剧团的经理便宣布在巴尔的摩剧场演出《无事生非》[①]。但是，巴尔的摩的市民们发现此剧有影射巴比凯恩主席的方案之嫌，便闯入剧场，砸毁座椅，并逼迫倒霉的经理改换剧目。经理是个明白人，顺从了公众的意愿，用《皆大欢喜》[②]替换了前面那个不合时宜的剧目。一连数周，这位经理都获得了很高的票房收入。

---

① 《无事生非》，莎士比亚的名剧。

② 《皆大欢喜》，莎士比亚的名剧。

第四章　剑桥天文台的回复

不过，巴比凯恩并未因众人的欢呼而忘乎所以。他首先要做的是把他的同事们召集到枪炮俱乐部的办公室里来。在那儿，经过一番讨论，大家同意就方案的天文方面请教一下天文学家。等天文学家的回音一到，大家就将讨论机械装备的问题，而且，为保证这一伟大试验的成功，任何细节都不可疏忽。

于是，一份包括一些专业问题的十分明确的纪要便拟好了，寄给位于马萨诸塞州的剑桥天文台①。剑桥城是美国第一所大学的诞生地，而且也正是因为它的天文台而享誉世界。那儿聚集着一些顶尖的科学家；那里的一台功率强大的望远镜使得邦德②解析了仙女座星云，使得克拉克发现了天狼星。这座著名的天文台完全值得枪炮俱乐部依赖。

两天后，焦急不安地等待着的巴比凯恩主席终于收到了对方的回信。内容如下：

---

① 哈佛大学于1936年在马萨诸塞州的剑桥城创立。

② 邦德（1789—1859），美国天文学家。

剑桥天文台台长致巴尔的摩枪炮俱乐部主席：

您本月6日以巴尔的摩枪炮俱乐部全体会员的名义寄给剑桥天文台的信函，我台业已收悉。我们立即开了会，并作出如下之我们认为较为合适的答复。

您提出的问题归纳如下：

1. 可不可能向月球发射一枚炮弹？

2. 地球与它的这颗卫星的精确距离是多少？

3. 在给炮弹以足够的初速度的情况下，它能飞行多长时间？而为了让它落在月球上的某一个特定地点，应该何时发射为好？

4. 炮弹落在月球上的最佳位置应该是什么时候？

5. 发射炮弹的大炮应该对准天空中的哪一个点？

6. 炮弹射出时，月球是在天空中的什么位置？

就第一个问题（可不可能向月球发射一枚炮弹？），现回答如下：

可以。如果炮弹的初速度达到每秒一万二千码的话，就可以向月球发射。经过计算，这一速度足够了。随着物体离开地球，地心引力的作用与距离的平方成反比，因而在逐渐减少，也就是说，如果距离增加三倍，这一引力就将减小到九分之一。因此，炮弹的重量在迅速减小，到月球的引力与地球的引力持平的时候，也就是说，在射程达到五十二分之四十七的时候，炮弹的重量就完全消失了。这时，炮弹不再有重量了，如果它超越了这个点，它就将在月球的唯一的引力之下落在月球上。试验的理论性完全得到了验证。至于成功与否，那就只取决于发射装置的大小了。

就第二个问题（地球与它的这颗卫星的精确距离是多少？），现回答如下：

月球围绕地球运转的轨迹并不是圆形的，而完全是个椭圆形，我们的地球占据着这个椭圆两个圆心中的一个。因此，月球有时离地球较近，有时又较远，或者，用天文学术语来说，时而在远地点，时而在近地点。可是，最大距离与最小距离之间的差距是较大的，大到我们不能忽略。确实，在远地点时，月球距离地球二十四万七千五百五十二英里（约为九万九千六百四十法里），而在近地点时，距离则只有二十一万八千六百五十七英里（约为八万八千零一十法里），相差两万八千八百九十五英里（约合一万一千六百三十法里），亦即射程的九分之一。因此，近地点的距离应该作为考虑的基础。

就第三个问题（在给炮弹以足够的初速度的情况下，它能飞行多长时间？而为了让它落在月球上的某一个特定地点，应该何时发射为好？），现回答如下：

如果炮弹始终保持发射时的初速度——一万二千码的话，它大约只需九个小时便可到达目的地。但是，由于这个初速度将逐渐降低，经过推算，炮弹将要花费三十万秒，亦即八十三小时二十分，才能到达地球引力和月球引力相抵消的点，然后，从这个点起，它将在五万秒之后，亦即十三小时五十三分二十秒之后落到月球上。因此，应该在它将到达月球上的那个瞄准点之前的九十七小时十三分二十秒之前发射它。

就第四个问题（炮弹落在月球上的最佳位置应该是什么时候？），现回答如下：

根据刚才上面所说的，必须首先选择月球在近地点的时期，同时也要是它通过天空最高点①的时刻，这将能够减少相当于地球半径的距离，亦即三千九百一十九英里。这样的话，最终射程则为二十一万四千九百七十六英里（约合八万六千四百一十法里）。不过，如果说月球每月都经过其近地点的话，那它并不是在这一时刻总是在天空的最高点的。而这两个条件同时具备的话，必须有一个很长的间隔。因此，必须等待月球既在近地点又在天空最高点的时刻的

① 天空最高点亦即正对观测者头顶上方的空中垂直点。——原注

到来。不过，巧得很，明年12月4日，月球将正好具备这两个条件：午夜时分，它将到达它的近地点，也就是说离地球最近的时候，与此同时，它又经过天空的最高点。

就第五个问题（发射炮弹的大炮应该对准天空中的哪一个点？），现回答如下：

根据上述认定的看法，大炮应该瞄准天空最高点，这样，炮弹飞出时与地平线呈垂直状，它因此也就能更快地摆脱地球引力。不过，要使月球到达天顶的最高点的话，就必须让这个地方的纬度不高于地球的赤纬，也就是说，它必须位于北纬或南纬的零度至二十八度之间。在其他任何地点，都必须倾斜发射，而这就可能影响试验的成功。

就第六个问题（炮弹射出时，月球是在天空中的什么位置？），现回答如下：

当炮弹将向天空发射的时刻，每天向前运行十三度十分三十七秒的月球，将必须远离天顶最高点四倍于这个度数的地方，亦即五十二度四十二分二十秒的地方，这一空间正好符合炮弹射出的途径中月球的运行路线。不过，由于必须同时考虑到地球自转所引发的炮弹的偏差，而且还由于炮弹只是经过一个相当于十六个地球半径的偏差距离之后才到达月球（从月球轨道来看，大约为十一度），因此，我们必须把这十一度加到所提及的月球离天顶最高点的距离中去，变成六十四度整。这样一来，在发射炮弹时，月球视线方位将与发射点的垂直线构成一个六十四度角。

这就是剑桥天文台对枪炮俱乐部会员们提出的问题的回答。

概括起来，就是：

1. 大炮必须安放在一个北纬或南纬零度至二十八度之间的地方。

2. 它必须瞄准天空最高点。

3. 炮弹的初速度必须达到每秒一万二千码。

4. 炮弹应该在明年12月1日晚上10点46分40秒发射。

5. 在发射的第四天，即12月4日午夜时分，炮弹在通过天空最高点时到达月球。

因此，枪炮俱乐部的会员们应该立即着手进行这样的一次试验所必需的工作，做好在规定时刻发射的准备，因为如果错过了12月4日这个日期的话，那就必须等十八年零十一天才能遇上月球同时符合位于近地点和天空最高点的条件。

剑桥天文台愿意毫无保留地回答有关天文学理论方面的问题，并与全美国人民一起共祝诸位马到成功。

剑桥天文台台长

J.-M.贝尔法斯特

第五章　月球的传说

一位目光极其敏锐的观察家，并置身于宇宙围绕着运转的这个未知的中心的话，就会看到无数的原子充满着宇宙混沌时期的空间。但是，随着数百年的时间的推移，渐渐地发生了一个变化：一个引力定律出现了，此前一直游离着的原子都受到它的影响，这些原子根据其相似性在化学上进行组合，构成分子，并形成星团，散布于天空深处。

这一星团立刻开始围绕它们的中心点旋转起来。这个由一些模糊的分子组成的中心开始自转，同时逐渐地凝聚在一起；另外，根据力学永恒不变的规律，随着凝聚所导致的体积的缩小，它的旋转速度在加快，而在这两个作用持续不断的作用下，便产生一个主星，即中心云团。

观察家如果仔细地观察，就会看到星团的其他那些分子也像中心星团一样，通过逐渐加速的旋转，凝聚起来，形成无数的星体，围绕着中心星团转动。于是，星云就形成了。据天文学家统计，现在有大约五千个星云。

在这五千个星云中，有一个星云被人们称之为“银河”，它包含着一千八百万颗星星，其中的每一个都变成了一个太阳系的中心。

如果观察家专注于这一千八百万颗星星中最普通最暗淡的星中的一颗四等

星[①]，也就是被人们自豪地称为“太阳”的那一颗的话，那么宇宙形成的所有现象都会相继呈现在他的眼前。

其实，这个太阳还处于气体状态，由一些活动的分子组成，观察家会发现它绕着自身的轴心在旋转，最后凝聚起来。这一运动遵循着力学原理，随着体积的缩小，其旋转速度在加快，到了某一时刻，离心力便会胜过把分子吸向中心的向心力。

这时，另一种现象就会出现在观察家的眼前：位于赤道表面的分子像投石器的绳子断了之后的石子似的纷纷飞了出去，在太阳周围形成好多像土星光环似的同心圆圈。而这些宇宙物质圈在围着一个中心旋转，分裂成一个个雾状云，亦即行星。

假如观察家集中注意力观察这些行星的话，就会发现它们完全同太阳一样运转，并产生一个或多个宇宙物质圈，这就是人们称之为卫星的低级天体的起源。

因此，从原子到分子，从分子到星团，从星团到星云，从星云到主星云，从主星云到太阳，从太阳到行星，从行星到卫星，人们看到天体从宇宙初始起所经历的一系列演变。

太阳似乎迷失于无边无垠的恒星世界里，但是按照现代科学理论，它是附属于银河星云的。它是一个世界的中心，尽管在太空中显得十分渺小，但它实际上却是巨大的，比地球要大上一百四十万倍。在它的周围环绕着八颗行星，它们是创世之初就从它那儿衍生而来的。这八颗行星，从近及远，分别是水星、金星、地球、火星、木星、土星、天王星和海王星。另外，在火星和木星之间，还有其他体积小一些的物体在有规则地运转着，它们也许是从一个爆裂成好几千个小块的游离碎片。到目前为止，天文望远镜只观测到九十七块[②]。

被太阳通过万有引力束缚在其椭圆形轨道上的这些行星，有几颗也有它们自己的卫星。天王星有八颗，土星有八颗，木星有四颗，海王星有三颗，地球有一

① 沃拉斯顿认为，天狼星的直径是太阳的十二倍，亦即四百三十万法里。——原注

② 这些小行星中，有几个很小，如果我们跑步走的话，只需一天工夫就可以跑完一圈。——原注

颗；最后的这一颗是太阳系中最微不足道的物体之一，它名叫月球，而美国人大胆地声称要征服的正是它。

由于离我们相对而言比较近，而且其不同的月相更替又很快，所以这个星球首先吸引了地球居民们的注意。而太阳却十分耀眼，其强烈的光线让观察者睁不开眼。

相反，金色的菲贝却让人赏心悦目。它让人看着温柔婉约，并不咄咄逼人，不过，有时候，它也会遮挡住它的兄弟——金光四射的阿波罗，却从未被后者遮挡过。伊斯兰教徒很感激他们的这位地球的忠实朋友，所以根据它的公转周期制定了自己的历法[①]。

古人对这位圣洁女神尤为尊崇。古埃及人称它为爱西丝神[②]；腓尼基人称它为阿斯塔特神[③]；希腊人像崇敬拉多娜和朱庇特的女儿菲贝似的崇敬它，他们还解释说月食是因为狄安娜[④]去偷偷地见英俊的恩迪米昂[⑤]。按照神话传说，内梅阿[⑥]的雄狮在来到地球之前先跑遍了月球的原野，而普鲁塔克[⑦]引述的诗人阿耶齐亚纳克斯则在他的诗句中描绘了美丽的塞勒涅[⑧]所拥有的那含情脉脉的眼神、那可爱的鼻子和那张温馨的嘴。

可以说古人从神话的角度很了解月球的性格、脾性，也就是说月球的道德品质，但他们中知识最渊博的人也对月理学一无所知。

然而，早期的很多位天文学家还是发现了某些今日已被科学证实的特征。如果说阿卡迪亚[⑨]人声称曾在月球尚不存在的时期在地球上面居住过的话，如果说

---

① 每月约为二十九天半。——原注

② 爱西丝神，古埃及神话中司婚姻、农业的女神。

③ 阿斯塔特神，司生育的腓尼基人女神。

④ 狄安娜，罗马神话中的月神。

⑤ 恩迪米昂，古希腊的伊奥利斯人传说中的国王。

⑥ 内梅阿，古希腊地名，今名为科林西亚州。

⑦ 普鲁塔克（约49—125），古希腊传记作家和道德家。

⑧ 塞勒涅，古希腊神话中的月神。

⑨ 阿卡迪亚，位于古希腊伯罗奔尼撒半岛中心的一个地区。

塔蒂尤斯[①]把它视为从太阳上脱落的一块碎片的话，如果说亚里士多德的学生克莱阿克把它看做一面能够映照海洋的光滑的镜子的话，如果其他的一些人只把它看做是从地球散发出来的一团蒸气，或者半是火半是水的自转的球体的话，那么，只有几位科学家因缺少光学仪器而凭借敏锐的观察对月球这个黑夜星球的规律表示了怀疑。

小亚细亚的米利都人泰勒斯早在公元前460年便发表了自己的观点，认为月球是被太阳照亮的。萨摩斯的阿里斯塔克[②]对月相作出了正确的阐释。克雷奥迈德[③]指出月球是依靠反射光发亮的。迦勒底人贝洛斯发现月球的自转周期与其公转的周期是相等的，因此他解释了月球始终向我们呈现其同一面的原因。最后，希巴科斯[④]在公元前2世纪发现地球的这颗卫星在运动中，其视运动有一些均差。

以上的这些观察结论随后都被证实了，而且对后来的天文学家们大有裨益。公元2世纪的托勒密[⑤]、公元10世纪的阿拉伯人阿布尔·威法根据月球在太阳的影响下所呈现的波浪状轨道而导致的均差，补充了希巴科斯的观点。接着，哥白尼和16世纪的帝谷·布拉赫[⑥]完整地提出了宇宙体系和月球在整个天体中所起的作用。

在这一时期，它的运行规律基本上是明确的，但是它的物理性质却鲜为人知。这时候，伽利略根据月球上的山脉的存在阐释了某些相位的光现象，他认为这些山脉平均高度为四千五百托瓦兹[⑦]。

在伽利略之后，但泽[⑧]的一位名为埃沃利尤斯的天文学家，认为这些山脉的

---

① 塔蒂尤斯，传说中的古意大利萨班人的国王。

② 阿里斯塔克（公元前310—前230），古希腊天文学家。

③ 克雷奥迈德，公元前1世纪的古希腊天文学家。

④ 希巴科斯，公元前2世纪的古希腊天文学家和数学家。

⑤ 托勒密（约90—168），希腊天文学家、数学家和地理学家。

⑥ 帝谷·布拉赫（1546—1601），丹麦天文学家。

⑦ 托瓦兹，法国古长度单位，一托瓦兹等于一点九四九米 。

⑧ 但泽，今波兰的格但斯克。

平均高度只有两千六百托瓦兹，但是，他的同行里西奥利则认为它们的平均高度应是七千托瓦兹。

18世纪末，赫歇尔借助一台高倍天文望远镜又将这些山脉的高度大大地降低了。他认为最高的那些山脉也只有一千九百托瓦兹，而平均高度仅为四百托瓦兹而已。不过，赫歇尔还是弄错了。后来，经施恩特、卢维尔、哈利、内史密斯、比安奇尼、帕斯托夫、劳尔曼、格鲁伊杜森的观测，特别是经过比尔先生和麦德莱先生孜孜不倦的探求，这个高度问题才最终得到解决。多亏了这些科学家，月球的山脉高度今天才被完全了解。比尔先生和麦德莱先生一共测量了一千九百零五座山，其中有六座超过两千六百托瓦兹，有二十二座超过两千四百托瓦兹。其中最高的山峰以三千八百零一托瓦兹的高度俯视着月球表面。

与此同时，对月球的了解变得更完整了。这颗星球上遍布着火山口，每一次观测都在证实它主要是火山的特性。从被它遮挡住的行星的星光里并无折射来看，可以推定月球上几乎没有空气。因为没有空气，导致水的缺失。因此，显而易见，月球人在这种条件下生存，就必须具有独特的身体结构，与地球人迥然不同才行。

总之，由于采用了新的方法，加上新的仪器又更加完善，月球被不断地探测着，其表面没有一处未被探测到。月球的直径为两千一百五十英里①；它的表面积是地球表面积的十三分之一②，它的体积为地球的四十九分之一，它的任何秘密都无法逃过天文学家们的眼睛，而且，这些聪明过人的科学家将更加深入地进行神奇的观察。

通过观测，他们发现，满月时月面的某些部分出现白色条纹，而在不同月相时，出现的则是黑色条纹。经过更加仔细而精确的研究，他们终于完全弄清楚了这些条纹的性质。这是一些狭长的沟槽，凹陷于两条平行边之间，一般来说，一直延伸至火山口的周围；它们的长度在十到一百英里，宽八百托瓦兹。天文学家

---

① 即八百六十九法里，亦即比地球半径稍大一点点。——原注

② 即三千八百万平方公里。——原注

把它们称为沟槽，不过，他们能够做到的，也只能是给它们取这么个名称。至于这些沟槽是不是从前的河流干涸了的河床，他们就说不清楚了。因此，美国人希望有一天能弄清楚这一地质现象。他们也希望有一天能搞明白被格鲁伊杜森这位慕尼黑博学的教授在月球表面上发现的一系列平行壁垒的情况，这位教授把它们看做是月球人工程师们所构筑的防御系统。这两个问题悬而未决。当然还有其他的一些问题，只有在与月球建立起直接的联系之后，才能彻底解决。

至于月球的亮度，已不再有任何的疑问了；人们已经知道它的亮度比太阳光弱三十万倍，而且它不发光，对温度计不起作用；至于那个被称为“灰光”的现象，当然是太阳光射向地球后反射到月球上的，当月相为新月或满月的时候，“灰光”与月面反射光似乎在相互辉映。

这就是目前所掌握的这颗地球卫星的情况。枪炮俱乐部准备从宇宙学、地质学、政治学和伦理学等方面对之进行全面的研究。

第六章　在美国不能不知道的东西和不再允许胡乱相信的东西

巴比凯恩的提议使得所有有关月球的天文现象都成为人们的谈资。人人都在潜心研究月球，好像月球是首次出现在地平线上，谁都未曾在天空中见到过它似的。它变成了时尚，它成了时尚女王，却又不失其谦逊仪态，虽置身“众星”之中，却又不盛气凌人。各种报纸连篇累牍地再次掀起“狼的太阳”那古老传说的热潮。它们回味着原始时代由于愚昧所产生的影响；它们对这“狼的太阳”大肆颂扬；它们甚至说起一些俏皮话来；全美国都变成了月球迷。

而那些科学杂志则更加专业地探讨枪炮俱乐部所提出的问题。剑桥天文台的那封回信被公布出来，人们作了高度评价，毫无保留地表示了赞同。

总而言之，即使最缺乏知识的美国佬也不会对月球毫无所知，即使是愚昧无知的老妪也不会对月球抱有错误的迷信态度。因为科学知识在以各种形式向他们普及，科学在通过他们的眼睛和耳朵渗透到他们心中。在天文学方面，想当一头蠢驴是不可能的了。

在此之前，许多人都弄不明白人们是如何计算出月球和地球之间的距离的，人们趁此机会告诉他们这个距离是通过月球的视差求得的。如果“视差”一词他们听不懂的话，人们就告诉他们，那是以地球半径的两个顶点连接月球的两条直线构成的角。要是他们怀疑这种方法的精确性的话，人们便立即向他们证明，不但这个平均距离正是二十三万四千三百四十七英里，而且天文学家们计算的误差不会超过七十英里。

对于那些不太了解月球运行规律的人，报纸每天都刊登文章介绍，月球有着两种不同的运动。第一种是绕着轴心的自转，第二种叫做围绕地球的公转，这两种运动都在一个相等的时间——二十七又三分之一天①里完成。

自转运动也就是在月球表面产生白昼与黑夜的运动。而每个朔望月只有一个白昼和一个黑夜，而且二者的持续时间都是三百五十四又三分之一小时。不过，对于月球来说，幸运的是，它面对地球的那一面受到了地球那相当于十四个月亮的光照强度的照射。至于它那始终看不见的一面，当然是三百五十四小时都处于绝对的黑夜之中，只是依靠从"其他的星星上散落下来的光亮保持温度而已。这一现象完全是其自转和公转导致的，按照卡西尼和赫歇尔的解释，这是一种普遍现象，木星的卫星以及其他所有的卫星都很有可能存在这种现象。"

有一些一根筋的、脑子有点儿冥顽不化的人，一开始并不明白月球在公转时始终不变地面朝着地球，而实际上它自身也在自转着。对这些人，人们便告诉他们："如果您去餐厅，而且眼睛始终盯着餐桌的中心绕着餐桌转，当您转完了一圈之后，您其实已经自己绕着自己转了一圈。喏，我们不妨把餐厅视作天空，餐桌就是地球，而月球就是您自身！"经这么一比喻，他们就明白了，高高兴兴地离开了。

因此，月球总是一个面对着地球。但是，为了准确起见，必须补充一点：由于月球从北向南，由西向东的某种"摆动"的缘故，人们可以看到的月面比它的实际月面要稍微大一点儿，也就是大约百分之五十七。

当那些无知的人对月球的自转了解得与剑桥天文台台长一样多的时候，他们非常担心月球绕着地球公转的情况，因此，多家科学杂志便立即向他们介绍这是怎么一回事。于是，这些人便明白了：满天星斗的天穹可以被视作一个巨大的钟

---

① 这是它围绕恒星公转的时间，也就是月球回到同一颗星所需要的时间。——原注

面，月球便在其上运行着，向地球上的居民们指示着准确的时间。月球正是在其运行的过程中呈现其各种月相的：当它背向太阳，也就是说，当三个星体连成一线，而地球夹在中间的时候，月球呈满月状；当月球与太阳合在一起时，也就是说当它位于地球和太阳之间时，月球呈新月状；最后，当月球与太阳和地球构成一个直角而它又居于直角顶端时，它就呈现上弦月或下弦月。

有几个敏锐的美国佬因此便从中得出这样的一个结论：日食和月食只会在月球与太阳相背或相合时才会出现，他们的这一结论是不无道理的。在月球与太阳相合的时候，月球遮住了太阳，而在它与太阳相背的时候，该是地球在遮住太阳了，而如果说日食和月食并不是每月各出现一次的话，那是因为月球运行的轨道与黄道呈倾斜角度，也就是说，与地球的轨道呈倾斜角度。

至于月球所能达到的天际高度，剑桥天文台台长的回信中已经回答了，人人皆知，这一天际高度是随着观测点的纬度的变化而变化的。但是，月球通过天顶最高点，也就是说，它直接位于观测者的头顶上方的唯一地区，必须是在南北纬的二十八度和地球赤道之间。因此，回信中强调指出试验必须是在地球这一地区的任意一个点进行，这样炮弹才能垂直发射，从而更快地摆脱地心引力。这是保证试验成功的一个重要条件，而公众对此也极为关注。

至于月球围绕地球的公转的轨迹问题，剑桥天文台已经解释得十分清楚，即使其他国家的那些无知者也应该明白了：这个轨迹是一条凹曲线，并不是一个圆形，而是一个椭圆形，地球在其中占据着某一个圆心。所有的行星或卫星，其轨迹都是这种形状，而且理论力学也证实了它们的轨迹不会出现其他形状。当然，月球在远地点时距离地球就远一些，而在近地点则距离地球近一些。

任何一个美国人不管愿意与否，都得了解这一点，任何人都不可以不懂得。然而，这些正确的东西过快地普及开来，必然会出现很多的谬误，会出现一些毫无道理的担忧，而且很难消弭。

例如，有一些正直的人坚称月球曾是一颗古老的彗星，它在沿着其延长的轨迹绕着太阳转，终于接近地球，被后者的引力所吸引。这些坐而论道的天文学家声称，这样就可以解释月球表面的焦黑状况了，认为这是光亮的月球无法弥补的不幸。只不过，当人们向他们指出彗星上有空气，而月球上则空气稀薄或者根本没有时，他们便瞠目结舌，无言以对了。

另有一些好像很胆怯的人，他们对月球感到有些害怕。他们听说自从哈里发[①]时代所进行的观测以来，月球的公转按照一定的比例在加速运转。他们由此而进行了推断（不过倒也是十分符合逻辑的），运行速度的加快必然导致两个星球之间的距离的缩小，而且，如果这双重作用没完没了地继续下去的话，月球总有一天会掉落到地球上的。不过，当人们告诉他们，根据法国的一位名叫拉普拉斯的著名数学家的计算，这种运行的加速只局限在极其有限的范围之内，而且一个相应的减速很快便会出现，因此，太阳系的平衡在未来的几个世纪中是不会被打破的。这么一来，他们也就放下心来，不再为子孙后代担忧了。

最后，只剩下那些愚昧而迷信的人了。这些人倒也不是完全无知，他们对并不存在的事物倒甚为了解，对于月亮，他们知道得就更多了。他们中的一些人把月亮视作一面光滑的镜子，通过它，人们可以看见地球的各个不同的地方，并相互交流沟通。另有一些人则声称，在观察过的一千个新月的基础上，发现有九百五十个导致重大的变故，诸如大灾难、革命、地震、洪水等等。他们因此而认为这颗黑夜星球对人类的命运有着神秘的影响；他们把月亮看做人类生存的一个"真正的平衡锤"；他们觉得每一个月球人同每一个地球人都是有感应的；他们认同米德[②]博士的观点，坚持认为生命体系完全受它的支配，并且硬是说男孩都是在新月期间生的，而女孩则是在下弦月时生的，等等。但是，这些无稽之谈必须抛弃，唯一的真理必须回归。即使说失去其迷信影响的月亮在它的那些对其迷信力量顶礼膜拜的崇奉者中丧失了威信，即使说有的人不再把月亮看得了不起了，但是绝大多数人对月亮还是喜爱的。至于美国佬们，他们不再存有其他的野心，只是想要独霸这个天空中的新大陆，在它的最高峰上插上美利坚合众国的星条旗。

---

① 哈里发，穆罕默德的继承者，伊斯兰教国家的统治者。

② 乔治·H. 米德（1863—1931），美国哲学家和社会学家。

第七章　炮弹赞歌

剑桥天文台在它10月7日的那封永难忘记的回信中，从天文学的角度阐述清楚了问题，今后需要从力学方面去解决。这时候，在其他各国可能是难以解决的具体困难，在美国只不过是轻而易举之事。

巴比凯恩主席抓紧时间在枪炮俱乐部内任命了一个执行委员会。该委员会必须在三次会议中把大炮、炮弹和火药这三大问题搞清楚。委员会由下面的四位在这三个方面知识渊博的会员组成：巴比凯恩（他在意见分歧的情况下有最后决定权）、摩根将军、埃尔菲斯通少校和J.-T.马斯顿（他被委任为秘书兼发言人）。

10月8日，执行委员会在共和国街三号巴比凯恩主席家里开会。为了避免因肚子饿而干扰了这次严肃的讨论，枪炮俱乐部的这四位会员在一张摆满了三明治和几把大茶壶的桌子旁围桌而坐。J.-T.马斯顿把他的蘸水笔挂在一个铁钩上，会议便开始了。

巴比凯恩首先发言，他说道："亲爱的同事们，我们现在必须解决弹道学的最重要的问题中的一个，这门卓绝的科学是研究炮弹运动，也就是说研究被一种推力发射到空中然后让它自己飞行的物体的运动。"

"啊！弹道学！弹道学！"J.-T.马斯顿激动不已地大声喊道。

“也许，”巴比凯恩继续说道，“这第一次会议用来讨论大炮的问题更符合逻辑……”

“确实如此。”摩根将军附和道。

“不过，”巴比凯恩又说，“我考虑了一番，觉得炮弹的问题要比大炮的问题更加重要，而且大炮的体积将取决于炮弹的大小。”

“我来说几句。”J.-T. 马斯顿大声说道。

马斯顿的要求得到满足，因为他的辉煌的经历值得给予优先发言的待遇。

“正直的朋友们，”他激动得声音发颤地说道，“我们的主席把炮弹问题摆在其他各种问题之先是颇有见地的！我们即将发射到月球上去的这颗炮弹是我们的信使，是我们的使节，请允许我以一种纯伦理的观点来看待它。”

对炮弹的这种新颖的看法激起了委员会成员们的好奇心，因此他们便对J.-T. 马斯顿的发言更加注意了。

“亲爱的同事们，”J.-T. 马斯顿接着说道，“我长话短说，我将把物理学意义上的炮弹——杀人的炮弹问题搁在一边，只谈数学意义上的炮弹、伦理学意义上的炮弹。我认为炮弹是人类力量最辉煌的体现，人类力量就体现在炮弹的身上，人类正是在制造炮弹的同时才几乎不亚于造物主！”

“说得好！”埃尔菲斯通少校嚷道。

“确实，”演说家J.-T. 马斯顿大声说道，“如果说上帝创造了恒星和行星，那我们人类就创制了炮弹，它是地球上速度最快的冠军，它是漫游太空的各种天体的缩影，而且说实在的，各种天体也只不过是一些炮弹而已！电的速度、光的速度、恒星的速度、彗星的速度、行星的速度、卫星的速度、声音的速度、风的速度等，都是属于上帝的，然而，比火车的速度和最快的马的速度快一百倍的炮弹的速度却是属于我们的！”

J.-T. 马斯顿动了感情，他在唱颂那首神圣的炮弹赞歌时，声音变得舒缓抒情了。

“你们想知道数据吗？”他接着又说，“我有一些颇有说服力的数据！就拿不起眼的八〇炮弹[①]来说吧。虽然它是电的速度的十万分之一，是光的速度的六百四十分之一，是地球环绕太阳公转速度的七十六分之一，但是，在飞出炮筒时，它的速度已经超过了音速，达到每秒两百托瓦兹，每分钟十四英里（六法里），每小时八百四十英里（三百六十法里），每天两万零一百英里（八千六百四十法里），也就是说，等于地球自转中赤道地带的速度，亦即每年七百三十三万六千五百英里（三百一十五万五千七百六十法里）。因此，它用十一天的时间就可以到达月球，用十二年的时间飞抵太阳，用三百六十年的时间抵达太阳系最远处的海王星。这就是用我们的双手制造出来的不起眼的炮弹的丰功伟绩！如果我们将其速度提高二十倍，以每秒七英里的速度把它发射出去，那会是个什么景况呀！啊！伟大的炮弹！光辉的炮弹！我十分开心地在想象你在月球上像一位地球使节似的受到热情接待的场景！”

J.-T. 马斯顿热情洋溢的发言受到成员们的热烈欢呼，他十分激动地在他的同事们的祝贺声中坐了下来。

“我们已经对此唱颂了不少赞歌了，”巴比凯恩说道，“现在，我们还是直接进入关键问题吧。”

“我们准备好讨论具体问题了。”委员会的成员每人吃了半打三明治，回答道。

“你们都知道要解决的问题是什么，”巴比凯恩又说道，“那就是让炮弹的速度达到每秒一万二千码。我完全有理由相信我们将成功地解决这一问题。不过，眼下，让我们先研究一下到目前为止炮弹所能达到的速度是多少。摩根将军可以向我们介绍一下这方面的情况。”

“这并不难，”摩根将军回答道，“因为战争期间，我是试验委员会的成员。我告诉你们吧，射程为两千五百码的一百口径的达尔格伦大炮可让炮弹的初速度达到每秒五百码。”

“很好。那么哥伦比亚德·罗德曼炮呢？”主席问道。

① 即重八十磅的炮弹。——原注

“哥伦比亚德·罗德曼炮在纽约附近的汉弥尔顿炮台试发了一枚重半吨的炮弹，射程为六英里，速度为每秒八百码，这是英国的阿姆斯特隆炮和帕利塞炮从来没有达到过的速度。”

“哦！英国人！”J.-T.马斯顿往东方转了一下他那吓人的铁钩，不屑地说。

“这么说，”巴比凯恩又问道，“这个八百码的速度是迄今为止所达到的最高速度？”

“是的。”摩根将军回答道。

“不过，我要说，如果我的那门迫击炮没有爆炸的话……”J.-T.马斯顿反驳道。

“是呀，可它毕竟是爆炸了，”巴比凯恩做了个善意的动作阻止J.-T.马斯顿说下去，“咱们就以这八百码的速度作为基点吧。必须将这一速度提高二十倍。我们先将达到这一速度的问题留待下一次的会议来讨论吧。亲爱的同事们，现在我请大家把注意力集中在炮弹应该多大才合适的问题上。你们很清楚，我们在这儿要考虑的不再是重达半吨的炮弹了！”

“为什么不呀？”少校问道。

“因为我们的这颗炮弹应该很大，这样才能吸引月球居民的注意，如果月球上真的有人的话。”J.-T.马斯顿说。

“对，”巴比凯恩说道，“而且还有一个更加重要的原因。”

“您是什么意思呀，巴比凯恩？”少校问道。

“我的意思是说，不但要把炮弹发射出去，而且还要注视着它，必须追踪其飞行全过程，直到它抵达目的地为止。”

“嗯！”将军和少校对主席的建议有点儿感到惊讶地说。

“非如此不可，”巴比凯恩以一位十分自信的男人的口气继续说道，“非如此不可，否则我们的试验将不会有任何结果。”

“这么说，”少校说，“您想让这颗炮弹体积巨大？”

“不。请仔细地听我说。你们知道，光学仪器已经达到很精密的程度了，有些天文望远镜已经能够达到六千倍了，能够将月球的距离缩短到将近四十英里（十六法里）。而在这一距离下，六十英尺大小的物体完全清晰可辨。人们之所以没有更进一步地提高望远镜的观察能力，是因为提高了这个能力的话，就会损害望远镜的光亮度，而月亮只是一面反射镜，不能反射出足够强的光来，所以增加望远镜目前所达到的倍数是适得其反的。”

“那么，您打算怎么办呀？”将军问道，“您想让您的炮弹达到六十英尺？”

“不。”

“那您是想让月光更亮一些？”

“正是。”

“这太不可思议了！”J.-T.马斯顿大声嚷道。

“是呀，不过说难也不难，”巴比凯恩回答道，“其实，如果我能够做到把月光穿过的大气层的厚度减少的话，不就让月光变得更强了吗？”

“那当然。”

“那好！为了获得这一结果，我只要在一座高山上架起一台天文望远镜就行了。这就是我们将要做的。”

“我明白了，我明白了，”少校说道，“您的方法让事情变得简单了！那么您希望把望远镜放大多少倍呢？”

“放大四万八千倍，这样就可以将月球与地球的距离缩小到只有五英里了，而且物体只需要直径为九英尺就清晰可见了。”

“妙极了！”J.-T.马斯顿叫嚷道，“我们的炮弹直径就只有九英尺了？”

“正是。”

“不过，我冒昧地说一句，”埃尔菲斯通少校说道，“这么个重量还是……”

“哦！少校，”巴比凯恩回答道，“在讨论它的重量之前，我要告诉您，我们的前辈们在这一方面是做出过出色成绩的。我并不是想说弹道学没有进步，只是应该知道，自中世纪时起，人们就获得了一些惊人的成绩，而且我敢说，比我们所取得的成绩还要惊人。”

“哦？不一定吧！”摩根将军反驳道。

“那您举举例子呀。”J.-T.马斯顿大声说道。

“这再容易不过了，”巴比凯恩回答道，“我这么说是有根有据的。比如，1453年，穆罕默德二世围攻君士坦丁堡时，士兵们发射出的石弹重达一千九百磅，个头儿应该挺大的。”

“噢！噢！”少校说道，“一千九百磅，那可是够重的！”

“骑士时代，在马耳他，圣艾尔玛堡的一尊大炮发射的一些炮弹重达两千五百磅。”

“不可能！”

“还有，据一位法国史学家说，路易十一统治时期，一门迫击炮发射了一枚重五百磅的炮弹，这颗炮弹从巴士底狱——疯子关押智者的地方——飞到了夏朗东——智者关押疯子的一个地方。”

“太妙了！”J.-T.马斯顿说。

“这之后，我们又见到了什么呢？见到了阿姆斯特隆炮发射出五百磅的炮弹，见到了哥伦比亚德·罗德曼炮发射出半吨重的炮弹！因此，似乎炮弹的射程加大了，但是它的重量却减轻了。如果我们把注意力集中在这个方面的话，随着科学的进步，我们就能够把穆罕默德二世和马耳他骑士们的炮弹的重量增大十倍。”

“这一点是很明显的，”少校回答道，“但是，您打算用什么金属材料来制造这种炮弹呢？”

“就用铸铁吧。”摩根将军说。

“哼！铸铁！”J.-T.马斯顿非常不屑地大声说道，“用它来制造飞向月球的炮弹未免太普通了吧！”

“您口气也别太大了，我尊敬的朋友，”摩根将军回答道，“铸铁就够了。”

“不行！”埃尔菲斯通少校说，“既然重量与其体积成正比，那么一枚直径为九英尺的铸铁弹的重量会大得吓人！”

“如果它是实心的，那当然如此，但如果是空心的，就不一样了。”

“空心的！那还是炮弹吗？”

“我们可以在里面放一些信件，以及我们地球上生产的产品样品呀！”J.-T.马斯顿说。

“是的，是一枚炮弹，”巴比凯恩回答道，“它必须是一枚炮弹，一枚一百零八英寸的实心炮弹可能重达二十多万磅，虽然是太重了，不过，为了让炮弹保持一定的稳定性，我建议将它的重量缩减到五千磅。”

“那它的弹壳应该多厚？”少校问道。

“如果我们按照规定的比例做的话，”摩根将军说道，“一枚一百零八英寸直径的炮弹的弹壳至少得两英寸厚。”

“那可太厚了，”巴比凯恩说，“请注意：这里所说的炮弹并不是穿甲弹，只要让它足以抵御火药气体的压力就可以了。因此，现在的问题就是，一枚重量仅是两万磅的铸铁炮弹，弹壁应该多厚？我们聪明的计算家——正直的J.-T.马斯顿将当场告诉我们。”

“这再简单不过了。”尊敬的委员会秘书回答道。

他边说边在纸上写了几道几何公式，大家看到在他的笔下出现了几个π和x的二次幂。他甚至好像没怎么计算就求出了某个立方根，然后说道：“弹壁顶多两英寸厚。”

“这么厚行吗？”少校满脸疑惑地问道。

“不行，”巴比凯恩主席回答道，“显然不行。”

“那怎么办呀？”埃尔菲斯通少校不知如何是好地问。

“不要用铸铁，改用另外一种金属。”

“用铜？”摩根将军说。

“不行，铜仍然太重，我有更好的金属建议你们用。”

“什么金属呀？”少校急着问道。

“用铝。”巴比凯恩回答道。

“铝！”主席的那三位同事惊讶地大声说道。

“正是，朋友们。你们知道，法国的一位名叫亨利·圣克莱尔·德维尔的杰出化学家，1854年的时候，成功地从原料里提炼出铝来。而这种宝贵的金属外观如银，又如金子般具有恒定性，如铁一般具有韧性，如铜一般具有可熔性，又如玻璃一般轻巧，而且还很容易加工，在大自然中分布很广，因为铝钒土是大多数岩石的主要成分，又比铁轻三倍，它似乎是专门为我们提供制造炮弹的特殊材料。”

“铝万岁！”每每一激动就爱大声呼喊的委员会秘书叫嚷道。

“不过，亲爱的主席，”少校问道，“铝的成本是不是非常之高呀？”

“从前是的，”巴比凯恩回答道，“在发现它的初期，一磅铝价值两百六十到两百八十美元（将近一千五百法郎）；后来跌到二十七美元（约一百五十法郎），而现在，只有九美元了（约四十九法郎）。”

“可是，九美元一磅还是价格不菲呀！”不轻易屈服的少校反驳道。

“那倒是，亲爱的少校，但这个价格并不是不可以接受的。”

“那么我们的炮弹的重量会是多少？”摩根将军问道。

“我算了一下，结果是，”巴比凯恩回答道，“一枚直径为一百零八英寸，壁厚十二英寸的炮弹，如果是铸铁制的，重量会是六万七千四百四十磅，而用铝浇铸的话，重量就会减小到一万九千两百五十磅。”

“太妙了！”J.-T.马斯顿嚷嚷道，“这正符合我们的计划呀。”

“妙极了！妙极了！”少校说道，“不过，您要知道，一镑铝价格十八美元[①]的话，那我们的炮弹就得花费……”

“十七万三千两百五十美元（约九十二万八千四百三十七法郎），这我知道得很清楚。但是，朋友们，你们不必担心，我敢保证我们的试验并不缺钱。”

“钱会像雨点似的纷纷落入我们的钱柜中的。”J.-T.马斯顿说道。

“喏，你们大家对使用铝怎么看呀？”主席问。

“同意。”委员会的那三位委员异口同声地回答。

“至于炮弹的形状么，”巴比凯恩接着说道，“那倒无关紧要，因为炮弹一旦穿过了大气层，它便进入真空了。不过，我倒是建议采用圆形炮弹，因为如果它高兴的话，还可以自转，可以自由自在地行动。”

委员会的第一次会议到此便结束了，炮弹的问题已经完全解决了。J.-T.马斯顿一想到要往月球人的住地发射一枚铝制炮弹便兴奋不已，心想：这将会让月球人看看地球人有多聪明！

---

① 原文如此，似有错误，因为前面刚说过现在一磅只有九美元了。

第八章　大炮的历史

这次会议所作出的决定在外界引起了极大的反响。一些胆小的人一想到要让一枚重达两万磅的炮弹发往太空就有点儿惶恐不安。有的人在寻思什么样的大炮能够具有如此大的威力，让这么大个儿的炮弹产生足够的初速度。委员会第二次会议的记录将很好地回答种种疑问。

第二天晚上，枪炮俱乐部的那四位成员在新摆放的三明治山前和茶海边上坐了下来，立即进入主题，没有任何的开场白。

“亲爱的同事们，”巴比凯恩说道，“我们现在就来讨论一下要建造的大炮的问题。它需要多长？什么形状、结构、重量？我们有可能得造一门巨型炮，但是，无论困难有多大，我们的工业精英们都会战而胜之的。请大家注意听我说，如有反对意见，请立即提出来。我不害怕反对意见！”

大家低声细语地表示了赞同。

“咱们别忘了，”巴比凯恩继续说道，“我们昨天都讨论到哪儿了。现在的问题是如何让一枚直径为一百零八英寸、重达两万磅的炮弹产生每秒一万二千码的初速度。”

“没错，这确实是问题的关键之所在。”埃尔菲斯通少校说。

“我继续说吧，”巴比凯恩接着说道，“一枚炮弹被发射到空中去，会是个什么情况呢？它被三种独立的力量所左右：外界阻力、地球引力和驱使它的推动力。让我们来研究一下这三种力量。外界阻力，也就是空气阻力，影响并不大。其实，地球大气层的厚度只有四十英里（约十六法里）。而炮弹的速度高达一万两千码，五秒钟就穿过去了，时间短促，以至外界阻力可以说是微乎其微的。再来看一下地球引力，也就是炮弹的重力问题。我们知道这个重力是与距离的平方成反比的。而物理学告诉我们：当一个物体成自由落体状坠落到地球表面的时候，它在第一秒钟时下降十五英尺，而这同样的物体被移到二十五万七千一百四十二英里远处，也就是说，移到与月球所在的那么远的地方去的话，它的下降速度在第一秒钟时将减小到半法分[①]左右。这几乎等于是静止不动了。因此，我们需要逐渐克服重力作用。怎么才能如愿以偿呢？用推动力。”

“这就是困难之所在。”少校说道。

“没错，这确实是困难之所在，”巴比凯恩继续说道，“但是，我们一定会战胜它的，因为这个对我们来说必不可少的推动力将由大炮的长度以及所使用的火药的多少来决定，而后者又是受到前者的抗力所限制的。因此，我们今天就要研究一下大炮体积的大小问题。当然，我们可以把它建造成一门对付无限大抗力的大炮，因为它并不是用来演习的。”

“这些都是显而易见的。”将军说道。

“到目前为止，”巴比凯恩接着说，“最长的那些大炮，我们的那些巨型哥伦比亚德炮，并没有超过二十五英尺长，而我们将不得不制造的体积巨大的大炮会让很多人惊讶不已的。”

“嗯！当然是的，”J.-T.马斯顿大声地说，“我看得造一门至少半英里长的大炮！”

“半英里长？”少校和将军同时嚷道。

“是呀！半英里，可那还是短了一半呀。”

① 法国古长度单位，约合二点二五毫米。

“行了，马斯顿，您也太夸大其词了。”摩根将军说道。

“我才没夸大其词哪！”脾气暴躁的秘书回敬道，“我真不明白您凭什么说我夸大其词。”

“因为您扯得太远了！”

“您得知道，先生，”J.-T. 马斯顿摆足了架子回答道，“一个炮手就像一枚炮弹一样，从来就没有太远不太远的问题！”

讨论转而变成人身攻击了，不过主席立即进行了干预。

“冷静点儿，朋友们，还是应该摆事实讲道理。很明显，必须拥有一门炮身很长的大炮，因为炮身越长，炮弹底下聚集的气体就越多，但是也得有一定的限度，超过了也没有必要。”

“太对了。”少校说道。

“在这种情况之下，应该采用的是什么样的一些标准呢？一般来说，一门大炮的长度是炮弹直径的二十到二十五倍，其重量是炮弹的两百三十五到两百四十倍。”

“这可不够。”J.-T. 马斯顿急躁地大声嚷嚷道。

“我同意，是不够，尊敬的朋友。确实，按照这个比例，一门宽九英尺、重两万磅的大炮只不过长两百二十五英尺，重七百二十万磅。”

“这也太小了，简直就像一把手枪！”J.-T. 马斯顿说。

“我也这么认为，”巴比凯恩回应道，“因此我想把它的长度扩大四倍，造一门九百英尺的大炮。”

将军和少校提出了一点儿异议，但是，巴比凯恩的这一建议得到了枪炮俱乐部秘书的热烈支持，最后被采纳了。

“现在，”埃尔菲斯通少校说，“炮弹壳的厚度应该是多少呢？”“六英尺厚。”巴比凯恩回答道。

“您大概不会认为得把这么个大玩意儿支到炮架上去吧？”少校问道。

“可是，那才壮观呀！”J.-T. 马斯顿说。

“不过，不好操作，”巴比凯恩说，“我想还是把这门大炮就浇铸在地上，用一圈一圈的铸铁把它箍紧，再用砖头石灰给它砌上一圈，这样一来，它就能够与其四周的土地一起来抵御大炮的后坐力。炮身一旦铸成，就要仔细地铰好炮膛，量好内径，以防止炮弹漏气[①]，这样就不会浪费任何一点儿气体，火药的全部膨胀力都将变成推动力。”

“太好了！万岁！”J.-T. 马斯顿呼喊着，“我们的大炮设计成功了。”

“还没有哪！”巴比凯恩用手势让他这位急脾气的朋友冷静一下。

“为什么没有？”

“因为我们还没有讨论它的形状，是大炮式样、榴弹炮式样还是迫击炮式样？”

“大炮。”摩根将军说。

“榴弹炮。”少校说。

“迫击炮。”J.-T. 马斯顿提高嗓门儿说。

于是，又一场挺激烈的讨论开始了，每个人都主张采用自己所喜爱的武器式样。最后，主席打断了大家。

“朋友们，”巴比凯恩说道，“我的建议将让大家达成一致：我们的哥伦比亚德炮同时具有上述三种炮的炮口。它将是一门大炮，因为其弹膛与炮管的直径相同；它将是一门榴弹炮，因为它射的将是一枚榴弹；最后，它将是一门迫击炮，因为它将会在九十度的角度瞄准，而且因为无后坐力，又牢牢地固定在地上，就能给大炮弹以聚集于两侧的全部推动力。”

“赞成，赞成。”委员会成员们一致回答道。

“我有一个小小的疑问，”埃尔菲斯通少将说，“这门大炮-榴弹炮-迫击炮混合体有没有膛线呀？”

“没有，”巴比凯恩回答道，“没有，因为我们必须让它具有一个非常大的初速度，你们很清楚，有膛线的炮管发射的炮弹速度没有光滑炮管发射的快。”

“没错。”

“这一回该算是成功了！”J.-T. 马斯顿说道。

“还没有完全弄好哪。”主席回答道。

---

① 系指有时存在于炮弹与大炮炮管之间的空隙。——原注

“又怎么啦？”

“因为我们还不知道用哪种金属材料来制造它哪。”

“那我们就马上决定吧。”

“我正要向你们建议呢。”

委员会的四名成员每人都吃了一打三明治，又喝了一大杯茶，然后又开始讨论起来。

“正直的同事们，”巴比凯恩说道，“我们的大炮必须具有极大的抗断裂性和极大的硬度，高温下不熔化，遇到酸腐蚀不溶解、不氧化。”

“这些都不成问题，”少校回答道，“而且，因为必须使用大量的金属材料，选择起来并没什么困难。”

“那好！”摩根将军说道，“我建议制造哥伦比亚德炮要用迄今为止已知的最好的合金，也就是说，一百的铜、十二分的锡和六分黄铜的合金。”

“朋友们，”主席说道，“应该承认，这种组合结果非常好，但是，严格说来，它的造价太昂贵，制造起来也极其繁难。因此，我想，必须采用一种性能极好，而价格低廉的材料，比如铸铁。您是不是这个想法，少校？”

“正是。”埃尔菲斯通少校回答道。

“确实，”巴比凯恩接着说道，“铸铁比铜便宜十倍，它很容易熔化，在砂模里简单地浇铸即可，操作起来极其快捷，因此既省钱又省时。另外，这种材质绝佳，我记得战争期间，在围攻亚特兰大的时候，那些铸铁大炮，每门炮每二十分钟便发射出一千枚炮弹，而大炮却毫发无损。”

“可是铸铁很容易断裂的。”摩根将军说道。

“那倒是，不过，它也非常坚固。另外，我可以向你们担保，它不会把我们炸死炸伤的。”

“即使把我们炸飞了，我们也是死得其所。”J.-T. 马斯顿一本正经地说。

“确实如此，”巴比凯恩说道，“因此，我要请我们尊敬的秘书计算一下一门长九百英尺、内部直径九英尺、炮筒壁厚六英尺的铸铁大炮有多重。”

“马上就能算出来。”J.-T. 马斯顿回答说。

他像头一天那样非常熟练地列出公式来，一分钟之后，他说道：“这门炮将重六万八千零四十吨（六千八百零四万公斤）。”

“如果按每磅两美分（十生丁）来计算，得多少钱？”

“两百五十一万七百零一美元（一千三百六十万零八千法郎）。”

J.-T. 马斯顿和将军神情焦虑地看着巴比凯恩。

“好！先生们，”主席说道，“我要把我昨天跟你们说的重复一遍，请你们放宽心，我们并不缺钱！”

主席作了如此保证之后，委员会的成员们又决定第二天晚上举行第三次会议，然后便散会了。

第九章　火药问题

接下来需要解决的便是火药问题。公众都在焦急地等待着这最后一个问题的解决。炮弹的大小和大炮的长度都已经定下来了，那么制造推动力所必需的火药应该是多少呢？这种已被人类掌控了的可怕的玩意儿将在大炮的制造过程中扮演非同寻常的角色。

一般来说，大家都知道，而且很坚决地一再说，火药是十四世纪时由施瓦兹[①]僧侣发明的，他甚至为这一伟大的发明付出了生命的代价。但是，现在，几乎已经证实，这一说法应该归入中世纪的传说之中。火药并不是哪一个人发明的，它是直接从希腊火硝衍生而来的，它同希腊火硝一样，都是由硫黄和硝石构成的。只不过，自那一时期起，这些原本只是用来燃烧的混合物转化成爆炸物了。

然而，虽然博学的科学家深知火药发明者的故事纯属谬误，可是却很少有人了解火药的威力。而必须了解这个才能明白委员会所讨论的这一问题有多么重要。

一升火药重约两磅（约九百克），它燃烧时产生四百升气体，这些气体释放

① 施瓦兹（1310—1384），德国发明家。人们误以为他发明了火药，其实他是青铜炮的发明者。

出来，在高达两千四百摄氏度的高温的作用下膨胀开来，充盈着四千升的空间。因此，火药的体积与其爆炸时产生的气体体积之比是一比四千。我们由此可以想见，当这些气体被压缩在四千分之一的一个狭小的空间里的时候，它们产生的推动力该有多么惊人。

第二天，委员会的成员们进行讨论时，他们已经对此有足够的了解。巴比凯恩请埃尔菲斯通少校先发言，因为后者在战争期间曾经担任过火药部主任。

“亲爱的同事们，”这位著名的化学家说道，“我想先举出一些无可辩驳的数字作为我们讨论的基础。前天，尊敬的J.-T.马斯顿用极富诗情画意的语言向我们描述的那种八十磅的炮弹，仅仅用十六磅的火药就能射出炮口。”

“您对这个数据有把握吗？”巴比凯恩问道。

“绝对没错，”少校回答道，“阿姆斯特隆炮只用七十五磅的火药便能发射一枚八百磅的炮弹，而哥伦比亚德·罗德曼炮只用一百六十磅的火药就能将半吨重的炮弹射到六英里远的地方。这些都是事实，毋庸置疑，因为这些数据都是我亲自从大炮委员会的会议纪要中摘录的。”

“好极了。”将军称赞道。

“那好！”少校接着说道，“从这些数据中要得出的结论就是，火药的用量并不随着炮弹重量的增加而增加。确实，一枚二十四磅的炮弹需用十六磅的火药，换句话说，对普通大炮而言，火药的用量是炮弹重量的三分之二，但这一比例并不是恒定的。你们计算一下就会发现，一枚半吨重的炮弹使用的火药并不是三百三十磅，而只是一百六十磅。”

“您的意思是……”主席问道。

“亲爱的少校，”J.-T.马斯顿反诘道，“如果您将您的理论推向极端的话，您根本不用火药就能将一枚很重的炮弹发射出去。”

“我的朋友马斯顿即使是讨论严肃的问题也这么乱开玩笑，”少校回敬道，“不过，敬请放心，我马上就提出一些有关火药的数据，这将满足他那作为炮手的自尊心。只是我必须强调指出，战争期间，即使是最大的大炮，其火药的用量也被减少了，经过试验，减少到炮弹重量的十分之一。”

“非常精确，”摩根将军说，“不过，在决定推力所必需的火药数量之前，我觉得最好是先商量一下火药的种类。”

“我们将使用粗粒火药，”少校说道，“它燃烧得比粉状火药要快。”

“那是肯定的，”摩根说道，“但是，它爆裂得厉害，会损伤炮膛的。”

“是的！不过，对于一门旨在长期使用的大炮来说，这确实是一大缺陷，可是对于我们的哥伦比亚德炮来说，就无伤大雅了。我们不会有任何的爆炸危险，只要大炮瞬间点火，其推动力便能发挥到极致。”

“我们可以，”J.-T. 马斯顿说，“钻好几个洞，以便同时在不同地点点火。”

“当然，”埃尔菲斯通少校回答道，“不过，这样操作起来更加困难。因此，我再回到我说的那种粗粒火药的问题上，它能解决这些难题。”

“好呀。”将军说道。

“罗德曼在给他的哥伦比亚德炮填充火药时，”少校继续说道，“使用的是一种如栗子般的粗粒火药，它是用在铸铁锅炉里简单烤焙的柳木炭制成的。这种火药既坚硬又有光泽，摸了后手上也没有印迹，并且饱含氢和氧，一点就着，尽管容易爆裂，却对炮口没有什么损伤。”

“很好！我觉得，”J.-T. 马斯顿说道，“我们用不着犹豫了，就选它吧。”

“除非您喜欢金粉火药。”少校哈哈大笑地说道，但他的话让他那爱发火的朋友用铁钩子做了一个带威胁性的动作。

在这之前，巴比凯恩一直没有参加到讨论中来。他让大家说，自己只是在听。很明显，他已经有了一个主意，但他只是简简单单地说道：“现在，朋友们，你们的意见是用多少火药呀？”

枪炮俱乐部的那三名成员彼此看了一会儿。

“二十万磅。”摩根将军第一个开口说道。

“五十万磅。”少校反对道。

“八十万磅！”J.-T. 马斯顿大声嚷道。

这一回，埃尔菲斯通少校不敢指责他的这位同事太夸张了。说实在的，这是要将一枚重达二十万磅的炮弹发射到月球上去，而且还得让它的初速度达到每秒一万二千码。这三位同事在提出各自的建议之后，会场上沉默了一会儿。

最后，巴比凯恩主席打破了沉默。

“正直的同事们，”他语气平缓地说道，“我考虑这一问题的原则是，我们在一些既定条件下制造的这门大炮的后坐力其大无比。因此，我要让尊敬的J.-T.马斯顿惊讶了，我想告诉他说，他的计算太保守了，而我建议把他的八十万磅火药翻一番。”

“一百六十万磅？”J.-T.马斯顿闻言，腾地从椅子上站了起来说道。

“正是。”

“可是，那就得使用我那半英里长的大炮了。”

“那是显而易见的。”少校说。

“一百六十万磅的火药，”委员会秘书又说道，“将要占据一个将近二万二千立方英尺的空间，可是，您的大炮的容量只有五万四千立方英尺，那一半都给火药填满了，而炮管又不够长，无法让气体膨胀到产生足够的推力去推出炮弹。”

没有人反驳这一说法，J.-T.马斯顿说的是事实。大家都看着巴比凯恩。

“不过，”主席接着说道，“我坚持认为需要这一数量的火药。你们仔细想一想，一百六十万磅的火药将产生六十亿升气体。六十亿升呀！你们想想看呀！”

“那怎么做呢？”将军问道。

“这很简单。必须把这么多火药减少，同时还得保证这个推动力。”

“对！可是，用什么方法呀？”

“我来说给你们听吧。”巴比凯恩简单地回答道。

主席的那三位同事眼睛全都直勾勾地看着他。

“这再容易不过了，”巴比凯恩说道，“其实，就是将这么一大堆的火药的体积缩减到四分之一大。你们都知道构成蔬菜基本纤维的那种人们称之为纤维素的奇妙的物质吧？”

“啊！”上校说道，“我明白你的意思了，亲爱的巴比凯恩。”

“这种物质，”主席说道，“可以从各种物体，尤其是棉花中获得，而且是最纯净的。其实棉花只是棉桃上的绒毛而已。而棉花浸泡在硝酸中，就会转化成一种极难溶化，而又极易燃烧、极易爆炸的物质。几年前，1832年，一位名叫布拉科诺的法国化学家发现了这种物质，把它称为‘木质炸药’。1838年，另一位法国人佩鲁兹研究了它的各种特性，最后，1846年，巴勒[①]的化学教授松班建议将它用于战争。这种炸药，就是硝棉……”

“或者叫木棉素。”埃尔菲斯通少校插嘴说。

“也叫火棉。”摩根将军也凑上来说。

“美国人就没有给它取个名字吗？”J.-T.马斯顿在强烈的民族自尊心的驱使下大声嚷道。

“很遗憾，没有。”少校回答道。

不过，为了让马斯顿感到满意，主席接着说道，“我可以明确地说，我们的一位同胞可能与纤维素的研究密切相关，因为摄影术中的一种主要物质胶棉就是一种火棉，是溶于兑了酒精的乙醚里的火棉，而它就是当时还是波士顿医学院学生的梅纳德[②]发现的。”

“太好了！为梅纳德和火棉欢呼吧！”枪炮俱乐部的大嗓门儿秘书叫喊道。

“我再继续说木棉素，”巴比凯恩接着说道，“你们对它的那些特性都很了解的，而这些特性将让我们把它视若珍宝。这种物质很容易获得：把棉花浸入冒烟的硝酸[③]里十五分钟，然后用大量的水冲洗，再晒干，就行了。”

“这的确非常简单。”摩根将军说道。

“再者，木棉素耐潮，我们认为这一特质非常宝贵，因为大炮装填火药得好几天工夫，而且它的燃点不是两百四十摄氏度，而是一百七十摄氏度，另外，它的燃烧速度极快，可以先点燃普通火药，然后再引燃它。”

“好极了。”少校说。

“只是它贵了点儿。”

“那有什么关系？”J.-T.马斯顿反驳道。

“最后一点，它可以给炮弹以四倍于普通火药所给予的速度。我还要补充一

---

① 巴勒，即巴塞尔，瑞士的一个州府。

② 其实，事实并非如此，梅纳德曾有此想法，但火棉1846年就被一位法国人发明了，此人与波士顿的这位学生同名而已，作者在此加了注释。

③ 硝酸一接触到潮湿空气便会冒出浓浓的白色烟雾，因此得名。——原注

句，如果在其中掺进它的重量的十分之八的加了硝酸盐的碳酸盐的话，它的爆炸力还会大幅度增大。”

“这有必要吗？”少校问道。

“我不认为有必要，”巴比凯恩回答道，“因此，我们用不着一百六十万磅火药，只需四十万磅火棉就行了，而且因为我们可以毫无危险地把五百磅的棉花压缩成二十七立方英尺，所以这种物质在哥伦比亚德炮里只占据着一个三十托瓦兹高的空间。这么一来，炮弹在飞往月球之前，在六十亿升气体的推动下，在炮膛里有七百多英尺的空间可以穿越！”

听到这里，J.-T.马斯顿激动得难以抑制自己了，他像一枚炮弹似的猛扑进他的朋友巴比凯恩的怀里，如果后者不是身板硬朗，抗得住炮弹的冲击的话，可能就会被马斯顿顶穿了。

委员会的这第三次会议在这一小插曲中结束了。巴比凯恩和他的那几位无所畏惧的同事刚刚解决了炮弹、大炮和火药等极其复杂的问题。他们的计划已经拟订，就等着实施了。

“小事一桩，小菜一碟。”J.-T.马斯顿说道。

第十章　两千五百万朋友与一个敌人

美国公众对枪炮俱乐部的事情无论大小都表现出浓厚的兴趣，他们每天都在关注委员会的讨论。这次伟大的试验的最简单的准备工作、它涉及的几个数字、尚待解决的力学难题……总之，有关“它的进展”的一切情况，都是他们最感兴趣的。

从着手工作到试验完成要一年多的时间，但是，这段时间不会让人漠不关心的。浇铸场地的选择、砂模的制作、哥伦比亚德炮的铸造、极其危险的火药的装填等等，无不激发着公众的好奇心。炮弹一旦发射，瞬间便从人们的视线中消失，然后，它会是个什么样的情况，在太空中如何飞行，以什么方式在月球上着陆等等一切，只有极少数有特权的人才能亲眼看到。因此，试验的准备工作、试验的具体实施步骤，自然就让公众关心备至了。

这时候，一个意外情况立刻激发了公众对这纯科学的试验的兴趣。

大家都知道，巴比凯恩计划使它的制订者赢得了多少的崇拜者和朋友。然而，无论这些崇拜者和朋友人数是多么众多，也不可能包括所有的人。有这么一个人，是合众国各州中唯一的这么一个人，就起而反对枪炮俱乐部的这种做法。他一有机会便对它进行猛烈的攻击。人的本性使得巴比凯恩对这唯一的一个人的反对意见比对所有其他人的赞扬声更加关注。

其实，巴比凯恩很清楚这个反对意见的来由，知道这个唯一的敌对意见源自何方，知道它是出于个人恩怨，积怨甚深，他还知道它是从何种争强好胜的心态中萌发的。

这个死缠着不放的敌人与枪炮俱乐部主席从未谋面。这反倒更好，否则狭路相逢，后果不堪设想。这个对手同巴比凯恩一样，也是一位科学家，生性狂妄自大、桀骜不驯、性格暴烈，是个标准的美国佬。人们称他尼科尔船长。他住在费城。

人人皆知南北战争期间炮弹和铁甲舰只之间的奇特的争斗：炮弹旨在穿透铁甲，而铁甲则下定决心不让炮弹穿透。从此，南北大陆各州的海军就彻底改变了。炮弹和铁甲在前所未有的激烈争斗中互不相让，炮弹变大变重，铁甲也在不断地加宽加厚。那些配备着巨型大炮的舰船在其坚不可摧的铁壳保护之下，冒着敌人的炮火，乘风破浪，勇往直前。梅里马克号、莫尼托号、拉姆-坦内斯号、威考逊号[①]在披上铁甲以防敌方炮火的攻击之后，也在发射一些巨型炮弹。它们在用它们不希望对方用以对付它们的方法来对付对方，而战争艺术就是建立在这个不道德的原则上的。

不过，如果说巴比凯恩是一位伟大的炮弹铸造者的话，那么尼科尔船长就是一位伟大的铁甲板锻造者。一个夜以继日地在巴尔的摩铸造炮弹，而另一个则日以继夜地在费城锻造甲板。二人遵循着各自完全对立的观点在行事。

巴比凯恩刚设计成一种新型炮弹，尼科尔船长便立刻发明一种新的甲板。枪炮俱乐部主席毕生从事“穿洞”，而尼科尔船长则竭力在阻止对方把他的甲板打穿。因此，二人之间无时无刻不在争斗，以致发展到对个人的仇恨。在巴比凯恩的梦中，尼科尔船长浑身披挂着铁甲，自己则在其坚不可摧的铁甲前粉身碎骨。可是，在尼科尔船长的梦境里，巴比凯恩似一枚炮弹，把他穿了个透。

不过，尽管二人走的是相反的路线，但这两位科学家最终也许会不顾任何几何原理碰到一起的。但是，真的走到一起的话，那可能就是在决斗场上了。幸

① 梅里马克号、莫尼托号、拉姆-坦内斯号、威考逊号，均为美国海军军舰名。——原注

好，这两位对国家极其有用的公民被五六十英里的一段距离隔了开来，而且他们的朋友们在这段路上设置了无数的障碍，使得他俩永远无法相遇。

现在，这两位发明家到底谁胜过谁，人们尚不太清楚，因为双方都成绩不菲，难以定论。不过，说到底，似乎铁甲最终会败给炮弹。

然而，资深人士仍心存疑虑。最近的数次试验，巴比凯恩的锥形炮弹面对尼科尔船长的铁甲简直是小巫见大巫了。一天，费城的这位甲板锻造者自以为胜券在握，不把对手放在眼里。但是，当后者用普通的六百磅的炮弹代替前面的那些锥形炮弹之后，尼科尔船长便败下阵来了。的确，这些榴弹虽然速度一般①，但却能将用最好的金属锻造的甲板击破、击穿、炸成碎片。

竞争发展到这一地步，胜利似乎应属于炮弹了，但是，在战争结束的当天，尼科尔船长却发明了一种新铸钢铁甲！这是铁甲中的一个杰作，它在向世界上所有的炮弹挑战。尼科尔船长把它运往华盛顿的炮兵靶场，挑逗枪炮俱乐部主席前来比试。但是，和平基调已经确定，巴比凯恩不想去一比高下。

于是，尼科尔船长火冒三丈，他扬言可以接受任何炮弹的挑战，无论是实心的、空心的、圆形的还是锥形的，都不妨一试。可是，巴比凯恩不为所动，不愿比试，以免影响自己向月球发射炮弹的计划。

尼科尔船长见对方如此执拗，非常气愤，便心生一计，故意让巴比凯恩有获胜的把握，以引诱他比赛。他提出把自己的甲板放在离大炮两百码处，但巴比凯恩仍然表示拒绝。那么，一百码如何？即使是七十五码也不参赛。

“那就五十码吧，”尼科尔船长通过报纸大声叫嚷着，“再近些也行，二十五码，而且，我就站在甲板后面！”

巴比凯恩让人转达说，尼科尔船长即使站在甲板前面，他也不会开炮的。

尼科尔船长得知对方这一回答，再也克制不住了，竟然开始进行人身攻击，含沙射影地说对方在尽量掩饰自己的懦弱、胆怯，说对方完全是被吓破了胆才一再拒绝的，说那些炮手现在是小心翼翼地躲在六英里以外在打仗，是用数学公式

---

① 火药的用量只有榴弹炮弹的十二分之一。——原注

来代替个人的胆量，而在各种战斗规则中，镇定自若地待在甲板后面迎接敌方的炮火才是最大的勇气的表现。

对于尼科尔船长的这种种影射，巴比凯恩并没予以回击。他也许根本就没有听到对方的那些讽刺挖苦，因为当时他正一门心思在计划他那伟大的创举哪。

当巴比凯恩在枪炮俱乐部做完他的那个著名的报告后，尼科尔船长已经是怒发冲冠了。这其中还夹杂着一种极大的嫉妒和一种极其无奈的心情！如何才能制造一种比那九百英尺的哥伦比亚德炮更好的东西呢？什么样的甲板能够永远抵御一枚两万磅重的炮弹！一开始，尼科尔船长被这“轰天炮”吓住了，沮丧而无奈，但他随后便挺起了胸膛，决心打破对方所说的炮弹重量的想法。

于是，他对枪炮俱乐部的计划进行了猛烈的攻击；他写了许多信件，报纸倒也不拒绝为他发表。他企图从科学方面击垮巴比凯恩的杰作。一旦战争打起来，他就从各个方面寻求理论根据。不过，话说回来，他的那些理论根据往往既似是而非又站不住脚。

首先，他在数字上对巴比凯恩进行猛烈攻击。他企图用“A+B”模式来证明对方计算公式是错误的，他指责对方连弹道学的基本原理都搞不明白。除了其他的一些错误之外，根据尼科尔船长的计算，让某一个物体产生每秒一万两千码的速度是绝对不可能的。他根据代数原理，认为一枚如此重的炮弹不可能越过大气层的限制！它连打到八法里都不可能！更严重的是，即使这一速度达到了，炮弹也抵御不了一百六十万磅火药燃烧后释放出来的气体的压力，而就算它抵御住了这个压力，那它至少也忍受不了这样高的温度。它一射出哥伦比亚德炮的炮口，就会熔化，像雨点一般纷纷溅落，浇到不注意危险的观看者们的脑袋上。

面对这些攻击，巴比凯恩眉头都没皱一皱，仍然继续工作着。

于是，尼科尔船长从其他的一些方面对这个问题发起攻击。他认为，且莫说这一试验从各个方面来看都毫无意义，而且，无论对将去参观这个该诅咒的试验的观众们还是对这门该死的大炮周边的各个城市，这个计划都是极具危险性的。另外，他还指出，如果炮弹到达不了目的地——它绝对不可能到达目的地的——那它显然会落在地球上，而这么个大家伙，以它速度的平方加速坠落，必然让地球上的某个地方惨遭祸殃。因此，在此情况之下，即使没有伤害到自由公民们的权利，政府也应该出面干涉，而不应为了某一个人的一意孤行而危及大众的安全。

大家可以看到，尼科尔船长夸大其词到了什么程度。但是，持有他这种观点的只有他一人。没有人相信他那不祥的预言。大家任由他去聒噪，任由他去叫嚷，直到他精疲力竭为止，这是他自找的。他在当一个先已败诉的案件的辩护律师，大家听见他在声嘶力竭地喊叫，但都没在好好地听。他未能从枪炮俱乐部主席那儿夺走哪怕一个崇敬者，而后者甚至都不屑于反驳对手的那些观点。

尼科尔船长走投无路了，他把自己的全部精力都搭了进去，但仍然未能赢得胜利，所以便决定用钱取胜。于是，他在里士满《调查者》上就此问题公开提出一系列的赌注，而且越赌越大。

他打赌道：

1. 枪炮俱乐部无法筹集到必需的资金，赌注一千美元。

2. 铸造一门九百英尺的大炮不切实际，而且不可能成功，赌注两千美元。

3. 给哥伦比亚德炮装填火药是不可能的，木棉素在炮弹的压力之下会自燃，赌注三千美元。

4. 一开炮，哥伦比亚德炮就会爆炸，赌注四千美元。

5. 炮弹飞不出六英里，而且在发射几秒钟之后便会落地，赌注五千美元。

大家看得出来，尼科尔船长为他那无法遏制的执拗下了大注，总计不少于一万五千美元（八万一千三百法郎）。

尽管赌注巨大，但10月19日，他还是收到了一封封了口的短笺，内容十分简单，就两个字：

愿赌

巴比凯恩

10月18日于巴尔的摩

第十一章　佛罗里达州和得克萨斯州

不过，有一个问题尚需解决：必须选择一个适合试验的地方。根据剑桥天文台的建议，炮弹的发射应垂直于地面，也就是说，应正对天穹。而月球只是在纬度零度到二十八度之间才通过天穹最高点，换句话说，它的赤纬只有二十八度①。因此，必须精确无误地确定巨型哥伦比亚德炮的铸造地点。

10月20日，枪炮俱乐部召开全体会议，巴比凯恩带来一张Z. 贝尔特罗普绘制的精美的美国地图。但是，还没等他展开地图，一向性情急躁的J.-T. 马斯顿便要求发言。他开口说道："尊敬的同事们，今天要讨论的问题很重要，关乎国家利益，它将向我们提供一个表现伟大的爱国主义精神的机会。"

枪炮俱乐部的会员们面面相觑，不明白这位演说家想说什么。

"诸位没有任何人不想捍卫自己祖国的荣誉的，"J.-T. 马斯顿接着说道，"如果合众国能够获得一项权利的话，那就是把枪炮俱乐部的这门巨型大炮铸造在它的领土上。可是，就目前的情况而言……"

"正直的马斯顿……"主席打断他说。

① 星球的赤纬是它在整个天体中的纬度，而赤经则是它的经度。——原注

“请允许我阐明我的观点，”演说家坚持说下去，“就目前的情况而言，我们不得不选择一个比较靠近赤道的地方，以便让试验能够在良好的条件下进行……”

“对不起……”巴比凯恩又一次打断了他。

“我要求自由讨论各种观点，”固执的J.-T.马斯顿硬是继续在说，“我主张，我们的那颗光荣的炮弹将要发射的那个地方应该属于合众国。”

“那当然啰！”有几位会员呼应道。

“那好！既然我国边界不太宽广，既然我们南边被大洋阻隔无法逾越，既然我们必须在美国以外，到一个位于纬度二十八度的邻国寻找地点，这正好是一个‘宣战的理由’，那我要求我们向墨西哥宣战！”

“不行！不行！”全场一片反对声。

“不行？”J.-T.马斯顿反驳道，“在我们这个圈子里，竟然听到‘不行’二字，真让我惊讶！”

“您好好地听听……”

“我不听！不听！”气愤不已的演说家大声叫道，“这场战争迟早要打起来的，所以我要求今天就开战。”

“马斯顿，”巴比凯恩猛摇着铃铛说道，“我取消您的发言权！”

马斯顿意欲反驳，但被他的几个同事制止住了。

“我同意试验只能而且是只应该在合众国的土地上进行，”巴比凯恩说道，“不过，如果我那急脾气的朋友让我说下去的话，如果他用眼睛看看地图的话，他就会明白完全没有必要向我们的邻国宣战，因为美国的某些边界已延伸到二十八度以南了。你们看，我们拥有得克萨斯州和佛罗里达州的整个南部地区。”

J.-T·马斯顿的干扰被排除了，但他对被说服毕竟还是不无遗憾的。会议作出决定，哥伦比亚德炮或者在得克萨斯州或者在佛罗里达州铸造。不过，这一决定可能会引发这两个州史无前例的竞争。

从美国海岸穿过的北纬二十八度线横穿佛罗里达半岛，并使之分为相等的两部分。随后，它进入墨西哥湾，穿过阿拉巴马河、密西西比河和路易斯安那河构成的弓形。然后，登陆被它切下一个角的得克萨斯，延伸过墨西哥，穿越索诺拉，跨过古老的加利福尼亚，隐没于太平洋的那些大海之中。因此，只有得克萨斯和佛罗里达两州位于这条纬线南部的那些部分才符合剑桥天文台所建议的纬度条件。

佛罗里达州南部地区并无什么重要的城市，只有一些大堡垒耸立着，是防备流窜的印第安人的。只有一个城市——坦帕城——可能符合条件，有权申请。

相反，在得克萨斯，城市更多也更重要：纽埃西斯地区的科珀斯科里斯蒂，以及里奥布拉伏河上的那些城市——威伯地区的拉雷多、科马里特、圣伊格纳西奥，斯塔尔地区的洛马、里奥格兰德城，伊达尔戈地区的爱丁堡，卡梅伦地区的圣丽塔、埃尔潘达、布朗斯维尔——组成了一个强势联盟，对抗着咄咄逼人的佛罗里达州。

因此，刚一获知会议的决定，得克萨斯州和佛罗里达州的议员们便飞快地赶到了巴尔的摩。自这一时刻起，巴比凯恩主席和枪炮俱乐部有影响的会员们就没日没夜地被一些强烈的要求包围着。希腊的七座城市为争夺荷马的诞生地之殊荣而争执不休，而得克萨斯和佛罗里达这两个州则为了一门大炮的问题威胁要以武力相向。

这时候，人们看到那些“凶狠的兄弟”携带着武器在巴尔的摩的大街小巷里游来荡去。双方一旦狭路相逢，必生祸端，可能会导致灾难性的后果。幸好，由于巴比凯恩主席的谨慎和机智，这种危险才得以避免。个人的那种种不满在各个州的报纸上得到了宣泄。这么一来，《纽约先驱论坛报》和《论坛报》支持得克萨斯州，而《时代周刊》和《美国评论》则站在佛罗里达州的议员们一边。枪炮俱乐部的会员们不知道该听谁的好。

得克萨斯州的二十六个县不可一世地一起上阵，而佛罗里达州则回击道：在一个只有得克萨斯州六分之一大的州里，有十二个县动员起来了，它们的力量足可以胜过二十六个县。

得克萨斯州大肆标榜它拥有三十三万人口，而佛罗里达州面积虽小，但也不忘吹嘘自己人口密度大，有五万六千之众。另外，它还调侃得克萨斯州，说它有一大特产——疟疾，每年会夺去好几千人的性命。关于这一点，佛罗里达州倒也没有胡编乱造。

得克萨斯州也不甘示弱，反唇相讥，说佛罗里达州在这个问题上并没有什么可以骄傲的，它自己也被慢性黄热病所困扰，却大言不惭地指责别人不卫生。得克萨斯州的说法也是有根据的。

“再者，”得克萨斯人通过《纽约先驱论坛报》补充说道，“对一个生产全美国最优质棉花的州，一个生产造船用的最好的绿橡树的州，一个蕴藏着出矿率高达百分之五十的优质煤和铁的州，我们应该表达敬意才是。”

对此，《美国评论》回应道，佛罗里达州的土地虽然没那么肥沃，但却能为哥伦比亚德炮的制模和铸造提供一些较好的条件，因为它是由沙土和黏土构成的。

“但是，”得克萨斯人又说道，“想在一个地方铸造一样东西，就必须先到那个地方去。然而，去佛罗里达极其困难，而得克萨斯沿岸却有着加尔维斯顿海湾，其周长达十四法里，能停泊全世界的船队。”

“很好，”忠实于佛罗里达人的那些报纸回应道，“你们竟然把你们那位于二十九度以上的加尔维斯顿海湾都给抬出来了。难道我们就没有埃斯波里图桑托海湾吗？它可是正好位于纬度二十八度线上的呀，而且船只通过它就可以直达坦帕城了。”

“好美丽的海湾！”得克萨斯州反诘道，“它的一半都被泥沙淤塞住了。”

“你们才被淤塞住了呢！”佛罗里达州气愤不已地驳斥道，“你们是不是还想说我们这儿是野人国呀？”

“没错，塞米诺游牧民们还在你们的草原上游荡呢！”

“是呀！可你们的阿巴什人和科曼什人难道已经开化了？”

口水战如此这般地打了几天，佛罗里达人企图把其对手引到另一个战场上去，有一天，《时代周刊》暗示道，由于这个试验“纯粹是美国的”，那它就应该在一块“纯粹是美国的”领土上进行。

闻听此言，得克萨斯人急了，叫喊道：“美国人！难道我们不是同你们一样的美国人吗？得克萨斯州和佛罗里达州不是都在1820年并入合众国的吗？”

“当然是，”《时代周刊》回答道，“我们可是从1820年起就属于美国了。”

“这我们是相信的，”《论坛报》反诘道，“在当了二百年的西班牙人或英国人之后，人家又把你们以五百万美元的价格卖给美国了！”

"那又怎么样？"佛罗里达人反驳道，"我们应该因此而羞惭吗？难道路易斯安那州不是1803年用一千六百万美元从拿破仑那儿买来的吗？"

"这是奇耻大辱！"得克萨斯州议员们吼叫道，"像佛罗里达这么一丁点儿的地方也敢同得克萨斯相提并论？得克萨斯可没被卖过，而是自主独立的，它于1836年3月2日把墨西哥人赶走。在山姆·休斯顿于圣哈金托河畔击败桑塔·安纳[①]的军队之后便宣布成立了联合共和国！这个州最后自愿加入了美利坚合众国！"

"那是因为它害怕墨西哥人！"佛罗里达人回答道。

自从害怕这个实在很刺激人的词说出来，局势便变得非常严重了。人们预见到双方的人马会在巴尔的摩街头巷尾大打出手，非置对方于死地不可，于是不得不把议员们监视起来。

巴比凯恩主席不知如何是好。纪要、文件、恐吓信纷纷地落到了他的手里。他应该支持哪一方呢？从土地的适用性、通信的便利性、交通的快捷性来说，这两个州旗鼓相当，不分伯仲。至于政治条件，也都没有问题。

巴比凯恩为此犹豫不决，举棋不定了很长时间，最后他决定摆脱困境。他把他的同事们召集在一起，向他们提出一个非常明智的解决办法，我们马上就可以看到。

"仔细考虑佛罗里达州和得克萨斯州之间刚发生的事之后，"巴比凯恩说道，"我发现，同样的种种困难也将会出现在被看好的那个州的各个城市之间。竞争将越扩越大，从州到市，难度也愈发地加大。而得克萨斯州就会有十一个城市符合要求而博弈不止，这又将给我们制造出一些新的麻烦来。而佛罗里达州却只有一个城市，因此，我们就选择佛罗里达州，选择坦帕城吧！"

这个决定一公布，得克萨斯州的议员们便惊呆了。他们怒火中烧，愤恨不已，指名道姓地大骂枪炮俱乐部的会员们。巴尔的摩的行政官员们只有一个办法，他们便采取了这个办法。他们让人开来一列专列，硬是将得克萨斯人塞进车

---

① 安东尼奥·洛佩斯·德·桑塔·安纳（1794—1876），墨西哥政治家、野心勃勃的军队将领。

里，以时速三十英里的速度把他们送走了。

然而，尽管把他们全都迅速地送走了，可他们仍然没有忘记冲他们的对手们最后再挖苦一句，威吓一下。

他们挖苦佛罗里达州小得可怜，只不过是两个海域中间夹着的一个狭小的半岛，大炮一响，准会被震上天去的。

“好呀！就让它上天去吧！”佛罗里达人以一种无愧于古代人的简洁语言回答。

第十二章　世界各地行动起来[①]

天文学、力学、地形学的难题一解决，资金的问题就出来了。实施该计划必须筹集一大笔巨款。任何个人，甚至任何一个州都拿不出所必需的数百万美元来。

于是，巴比凯恩主席打定主意，尽管这是一项美国人的试验，也要把它当做一项全球的共同事业来做，并请求各个国家给予财政支持。参与地球卫星的事业既是全球人的权利也是全球人的义务。为此目的而展开的公开募捐，从巴尔的摩扩展到全世界，全世界行动起来。

这场募捐运动将会取得异乎寻常的成功。不过，这是赠款而非借贷。严格地说，这一运动是没有回报的，是没有任何获利机会的。

不过，巴比凯恩报告的影响并未局限于美国国内，它越过了大西洋和太平洋，到达亚洲和欧洲、非洲和大洋洲。合众国的各个天文台同国外的天文台进行直接联系。一些天文台，如巴黎、彼得堡、开普敦、柏林、阿尔托纳、斯德哥尔摩、华沙、汉堡、布达、波伦亚、马耳他、里斯本、贝拿勒斯、马德拉斯、北京

① 原文为拉丁文，指“对罗马并对全世界”，原为罗马教皇举行普世降福仪式时用语，转义为“世界各地”。

等地的天文台，都纷纷向枪炮俱乐部表示祝贺；其他国家的那些天文台则持一种谨慎的观望态度。

至于格林威治天文台，在英国其他二十二个天文台的支持下，态度十分明确地表示反对：它断然否定试验会取得成功，公开站在尼科尔船长一边。因此，当各个科学家团体答应派遣代表去坦帕城时，格林威治天文台却召集会议，严词拒绝巴比凯恩的建议。这纯粹是英国式的妒意大发。

总之，这项计划在科学界反应极佳，而且通过科学家，又将这种极佳反应传到了对这一问题总的来说一直表现积极的群众当中。这一点非常重要，因为这些普通民众将会响应号召，捐赠大量的金钱。

10月18日，巴比凯恩主席发表了一个热情洋溢的宣言，号召“全球所有善良的人们”积极地行动起来。这个宣言被译成各种语言，获得了很大的成功。

募捐活动在合众国各主要城市展开，募捐的钱最后存入巴尔的摩街九号的巴尔的摩银行里。接着，在两个大陆的各个国家又开展了募捐活动：

维也纳，S.-M·德·罗思柴尔德银行；
彼得堡，施蒂格列茨公司；
巴黎，动产信贷银行；
斯德哥尔摩，托蒂暨阿弗来德森银行；
伦敦，N.-M.德·罗思柴尔德父子银行；
都灵，阿尔杜安公司；
柏林，门德尔松银行；
日内瓦，隆巴尔暨奥迪埃公司；
君士坦丁堡，奥托曼银行；
布鲁塞尔，S.朗贝尔银行；
马德里，达尼埃尔·威思韦尔银行；
阿姆斯特丹，荷兰信贷银行；
罗马，托洛尼亚公司；
里斯本，莱思纳银行；

哥本哈根，民间银行；

布宜诺斯艾利斯，莫阿银行；

里约热内卢，莫阿银行；

蒙得维的亚，莫阿银行；

瓦尔帕莱索，托马斯·拉尚贝尔公司；

墨西哥，马尔丹·达朗公司；

利马，托马斯·拉尚布尔公司。

巴比凯恩主席的宣言发表后第三天，就有四百万美元（两千一百六十八万法郎）汇入合众国各个城市的银行了。有了这么一大笔资金，枪炮俱乐部的试验工作就可以开始了。

不过，几天之后，美国收到一封又一封电报，说是外国的募捐搞得也很轰轰烈烈。有些国家表现得慷慨大方，也有一些国家却并不豪爽。这也难怪，性格使然。

不管怎么说，数字比言语更有说服力，以下便是募捐活动结束之后，枪炮俱乐部所统计到的捐款情况。

俄罗斯为此承担了一份数目庞大的定额三十六万八千七百三十三卢布（一百四十七万五千法郎）。俄国人对科学有着极大的兴趣，天文台很多，在天文学研究方面取得很大的进步，其中最大的那个天文台造价高达两百万卢布。如果你了解这些情况，就不会对他们的慷慨解囊感到惊讶了。

法国一开始是嘲讽美国人的狂妄自大的。他们趁机改编了成千上万的老旧文字游戏和一二十部滑稽戏，其中的庸俗与无知比比皆是。但是，正如法国人从前听完唱歌要付钱一样，这一次，他们笑完之后也付了钱：一百二十五万三千九百三十法郎。出了这么一大笔钱，他们完全有理由说笑一番了。

奥地利虽然财政困难，但也表现得比较慷慨。它从税收中拿出二十一万六千盾（五十二万法郎），数目不小。

瑞典和挪威捐出五万二千里克斯达尔（二十九万四千三百二十法郎）。对这两个国家来说，这笔款已经不小了。不过，如果在克里斯蒂安尼亚和斯德哥尔摩同时搞募捐的话，捐款肯定会更多的。挪威人不知何故，反正不喜欢把自己的钱寄往瑞典去。

普鲁士人捐出二十五万塔勒（九十三万七千五百法郎），表明他们高度赞赏这一试验。他们的各个天文台都踊跃地捐了大笔的钱，并且还以极大的热情鼓励巴比凯恩主席。

土耳其人也很大方。不过，话说回来，这个试验与他们的国家利益息息相关。事实上，他们的年历和斋戒日都是依据月球的运行而制定的。所以，他们捐出了一百三十七万两千六百四十皮阿斯特（三十四万三千一百六十法郎），表现出了极大的热情。不过，这其中夹杂着土耳其苏丹政府的强迫性。

在二流国家中，比利时独占鳌头，捐出了五十一万三千法郎，相当于每个比利时人大约捐了十二个生丁。

荷兰及其殖民地对这个试验也比较感兴趣，捐赠了十一万盾（二十三万五千四百法郎），但是，要求返还百分之五的折扣，因为他们付的是现金。

丹麦虽然国土面积有点儿小，但是也捐出了九千个足金杜卡托（十一万七千四百一十四法郎），这足以证明丹麦人对科学探险的热爱。

日耳曼联邦保证捐赠三万四千二百八十五弗罗林（七万两千法郎），它不会再多出了，即使再要求，它也不会答应的。

意大利显然很拮据，但仍从孩子们的口袋里掏出二十万里拉，不过是把他们的口袋全都翻了个遍。如果威尼托地区（首府威尼斯）还属于它的话就好了，可惜威尼托地区最后并不属于它了。

信奉宗教的那些国家认为捐赠数额不应少于七千零四十罗马埃居（三万八千零一十六法郎）。而葡萄牙为表达自己对科学的忠诚信仰，捐出三万古鲁赛罗（十一万三千二百法郎）。

墨西哥则捐赠了八十六个金皮阿斯特（一千七百二十七法郎），这些钱都是寡妇们口袋里最后的那几个子儿。不过，帝国刚刚建立，难免手头紧些。

瑞士为美国的这项伟大事业提供了两百五十七法郎。必须实话实说，瑞士并没看好这个试验，它并不认为往月球上发射一枚炮弹就能真的同月球建立起生意上的联系，它觉得把资金投到这么毫无把握的事情上是很轻率的。不过，瑞士也许言之有理。

至于西班牙，它是不可能筹集到多于一百一十里亚尔的（五十九法郎四十八生丁）。它的借口是它有多条铁路等待完工。真实的情况是，科学在这个国家并不被看好。它还比较落后。另外，有一些西班牙人，虽然并不是没有知识，但是却不完全清楚与月球的体积相比，炮弹的个头儿有多大。他们害怕炮弹会干扰月球的运行轨道，破坏了它的地球卫星的作用，导致月球坠落到地球上，那样的话，还是放弃的好。因此，他们只出了几个里亚尔意思意思。

还有就是英国了。大家知道英国对巴比凯恩的建议是嗤之以鼻的。大不列颠岛上的两千五百万英国人只有同样的一个灵魂。他们宣称枪炮俱乐部的行为是有悖于“不干涉原则”的，所以他们一个子儿也不出。

听到英国人的说法，枪炮俱乐部只是耸了耸肩，不予理会，只顾忙自己的事了。南美洲，也就是秘鲁、智利、巴西、拉普拉达河流域的各省，以及哥伦比亚，分别捐赠了各自的份额，总计三十万美元（一百六十二万六千法郎），列在捐赠榜单的首位。

以下是捐赠款的总数：

美国捐款：四百万美元

外国捐款：一百四十四万六千六百七十五美元

总计：五百四十四万六千六百七十五美元

以上即为公众捐到枪炮俱乐部设在全球各处的钱柜里的五百四十四万六千六百七十五美元。

请大家千万别对这么一大笔钱款感到惊讶。铸炮、钻孔、筑墙、运送工匠、把工匠们安置在一个几乎荒无人烟的地方、建造熔炉和房屋、工厂的设备、火药、炮弹、额外支出等等，根据工程预算，几乎会将这笔钱花得一干二净。南北战争时期，某些大炮的炮弹需花上一千美元；巴比凯恩的这枚在炮兵纪事上独一无二的炮弹很可能得花上五千倍不止。

10月20日，巴比凯恩同纽约附近的艾德斯普林工厂签订了一份协议，该厂在战争期间向帕罗特提供了它最好的铸铁炮。

缔约双方规定，艾德斯普林工厂负责将铸造哥伦比亚德炮所需物资运往南佛罗里达的坦帕城。这一运输任务最迟必须在明年10月15日完成，而且必须保证交付使用的大炮完美无缺，否则将处以每天一百美元（五百四十二法郎）的罚金，直到月球在同样条件下出现为止，也就是说，到十八年零十一天之后。另外，协议还规定，招聘工匠、支付他们工资、必要的管理工作一并由艾德斯普林工厂负责。

这份真诚的协议一式两份，由枪炮俱乐部主席因比·巴比凯恩和艾德斯普林工厂厂长签字，立即生效。

第十三章　石岗

自从枪炮俱乐部的会员们作出了有损于得克萨斯州的选择之后，在人人都读书识字的美国，每个人都把研究佛罗里达州地理视为一种义务。书商们从未卖出过如此多的有关地理方面的书籍，如巴特朗的《佛罗里达游记》、罗曼的《佛罗里达东西部自然史》、威廉的《佛罗里达版图》、克莱朗的《论佛罗里达东部的甘蔗种植》等。这些书籍一版再版，盛况空前。

巴比凯恩可无暇看书，他要做的事情太多了。他要亲自查看并确定哥伦比亚德炮的铸造点。因此，他立即把制造一架天文望远镜的必需资金划拨给了剑桥天文台，还同奥尔巴尼的布雷德维尔公司签订了铸造铝弹的合同。随后，他在J.-T.马斯顿、埃尔菲斯通少校以及艾德斯普林工厂厂长的陪同下，离开了巴尔的摩。

第二天，这四位到达了新奥尔良。他们在那儿立即登上了政府拨给他们乘坐的合众国海军护卫舰坦皮科号，随即点火起航，很快便驶离了路易斯安那河岸。

航程并不长，起程两天之后，坦皮科号便航行了四百八十海里（将近二百法里），到达佛罗里达海岸。在驶近海岸时，巴比凯恩看到的是一片平坦的低洼地，十分贫瘠。驶过一个又一个盛产牡蛎和龙虾的小海湾之后，坦皮科号便进入埃斯皮里图桑托海湾了。

该海湾分为两个狭长的港湾：坦帕港湾和希利斯波洛港湾。坦皮科号很快便穿过两个港湾之间的狭窄入口。不一会儿，布鲁克炮台便显现在万顷碧波之上，接着，坦帕城出现了，它懒洋洋地躺在由希利斯波洛河口形成的天然小港的尽头。

10月22日晚7点，坦皮科号就在那儿停泊了，四位乘客立即下了船。

巴比凯恩一踏上佛罗里达的土地，便感到心怦怦直跳。他似乎在用脚试探着土地，仿佛一位房屋建筑师在踏勘房屋是否牢固。J.-T.马斯顿用他的铁钩尖刮擦着地面。

“先生们，”巴比凯恩说道，“我们时间紧迫，从明天起，我们将骑马去勘察这片土地。”

巴比凯恩一踏上陆地，立即受到坦帕城三千居民的热烈欢迎，这是这位选定他们的土地来做试验的枪炮俱乐部主席应该获得的殊荣。居民们群情激昂，欢声雷动，但是，巴比凯恩急匆匆地离开了欢呼的人群，躲进弗兰克林旅馆的一个房间，不想见任何人。他并不习惯当名人。

第二天，10月23日，一些健壮活跃的西班牙小种马在他的窗下踢蹬着。可是，并不是四匹，而是五十匹，骑手们都骑在马背上。巴比凯恩领着他的三位同伴连忙下楼，置身于这么大的一个马队之中，一下子怔住了。另外，他发现每一位骑手肩上都斜背着一支马枪，马匹两边的手枪皮套里还插着手枪。见他满脸疑惑，一位年轻的佛罗里达人立即上前向他道明这么炫耀武力的缘由，他说道：“先生，这里有许多塞米诺人。”

“塞米诺人？”

“半游牧民，是一些野蛮人，在草原上四处流窜，所以我们觉得应该护卫您。”

“哼！”J.-T.马斯顿边上马边哼了一声。

“反正，这样要保险一些。”那佛罗里达青年又说道。

“先生们，”巴比凯恩回答道，“我非常感谢诸位这么关心我们，好了，咱们走吧！”

这一小队人马立即起程，绝尘而去。这时是清晨5点，太阳已经金光闪闪，气温已达八十四度[①]，但是海风阵阵，吹散了这一高温。

巴比凯恩离开坦帕城，往南，沿着海岸，向阿利菲小溪走去。这条溪水在坦帕城下方十二英里处流入希利斯波洛港湾。巴比凯恩一行人沿着小溪右岸往东攀登。海湾的波涛很快便隐没于蜿蜒起伏的地势后面了，展现在他眼前的只是佛罗里达的田野。

佛罗里达分为两个部分：一部分在北边，人口稠密，不算荒芜，首府是塔拉哈西，还有美国海军重要的军火工厂之一的彭萨科拉；另一部分夹在大西洋和墨西哥湾之间，被两处的海水团团包围着，形成一个小小的半岛，长年被海水侵蚀着，隐没在一个小群岛的中间，而且巴哈马运河的无数船只不停地从它身旁穿过。它是海湾大风暴的“前哨”。该州面积为三千八百零三万三千二百六十七英亩（一千五百三十六万五千四百四十公顷），必须从中挑选出一块位于纬度二十八度以内的适宜做试验的地方来。因此，巴比凯恩骑在马上，边走边仔细地勘测着地形及其独特的结构。

佛罗里达是庞斯·德·雷翁在1512年圣枝主日[②]那一天发现的，被命名为“鲜花盛开的复活节岛”。不过，它并不配拥有这么迷人的名字，因为它的海岸被烈日烤得干燥无比。然而，在离岸边几英里处，土质在逐渐改变，该地区才无愧于它那迷人的名字。无数的小溪、河流、池塘、小湖纵横交错其间。人们仿佛置身于荷兰或圭亚那一般。但是，原野明显地在往上走，不一会儿，眼前呈现出种满植物的平原，北方的和南方的蔬菜满目皆是。广阔的田野上由于热带的日照和黏土中的水分，作物长得十分茁壮喜人。接着又是一片菠萝、木薯、烟草、水稻、棉花和甘蔗的田地，广袤无垠，一望无际，显示出肥沃的土地，丰硕的收获。

巴比凯恩看到地势在逐步升高，十分满意。这时候，J.-T.马斯顿就这一点问他时，他回答道：“尊敬的朋友，我们最感兴趣的就是在高地上铸造我们的哥伦比亚德炮。”

---

① 此处为华氏，约等于摄氏二十九度。——原注

② 圣枝主日，即复活节前的礼拜日。

“为了离月球近一点儿吧？”枪炮俱乐部秘书大声说道。

“不！”巴比凯恩面带笑容地回答道，“多几个托瓦兹或者少几个托瓦兹又有什么要紧？根本就无所谓的。不过，在高地上我们的工作会更容易点儿——我们将不必跟水斗争了，省去了安装那费时费力费钱的长长的水管道的烦恼了，而这一点是必须考虑到的，因为我们要钻一个九百英尺深的坑洞。”

“您说得对，”工程师默奇森说道，“钻坑过程中，必须避开水流，不过，如果遇到一些水源，也无伤大雅，我们可以用机器把它们抽干，或者把它们向别处引流。我们并不是要挖一口狭窄漆黑的自流井[①]；挖那口井把所有的工具——丝锥、套筒、探针等一股脑儿地全都用上了。我们可不这样，我们将在大白天里露天工作，用镢头或十字镐，再加上雷管，我们的进度会很快的。”

“不过，”巴比凯恩接着说道，“如果地势高或者土质好的话，我们就用不着跟地下水打交道了，那么进度会更快，更加完美。因此，让我们想法在一块高于海平面数百托瓦兹的地方开挖我们的坑洞吧。”

“您说得对，巴比凯恩先生，如果我没弄错的话，我们很快就将找到一个合适的地方。”

“好啊！我想挖第一镐。”巴比凯恩主席说。

“那我就挖最后一镐吧！”J.-T.马斯顿大声嚷道。

“我们会成功的，先生们，”工程师回答道，“请相信我，艾德斯普林工厂将不会因延误工期而交纳罚金的。”

“炮神巴伯在上！您说得太对了！”J.-T.马斯顿说道，“一天一百美元，直到月亮呈现出同样的条件为止，也就是说，十八年零十一天，你们知道这将是六十五万八千一百美元（三百五十六万六千九百零二法郎）呀！”

“不，先生，这我们并不知道，”工程师回答道，“不过，我们也用不着知道。”

将近上午10点，这一小队人马走了有十二英里左右的路程；肥沃的田野过

① 自流井，指人们花了九年时间才挖好的格勒奈尔自流井，它深达五百四十七米。——原注

后，接着是一片林区，生长着各种各样的热带树木。在这片几乎难以进入的大森林里，石榴树、柑橘树、柠檬树、无花果树、橄榄树、杏子树、香蕉树、粗壮的葡萄藤花儿朵朵，果实累累，五颜六色，香气四溢。在这些美不胜言的大树香气十足的枝叶下，百鸟翻飞，欢声歌唱，尤其是其中的食蟹鹭，它们的窝巢仿佛是一只首饰盒，与它们的一身彩衣相得益彰。

J.-T.马斯顿和少校置身在这大自然的美景之中，啧啧称羡，流连忘返。但是，巴比凯恩主席对这人间仙境却无动于衷，只顾往前赶路。这片土地如此肥沃，反倒引起他的不悦。他虽然不是地下水的探测专家，但却感觉到脚下有水，他在寻找干燥的地方，但始终未能发现。不过，大家仍在往前走着。必须蹚过好些条小河，这也相当危险，因为河里满是凯门鳄，足有十七八英尺长。J.-T.马斯顿用他那可怕的铁钩大胆地吓唬它们，不过他只是把河岸边的那些“野居民”——鹈鹕、野鸭、鹲鸟给惊飞了，而一群群体形很大的火红的火烈鸟则呆呆地在看着他。

最后，这些湿地上的不速之客离开了。树木逐渐稀少，稀稀拉拉地散布在不很茂密的林地上。有几丛孤单零落的小树显现在无垠的平原上，只见一群群的黄鹿在奔跑。

“好了！总算到了松林地区了！”巴比凯恩大声叫道。

“这也是‘野人’出没之地。”少校说道。

果然，远方影影绰绰可见几个塞米诺人，他们情绪激动，骑着快马跑来跑去，手举着长矛或用步枪射击。不过，他们也只是显示他们的敌对情绪，并无其他举动，所以巴比凯恩及其同伴们并不担心什么。

这时，他们来到一块石头遍地的平原中央。这是一块开阔地，足有好几英亩，火辣辣的太阳照射在它上面。它是一块很宽阔的隆起的土地，仿佛在向枪炮俱乐部的几位会员展现它具备安装哥伦比亚德炮的所有必需之条件。

“停下！”巴比凯恩说着便停了下来，“这个地方当地人叫什么呀？”

“石岗。”一个佛罗里达人回答道。

巴比凯恩没有吭声，翻身下马，拿起他的仪器，开始极其精确地测量自己所在的方位。其他的人围在他身旁，鸦雀无声地看着他。

此刻，太阳移到子午线了。不一会儿，巴比凯恩迅速地计算观测结果，然后说道："这个地方位于海拔三百托瓦兹，纬度二十七度七分，经度五度七分。我觉得此处土质干燥、多石，完全符合我们的试验条件。因此，我们将在这儿建造我们的仓库、车间、熔炉以及工棚。"接着，他用脚猛踩石岗山头说道，"我们的炮弹，就在这儿，就从这儿，飞向太阳系！"

第十四章　十字镐和镘刀

当晚，巴比凯恩及其同伴们回到了坦帕城，而默奇森工程师则上了坦皮科号返回新奥尔良了。他需要招募许多工匠，并且将大量的器材物资运来。枪炮俱乐部的会员们在坦帕城住了下来，以便在当地人的帮助之下，着手准备开工。

坦皮科号驶离一个星期之后，回到了埃斯皮里图桑托港湾，一队蒸汽船跟在它的后面也进了港。默奇森招募到一千五百名劳工。如果处于奴隶制那糟糕的年月的话，他可能是白白地浪费时间与精力了。但是，自从美国这块自由的土地住着的全是自由人后，哪儿工钱给得高，他们就往哪儿跑。而枪炮俱乐部又不缺钱。它可以给工匠们很高的报酬，外带丰厚的奖金。被招募到佛罗里达去的工匠，在工程完工之后，可以领到以他们的名字开户的巴尔的摩银行的存款。默奇森为难的倒是如何进行筛选，他必须就工匠们的才能和技艺进行严格的把关。毫无疑问，经他手招募来的劳动大军中，都是一些出色的技工、司机、铸工、石灰煅烧工、矿工以及各行各业的小工。这里有黑人也有白人，没有肤色的歧视。其中的许多人都把自己的家属带了来。这是一次真正的大移民。

10月31日上午10点，这支劳动大军登上了坦帕城的码头。不难想象，小城里人口一下子翻了一番，熙熙攘攘，热闹非凡。的确，枪炮俱乐部的这一创举让坦帕城大赚了一笔，这并不是因为涌入这么多的工匠——他们一到便被直接送到石岗去了——而是因为许许多多好奇的人从全球各地纷纷涌向佛罗里达半岛的缘故。

开头几天，大家都忙着把船队运送来的设备卸下来，其中有机器，还有食物，以及非常多的可拆卸的并编了号的铁皮组装的活动房。与此同时，巴比凯恩还设置了第一批长十五英里，旨在连接石岗和坦帕城的铁路路标。

大家知道美国的铁路是什么样的。那些铁路弯道多、坡道多、无护栏、无桥隧工程、无论是直线还是转弯，都盲目地奔驰向前。修筑的费用不高，也不费力，只不过，火车会出轨，而且乘车人可以随意地跳上跳下。坦帕城到石岗间的铁路更是如此，既不费时又不费钱就能修筑完工。

毕竟，巴比凯恩是应他之召而来的人们的核心。他鼓励他们，把他的心思、激情、信心传递给他们。他无处不在，仿佛有分身术似的。他身后始终跟着像只苍蝇似的嗡嗡叫的J.-T.马斯顿。巴比凯恩讲求实际，脑子里有成百上千的好主意。有了他，任何障碍，任何困难，任何困境都不复存在了。他既是矿工、泥瓦匠、技工、又是炮手，任何问题到了他那儿都会迎刃而解。他主动地与枪炮俱乐部或艾德斯普林工厂联络，而坦皮科号则时时刻刻生着火，蒸汽压力保持充足，停泊在希利斯波洛港湾，随时听候他的调遣。

11月1日，巴比凯恩领着一小队工匠离开了坦帕城。自第二天起，石岗周围那由活动房搭建起来的城市便出现了。城市周围用栅栏围了起来，生机勃勃，热热闹闹，大家很快便把它视为合众国的大城市之一了。城里的生活有条不紊，工程也按部就班地开始了。

通过事先的精心勘测，土地的性质了解了，所以，11月4日就得以开挖。这一天，巴比凯恩把工头们召集起来，对他们说道："朋友们，你们大家都知道我为什么要把你们集中到佛罗里达的这片荒僻之地来。是因为要铸造一门炮，内径九英尺，壁厚六英尺，并有一道十九英尺半的石墙保护着。因此，必须挖一个大大的坑洞，宽六十英尺，深九百英尺。这项庞大的工程八个月内必须完成。因此，你们在两百五十五天之内，必须挖掘两百五十四万三千四百立方英尺的土，凑个整数，也就是每天要挖一万立方英尺的土。当然，对于一个个行动完全自由的工匠来说，这并没有什么困难，但是，在一个相对狭小的空间干活儿，就比较艰难了。然而，这项工程既然应该做，那就要做好，我相信你们既有这种勇气又不乏技巧。”

上午8点，第一镐凿在了佛罗里达的土地上，自这一刻起，这英勇无比的工具在工匠们的手中就没有停歇过片刻。工匠们每天四班倒地轮流工作着。

无论工程有多么浩大，也敌不过人的力量。与人的力量相比，它简直是渺小得很，不值一提。那么多的无比困难的活计，那么多考验人们的极限的活计，最终都被圆满地完成了！类似的大工程也有，不妨举几个例子：那口名为“约瑟夫老爹井”的水井，是萨拉丁普丹在开罗附近挖掘的，当年，尚无能够代替上百号人干活儿的机器，而且，这口井深达三百英尺，到达尼罗河底！还有另一口井是让·德·巴德（加洛林王朝的边境总督）在科布伦茨挖掘的，深入地下六百英尺！喏！我们的这个工程又如何呢？它的深度比开罗的井深三倍，宽十倍，但这反而使挖掘工作变得更加容易！因此，没有任何一个工头，没有任何一个工匠会对这项工程的成功表示怀疑。

默奇森工程师在巴比凯恩主席的赞同下作出的一个重要决定，使得工程的进度进一步加快。按照协议中某条款的规定，哥伦比亚德炮得用铸热的铁箍箍起来。这种小心谨慎是多余的，白白地浪费金钱和时间，因为很明显，这些铁箍，大炮可能用不着。因此，这一条款便被取消了。

这么一来，大大地节省了时间，因为现在可以采用新的挖井方法，工匠们可以边挖井边砌井壁。多亏了这个非常简单的方法，借助横向支架挡住泥土滑落的方法也就没有必要使用了。井壁本身就可以牢牢地固定住松软的泥土，让泥土凭借自身的重量自行往下沉去。

但是，这个活计只有在挖到坚硬的土层时才可以开始。

11月4日，五十名工匠在围起来的工作面中央，也就是石岗的最高处，挖了一个宽六十英尺的圆形坑洞。

十字镐首先碰到的是一种厚六英尺的黑土，很容易挖。随后便是一层两英尺厚的细沙土，工匠们细心地将它们收拢起来，留作以后制内层模子用。

这层细沙土的下面是一种白色黏土，相当硬实，类似于英国的泥灰石，厚四英尺。

再往下挖，十字镐碰上了地下的坚硬土层，火星四溅，那是一种由很干很硬的贝壳化石构成的岩石层，所有工具都挖不动。坑洞到这儿为止，已有六英尺半深了，于是，便开始砌井壁。

在这个坑洞底部，人们制作了一个橡木“圆轮”，是一种用螺栓牢牢地固定住的不怕挤压的坚固圆盘，中心部位凿了圆洞，直径与哥伦比亚德炮的外径相等。井壁的头几块基石就砌在它的上面，用水泥把它们结结实实地砌在一起。工匠们从外围往中央砌着，最后被关在了一口二十一英尺宽的井里。

当这个活儿干完之后，工匠们又拿起鹤嘴锄和十字镐，开始挖掘木圆盘下方的岩石，并小心翼翼地用一些非常结实的“龙骨墩”（一种支架）支撑住木圆盘。每向下挖掘两英尺，他们便把这些龙骨墩抽出来，木圆盘便逐渐地往下落去，而砌好的圆形井壁石基也在往下“走”。工匠们不停地砌着井壁，壁上留着“出气孔”，以使铸造大炮时产生的气体从孔中溢出。

这种活计要求工匠们技术娴熟，不得有一时一刻的疏忽大意。在挖掘木圆盘下方的岩石时，不少工匠被崩起的石块击成重伤，甚至致命，但是，他们的热情并未消减，仍在夜以继日地拼命干着。白天，阳光充足，太阳几个月之后便将九十九度（摄氏四十度）的高温洒在那片已被烤焦的平原上；夜晚，在一盏盏电灯的白光之下，鹤嘴锄挖掘岩石的声响、雷管的爆炸声、机器的轰鸣声响成一片；还有那飘浮在空中的滚滚浓烟，在石岗周围形成一个巨大而骇人的黑圈，无论成群结队的野牛，还是一伙一伙的塞米诺人，都不敢近前。

工程正常地进展着。蒸汽吊车在忙着吊运物资器材，很少出现未曾预料到的困难，而所遇到的困难都是事先考虑到的，并被巧妙地克服了。

第一个月过去了，洞深达到了一个月所预定的目标——一百二十英尺。12月，洞深翻了一番；1月，深度达到三倍。2月，工匠们不得不对付出现在眼前的地下含水层。工匠们使用大功率的水泵和空气压缩机把水抽干，然后像堵住船的漏水处一样地用混凝土把泉眼给堵上。最后，这些该死的水流终于被制伏了。不过，由于土层松动，木圆盘出现局部的断裂，而且井壁也出现部分塌陷。大家可以想见，这个七十五托瓦兹高①的圆形井壁的挤压力有多么可怕！这次意外夺去了好几个工匠的生命。

为了修好石壁，使之恢复其功能，并把圆盘恢复到原先的坚固程度，足足花了三个星期的时间。不过，由于工程师默奇森的干练，由于使用的机械的强大功率，这个建筑虽一时遭到损坏，但重又恢复了原貌，挖掘工作得以继续进行。

自此之后，没有再出现任何新的意外来妨碍工程的进展。6月10日，离巴比凯恩确定的完工日期还有二十天，这个坑洞的石壁已经全部砌好，深度达到九百英尺。井底下，井壁底部立于一个三十英尺厚的巨大的圆墩上，而井壁的顶端则与地面持平。

巴比凯恩主席和枪炮俱乐部的会员们热烈地祝贺默奇森工程师，赞扬他以极快的速度完成了这项浩大的工程。

在这八个月中，巴比凯恩一刻也没离开过石岗。他在密切地关注挖掘工程的同时，始终没有忘记关心他的工匠们的福利待遇和身体健康，他很高兴避免了那些人口密集的地方常有的传染病，这些疫病在赤道地区热带气候条件之下，极具灾难性。

的确，有好几个工匠因干这种危险活儿而丢了性命，但是，这种不幸又是无法避免的，再说，在美国人看来，这算不了什么的，他们也不太在乎。他们更关注的是整个人类而非某个个人。不过，巴比凯恩却与之相反，他始终在贯彻既关乎人类又关乎个人的原则。因此，由于他的细心关怀、他的足智多谋、他在困难情况之下的有力干预以及他那非凡的仁慈的远见卓识，平均的灾难数量才没有超过海外的那些采取了大量防范措施的城市，特别是法国，据估计，大约每二十万法郎的工程就有一起事故发生。

---

① 七十五托瓦兹高等于一百四十六米多。

第十五章　铸炮欢庆

在挖井工程的那八个月的时间里，铸炮的准备工作也以极快的速度同时在进行。如果一个外地来的人来到石岗，他会对呈现在他面前的景象感到十分惊讶。

在离井口六百码的地方，垒起了一千两百个反射炉，呈圆形环绕那个深井，每个炉子宽六英尺，彼此间隔半托瓦兹。这一千两百个反射炉连接起来形成一条线的话，可长达两英里（将近三千六百米）。它们全都一个模式，立着一个四角形的高大烟囱，景象十分壮观。J.-T. 马斯顿认为这种建筑布局非常美妙。它们使他回想起华盛顿的那些建筑。在他看来，任何地方都没有比它更加壮美的建筑了。他说："即使是在希腊，也从未有过。"

大家记得，委员会召开第三次会议时，便决心使用铸铁铸造哥伦比亚德炮，后来特别指定用灰铸铁来造。这种金属的确更加有韧性，有延展性，更加易于锻压，易于镗孔，适应各种模具铸模，而且，经泥煤处理之后，质地上乘，适合制作各种抗后坐力强的机件，比如大炮、蒸汽压路机、水压机等。

不过，如果铸铁只经过一次熔化的话，那么很难保持均衡一致，必须通过第二次熔化，除去它最后的那些泥土杂质之后，才能纯净无瑕。

因此，铁矿石在运往坦帕城之前，必须先在艾德斯普林的高炉里加工处理，使之在高温下与碳和硅接触，进行碳化，并转化成铸铁。经过第一道工序之后，铸铁被运到石岗。但是这可是一亿三千六百万磅的铸铁，通过铁路运输的话，运费十分昂贵，高达材料价格的一倍。看来，在纽约租一些船，装上铸铁锭更划算一些；但这也起码得租六十八条载重一千吨的大船，那可真算得上一支船队了。5月3日，这支大船队驶离纽约的各条航道，取道大洋，沿着美国海岸，穿越巴哈马运河，绕过佛罗里达海角，于当月10日，溯埃斯皮里图桑托湾，毫发未损地停泊在坦帕城港口。

船上的铸铁卸到码头，装到通往石岗的火车上。1月中旬①，这堆积如山的金属终于运抵目的地。

不难想象，要同时熔炼这六万吨铸铁，一千两百个熔炉也不算多。每个熔炉可容纳将近十一万四千磅的金属；它们都是按照当年为铸造罗德曼炮所需之铸铁的模式建造的，呈梯形，非常低矮，加热装置和烟囱都在熔炉两端，因而熔炉各个部位都能均匀地受热。熔炉全都用耐火砖制成，只装有一个用以燃烧泥煤的铁架，以及一张摆放铸铁锭的“炉床”。这张“炉床”呈二十五度角倾斜，以便熔化了的金属得以流入承流器里；然后，一千两百条槽沟便将金属熔液引向中央基坑之中。

井壁和坑洞工程完工后的第二天，巴比凯恩便着手制造内模：在坑洞的中心，以其轴心为基准，立起一个九百英尺高、九英尺为周长的圆柱，它毫厘不差地填满了留给哥伦比亚德炮炮膛的空间。该圆柱由黏土和沙土混合制成，其中掺了一些干草和稻草。铸模和井壁之间留下的空隙得灌满金属液，这些液体冷却后将成为六英尺厚的炮筒壁。

为了让这个大圆柱保持平衡，必须用一些铁框架将它固定住，并一段隔一段地用横梁插入井壁，加以支撑。炮筒壁铸成之后，这些横梁便与已凝固的金属结合在一起了，不会造成任何妨碍。

7月8日，铸模工程宣告结束，决定第二天开始铸炮。

---

① 原文有误，从上下文来看，应为6月中旬。

“铸炮的开工仪式肯定很精彩。”J.-T.马斯顿对他的朋友巴比凯恩说道。

“当然，”巴比凯恩回答道，“不过，那不会是一个公众节日的！”

“怎么！您不把围墙的门打开让人们前来参观呀？”

“小心为佳，马斯顿。铸造哥伦比亚德炮尽管不能说是危险的试验，但却也是一种大意不得的试验呀。我宁愿关起门来铸造它。到发射炮弹的时候，如果愿意的话，倒是可以庆贺一番，但在这之前，庆祝是绝对不可以的。”

巴比凯恩主席说得是有道理的。这种试验可能会出现一些预料不到的危险，而观者如云的话，一旦遇有危险，场面必然一片混乱，无法控制。必须保证试验不受任何干扰。除了前来坦帕城的枪炮俱乐部会员们的一个代表团之外，任何人都不得进入围墙内。

该代表团包括潇洒倜傥的比尔斯比、汤姆·亨特、布洛姆斯贝瑞上校、埃尔菲斯通少校、摩根将军等人，对他们来说，铸造哥伦比亚德炮已经变成了他们个人的事情。J.-T.马斯顿充当起他们的向导来，向他们讲解每一个细节，带他们四处参观，去仓库，去车间，去机器中间，还硬要让他们一个一个地参观那一千二百个熔炉。等参观到第一千二百个熔炉时，他们已经累得受不了了。

铸炮在正午时开始。前一天，每个炉子都装满了十一万四千磅的铁锭，交叉地叠放着，以便空气得以在铁锭中间自由流动。从早晨起，那一千二百个熔炉，便开始向空中喷吐出大量的火焰，大地都在颤动着。装填了多少磅的金属，就得燃烧多少磅的煤。因此，六万八千吨煤同时朝太阳喷出浓烟，形成一块厚厚的黑幕布。

很快，熔炉圈内的温度直线上升，让人无法忍受，再加上轰隆声响成一片，如雷声滚滚。大功率的鼓风机也夹杂其中，呼呼地连续地往炉内吹风，氧气充足，炉火很旺。

要想成功，就得快速完成这项工作。号炮一响，每个熔炉就必须立即把熔液引出，让炉子出空。

一切安排就绪之后，工头们和工匠们都怀着一种激动的心情焦急等待那决定性时刻的到来。熔炉圈内的人全都疏散开了，而每个熔炉炉长都守候在槽沟边，坚守着自己的岗位。

巴比凯恩及其同事们站在近旁的一个高处，观看熔液出炉。他们前面放着一门大炮，等工程师一发信号，便开炮。

正午前几分钟，有小滴小滴的熔液开始滴出；承流器渐渐地积满，等铸铁完全熔化之后，还得在承流器里待上片刻，以便让杂质沉淀下去。

12点整，突然一声炮响，一道黄褐色的光亮在空中一闪。一千二百条槽沟同时打开，只见一千二百条火蛇向中央基坑爬行着。到了基坑边，只听见一阵可怕的巨响，熔液开始向九百英尺的深渊滚滚地倾泻着。场面十分壮观，非常激动人心。

熔液一边向空中喷吐着滚滚浓烟，一边让铸模里的湿气蒸腾，变成一股股的蒸气，从井壁的通气孔中冒出来。这时候，大地都在颤动着。这些假云假雾呈螺旋状向天穹升腾，直达五百托瓦兹的高空。如果远方有“野人”看到这番景象的话，准会以为佛罗里达深处可能有一处火山在喷发，不过，那可不是火山爆发，不是龙卷风，不是暴风雨，不是大自然在发威，不是！全都不是！是人的威力，是人在制造这些红褐色的蒸气，是人在制造这些可与火山媲美的巨大火焰，是人在制造这些宛如地震一般的可怕的震耳欲聋的声响，是人在制造这些与狂风骤雨匹敌的轰鸣，是人的双手在把像尼亚加拉大瀑布似的金属熔液倾入自己挖出的深渊。

第十六章　哥伦比亚德炮

铸铁工程成功了吗？我们只能对此作一些简单的推测。不过，所有一切都让人觉得它是成功的，因为铸模已经把熔炉里的金属熔液全部吸收了。虽然如此，还是需要很长的时间才能对此进行正式确定。

确实，罗德曼少校在铸造他那七十万磅的大炮时，也花了不少于十五天的时间来让它冷却。那么这门蒸气包围着的滚烫灼人的巨型哥伦比亚德炮多少天之后才能让它的那些仰慕者看到它的真面目呢？这是很难预测的。

在这一期间，枪炮俱乐部的会员们的耐心受到了严酷的考验。但是，急也没有用，他们只能耐心地等待着。J.-T.马斯顿更是毛焦火辣，急不可待。熔铁工作完成后的第十五天，一个硕大无比的烟柱仍然耸立在空中，石岗顶上，方圆二百步以内，地面仍烫得无法下脚。

日复一日，一周又一周。没有什么方法能让这个巨大的圆柱冷却。根本不可能靠近它，只好等待。枪炮俱乐部的会员们无可奈何地苦苦等待着。

"今天都8月10日了，"一天早晨，J.-T.马斯顿说道，"离12月1日只有不到四个月了！取掉内模、定内径、替哥伦比亚德炮装火药，这一切都等着去做！我们会来不及准备的！我们现在连靠近大炮都不可能！它怎么老也不冷却呀？这可真的是太糟糕了！”

大家想方设法地安慰焦急的马斯顿秘书，但一点儿作用也没有。巴比凯恩什么也不说，但他的沉默隐含着一种愠怒。眼看着一个只有靠时间才能战胜的困难使工程无法继续进行下去（时间在有的时候是一个可怕的敌人），大家又不得不忍受这个敌人的摆布，这对战士们来说，真是太残酷了。

不过，通过每天的观测，还是发现了地面的情况出现了某些变化。将近8月15日，喷发出来的蒸气的强度和浓度明显地在减少。几天之后，地里只散发出一层薄薄的水雾，那是被禁锢在石棺中的“猛兽”吐出的最后一口气。渐渐地，大地的颤动消失了，热量散发的范围缩小了。急不可待的一些观众在向前靠近，今天往前靠上两托瓦兹，明天就靠近四托瓦兹，到了8月22日，巴比凯恩及其同事们和工程师终于可以踏到铸铁上面去了，而铸铁的最高层面与石岗顶层持平。毫无疑问，这个地方极其卫生，脚踩在上面还热乎乎的哪。

“总算成功了！”枪炮俱乐部主席长舒了一口气，大声地说道。

当天，工程又继续下去了。大家立即着手内模的清除工作，以保证炮壁畅通无阻。鹤嘴锄、十字镐、打孔器在忙碌地工作着。黏土和沙土因热力作用变得十分坚实。但是，在机器的帮助下，与炮壁黏在一起的仍然热乎乎的这种泥沙混合物还是被清除掉了。清除下来的杂物立即被装车运走了。大家干得热火朝天，巴比凯恩又督促得紧，再加上他用美元来刺激众人，所以到9月3日，铸模的残迹全都清除得一干二净了。

跟着，镗孔的工作便开始了。机器立即安装到位，大功率的铰刀开动起来，铸炮的粗糙之处全部被铰刀锉磨得光滑锃亮。几个星期之后，巨大的炮筒的内层表面已呈圆筒状，炮壁十分光滑。

最后，9月22日，离巴比凯恩的报告不到一年的时间，这尊大炮，口径精确无误，在一些精美器械的帮助之下，竖立起来，准备好发射了。现在就只是等着月亮了，不过，大家相信，月亮是不会爽约的。

J.-T.马斯顿高兴得有点儿忘乎所以，他急不可待地探头观察九百英尺的炮筒时，差一点儿就跌下去了。幸亏布洛姆斯贝瑞上校眼疾手快地伸出右臂一把将他搂住，枪炮俱乐部秘书才幸免于难，否则他就成了又一位埃罗斯特拉托斯①，葬身于哥伦比亚德炮的炮筒底部了。

大炮铸好了，毋庸置疑，完美无比。因此，10月6日，尼科尔船长无可奈何，只得对巴比凯恩主席履行诺言，往巴比凯恩的户头上汇入两千美元，不难想象，尼科尔船长嘴都要气歪了，简直咽不下这口气去。不过，还有三个赌注——三千、四千和五千的——尚未见分晓，只要能赢得其中的两个赌注，那么，虽然说不上大赚一笔，但也并不是输得很惨。不过，他气的并非是钱的得失，而是他的对手的炮竟然让他的十托瓦兹厚的钢板无可奈何，这可是给了他可怕的一击。

自9月23日起，石岗便向公众开放了，一下子观看者便像潮水般地涌了进来。

的确，数不清的好奇者从美国的四面八方涌到了佛罗里达。这一年，坦帕城全城都在忙于枪炮俱乐部的各个工程，人口一下子猛增，高达十五万人。它将布鲁克要塞围在了纵横交错的街道网中，现在，它在把埃斯皮里图桑托海湾一分为二的狭长半岛上向前延伸着。一些新的街区、新的广场、一幢幢新的房屋以美国式的火热的热情在此前一直荒芜的沙岸上冒了出来。一些公司纷纷创立，它们修建教堂、学校和私宅，因此，不到一年工夫，坦帕城的面积达到原先的十倍。

大家知道，美国佬天生就是做商人的。无论命运将他们抛向何方，无论是冰封雪盖之地还是烈日炎炎的地带，他们都必须大力地发挥他们的经商本能。因此，一些纯粹是好奇的人，一些以观看枪炮俱乐部工程进展为唯一目的的人，一旦在坦帕城里安顿下来之后，便自然而然地做起生意来。那些被租赁来运送物资和工匠的船只让港口空前地热闹起来。很快，其他各种形状和吨位的船舶满载着食物、日用品等商品，穿梭于海湾和那两个港湾之间；一些很大的船东同业联盟和经纪人公司也在该城应运而生，《航海报》每天都在报道新抵港的船只情况。

鉴于人口的飞速增长，商业的极速发展，道路也在城市周围扩展着。同时，坦帕城与美国南方各州之间也修了一条铁路。这条铁路把莫比尔和南方大型的海

---

① 以佛所人埃罗斯特拉托斯为了让后世永远铭记他，于公元前356年放火焚烧了埃费斯城著名的阿尔特米神殿，后被处以火刑，当时的希腊当局下令，任何人不准再提他的名字，否则将被处死。

岸兵工厂彭萨科拉连接起来了。然后，它又从这个重要的军事要地向塔拉哈西延伸而去。那儿原本就有一小段铁路，长二十一英里，使得塔拉哈西同靠近大海的圣马克斯连了起来。延伸到坦帕城的正是这一小段铁路，它一路之上唤醒着佛罗里达中心地区的那些死气沉沉、了无生气的地区。因此，在某一天，多亏了一个人的头脑里突然产生了这些卓越的想法，坦帕城理所当然地显现出一座大城市的气派来。大家把它称为“月亮城”，世界上所有的人全都看到，佛罗里达的首府被这座“月亮城”的光辉完全笼罩住了。

现在，人人皆知，为什么当初得克萨斯州和佛罗里达州会争得那么不可开交；为什么当得克萨斯人看到自己的要求被枪炮俱乐部否决了的时候，会那么愤恨不已。他们凭借自己敏锐的洞察力，清楚地知道一个地方可以从巴比凯恩想要进行的试验中获取到什么以及随着一声炮响所带来的好处。得克萨斯在这之中丧失了成为一个大的商业中心、一些铁路和人口极大增长的机会。所有这些好处全都到了佛罗里达这个惨不忍睹的半岛手里，到了这个被遗弃在海湾和大西洋波涛之间的防波堤上了。因此，得克萨斯人对巴比凯恩同对桑塔·安纳将军一样，恨之入骨。

然而，坦帕城新一代居民们虽然为商业和工业而疯狂，但却并未忘记枪炮俱乐部所进行的有趣的各种试验。恰恰相反，试验的每一个微小的细节，鹤嘴锄的每一次挖掘，都让他们心潮澎湃。大家在城里和石岗之间来来回回不停地走动着，成群结队，络绎不绝，犹如朝圣一般。

人们已经能够预见到，试验的那一天，观者将会达到数百万之多，因为他们已经从全球各地聚集到这个狭长的半岛上来了。整个欧洲在往美国移民。

不过，必须指出，到目前为止，这如云般的观者的好奇心只得到了一点点满足而已。许多人原指望能观看铸炮的场景，但是看到的却只是团团的烟雾。这对他们贪婪的目光来说是太少太少了，可是，巴比凯恩就是不允许任何人走近试验场。因而，人们深感不快，嘟嘟囔囔，怨声载道，指责枪炮俱乐部主席的声音四起，说他专横跋扈，说他的方式“缺少美国味”。石岗围墙周围几乎酿成骚乱。但大家知道，巴比凯恩不为所动，决心不改。

但是，当哥伦比亚德炮的铸造全部完成的时候，严禁参观的禁令已无法执行，再说，壁垒森严也太不合情理，惹恼公众那就很麻烦了。于是，巴比凯恩便向所有来者敞开了大门。不过，他是个讲求实际的人，决定利用公众的好奇心赚点儿钱。

对于美国人来说，能够观赏巨型的哥伦比亚德炮已经是非常非常高兴的事了，但是，如果能够下到它的底部去看一看，那他们会觉得自己是“世界上最最幸福的人”了。

因此，没有一个好奇者不愿意享有下到底部去欣赏这个金属深渊的快乐的。一些吊在蒸汽绞盘车上的吊箱使得观众们的好奇心得到了满足。人们像疯了似的。女人、孩子、老人等全都乐此不疲，非要深入到炮筒底部看清巨炮的秘密不可。下去一趟票价为每人五美元，尽管价格不菲，在试验前两个月期间，枪炮俱乐部还是赚了近五十万美元（二百七十一万法郎）。

不用说，哥伦比亚德炮的首批参观者是枪炮俱乐部的会员，这是合情合理地留给这个杰出团体的优先权。这一盛典于9月25日举行。一只贵宾吊箱把巴比凯恩主席、J.-T.马斯顿、埃尔菲斯通少校、摩根将军、布洛姆斯贝瑞上校、默奇森工程师以及该俱乐部的其他几位尊贵的会员送了下去，一共有十来个人。这个金属长筒的底部仍然很热。大家在下面感到有点儿憋闷，但是心里却是极其高兴的！多么迷人啊！哥伦比亚德炮的石台上支了一张餐桌，摆放着十副餐具，一束电灯光把大炮照得亮如白昼。无数的珍肴佳馔仿佛自天而降，一道一道地摆在宾客们的面前，而且法国最上等的葡萄美酒也在这九百英尺深的地下不停地流淌着。

盛宴气氛热烈，欢声笑语不断，觥筹交错，为地球干杯，为它的卫星干杯，为枪炮俱乐部干杯，为合众国干杯，为月亮干杯，为月亮女神菲贝干杯，为狄安娜干杯，为月神塞勒涅干杯，为这个黑夜星球干杯，为“宁静的天穹使者”干杯！欢呼声、干杯声、笑声通过巨型传声筒像雷鸣一般传到上面，围在石岗周围的人群与地下的宾客们一样地激动着，幸福着，跟着一起欢呼着。

J.-T.马斯顿已经难以抑制自己激动的心情。他是否喊叫得比手舞足蹈还要厉害，他是否喝得比吃得要多，没人能够说得清楚。反正即使用一个帝国来换他此时此刻的位置，他也不会干的。他说：“不，即使大炮装满了火药，马上开炮，把我炸得粉碎，打到太空，我也不在乎。”

第十七章　一份电报

枪炮俱乐部的那些重大工程可以说是已经结束了，但是，离向月球发射炮弹的时间还有两个月。对于全世界翘首以待的人们来说，两个月宛如数年一般漫长！发射那一天之前，报纸每天都连篇累牍地刊登关于发射的哪怕是最微小的细节，人们以热情而贪婪的目光在研读着报纸。但是，人们仍在担心，从今往后，这份分配给公众的“兴趣红利”会不会缩水，人人都害怕再也获取不到每天每日的那份精神寄托了。

其实，这是根本不会出现的情况：最出乎意料的、最新奇特别的、最难以置信的、最像是不真实的一件事又重新刺激了焦躁不安的人们的神经，让全世界都为之震惊，兴奋不已。

9月30日这一天，凌晨3点47分，巴比凯恩主席接到了一封通过爱尔兰瓦伦西亚、纽芬兰岛和美国海岸的海底电缆传来的电报。

巴比凯恩主席立即打开了电报，尽管他自制力很强，但仍然边看边嘴唇发抖，视力模糊不清。其实，电报的字数并不多。

这封电报现保存在枪炮俱乐部的档案馆里，全文如下：

美国佛罗里达州坦帕城　巴比凯恩：

应用锥形圆柱体炮弹代替圆形炮弹。本人愿置身于炮弹之内随之飞往月球。我将乘亚特兰大号轮船抵美。

米歇尔·阿尔当

9月30日晨4点[①]

于法国巴黎

① 发报和收报时间对不上，可能是因为美国与法国有时差。

第十八章　亚特兰大号上的乘客

如果这个惊天动地的消息不是从海底电缆传送而来的，而是通过邮局封签寄来的，如果法国、爱尔兰、纽芬兰、美国的电报局职员们未曾获悉电报的内容，那么巴比凯恩会毫不犹豫地把它随手扔掉的。而且，他会因为小心谨慎和不愿影响他的杰作的声誉而缄默不语的。这封电报可能是个骗局，特别是它是出自一法国人之手。一个普普通通的人，就算是胆大包天，又怎么会突发奇想去月球旅行呢？即使有这么一个人，那他也是个疯子，应该将他关进疯人院而不是把他装在炮弹里。

但是，电报内容已经传开了，因为电报传送机本身就缺少保密性，因此米歇尔·阿尔当的建议已经在合众国各州传遍了。这么一来，巴比凯恩没有任何理由保持沉默了。因此他把尚留在坦帕城的他的同事们召集起来，随意地把那简短的电文读了一遍，既没向他们流露自己的看法，也没有让大家讨论电报的可信度。

“这不可能！——纯属胡言乱语！——搞恶作剧！——他在捉弄我们！——滑稽可笑！——荒谬至极！”几分钟之内，与会者们骂骂咧咧，既用语言又用在此情况之下所必有的手势发泄了自己的愤怒和不屑之情。各人按照自己的脾气性格，或淡然一笑，或不屑地一笑，或哈哈大笑，或放声大笑，或耸耸肩膀。只有

J.-T. 马斯顿突发一言，语惊四座。

“这倒也是个主意！”他大声说道。

“是呀，”少校回答道，“不过，产生这样的想法，那也得有个前提条件，就是根本不想把它付诸实践。”

“为什么不呀？”枪炮俱乐部秘书J.-T. 马斯顿立即反驳，准备争论一番。不过，大家并不想跟他争论。

这时候，米歇尔·阿尔当的大名已经在坦帕城传开了。无论是外地人还是当地人都在打听，观望或说笑，他们倒不是在嘲讽这个欧洲人——那是一个子虚乌有的人——而是嘲笑J.-T. 马斯顿竟然信以为真，以为真有其人。当巴比凯恩建议向月球发射一枚炮弹的时候，人人都认为这一试验合乎情理，切实可行，是一个纯属弹道学的问题！可如今，却冒出一个并不是疯子的人偏偏提出来要置身炮弹之中，准备做一次异想天开的旅行，这简直是痴人说梦，滑稽可笑，搞恶作剧，用准确地翻译成本国语言的法国词语来说，简直就是一个“骗局”[①]！

嘲讽一直持续到晚上，可以肯定地说，全合众国都在狂笑不已，在一个所有荒诞不经之举都自然而然地拥有一些鼓吹者、信奉者和拥护者的国家，这可是不怎么常有的事。

然而，米歇尔·阿尔当的建议像所有的新思想一样，不禁让某些人感到烦恼。它扰乱了人们习惯的情感表达。“我们没有想过这一点！”这一插曲因其怪诞而很快便缠绕在人们的脑海之中。大家都在想它，有多少事头一天还被否定，第二天便变成现实了！这种旅行怎么就一定不能实现呢？但是，不管怎么说，想这么去冒险的人一定是个疯子，既然他的想法肯定不可能受到重视，那么最好是闭口不谈它，何必让大家被他的胡言乱语搅得心神不定，不知所措。

不过，先得弄清，是否真的有这么个人？这是个关键问题！

“米歇尔·阿尔当”这个名字在美国并不陌生！这是一个因其行为大胆而经常被提起的欧洲人的名字。再者，这封通过大西洋底传送来的电报，那个法国人

① 原文为英文。——原注

说的自己乘坐的那艘轮船的名字以及所指明的到达日期等所有这些情况，表明他的建议具有某种真实性。必须将这些情况全都弄清楚。很快，人们就分别组合起来，并在好奇心的驱使之下，像原子受到分子的吸引一样，越聚越多，从而形成一个密集的人群，向着巴比凯恩主席的住处走去。

巴比凯恩主席自收到电报时起，就没有发表过任何个人意见，他任凭J.-T.马斯顿去说，既不表示赞同也不表示反对。他缄默不语，静观事态发展。公众都按捺不住了，他却以一种极其不悦的目光看着聚集在他窗下的坦帕城的民众们。很快，嘟囔声、谩骂声把他逼了出来。不难看出，他肩负着一切责任，因此，他也有着名人的种种烦恼。

他站到了窗前，民众安静了下来。随即，一位公民说话了，他单刀直入地向巴比凯恩提出问题："电报上署名叫米歇尔·阿尔当的人是不是正在前来美国的路上？是，还是不是？"

"诸位，"巴比凯恩回答道，"我并不比你们知道得多。"

"必须弄清楚这个问题！"一些人不耐烦地大声叫嚷道。

"时间将会告诉我们的！"巴比凯恩主席冷冷地回答道。

"时间无权让整个国家的人心存疑惑，"那个带头发言的人又说道，"您是否根据那封电报所要求的那样修改了炮弹图纸？"

"还没有，先生们，不过，你们说得对，必须弄清楚到底是怎么回事。电报局引起了这么大的混乱，它有义务提供更多的情况。"

"找电报局去！找电报局去！"民众们在叫嚷。

巴比凯恩走下楼来。他走在广大人群的前头，带着大家向政府大楼走去。

几分钟之后，一封电报发给了利物浦船舶经纪人联合会。人们在电报中向对方提出问题："亚特兰大号是什么样的船？它什么时候离开的欧洲？船上是否乘坐着一个名叫米歇尔·阿尔当的法国人？"

两小时过后，巴比凯恩收到了回电，结果十分明确，无可怀疑。

"利物浦的亚特兰大号于10月2日起航，驶往坦帕城，船上有一名法国乘客，登记簿上写的是米歇尔·阿尔当。"

看到这封回电证实了情况属实，巴比凯恩主席顿时两眼闪亮，他紧握起双拳，喃喃道：“这么说这是真事！这是可能的事！这个法国人确实存在！过半个月他就抵达这里了！他真是个疯子！头脑发热！我绝不同意……”

不过，当天晚上，他便立即修书一封，寄往布雷德维尔公司，请求对方暂停铸造炮弹的工作，等待新的命令下达。

现在，还是先说说全美国是如何激动的；激动程度是如何超过当初听到巴比凯恩的报告时的心情的；合众国报纸都是怎么说的，它们是以何种方式对待这一消息的，它们又是以什么样的语气在颂扬这位欧洲大陆的英雄到来的，如何描述每个人的兴奋心情的，如何掰着指头数日子的；这个不太明晰的想法是如何掌控着每一个人，如何使人人寝食难安，无心干活儿的；而埃斯皮里图桑托港湾又是如何让汽轮、邮轮、游艇和各种型号的大小快艇不停地驶来驶去的。成千上万的好奇者在短短十五天的时间里，一下子就将坦帕城的居民人数增加了好几倍，人们不得不像野战部队一样扎起帐篷露营。观者如云，人数到底有多少，实在是难以统计，还是别冒冒失失地去承担这种人力所不能为的统计任务吧。

10月20日，上午9点，巴哈马运河信号台报告远方地平线上有一股浓烟。两个小时之后，一艘大型蒸汽轮船与信号台进行了信号联络。于是，亚特兰大号的名字立即传到了坦帕城。4点钟，这艘美国轮船驶入埃斯皮里图桑托港湾。5点钟，它全速穿越了希利斯波洛港湾。6点钟，它停泊在坦帕城了。

还没等船锚钩住海底，便有五百条小船把它团团围住，使其动弹不得。巴比凯恩第一个跨过船舷，用难以抑制的激动声音喊道：“米歇尔·阿尔当！”

“我在这儿！”有个人登上艉楼应答道。

巴比凯恩抱住双臂，嘴唇紧闭，用询问的目光盯着亚特兰大号上的这位乘客。

此人四十多岁，身材高挑，但已经有点儿驼背，像是双肩上支撑着阳台的柱子似的。他脑袋很大，状若狮子头，不时地甩动他那像狮鬣般的火红的头发。他短脸阔额，八字胡竖起，似猫胡须一般，双颊上长着一簇簇黄褐色的毛，眼睛圆圆的，目光有点儿茫然，两只近视眼眯缝起来时，让人看着更像是猫脸了。但是，他的鼻子却是又大又挺，嘴巴又尤为讨人喜爱，额头高高，显出聪明样儿，上面布满皱纹，像是一块从未抛荒过的田地一样沟壑交错；他上身肌肉发达，实实在在地立在两条长腿上；他双臂健壮有力，犹如两根坚实的撬棒。他步履矫健，凡此种种，让这个欧洲人像一个壮实的小伙子，借用一句冶金术语，他简直就像是“浇铸而成的”。

拉瓦塔[①]或格拉蒂奥莱[②]的门生们，能够毫无困难地根据这个人物的脑袋和样貌找出他那无可争辩的好斗的特征来，也就是说看出他那临危不惧的勇气和克服一切艰难险阻的决心来；还能看出他的善良和蔼与猎奇的性格来，这是他的本性，使他热衷于非凡的事物。然而，相反，他头上没有反骨，绝对没有占有欲或征服欲。

要想把亚特兰大号上的这位乘客的体态描绘清楚，最好是先指出他的衣服又肥又大，袖口宽松，裤子和外套十分肥大，以至于他自己都给自己取了个“衣料杀手”的绰号。他的领带皱皱巴巴，衬衣领口敞开，露出他那粗壮的脖子，而且衬衣袖口永远不扣起来，两只动弹个不停的手从中伸了出来。我们感到，即使在寒冬腊月或在最危险的时刻，这个家伙也从来不会感到冷——甚至从眼神里也看不出寒意来。

另外，他不停地在轮船甲板上的人群中走来走去，从不停下来，如同水手们所说的，他在“走锚”，而且说话时手总是指来画去的，见到所有的人都以“你”相称，尤其是老爱咬指甲。这是造物主一时心血来潮造出来而又立即毁掉其模子的那些怪人中的一个。

其实，米歇尔·阿尔当的个性为精神分析医师提供了一个广阔的观察空间。这个奇人生活在一种永恒持久的夸张状态之中，而其年龄尚未超出最高限：所有的事物在他的视网膜上都会变得出奇的大；因而，一些宏大的观念便聚合起来；他看到的一切都高大无比，除了困难和人以外。

此外，他还是一个精力充沛的人，一个天生的艺术家，一个聪明机智的单身汉，虽然谈不上妙语连珠，但却是一个一语中的的善辩之人。

在争论中，他并不太注意逻辑，不喜三段论，也从不为三段论劳心费神，他

---

① 拉瓦塔（1741—1801），瑞士作家、思想家和神学家。

② 格拉蒂奥莱（1815—1865），法国生理学家。

自有一套。他很爱与人争论，常常抓住对方的话把儿回敬对方，击中要害，而且喜欢以铁嘴钢牙为一桩桩了无希望的诉讼案辩护。

除种种怪癖外，他还像莎士比亚一样，以一个“崇高的无知者”自诩，公开蔑视科学家。他说：“有些人只能在我们搞比赛时帮我们计计分而已。”总之，这是一个四处漂泊的波希米亚人，一个喜欢冒险而非冒险家的人，一个无比胆大的人，一个驾着太阳战车的法厄同①，一个带着备用翅膀的伊卡洛斯②。反正，他敢付出生命的代价，而且毫不犹豫，昂首挺胸地投入到那些疯狂的事情中去。他敢于破釜沉舟，决心比阿加托克莱斯③还大，随时准备粉身碎骨，但最后总能安然无恙，如同孩子们爱玩的接骨木木偶一样。

他的座右铭就三个字：无所谓！如同东正教神甫所说，对不可能的事的追求是他的“至爱”。

不过，这个执着的男人也有他性格中的种种缺陷！常言道，不入虎穴，焉得虎子。阿尔当虽常常冒险，但并非家财万贯！他挥霍无度，还嗜酒如命。他是一个仗义疏财之人，但是，他做善行义举同他的冲动冒失一样多。他乐于助人，侠肝义胆，即使是对凶恶的敌人，他也不是赶尽杀绝，为了赎回一个黑奴，他竟然能卖身为奴。

在法国，甚至在欧洲，这个赫赫有名的人物家喻户晓。为了让雷诺梅④用上百种声音不断地宣传他，他竟然住在一个玻璃房内，让全世界的人都能了解到他的全部隐私。不过，他也树敌不少，为了出人头地，标榜自己，他不惜排挤他人，毫不留情地冒犯、伤害、打击他人。不过，大家仍然挺喜欢他，把他视作一个被惯坏了的孩子。用老百姓的话来说，他是一个“可交可不交的人”，但是，

---

① 法厄同，希腊神话中太阳神赫利俄斯之子。现已成为普通名词，意为“驾二轮轻便马车的驭手，尤指驾车鲁莽，不顾危险高速行驶者”。

② 伊卡洛斯，希腊神话中的人物，他用蜡将鸟翼粘于双肩，与父逃亡，因飞近太阳，坠海而死。

③ 阿加托克莱斯，（公元前361—前289），古代锡拉库萨国（位于意大利西西里岛东南，公元前734年为希腊城邦科林斯所建）暴君。

④ 雷诺梅，希腊文为“费梅”或“法玛”，是希腊人的隐喻女神，后又成为罗马人的女神。系一女妖，有一百只眼睛、一百只耳朵和一百张嘴巴。她也是宙斯神的信使。

大多数人还是认为他是可以交的人。每个人都对他的大胆行动感兴趣，都在以焦虑不安的目光注视着他。大家都知道他既大胆又冒失！当一个朋友阻止他，说会有大祸临头的时候，他便笑容可掬地引用所有阿拉伯谚语中最经典的一句："森林只会被自己的林中树木烧毁。"

亚特兰大号上的这位乘客就是这样的一个人，总是躁动不安，总是火急火燎，总是激动不已，这倒并不是他的美国之行的缘故（他甚至连想都没这么想过），而是因为他那燥热的体质使然。如果要找两个性格截然不同的人的话，那么非法国人米歇尔·阿尔当和美国人巴比凯恩莫属了。不过，这两个人却也有共同之处：执着、大胆、无所畏惧。

枪炮俱乐部主席一直出神地凝视着这个让自己退居次要位置的对手，但突然间，人群中爆发出的一阵阵欢呼声和喝彩声打断了他的沉思。一阵阵的呼喊声越来越疯狂，人们对米歇尔·阿尔当的个人崇拜几乎达到狂热的程度，以至于这个法国人在与成千上万的人握过手之后，恨不得把自己的手指头奉献出去，好躲进自己的船舱。

巴比凯恩跟着他走，但一言未发。

"您就是巴比凯恩吧？"二人单独在一起时，米歇尔·阿尔当问对方道，那口气像是跟一个认识了二十年的老朋友说话似的。

"是的。"枪炮俱乐部主席回答道。

"嗯，您好，巴比凯恩。事情怎么样呀？很好？那太好了！太好了！"

"这么说，"巴比凯恩直截了当地说道，"您真的决定出发了？"

"真的决定了。"

"没有什么可以让您改变的了？"

"没有了。您是否按照我电报上所指明的那样对您的炮弹进行了改动？"

"我一直想等您来了之后再说，不过……"巴比凯恩又问了一句，"您真的考虑好了？"

"当然啰，难道我还有时间可耽误吗？我找到了去月球旅行的机会，我就得抓住它，就这么回事。我觉得这事用不着翻来覆去地考虑。"

巴比凯恩凝视着这个人：此人在谈到他的月球旅行时是那么轻描淡写、漫不经心、毫无畏惧。

“可是，起码，”巴比凯恩对他说，“您得有个计划，有一些实施方案吧？”

“当然有啊，亲爱的巴比凯恩。不过，请允许我向您指出一点：我喜欢一下子把自己的故事对所有的人讲完，然后就别再提了。这么做将可以避免一说再说。因此，如果您没有更好的意见的话，就请您把您的朋友们、同事们、全城的百姓们、全佛罗里达的人士们，以及——要是您愿意的话——全美国的人们，全都召集起来。明天我就可以把我的全部方案介绍一下，并且准备好应付各种各样的反对意见。请您放心，我是不怕反对意见的。您觉得怎样？”

“我觉得可以。”巴比凯恩回答道。

说完，他便走出了船舱，把米歇尔·阿尔当的意见告诉了大家。他的话受到了众人的欢迎，大家又跺脚又欢呼。这么一来，困难全都迎刃而解了。第二天，人人都可以随意地欣赏这位欧洲英雄了。但是，有些最固执的群众仍然不愿离开亚特兰大号的甲板，他们准备留在船上过夜。其中包括J.-T.马斯顿，他用他那铁钩钩住船艉栏杆，除非用绞盘，否则无法将他弄走。

“他是英雄！真正的英雄！”他忽高忽低地不停地呼喊着，“与这个欧洲人相比，我们简直就是懦夫！”

至于巴比凯恩主席，在劝说众人离去之后，他又返回米歇尔·阿尔当的舱房，直到船上的钟敲响午夜12点时，他才离去。

这两位深孚众望的对手热烈地握手告别，而且，米歇尔·阿尔当已经用“你”来称呼巴比凯恩主席了。

第十九章　大会

翌日，太阳不顾公众的焦急心情，慢吞吞地升了起来。本该为这样的一个盛会增光添彩的太阳，却让人觉得懒洋洋的，无精打采。巴比凯恩担心有人会提出一些让米歇尔·阿尔当难以作答的问题，因此想把到场的人限制在很少的一部分专家中，比如说他的同事们。但是，这如同想筑上一道大堤坝以挡住尼亚加拉大瀑布一样困难。最后，他不得不放弃他的这一想法，让他的这位新朋友在一场公开演讲会上碰碰运气了。坦帕城新建的交易所大厅尽管非常宽敞，但还是被认为不足以容纳下这一盛典的参加者，因为设想的这个大会相当于一次大规模的群众集会。

最后，会场选的是城外的一处宽阔的原野。只几个钟头，原野上的阳光便被遮挡住了。港口停泊的船只上，船帆、索具、吊杆以及桅桁应有尽有，足以建起一个巨型帐篷。不一会儿，被烈日晒得灼人的原野上，一个巨大的"天篷"立了起来，遮挡住了白日里那火热的阳光。有三十万人待在帐篷里，不顾闷热难耐，一连好几个小时在等待着那个法国人的大驾光临。在这如云的与会者中，前面三分之一的人可以看见发言者和听见发言；另三分之一的人勉强能够看见，但却听不见；而最后那三分之一的人则什么也看不见，更听不见，但他们同样在热烈鼓掌。

下午3点，米歇尔·阿尔当在枪炮俱乐部主要成员的陪同下步入会场。巴比凯恩挽着他的右臂，J.-T.马斯顿挽着他的左臂，他显得神采奕奕，比正午的太阳还要光彩夺目。阿尔当登上讲台，眼睛向台下扫视了一番，只见黑压压一片帽子的海洋。他看上去毫不紧张，毫不装模作样，他像是在自己的家中一样，高高兴兴、无拘无束、和蔼可亲。面对听众们的热情欢呼，他优雅自然地回礼答谢。然后，他挥了挥手，让大家安静下来，开始用英语发言，十分得体地侃侃而谈。

“先生们，”他说道，“尽管天气炎热，我仍然想占用你们的一点儿宝贵时间跟你们说说你们似乎感兴趣的一些计划。我既不是演说家，也不是科学家，我根本也未曾打算要在公开场合说上一番。但是，我的朋友巴比凯恩跟我说，我来说一说你们会很高兴的，所以我就来了。因此，请你们用你们那六十万只耳朵听我说吧，如果有什么说错了的地方，请予以谅解。”这个坦率的开场白让听众赞赏不已，大家在底下窃窃私语，表示称赞。

“先生们，”他继续说道，“大家可以畅所欲言，赞成或反对的意见都是允许的。大家同意的话，我就开始讲了。首先，请你们不要忘记，站在你们面前的是一个无知的人，不过，他的无知却让他无视任何困难。他觉得，置身炮弹之中飞向月球，是一件简单、自然、容易的事。月球旅行是迟早都将进行的事，至于应采用的交通方式，那就只能由科学进步的程度和规律来决定了。人类起先是用四条腿爬行的，后来，有一天，就用两只脚直立行走了，再后来，就坐二轮运货车，然后便是大型旅行马车，接着又是简陋的公共马车，接下来又是驿车、火车。好！我要告诉大家，炮弹就是我们未来的交通工具，其实，所有的行星也只不过是一些炮弹，一些由造物主亲手抛掷的圆形普通炮弹而已。不过，我们还是回到我们的‘炮弹车’吧。先生们，你们中的有些人，可能以为赋予‘炮弹车’的速度太高了，其实并非如此，所有的星球的运行速度都超过它，而地球在围绕太阳运转的过程当中，其速度是炮弹车速度的三倍。请允许我举几个例子来说明一下。不过，我要请大家允许我用法里作为计算单位，因为我不太熟悉美国的度量单位，我怕被绕糊涂了。”

他的这一请求并不过分，大家自然是同意的。因此，演讲者接着说了下去：

“先生们，我先说说各种行星的速度吧。我不得不承认，我虽然很无知，但我对天文学的细枝末节还是知之甚详的。不过，过两分钟，你们大家也会同我一样成为专家了。请记住，海王星的运行速度为每小时五千法里；天王星是七千法里；土星是八千八百五十八法里；木星是一万一千六百七十五法里；火星是两万二千零十一法里；地球是两万七千五百法里；金星是三万二千一百九十法里；水星是五万二千五百二十法里；而某些彗星在近日点时的运行速度高达一百四十万法里！至于我们这些名副其实的闲逛者，不急不忙的人，我们乘坐的交通工具的速度都超不过九千九百法里，而且这个速度还变得越来越小！我倒想请问诸位，我们有什么可以沾沾自喜的呀？不久的将来，它难道不会被其他一些更大速度的星体所超越吗？而那些更大速度的星体的电和光极有可能是其速度的原动力的。”

似乎没有任何人对米歇尔·阿尔当的这个论断表示怀疑。

“亲爱的听众们，”他接着又说道，“按照某些目光短浅的人——这个形容词非常适合他们——的看法，人类将可能被囿于一个波皮利尤斯圈里了，永远也别想钻出来，只能永远待在其中，无法飞进行星的太空之中！幸而事实并非如此！我们即将飞往月球，还将飞向其他行星，飞向恒星，如同我们今天从利物浦到纽约一样方便、快速、安全。而且，大气层的海洋如同月球的海洋一样，很快就将被我们穿越！距离只是一个相对性的词语，最终将归之于零。”

全场的人虽然对这位法国英雄十分崇敬，激动万分，但是，对他的这个大胆的理论仍不禁感到有点儿惊愕。米歇尔·阿尔当似乎看明白了听众们的表情。

“你们好像并不信服，是吧，正直的来宾们？”他又笑容可掬地接着说道，“好吧！我们来推算一下。你们知道一列快速列车到达月球需要多长时间吗？三百天。不会超过三百天的。那么，一段八万六千四百一十法里的距离，又是个什么概念呢？它甚至都不到绕地球转九圈的长度，而任何一名水手或旅行者一生中所行过的路无不超过这一距离的。所以，请诸位想一想，我飞往月球只不过需要九十七小时而已！啊！你们总是以为月球离地球非常遥远，非得考虑再三之后才能去冒这个险！可是，如果是去海王星，而它又是在十一亿四千七百万法里外围绕太阳转的，那你们又怎么想呀？就算一公里得花五个苏[①]，那也不得了，谁能有这个经济实力呀？即使是有十亿财产的罗特希尔德男爵也买不起一张这样的票，即使去的话，也只能飞到半路上便停止不前了！”

对这种推论方式与会者们似乎很满意，米歇尔·阿尔当脑子里全是自己的计划，继续往下推理着。他感觉到大家在渴望他讲下去，因此，他便信心百倍地接着说道：

“喏！朋友们，如果拿海王星到太阳的距离与它同其他恒星的距离相比较，那么，它到太阳的距离简直不值一提了。的确，要计算它到其他恒星的距离的话，那计算起来一定会让人眼花缭乱，其中最小的数字也高达九位数，而且是以十亿为单位。请诸位原谅我这么不厌其烦地阐释这个问题，它确确实实很有趣，令人心动。请大家听我说，然后作出判断吧！半人马座α星距离地球八万亿法里，织女星距离地球五十万亿法里，天狼星距离地球也是五十万亿法里，大角星距离地球五十二万亿法里，北极星距离地球一百一十七万亿法里，御夫座α星距离地球一百七十万亿法里，而其他的那些恒星离地球远达成百万、成千万、成亿万法里！可我们还想谈论什么恒星与太阳之间的距离！说什么这个距离是存在的！错！大错特错！纯属谬论！你们知道我对这个以光芒四射的星球为起始的而又以海王星为结束的太阳系的看法吗？你们想不想知道我的理论呀？这个理论非常之简单！在我看来，太阳系是一个均质的固体，组成它的那些行星拥挤在一起，互相贴近，彼此挨着，它们之间的距离小而又小，如同银或铁，金或铂这样一些密度大的金属分子间的间隙那么小！因此，我有理由认定，并且以将使你们大家心服口服的一种信心再次强调指出——距离是一个空泛的词汇，它根本就不存在！”

“说得好！太棒了！万岁！”被演讲者有力的手势、慷慨激昂的声音及其大胆的想法电击了似的全场观众齐声欢呼起来。

“对！”J.-T.马斯顿比其他任何人的嗓门儿都大地叫喊道，“距离并不

---

① 苏，法国旧时的辅币名，相当于二十分之一法郎，即五生丁。

存在！”

可是，他由于动作太大，身体失去平衡，难以控制，差一点儿便从台上摔到地上去了。不过，他还是站稳了，总算没有摔下去，否则将会向他证明距离可能不是一个空泛的词汇。抓住了听众的演讲者随即又说了下去：“朋友们，我想这个问题现在已经解决了，如果说我尚未将你们所有的人全部说服的话，那是因为我在阐释的过程中缺乏自信，论据不足，这是我理论研究不够所造成的后果。不管怎样，我还是要再次告诉你们，地球到其卫星的距离真的是微不足道的，无须一个严肃之人去对它费心劳神。如果我告诉大家我们很快将建造一列炮弹列车，舒舒服服地坐上去飞向月球的话，那绝不是我在异想天开，满嘴胡言。这趟列车不会发生碰撞，不会出轨，不存在鞍马劳顿，它将飞快地直达目的地，用你们的猎人的话来说，‘像蜜蜂似的直飞’。不出二十年，地球上有一半的人将访问月球！”

“万岁！米歇尔·阿尔当万岁！”与会者们——包括其中半数并非信心十足的人——全都呼喊起来。

“巴比凯恩万岁！”演说者谦逊地喊道。

他的这句对试验始作俑者的感激话语博得众人一片掌声。

“现在，朋友们，”米歇尔·阿尔当接着说道，“如果你们有什么问题要问我的话，你们显然会让一个我这样的可怜人尴尬难堪的，但是，我将尽我所能地回答你们。”

直到这时为止，枪炮俱乐部主席对讨论的情况都十分满意。讨论涉及那些思辨性理论，而米歇尔·阿尔当凭借自己那活跃的想象力，表现得十分出色。因此，必须阻止他扯到实际问题上去，那肯定不是他的强项。因此，巴比凯恩连忙抢过话头，问他的这位新朋友是否认为月球或行星上有人居住。

“你这可是问了我一个很大的问题呀，我尊敬的主席。”演讲者笑吟吟地说道，“不过，如果我没弄错的话，一些才智过人的人，比如普鲁塔克、斯威登伯格、贝纳丹·德·圣比埃尔和其他许多人，都认为是有的。如果从自然哲学的观点去看待这个问题的话，我趋向于与他们的看法相同。我认为但凡这个世界上存在的，就没有什么是无用的。不过，巴比凯恩朋友，如果通过另一个问题来回答你的问题的话，我将证明，如果所有星体都可以居住的话，那么，它们现在就住着人，或者曾经住过人，或者将来会住着人。”

“说得好！”前几排的听众大声叫嚷道，而他们的观点对后面的听众非常有影响。

“这个回答太符合逻辑了，太正确了！”枪炮俱乐部主席回应道，“所以现在的问题应归结为：所有的星球是否都适合居住？以我个人来看，我认为是的。”

“我也对这一点深信不疑。”米歇尔·阿尔当回答道。

“但是，”听众中有一位反驳道，“有一些证据表明星球上是不可以居住的。很显然，大部分的生命起源理论都必须改动了。因此，光就行星而言，由于距离太阳的远近的不同，有些行星上的人会被烧死，而另一些行星上的人则会被冻死。”

“很遗憾，”米歇尔·阿尔当回答道，“我本人并不认识这位尊敬的反对者，否则我将尽量地回答他。他的意见有其意义，不过，我认为我可以成功地驳倒它，而且所有有关天体不具备可居住性的观点也都是可以驳倒的。如果我是物理学家的话，我就会说，假如紧临太阳的行星运行中产生的卡路里少的话，那么，相反，远离太阳的行星在运行中所产生的卡路里就多，这种简单的现象就足以平衡热量，使得这些天体的温度变得能够适合像我们这样的有机生物承受。如果我是博物学家的话，我就会跟随在一些杰出的科学家之后告诉他，在地球上，大自然向我们提供了一些生存条件各不相同的一些动物的实例：鱼类可以在其他动物会窒息而死的条件下呼吸；两栖动物有着难以解释的双重的生存方式；海洋里的某些生物能够生活在很深的海底，而不被五六十个大气压压碎；各种各样的水生生物对温度并不敏感，既能在沸腾的热泉里生活，又能在北冰洋的冰原下生活。另外，必须承认，大自然存在着多种多样的生存方式，它们往往很难为我们所理解，但却是真实地存在着的，甚至可以达到包容一切的程度。如果我是化学家，我就会告诉他说，陨石这种显然是在地球外形成的物体，通过分析研究，可以看到一些无可争辩的碳的痕迹，而这种物质只能是来源于有机生物，而且，根据赖兴巴赫的试验来看，它一定是‘动物质化’了的物质。而如果我是神学家的话，我就会告诉他说，根据圣保罗的看法，神的救赎似乎不仅施之于地球，也施之于所有的宇宙天体。不过，我既不是神学家、化学家，也不是博物学家、物理学家。因此，我对于支配着宇宙的那些伟大的规律毫无所知，所以我只能回答说——我不知道这些天体上面是否住着人，但是，正因为我不知道，我就更要去那上面看一看！”

反对米歇尔·阿尔当理论的那位是不是又提出了一些反对意见？这一点无法说清，因为人群在疯狂地喊叫，什么意见也听不清了。直到离讲台最远处的听众们也安静下来之后，得意扬扬的演讲者才又补充了几句：“正直的美国人，你们很清楚，我只是浮皮潦草地涉及这么一个大问题。我到这儿来并不是要给你们上一堂大课，并不是要为这个广泛的问题做辩护。尚有很多很多的论据表明天体上是有人居住的。我暂且不谈这个问题。我只是请大家允许我坚持一点——对于那些坚持认为行星上无人居住的人，必须回答他们说——你们可能说得有道理，如果你们能证明地球是最佳星体的话，但是无论伏尔泰对此有何见解，却都并非如此。地球只有一个卫星，而木星、天王星、土星、海王星却有好几个卫星围绕着它们，这个优势是绝不可小觑的。不过，最让我们的地球变得很不适于居住的是，它的地轴与轨道间有一个倾斜度。因此造成白昼和黑夜不一样长，季节的恼人变化也因此而产生。在我们这个不幸的星球上，不是太热就是太冷；冬天冻死人，夏天热死人；这是一个感冒、鼻炎和胸部炎症多发的星球，而比如说木星就不然，它的倾斜度很小[①]，它的居民们就可以享受四季如一的恒温，木星上也有春天地区、夏天地区、秋天地区和冬天地区，每一位木星人都可以选择他所喜欢的气候，一生一世都不必忍受气候变化之苦。你们毫无疑问地会承认木星胜过我们地球的这一优势，更何况木星的一年相当于我们地球人的十年！还有，我认为十分明显，在这些有利因素和极佳的生存条件之下，这个幸运星球上的居民们是一些高级生物，他们的学者比我们的学者更加杰出，他们的艺术家比我们的艺术家更加优秀，木星上的坏人并没有我们地球上的坏人那么坏，他们的好人比我们的好人要更好。唉！我们的星球还缺少些什么才能达到这么完美的程度？就差这么一点点！只要地球自转轴心与其轨道的倾斜度不那么大就行了。”

---

① 木星的轴心与轨道之间的倾斜度只有三度五分。——原注

“那好！”一个洪亮的声音喊道，“那我们就团结我们的力量，发明一些机器，把地球轴心矫正一些！”

这一建议引起了雷鸣般的掌声，而提此建议者并非别人，只能是J.-T.马斯顿。这位激情满怀的秘书很可能是被自己那工程师的本能所激发，才斗胆提出这一大胆的建议的。但是，必须指出——因为这是事实——许多人只是用他们的喊叫声在支持这一建议，如果他们知道阿基米德所寻找的支点之所在的话，这些美国人想必就会建造一根能够撬起地球的杠杆，把地球的轴心矫正了。但是，那个支点，那些鲁莽的机械师们还没有找到。

不过，这个“极其实际”的想法造成了极大的影响，讨论因此而中断了足足有一刻钟，而且在很长很长的一段时间里，在美利坚合众国内，人们仍在谈论着枪炮俱乐部的常任秘书极具胆识地提出的这个建议。

第二十章　攻击与反击

这一个小插曲似乎该让这个讨论结束了。这是个“闭幕语”，恐怕很难找到更加合适的词了。可是，当大家激动的情绪平息下来之后，只听见有一个严肃而洪亮的声音说道：“现在，演说家已经长篇大论地介绍了他的幻想了，他是否回到他的主题上来，少谈点儿理论，多讨论他的月球之行的实际部分呀？”

众人的目光一下子转向了这么说话的那个人。此人干瘪瘦削，面部坚毅，下巴上蓄着一丛美国式的胡须。由于会场上出现过几次骚动，他得以逐渐地挤到第一排来了。他站在那儿，双臂环抱着，目光炯炯，犀利严肃，死死地凝视着大会的主角。他提完问题之后，便沉默不语，对集中到他身上来的数千道目光以及他的话激起的不满的嘟哝声似乎无动于衷。由于没有听到演讲者的回答，他又重复了一遍自己所提的问题，和刚才一样清晰而明确。然后，他又补充道：

“我们来这儿关心的是月球而不是地球。”

“您说得对，先生，”米歇尔·阿尔当回答道，“讨论是离了题了。我们还是回到月球的问题上来吧。”

“先生，”那个陌生人又说道，“您声称我们的卫星上有人居住。那好，如果有月球人存在的话，那些人肯定是不用呼吸便能生存的人，因为——我提请您注意——月球表面连一个空气分子都没有。”

阿尔当闻听此言，不禁连狮鬣都竖了起来，他意识到来者不善，与他必有一争。他也定睛注视着此人，说道：

“啊！月球上没有空气！请问，这是谁下的结论？”

“科学家们。”

“是吗？”

“就是。”米歇尔·阿尔当又说道，“我并非说假话，我真的是深深地敬重有真才实学的科学家的，不过，我对那些无知的科学家们是鄙夷不屑的。”

“您了解一些属于后一种的科学家吗？”

“特别了解。在法国，有这么一位科学家声称，鸟儿‘肯定’不会飞，而另一位的理论则指出鱼其实在水里是活不了的。”

“先生，我说的不是这种人，而我可以举出几个您无法反对的名字，以证实我的说法是正确的。”

“先生。您这是想让我这个可怜的无知者大为尴尬了。不过，我倒是觉得能够得到您的指教，真的是求之不得。”

“您既然没有研究过科学问题，那您为什么要讨论它们呢？”陌生人粗暴地诘问道。

“为什么？”阿尔当回答道，“因为我始终是个勇敢者，不畏任何艰难险阻！我是一无所知，但正是我的这一弱点给予了我力量。”

“您的弱点发展到了疯狂的程度！”陌生人气呼呼地大声说道。

“呃！好极了，”阿尔当反驳道，“如果我的疯狂能把我带到月球上去的话，那可再好不过了！”

巴比凯恩及其同事们眼睛死死地盯着这个如此大胆地跑来对试验从中作梗的不速之客。谁也不认识他，而巴比凯恩主席对这么激烈论争的后果十分担心，因此，他不免忧心忡忡地看着自己的那位新朋友。与会者们全都全神贯注而且真的非常焦虑不安，因为这场论战的后果有可能把全场人的注意力引到月球旅行的危险性上来，或者引到这一试验的不可行性上来。

“先生，”米歇尔·阿尔当的对手又说道，“道理很多很多，而且无可争议，它们证明了月球周围没有一点儿空气。我甚至可以凭借先验说，就算这种空气曾经存在过，但也该被地球吸光了。不过，我仍然更想用无可辩驳的事实来驳斥您。”

“您就驳斥好了，先生，”米歇尔·阿尔当彬彬有礼地回答道，“您想怎么驳斥就怎么驳斥吧！”

“您知道，”陌生人说道，“当光线穿过一个像空气这样的介质的时候，它们就会偏离直线，或者换句话说，它们发生了折射。好！当星星被月亮遮挡住，它们的光线擦过月亮边缘的时候，却毫无偏离，也无丝毫折射现象。因此，可以得出明显的结论：月球并未被空气包围。”

大家都在看着法国人，因为一旦这一观点被接受，那么其后果就非常严重。

“没错，”米歇尔·阿尔当回答道，“这也许并非您唯一的论据，但至少是您最有力的论据了，也许一个科学家对此难以作答，但是，我么，我只想告诉您，您的这一论据并不是绝对的，因为它是以假设月球的视角直径完全确定为前提的，但实际情况并非如此。不过，我们暂且不谈这个问题，我只想请您告诉我，亲爱的先生，您是否承认月球表面有火山存在？”

“是的，是一些死火山，但活火山却没有。”

“不过，这也就是说，按照逻辑推论，这些死火山在某一段时期内曾经是很活跃的！”

“这是肯定的，但是，由于火山本身可以自供其燃烧所需的氧气，因此，它们的爆发根本就不能证明月球上有空气存在。”

“那好，先别讨论这一问题，”米歇尔·阿尔当说道，“我们还是说说直接的看法吧。不过，我得提醒您，我将先提几个人的名字。”

“您请讲。”

“那我就讲了。1715年，卢维尔和哈雷两位天文学家，在观测5月3日的月食时，发现有某些十分怪异的雷电。他们认为，那些转瞬即逝的并往往会重复出现的闪光是月球大气层里所产生的暴风雨所导致的。”

“1715年？”那陌生人反驳道，“天文学家卢维尔和哈雷是把纯属地球的现象误以为是月球现象了，比如产生于地球大气层里的火流星或其他一些现象。科学家们当时对他们的这种发现就是这么回答的，我今天的回答也同他们的一样。”

“这个问题咱们也先搁在一边，”阿尔当并未被对方问倒，镇定地回答道，“1787年，赫歇尔不是观测到月球表面有大量的光点吗？”

“是呀，不过，赫歇尔并未阐释这些光点的来源，他本人并没有下结论说它们的出现是因为月球有大气层的缘故。”

“说得好，”米歇尔·阿尔当称赞其对手道，“看得出您对月球学很有研究。”

“是很有研究，先生。不过，我要补充一句，对月球这个黑夜星球最细心的观测者和最有研究的人——比尔先生和默雷德先生都认为月球表面绝对没有空气。”

人群中出现了一阵骚动，他们似乎为这个怪异人物的论据所激动。

“这个问题也先搁在一边吧，”米歇尔·阿尔当从容而冷静地回答道，“咱们现在先来谈谈一个重要事实。一位名叫洛斯达的法国杰出的天文学家，在观测1860年7月18日的日食时发现，呈月牙形的太阳的两边的角呈圆形，尖角被切去。而这一现象的出现，只能是太阳光穿过月球大气层时发生折射而产生的，不可能有其他的解释。”

“但这件事确实吗？”陌生人急切地问道。

“确实无误！”

人群又一次出现骚动，不过，这次的骚动是在为他们大家所爱戴的英雄而激动，而其对手此刻却一言不发。阿尔当并未因一时的得胜而忘乎所以，他平静地说道：“您很清楚，亲爱的先生，话不能说得太绝对，不能硬说月球表面不存在大气层；这个大气层可能并不很厚，空气很稀薄，但是，今天，科学界一般还是承认它的存在的。”

“您也别不高兴，我还是要说，起码高山上没有空气。”陌生人固执己见地反驳道。

“对，不过在山谷深处有，而且不超过几百英尺的厚度。”

“不管怎么说，您得小心谨慎，因为那儿的空气极其稀薄。”

“哦！正直的先生，反正足够一个人呼吸的了。再说，一旦到了那上面，我会尽量节省空气，只有在盛大的场合我才会呼吸的！”

此言一出，引起听众们的一阵哄笑，敲击着神秘的陌生人的耳鼓，但他仍趾高气扬地环视会场，表情鄙夷不屑。

“因此，”米歇尔·阿尔当神情轻松地接着说道，“既然我们认为那儿是有一定量的空气存在着，那我们就不得不承认那儿也有一定数量的水存在着。我对这么一个结论极为兴奋。不过，我可爱的反对者，请允许我再向您指出一点。我们只了解月球的一面，如果它面向我们的那一面只有极少量的空气的话，那背对我们的那一面就可能有大量的空气的。”

“那为什么呀？”

“因为月球在地球引力之下，呈鸡蛋形，我们只能从它那小的一头看到它。因此，汉森的测算得出了如此的结果：月球的重心位于它的另一半。所以我们可以得出结论：自月球形成的初期，所有的空气和水都被吸引到它的另一面去了。”

“无稽之谈！”陌生人叫嚷道。

“非也！这纯粹是建立在力学定律基础上的理论，我觉得这是很难被推翻的。因此，我请求呼吁本次大会对在地球上生存的生物能否在月球上生存的问题进行表决。”

三十万听众一起鼓掌欢迎这一提议。米歇尔·阿尔当的那位反对者仍想说点儿什么，但是大家根本不可能听得见，因为喊叫声、威胁声像冰雹似的一阵阵地向他袭来。

“够了！够了！”有些人在喊叫。

“把这个私自闯入者赶走！”另有一些人呼喊道。

“滚出去！滚出去！”愤怒的群众齐声高喊。

可是，陌生人岿然不动地站在台上，神情坚定、顽强，任凭雷鸣般的叫骂声此起彼伏。幸亏米歇尔·阿尔当及时挥手制止，否则这场暴风雨将越刮越猛。他非常讲究骑士风度，不想丢下他的反对者不管。

“您还想说几句吗？”他语气十分亲切地问他的反对者。

“是的，还要说一百句、一千句，”陌生人怒气冲冲地回答道，“或者干脆只说一句吧！您要是坚持您的试验的话，您就必须准备好……”

“信口雌黄！您怎么可以这样对待我？我只是向我的朋友巴比凯恩提议制造一种圆锥形炮弹，以便一路之上不会像笼子里的松鼠似的打转。”

“但是，可怜的人呀，发射时的强大的后坐力会把您击得粉碎的！”

“我亲爱的反对者，您这才是点到真正的又是唯一的难题了，不过，我对美国人的创造才能非常有好感，所以我相信他们一定会解决这一难题的！”

“可是，炮弹穿过大气层时，由于高速而产生的高温怎么办？”

“哦！炮弹壁很厚，而且穿越大气层又只是瞬间的事！”

“那么食物呢？水呢？”

“我算过了，我可以带上一年所需的水和食物，而我飞向月球只需四天工夫！”

“沿途所要呼吸的空气呢？”

“我会用化学方法解决的。”

“那您若真的到达月球的话，如何降落呢？”

“那要比在地球上降落的速度缓慢六倍，因为在月球表面，重力是地球上的六分之一。”

“即便如此，那也会像摔玻璃器皿似的把您摔得粉碎的。”

“我难道不会使用装配合适的火药并及时点火的火箭来减缓下降速度吗？”

“好吧，就算您把这些难题全都解决了，把所有的障碍都清除了，让所有的好运全都集中到您的身上了，您可以安然无恙地到达月球了，可是，您又怎么返回来呢？”

“我不返回来了！”

闻听这句简洁而豪迈的话语，全场的人顿时一言不发了。不过此时无声胜有声，比激动万分的欢呼更具有说服力。陌生人趁机最后一次发表自己的反对意见。

“您肯定必死无疑，”陌生人大声说道，“而您的死只不过是一个疯子的死亡，对科学毫无意义！”

“说下去，好心的陌生朋友，因为您的预言方式真的很讨人喜欢。”

“啊！您太过分了！”米歇尔·阿尔当的反对者大声嚷道，“我不明白为什么我还继续进行这么不严肃的讨论！您随心所欲地继续您的疯狂试验吧！应该谴责的倒并不是您！”

“哦！请尽管直说！”

“是的！对您的行动应该负责的另有其人！”

“请问那是谁呢？”米歇尔·阿尔当严厉地问道。

“是那个组织这个既荒谬又滑稽的试验的无知者。”

攻击是直言不讳的。自从陌生人介入以来，巴比凯恩就在竭尽全力克制自己，拼命地压住直往上冒的怒火。但是，见自己被如此肆无忌惮地攻击，他腾地一下站了起来，冲着敢于放肆地向他挑战的对手径直走了过去，可是他突然发现自己被隔了开来。

原来，搭建的讲台一下子被上百只强壮的胳膊举了起来，枪炮俱乐部主席和米歇尔·阿尔当分享胜利的荣耀。讲台非常沉重，抬的人在不停地轮流替换，人人都争先恐后，互不相让，都想抬一抬，以表示自己的支持。

陌生人并未趁乱离开会场。再说，人群那么密集，他能出得去吗？肯定不能。总之，他仍然待在第一排，抱着胳膊，眼睛死死地盯着巴比凯恩主席。

巴比凯恩主席的目光也一直在注视着他，二人四目相交，像利剑互击一般。

在胜利的巡游过程中，人群的欢呼声达到了顶点。米歇尔·阿尔当满面愉悦地在接受着群众的热情欢呼。他容光焕发、精神抖擞。有几次，被众人抬着的讲台前后颠簸，左右摇摆，仿佛被浪涛折腾着的一条小船。但是，大会的这两位英雄却站得稳稳当当，岿然不动。于是，他们的这条“小船”便安然无恙地“驶”入坦帕城港。米歇尔·阿尔当最后幸运地躲过了他的那些热情洋溢的崇拜者们的拥抱，逃进弗兰克林旅馆，快步进入自己的房间，迅速躺到床上，而一支十万人的群众大军却苦苦地守候在他的窗下。

在这段时间里，那个神秘人物与枪炮俱乐部主席之间出现了一个短暂的、严肃的、决定性的场面。

终于得以解脱了的巴比凯恩径直走向他的对手。

“跟我来！”他命令对方道。

那人跟着他在码头上走着，不一会儿，二人便单独来到朝向琼斯瀑布码头的入口处。

这两个彼此尚不认识的敌人在那儿相互对视着。

“您到底是谁？”巴比凯恩问道。

“尼科尔船长。”

“我就猜到是您。此前，您一直没有机会来挡我的道……”

“我已经到了您的这条道上来！”

“您侮辱了我！”

“而且还是在大庭广众之下。”

“您得给我说清楚为什么要侮辱我。”

“我现在就说。”

“不。我希望一切都只在我俩之间私下里进行。离坦帕城三英里处有一片树林，名叫斯克思诺树林。您知道这地方吗？”

“知道。”

“明天清晨5点，您能否从树林的一边进去？”

“可以，如果您在同一时间从另一边进去的话。”

“您到时不会忘记带上您的来复枪吧？”巴比凯恩说。

“您不忘，我也不会忘的。”尼科尔船长回答道。

枪炮俱乐部主席冷冰冰地说完这句话之后，便同尼科尔船长各自离去了。巴比凯恩回到自己的住处，未顾上在约定前所剩下的几个小时休息一下，便熬夜研究避免炮弹后坐力造成伤害的方法，以及解决米歇尔·阿尔当在大会上提出的这个难题的方法。

第二十一章　一个法国人是如何摆平一件事的

当枪炮俱乐部主席巴比凯恩与尼科尔船长在讨论决斗事宜——这是一场可怕的野兽的决斗，双方都想置对手于死地——的时候，米歇尔·阿尔当却在休息，以消除胜利所造成的疲劳。但很显然，“休息”一词用得很不恰当，因为美国人的床铺硬得可以同大理石桌或花岗岩桌相媲美了。

因此，阿尔当睡得很不踏实，他裹着毛巾被，在床上辗转反侧，难以入眠，他在考虑如何才能在炮弹里放置一张软和舒适的床垫。正在这时候，一阵嘈杂声把他从睡梦中惊醒过来。他的房门被敲得叮当乱响，仿佛用铁锤在锤击一般。还有一些大吼大叫声夹杂在这有点儿过早的嘈杂声中。

“开门！”有人在喊，“天哪，快开门哪！”

阿尔当完全可以对这种粗暴的要求置之不理，但是，他还是起身要去开门，这时，房门几乎要被顽固的来访者们撞开了。枪炮俱乐部秘书冲进房来，简直就像是一枚炮弹肆无忌惮地射了进来。

“昨天晚上，”J.-T. 马斯顿冲进来直嚷嚷道，“我们主席在大会上被公开侮辱了！他向他的对手下了战书，那家伙并非别人，就是尼科尔船长！他俩今晨要去斯克思诺树林一决雌雄！这一切都是巴比凯恩亲口对我说的！如果他被杀了，那我们的计划全都泡汤了！所以必须阻止这场决斗！但要想阻止它，世上只有一个人有能力阻止巴比凯恩，而这个人就是您米歇尔·阿尔当！”

J.-T.马斯顿在这么说时，米歇尔·阿尔当并不想打断他，他只是急匆匆地套上他那条肥大的裤子，不到两分钟工夫，便同来者一起拼命地向坦帕城郊跑去。

马斯顿边奔跑边将情况告诉了阿尔当。后者这才知道巴比凯恩和尼科尔船长之间的仇恨的真正原因，知道二人的积怨由来已久，多亏了双方共同的朋友们的帮助，二人在这之前才从未碰到一起。马斯顿还告诉阿尔当说，唯一的根源是钢板与炮弹之争，而大会上的那一幕只不过是尼科尔船长长期以来寻找的发泄积怨的一次机会罢了。

没有什么比这类美国式的一对一的决斗更可怕的了，因为决斗双方在树丛中相互寻觅，躲在荆棘丛中彼此窥视，在灌木丛中像野兽似的互相对射。在这种时刻，他们中每一个人大概都会羡慕大草原上印第安人那天生的超人本领，他们的机智敏捷、他们的聪明狡猾、他们对蛛丝马迹的细察，以及发现敌人的敏锐嗅觉。一个失误、一丝犹豫、走错一步都可能导致死亡。在这种决斗之中，美国佬往往会带上自己的狗，他们既是猎人又是猎物，数小时不停地追逐着。

“你们真是一群魔鬼！”听了同伴绘声绘色的描述之后，米歇尔·阿尔当大声嚷道。

“我们就是这样的人，”J.-T.马斯顿谦逊地说，“不过，我们还是跑快点儿吧。”

然而，尽管米歇尔·阿尔当和马斯顿二人飞奔过被露水打湿了的平原，越过稻田和小溪，专拣近道走，他们还是无法在5点钟之前赶到斯克思诺树林。巴比凯恩大概半个小时之前就已经进入树林里去了。

树林边有一位老樵夫正在忙着锯断他用斧头砍倒的一棵棵树木。马斯顿跑过去冲他喊道：“您看没看见一个背着枪的人进到树林里去？他叫巴比凯恩……主席……我最好的朋友……”

枪炮俱乐部的这位可敬的秘书天真地认为他们的主席应该全世界的人都认识。但是，那樵夫好像没有明白他在说什么。

“一位猎人。”于是，阿尔当插了一句。

“一位猎人？有一个。”樵夫回答道。

“进去多久了？”

“大概有一小时了吧。”

“太迟了！”马斯顿叫嚷道。

“那您听见枪声了吗？”米歇尔·阿尔当问道。

“没有。”

“一声也没有？”

“一声也没有。那个猎人好像没什么收获！”

“怎么办呀？”马斯顿问。

“进树林里去，哪怕被一颗流弹击中。”

“啊！”马斯顿以明确无误的声音坚定地说道，“我宁愿被十颗子弹击中脑袋，也不愿看到一颗子弹射中巴比凯恩的脑袋。”

“进树林吧！”阿尔当握紧其同伴的手说道。

几秒钟工夫，二人便消失在树丛中了。这片树林非常茂密，长满了高大的柏树、假挪威槭树、鹅掌楸、橄榄树、罗望子树、橡树和木兰树。这各种各样的树木枝叶交错，缠绕在一起，遮挡住视线，使人无法看到远处。米歇尔·阿尔当和马斯顿一前一后地紧跟着往前走，静默着穿过深草丛。他们在粗壮的藤条中砍出一条道来，目光在荆棘丛中和浓密的枝叶中搜寻着，每走一步都担心会听到可怕的声响。至于巴比凯恩穿过树林时留下的足迹，他们根本就辨认不出来，他俩只是盲目地在那些模糊不清的小径上往前走着。只有印第安人才可能在这种路径上一步一步地追踪自己的敌人。

徒劳地寻找了一个小时之后，二人停了下来。他俩心中更加地焦急不安了。

“人肯定是完了，”马斯顿丧气地说，“像巴比凯恩这样的人是不会同敌人耍花招的，既不会设陷阱，又不会使诡计！他太老实，太大胆了，他勇往直前，直冲危险奔去，那樵夫想必离得太远，所以才没有听见枪声！”

“可我们呢？我们呢？”米歇尔·阿尔当反驳道，“自我们进到树林里来之后，我们本该听见的呀！”

“可能我们来得太迟了！”马斯顿绝望地喊叫道。

米歇尔·阿尔当不知如何回答才好，他和马斯顿又继续不停地往前走着。他俩不时地呼唤着，一会儿叫巴比凯恩，一会儿叫尼科尔船长，但是那两个互相仇恨的对手都没有回应。一些愉快地飞翔着的鸟儿被他们的叫喊声惊着了，钻进了树枝间，而几只受惊的黄鹿则慌忙逃进树丛中去。

他们又继续寻找了一个钟头。大部分的树林都被他们找遍了，就是不见两个决斗者的踪影。他们开始怀疑那个樵夫是不是没有说真话。阿尔当有点儿不耐烦了，不想继续进行这种长时间的无谓的寻找，但正在这时，马斯顿突然停下了脚步。

“嘘，”马斯顿嘘了一声说，“那边有人！”

“有人？”米歇尔·阿尔当回应道。

“是的！一个男人！他好像一动不动了。他手里也没有枪了。他在干什么呢？”

“您认出他是谁了吗？”米歇尔·阿尔当眼睛近视，在这种情况之下，看不清楚谁是谁，便这么问道。

“认出来了！认出来了！他在翻身。”马斯顿回答道。

“他是……”

“尼科尔船长！”

“尼科尔船长！”米歇尔·阿尔当的心立刻便揪了起来，大声嚷道。

尼科尔没了武器！他难道不用再害怕他的对手了？

“我们走到他面前去，”米歇尔·阿尔当说道，“看看究竟是怎么回事。”

他俩没走到五十步，便停了下来，更加小心谨慎地观察船长。他们原以为会发现一个嗜血如命、复仇心切的人，可是仔细一看，二人怔住了。

两棵高大的鹅掌楸之间张着一张网眼很密的捕鸟网，网里有一只小鸟，翅膀被网眼缠住了，拼命地挣扎着，发出一声声凄惨的哀鸣。这种异常复杂的网网的不是人，而是当地的一种毒蜘蛛，其脑袋大若鸽蛋，爪子又粗又长。这种丑恶的动物在扑向它的猎物时，突然转回身去，躲到鹅掌楸的高大枝丫中去了，因为一个可怕的敌人正在威胁着它的生命。

原来，尼科尔船长把枪放在了地上，忘了自己身处险境，只是专心致志地尽可能小心谨慎地去解救那只落在可怕的蛛网中的小鸟。他终于把小鸟从蛛网上摘了下来，把它放飞。小鸟快乐地扑扇着翅膀，飞走了。

尼科尔船长怜爱地望着小鸟穿过树枝。正在这时，他听见有人在激动地喊着："您真是一个好人哪！"

尼科尔船长闻声，立刻转过头来。米歇尔·阿尔当站在他的面前，非常激动地又说了一句："您是一个可敬可爱的人！"

"米歇尔·阿尔当！"尼科尔船长欢叫道，"您怎么跑到这儿来了，先生？"

"我是来问候您的，尼科尔，并且要阻止您杀害巴比凯恩或者阻止您被他杀死。"

"巴比凯恩！"船长大声嚷道，"我都找了他有两个钟头了！他藏哪儿去了？"

"尼科尔船长，"米歇尔·阿尔当说，"您这么说可不太礼貌啊！应该始终尊重自己的对手。您放心好了，只要巴比凯恩还活着，我们就一定能找到他的，而且很容易地就能找到他。如果他不像您那么兴致勃勃地去解救受害的鸟儿的话，他大概也在找您哪。不过，等我们找到他的时候，我米歇尔·阿尔当可要告诉您，你们俩不许再决斗了。"

"我同巴比凯恩主席之间，"尼科尔船长严肃地回答道，"不共戴天、你死我活、互不相容……"

"得了吧！得了！"米歇尔·阿尔当又说道，"像你们这样的人，虽然曾经互不相容，但现在应该一笑泯恩仇。你们不要再争斗了。"

"我必须争斗。先生！"

"绝对不行。"

"船长，"J.-T.马斯顿诚恳而贴心地说道，"我是主席的朋友，相交甚笃，不分彼此。如果您非要杀谁的话，那就冲我开枪吧，反正都是一回事。"

"先生，"尼科尔船长紧攥着枪，手在颤抖，"这种玩笑……"

"马斯顿没在开玩笑，"米歇尔·阿尔当回答道，"我理解他宁愿为自己敬爱的人替死的想法！不过，无论是他还是巴比凯恩，都不会倒在尼科尔船长的枪下的，因为我对你们二位敌对者有一个很诱人的建议，你们一定会迫不及待地接受它的。"

"什么建议呀？"尼科尔船长显然不相信地问道。

"您先别急，"阿尔当回答道，"我得等巴比凯恩也在场时才能说。"

"那咱们就去找他吧。"船长大声说道。

三个人立即上路。船长把枪里的子弹退了膛之后，把枪背在肩上，二话没说便迈开大步向前走去。

又过了半个小时，搜寻仍毫无结果。马斯顿感到一种不祥的兆头袭上心头。他神情凝重地看着尼科尔船长，心想后者的报复是否已经得逞了，可怜的巴比凯恩是不是已经挨了一枪，鲜血淋漓地躺在灌木丛深处，早已气绝身亡了。米歇尔·阿尔当似乎也同他一样作如是想，二人已经一直在用目光盯着尼科尔船长了。突然间，马斯顿停下了脚步。

二十步开外，只见一个人背靠着一棵高大的美洲梓树，上半身一动不动，下半身隐没在深草丛中。

"是他！"马斯顿喊道。

巴比凯恩没有动弹。阿尔当目光盯着船长的眼睛，可后者并无异常反应。阿尔当边喊边往前走了几步："巴比凯恩！巴比凯恩！"

没有什么回应。阿尔当向他的朋友奔过去。但是，正当他要去抓后者的胳膊时，他惊愕地大叫一声，戛然而止。

巴比凯恩手里拿着铅笔，在一个本子上列着一些公式，画着一些几何图形，而他的那支退了膛的枪却扔在地上。

这位科学家早已把决斗和复仇忘到脑后，一门心思地在思考着自己的工作，什么也没看见，什么也没听见。

但是，当米歇尔·阿尔当用手去摸他的手时，他立刻抬起头来，用惊诧的目光看着对方。

"啊！"他终于大声嚷道，"原来是你呀！我找到了，我的朋友！我找到了！"

"找到什么了？"

"我的方法！"

"什么方法呀？"

"就是消除炮弹发射时的后坐力的方法呀！"

"真的？"米歇尔用眼角瞄了船长一眼。

“真的！用水！用普通的水，就能……就能起到弹性作用……啊！马斯顿！”巴比凯恩叫嚷道，“您也在呀！”

“是呀，他也在，”米歇尔·阿尔当回答道，“另外，请允许我也向你介绍一下尊敬的尼科尔船长！”

“尼科尔！”巴比凯恩腾地站起身来大声说道，“对不起，船长，我搞忘了……我现在准备好了……”

米歇尔·阿尔当没容这两个敌人彼此叫板，立即插言道：“好啊！幸亏像你俩这样正直的人刚才没有碰到一起！否则我们现在就得为你们中的一位哭泣了。多亏上帝进行了干预，现在用不着再担惊受怕了。如果人们能忘掉仇恨，专心研究力学问题或者制伏蜘蛛，那么，仇恨就对任何人都不危险了。”

于是，米歇尔·阿尔当便把船长战毒蜘蛛的故事讲给巴比凯恩主席听了。

“我倒是想问你们一下，”他最后说道，“像你们二位这样的好人难道生来就是为了彼此用枪击碎脑袋的吗？”

在这种有点儿滑稽可笑的情境之下，出现了某种极其出乎意料的东西，以至于巴比凯恩和尼科尔船长都不太知道如何对待对方了。这一点米歇尔·阿尔当明显地感受到了，因此他决定抓住时机让二人握手言欢。

“正直的朋友们，”他嘴角浮现出甜美的微笑说道，“你们二位之间只不过是出现了一点儿小小的误会而已，并没有别的什么事。喏！为了表明你们之间一切积怨全都消除了，而且你们也都是敢于冒生命危险的人，所以请坦率地接受我要向你们提出的建议吧。”

“您说吧。”尼科尔船长说道。

“巴比凯恩认为他的炮弹将径直飞向月球。”

“正是，肯定如此。”巴比凯恩应答道。

“而尼科尔船长则坚信它将掉在地球上。”

“我对此深信不疑。”船长大声说道。

“那好！”米歇尔·阿尔当接着说道，“我无意让你们二位看法一致，我只想告诉你们：跟我一起飞往月球，去看看我们是否会停在半道上。”

“嗯！”J.-T.马斯顿惊愕不已。

两位敌对者闻听这个突然的建议，不禁彼此看着对方。他俩认真地观察着对方的反应。巴比凯恩在等待船长的回答，而尼科尔船长则等着巴比凯恩主席的回应。

“怎么样？”米歇尔用他那迷人的声音催问道，“反正也没有后坐力的问题！”

“同意！”巴比凯恩大声回答道。

巴比凯恩虽然回答得极快，但尼科尔船长也未落后半秒。

“好啊！太好了！万岁！哈！哈！哈！”米歇尔·阿尔当边大声欢呼边向两位对手伸出手去，“现在问题已经解决了，朋友们，请允许我以法国方式来招呼你们。咱们吃饭去吧。”

第二十二章　美国新公民

那一天，全美国都同时获知了尼科尔船长和巴比凯恩主席之间发生的事情及其奇特的结局。那位满怀着骑士精神的欧洲人在这场决斗中所起到的作用，他那让难题得以迎刃而解的出乎意料的建议，两个决斗者同时对他的建议表示接受，法国与美国齐心协力征服月球，凡此种种，又更加让米歇尔·阿尔当深得人心。

大家知道，美国人对某个人的崇拜可以达到何种疯狂的程度。在一个正襟危坐的法官会为一个舞女驾辕，而且还扬扬自得的国家里，大家可以想象他们对待一个胆大无比的法国人的激情会是多么强烈！如果有人不替他的马卸鞍的话，那可能是因为他并没有骑马的缘故，但是他们除此之外的种种热情全都表现出来了。没有一个公民不在一心一意地追随着他！按美国箴言来说，就是“众望所归”。

自那一日起，米歇尔·阿尔当便得不到片刻的休息了，一批又一批来自合众国各地的代表团没完没了地缠着他。他只好硬着头皮接待他们。他不停地与人握手，不停地与人寒暄，他很快就累得要散架了。他的嗓子因说个不停而沙哑，竟然吐字不清，词语含混。而且，他不得不与合众国各地代表团成员不停地干杯，因而几乎患上了肠胃炎。换了别人，肯定从第一天起就被胜利冲昏了头脑，但他却知道如何管住自己，使自己保持在一种半醉半醒的很精神很可爱的状态之中。

在缠着他的各地代表团中，有一个“受月亮影响者”[①]代表团，他们没有忘记自己对这位未来的月球征服者应该做的是什么。有一天，这些在美国为数不少的可怜人中的一些前来找他，要求同他一起回到自己的故乡——月球上去。他们中的某些人甚至声称会讲“月球语”并且愿意教米歇尔·阿尔当学习“月球语”。米歇尔·阿尔当好心地应付着他们那天真无邪的怪癖，并答应替他们向他们的月球上的朋友们问好。

“真是怪病缠身！”他把他们打发走了之后对巴比凯恩说道，“这种病往往专门找上极其聪明的人。我们最卓越的科学家中的一位——阿拉戈——曾经一再对我说，许多潜心于月球研究的智力超群而谨慎的人常常为狂热所支配，变得难以置信的怪诞。你不相信月球对疾病的影响吧？”

“不太相信。”枪炮俱乐部主席回答道。

“我也不相信，不过，历史上记载过一些至少是很令人惊讶的事情。比如，1693年，在一次传染病猖獗之时，死人死得最多的是1月21日月食的时候。大名鼎鼎的培根每到月食时便会昏厥，直到月亮的脸完全露出来时才会苏醒过来。国王查理六世在1399年这一年中，癫痫病发作了六次，每次都是在新月或满月的时候。有一些医生将癫痫病归入那些受月相影响的疾病之列。那些神经方面的疾病似乎常常是受到月球的影响的，米德谈到一个孩子，每当月亮进到背面时便会痉挛。伽尔早就发现，体质差的人每月要出现两次狂躁，总是在新月和满月的时候。总之，还有千百种的眩晕、恶热、梦游等这类病例，都在证明月球对地球上的疾病有着一种神秘的影响。”

“那它是怎么影响的？为什么会影响呢？”巴比凯恩问道。

“为什么？”阿尔当回答道，“喏，我的回答同阿拉戈的完全一样，他曾在普鲁塔克之后一千九百年反复重复后者的那句话：‘也许这并非实有其事吧！’”

荣誉满身的米歇尔·阿尔当逃不过一个名人不得不应付的任何一个苦差事。成功的工厂主们想拿他当招牌。巴纳姆想向他提供一百万，要他跑遍美国的一座

① 受月亮影响者，该词在古代的含义为“精神病患者”“癫痫患者”。

又一座城市，把他当做珍稀动物似的巡回展览。但是，米歇尔·阿尔当把他视作阿谀奉承之徒，把他赶走了。

然而，尽管他拒绝这样去满足公众的好奇心，但是，他的肖像还是全世界满天飞，并且在所有的相册里占据着荣耀的位置；人们把他的肖像翻拍成各种尺寸的照片，大的有真人那么大，小的则好像邮票一般。人人可能都拥有这位大英雄的各种姿势的照片，有头像、半身像、全身像、正面照、侧面照，或背影像。他的照片翻印了足足一百一十多万张，他本可以借机大捞一笔的，可是他却并未趁机大发其财。说实在的，他哪怕只把自己的头发以一美元一根出售，也足可以致富了！

虽然如此，但他也并不讨厌人们对他的这种崇拜。恰恰相反，他开始顺应民意，与全世界进行沟通。人们不断地重复他的俏皮话，传播他的俏皮话，特别是他根本就没有讲过的俏皮话。大家习惯成自然地在说是他讲的那些俏皮话，因为他在讲俏皮话方面是个行家里手。崇拜他的不单单是男人们，女人们亦然。要是他心血来潮想“成家立业”，那就会有无数“美满姻缘”在等着他！尤其是那些苦等了四十来年不见美好婚姻的老姑娘们，更是没日没夜地看着他的照片想入非非。

可以肯定，即使他定下必须跟他一起飞向太空这样的条件，也会有成百上千的女子愿意做他的妻子的。女人一旦什么都不在乎了的时候，是非常坚韧不拔的。但是，他可并没有到月球上去传宗接代的愿望，不想把法国和美国的混血儿留在那儿。所以，凡求婚者，他一概拒绝。

“去那上面扮演亚当，与夏娃的女儿成双配对，那可不行！”他说道，“我害怕碰上蛇！”

当他总算摆脱了重复来重复去的庆功会的时候，他就在他的朋友们的陪伴之下，前去参观哥伦比亚德炮。这是他应该做的事情。另外，自从与巴比凯恩、J.-T. 马斯顿以及其他一些科学家相处在一起以来，他在弹道学方面更加地精通了。他最大的乐趣就是一再地对这些正直的炮兵们讲，他们只是一些可爱的、博学的杀人者。他在这方面开起玩笑来永远没个完。参观哥伦比亚德炮的那一天，他对它赞不绝口，而且还一直下到很快就要射向月球的这门巨炮的底部。

“至少，”他说道，“这门大炮无害于任何人，对于一门大炮而言，这就够让人惊讶不已的了。至于你们的那些专事毁灭、破坏、杀人的大炮嘛，你们就不必跟我絮叨了，而且千万可别跑来跟我说什么它们也有‘灵魂’[①]，我可不相信你们的一派胡言！”

在此，必须回述一下J.-T.马斯顿的一个相关建议。当枪炮俱乐部秘书听见巴比凯恩和尼科尔船长接受了米歇尔·阿尔当的提议时，他便决定与他们合伙，来个“四人结伴游”。因此，有一天，他便提出了自己的要求。但是，巴比凯恩很为难地拒绝了他，告诉他说炮弹装不下这么多人，J.-T.马斯顿非常沮丧，便跑去找米歇尔·阿尔当，后者就劝他还是别去了，并且说出了几条很有说服力的理由。

“喏，亲爱的马斯顿，”他冲马斯顿说道，“你可千万别误解我的意思，不过，说实在的，咱俩说句掏心窝的话，你不是个完整的人了，到月球上去很不合适的！”

“不完整的人！”勇敢的残疾人大声叫嚷道。

“正是！我正直的朋友！你想一想，万一我们在那上面碰到月球居民的话，你希望给他们留下一个对我们地球非常糟糕的印象吗？让他们知道什么叫战争，告诉他们我们把最美好的时光用来互相厮杀，你吃我、我杀你，彼此被弄得缺胳膊少腿的？让他们知道这就是本可以养活上千亿人的地球，现如今只能养活十二亿人的原因？我看你还是算了吧，尊贵的朋友，否则你会让我们大家全都被赶出月球的！”

“可是，如果你们到达月球时被摔得粉身碎骨了，”J.-T.马斯顿反诘道，“你们不也是同我一样不完整吗？”

“那当然啰，”米歇尔·阿尔当回答道，“但是，我们会安然无恙的，不会粉身碎骨的！”

的确，10月18日进行了一次预射，结果十分理想，让人满怀着合情合理的希望。当时，巴比凯恩想要了解一下炮弹发射的后坐力有多大，便从彭萨科拉军工厂弄了一门三十二英寸的迫击炮，它被架设在希利斯波洛港湾的海岸边，好使炮弹落在海里，减少它落下时的撞击力。其目的只是在于试验一下炮弹发射时的震

---

① 灵魂，法语中的“灵魂”一词，也可指“炮筒”，前面的“炮筒”就是用的这同一个词，是双关语。

动，而不是测试它落下时的撞击力度。为了这个新奇的试验，他们精心地准备了一枚空心炮弹。在用最优质的钢材制成的弹簧网上包上了一层厚厚的护垫，使得炮壁受到双重保护。炮弹经过这么一弄，简直像是一个精心构建的鸟巢。

“无法坐进去真叫人好不伤心啊！”马斯顿因自己的身体问题无法上天而感慨地说道。

在这颗由螺钉拧紧盖子的可爱的炮弹里，先放进去一只大肥猫，然后又放进去一只属于枪炮俱乐部常任秘书的小松鼠。这只小松鼠是J.-T.马斯顿的最爱，大家都想弄明白这个不怕眩晕的小家伙是怎样承受这场试验的。

迫击炮里装上了一百六十磅火药，炮弹塞进了炮膛，点火了。

炮弹立即飞升，清晰地画了一个抛物线，上升到大约一千英尺的高度，然后又画出一个优美的弧线，落入波涛汹涌的海水中。

一只小船立即向着炮弹落下的地点飞快地划过去。几位本领高强的潜水员立即跳入水中，用缆绳拦腰捆住炮弹，极快地将它弄上了小船。从两只小动物被装进炮弹到把它们的“牢房”门打开还不到五分钟。

阿尔当、巴比凯恩、马斯顿、尼科尔船长都坐在小船上，他们以一种不难理解的关注的心情观看了这场试验。炮弹门刚一打开，那只猫便立即窜了出来，它只有一点儿轻微的擦伤，仍旧活蹦乱跳的，不像是经历了一场空中远行归来的样子。但是，小松鼠却没有看见。大家赶忙去找，但踪迹全无。不得不承认现实了：是猫把它的旅伴给吃了。

J.-T.马斯顿失去了他那只可怜的小松鼠，不禁伤心落泪，决定把它记录在科学殉难者的名录之中。

不管怎么说，反正经过这次试验之后，所有的疑虑、担忧全都烟消云散了。再说，根据巴比凯恩的计划，炮弹还将进行改进、完善，将后坐力几乎全部消除。

两天之后，米歇尔·阿尔当收到美利坚合众国总统的一封短笺。获此殊荣，他非常激动。

美国政府参照他的有着骑士风度的同胞拉菲耶特侯爵的例子，授予他美利坚合众国公民的称号。

第二十三章　炮弹车厢

著名的哥伦比亚德炮完工之后，公众的注意力立即转向了炮弹——那个准备把那三位大胆的冒险者送往空中的运输工具。大家都没有忘记，9月30日，米歇尔·阿尔当在他的电报中一再要求对委员会成员决定的图样进行修改。

巴比凯恩主席当时不无道理地认为炮弹的形状并不太重要，因为用几秒钟的工夫穿过大气层之后，炮弹便在真空中飞行了。因此，委员会才采用了圆形炮弹，以便它可以随心所欲地自行旋转。但是，自其要被当做运输工具那一刻起，就是另一回事了。米歇尔·阿尔当并不希望像松鼠那样去旅行，他希望自己能够头朝上，脚朝下，如同坐在热气球吊篮里那样颇有尊严地去旅行。当然，速度要更快些，但却不是一个劲儿地翻跟头，那太不对劲儿了。

因此，一些新的图纸被送到阿尔巴尼的布雷德维尔公司，并要求尽快制造出来。经过如此这般地修改过的炮弹于11月2日铸造完成，并立即通过东方铁路运抵石岗。11月10日，炮弹完好无损地运到目的地。米歇尔·阿尔当、巴比凯恩和尼科尔船长焦急地等待着这节“炮弹车厢”的到来，他们将乘坐它去探索一个新大陆。

不得不承认，“炮弹车厢”真的是一件精美的金属制品，一件给美国人的创造才能带来无上荣光的金属物件。人们首次提炼出若许的铝，这真的可以算是一个奇迹。这颗珍贵的炮弹在阳光的照射下闪闪发亮。看到它头上戴着一顶圆锥形的帽子的神气模样，你会自然而然地把它视作中世纪的建筑师们安置在城堡边角上的似胡椒瓶状的塔楼。只不过它上面少了一些枪眼和风信标而已。

“我还以为从它里面会跑出来一位扛着火炮、身披铁甲的武士呢。”米歇尔·阿尔当大声说道，“我们待在里面将会像是一些封建主，如果装上火炮的话，我们将可以抗御月球军队，如果月球上有军队的话！”

“这么说，你挺喜欢这个交通工具了？”巴比凯恩问他的朋友。

“是的！是的！当然喜欢啰！”米歇尔·阿尔当用艺术家的眼光仔细看着它回答道，“我只是觉得有点儿遗憾：它的形状没再修长一些，它的尖角没再优美一些。如果在它上面装上一个波浪形的金属丝做成的羽饰，比如一个喷火兽、十个阔嘴怪兽、一条拍打着翅膀张着血盆大口的火蛇什么的，那就更美了……”

“那有什么用呀？”讲求实际而不谙艺术美的巴比凯恩说道。

“有什么用？巴比凯恩朋友！唉！你既然这么问我，那我非常担心你是永远也理解不了这一点的！”

“那你就说说吧，正直的朋友。”

“好吧！依我看，我们在自己所制作的东西上总得加上点儿艺术，这样会更好一些的。你看过一部名叫《婴儿车》的印度剧吗？”

“没看过，连名字也没听到过。”巴比凯恩回答道。

“这我倒并不觉得惊讶，”米歇尔·阿尔当说，“那你就学习学习吧。在这部戏里，有一个小偷，在挖一幢房屋的墙时，心里在想：是挖一个竖琴状的洞、鲜花般的洞还是鸟状的洞或古坛形的洞呢？喏，你告诉我，巴比凯恩朋友，如果你当时是陪审团的成员的话，你会判这个小偷的罪吗？”

“当然要判，”枪炮俱乐部主席毫不犹豫地回答道，“判他钻墙入室偷窃罪。”

“可我若是陪审团成员的话，就会判他无罪释放，巴比凯恩朋友！这就是为什么你永远也不会理解我的原因！”

“我甚至连尝试理解你都不会的，我勇敢的艺术家。”

“不过，”米歇尔·阿尔当又说道，“既然我们的‘炮弹车厢’的外形尚有缺憾，那大家至少应该允许我按我的意思，并用与‘地球使者’相匹配的一切豪华原则来装饰它的内部！”“在这一点上，正直的米歇尔，”巴比凯恩回答道，“你可以随心所欲地去做，我们允许你随意行动。”

不过，在考虑美观之前，枪炮俱乐部主席首先想到的是实用，而且，他所设计的减少后坐力的装置全部被巧妙至极地安装上了。

巴比凯恩知道，没有任何一种弹簧能够减小冲击力，所以当他在斯克思诺树林里做那次著名的散步的时候，用极其巧妙的方法解决了这个大难题——打算用水来完成这个既定任务。下面就是他所使用的方法：

炮弹里装了三英尺深的水，水面上漂浮着一个绝不透水的圆盘状木板，它紧紧地贴着炮弹内壁浮动。乘客们就坐在这个真正的“木筏”上。至于木板下面的水，则被一些隔板隔开。炮弹发射时，这些隔板将被一块一块地相继冲击而破碎。每一层水，从最下面的一层到最上面的一层，都可通过一根根的水管冲向炮弹的上部，这样一来，它们就像是弹簧似的起到缓冲作用，而那个圆盘状木板本身也装有弹力极强的缓冲装置，只有在各层隔板被相继撞碎之后，才会撞上缓冲装置的底部。无疑，大量的水全部冲出去之后，乘客们当然会感觉到一股强大的反冲力的，但是，最先的那股冲击力几乎完全被那弹力极强的缓冲装置所消耗掉了。

五十四平方英尺的水面下深达三英尺的水，其重量将达约一万一千五百磅。不过，根据巴比凯恩的计算，哥伦比亚德炮里聚集的气体的膨胀力足以应付这增加出来的重量的。再说，撞击能够在不到一秒钟的时间内便将这些水给排出去，而炮弹就立即恢复到它正常的重量了。

这就是枪炮俱乐部主席曾经所思所想的事情以及他所考虑的解决后坐力难题的方法。另外，布雷德维尔公司的工程师们完全理解这项工作，认真出色地完成了。水一旦被排到外面，乘客们便可以很容易地清除掉被击碎的木板，并拆除发射时乘载他们的那个活动的木圆盘。

至于炮弹上部的弹壁，则是由一层很厚的皮垫料包裹起来的，而且是安装在最好的钢材制成的螺旋芯上，像钟表上的发条一样柔软。排水管就装在这个包裹层里，一点儿也看不出来。因此，所有想得到的防范最初的冲击力的措施都采取了。按照米歇尔·阿尔当的说法，除非是“身体结构极差的人”，否则绝对不会撞得头破血流的。

这颗炮弹宽九英尺，高十二英尺。为了不超出所确定的重量，它的外壁稍许弄薄了一点儿，而内壁的厚度则增加了一些，因为内壁将承受低氮硝化木棉素燃烧时所产生的气体的冲击。其实，所有的炸弹和圆锥形榴弹炮弹，其内壁都是更厚一点儿的。

人需要通过一个在锥形弹头上的狭小进出口进入这个“金属塔”，这个进出口如同蒸汽锅炉上的“人的进出口”一般大小。人进去之后，把铝制门板关上，再将翼羽螺钉拧紧，进出口便被关得严严实实的了。乘客们一到达月球，便可以自由地从这座活动监狱中走出来。

不过，光是直达月球还不过瘾，沿途还得观赏哪。但这再容易不过了。其实，在垫料层下面有着四个厚凸透镜舷窗，其中的两个位于炮弹环状壁上，第三个在炮弹下部，而第四个则在炮弹的圆顶上。因此，乘客们在旅行途中可以往下看到他们离开的地球，往上看到他们逐渐靠近的月球和星空。为了让舷窗免遭发射时的冲击力的破坏，舷窗外还装了一层坚实的金属护窗板，只需轻轻地拧一下炮弹内的螺丝帽，这块护窗板便立即脱落。这样，炮弹内的空气就不会外泄，观赏沿途风光便成为可能了。

所有这些巧妙安装的部件操作起来都极其便利，而工程师们在装配炮弹车厢时真的是匠心独运、智慧超群。

舱内固定着几只容器，用来放置三位乘客所需之水和食物。他们甚至还可以通过被压缩在好几个特制容器里的煤气点火和点灯。只需拧一下龙头，这煤气就可以保证照亮和温暖这节舒适的车厢。大家都看见了，这里面应有尽有，维持生活甚至保证舒适都毫无问题。另外，多亏了米歇尔·阿尔当的才能，舒适与实用在艺术上有机地结合在了一起。如果不是因为空间狭小的话，他本可以将这节炮弹车厢变成一个艺术工作室的。不过，若是以为这三位在这个金属塔里你挤我我挤你的话，那可就大错特错了。金属塔内面积足有五十四平方英尺，差不多高达十英尺，足以让乘客们有一个自由活动的空间。他们即使是坐在美国最舒适的车厢里，也不会觉得比这儿更自由自在。

食物和照明的问题得以解决，剩下的就是空气的问题了。很显然，炮弹内的空气不够满足乘客们四天旅程中的需要。每个人一个小时内得消耗掉一百升空气中所含有的全部氧气。巴比凯恩及其两位同伴，再加上他们打算带上的两条狗，二十四小时里要消耗掉两千四百升氧气，或者用重量来说，就得将近七磅的氧气。因此，必须更换炮弹里的空气。如何更换呢？用一个简单的方法，也就是赖泽特先生和勒尼奥先生的方法，米歇尔·阿尔当在大会辩论过程中曾经提及过。

大家知道，空气主要是由百分之二十一的氧和百分之七十九的氮构成的。那么，在呼吸的时候，是个什么情况呢？是一个极其普通的现象。人把维持生命的氧气吸进体内，把氮气原封不动地吐出去。呼出去的空气失去了约百分之五的氧气，又增加了体积大致相等的碳酸气，而这种碳酸气是血液氧化过后的必然产物。因此，就会出现这种情况：在一个封闭的环境中，过了一段时间之后，空气中所有的氧气全都被对人体极为有害的碳酸气所取代。

自此，这一问题可以缩小为下面这两点：第一，再造被吸入的氧气；第二，破坏呼出的碳酸气。用氯酸钾和苛性钾去处理是最简便不过的了。

氯酸钾是一种白色结晶状态下的盐，把它放在四百摄氏度的高温之下，它便会转化成氯化钾，并释放出它所含有的全部氧气。十八磅的氯酸钾能产生七磅的氧气，也就是我们的那几位乘客二十四小时所需之氧气量。氧气就是如此这般再造出来的。

至于苛性钾，那是一种对混入空气中的碳酸气吸收性极强的物质，只需轻轻晃动它，就能吸收碳酸气。这就是吸收碳酸气的方法。

把这两种方法结合起来运用，肯定能把污浊的空气净化掉。赖泽特和勒尼奥这两位化学家采用的就是这种办法。但是，必须指出，直到那时为止，这一试验还只是在动物身上进行的。不论它在科学上是如何的精确，但人们根本就不了解人类是否适用这一办法。

这就是讨论这一重大问题的会议上所得出的结论。米歇尔·阿尔当不想让人对借助人造空气而生活的可能性产生怀疑，所以他提议在出发之前试验一下。没获准登月的J.-T.马斯顿强烈要求获得进行这次试验的殊荣。

“既然我去不成月球，”这位正直的炮手说道，“那起码也该让我在炮弹里待上一个星期吧。”

拒绝他的这一要求也太不近情理了。于是，他的心愿得到了满足。炮弹里为他准备了足够的氯酸钾、苛性钾和一个星期的食物。接着，11月12日早上6点，他与朋友们握手告别，并且被再三叮嘱20日晚上6点之前绝对不可打开“监狱”大门。之后，他便钻进炮弹里，随即将门紧紧地关上。

在这一个星期里，是个什么情况？无法知晓。炮弹壁很厚，里面的任何动静都听不到。

11月20日晚上6点整，铝质门打开，J.-T.马斯顿的朋友们的心儿不禁怦怦乱跳。不过，当他们听见一个快乐的声音在高喊万岁时，久悬的心立即放了下来。

很快，枪炮俱乐部秘书以胜利者的姿态出现在炮弹的锥形尖顶上。他变胖了！

第二十四章　落基山上架起的望远镜

一年前的10月20日，募捐活动结束之后，枪炮俱乐部主席便将建造一架巨型光学望远镜所需之款项拨给了剑桥天文台。这台仪器无论是折射望远镜还是反射望远镜，其功率都必须很强，能清晰地观测到月球表面上的一个九英尺大小的物体。

折射望远镜与反射望远镜之间有着一个很大的区别，在此有必要介绍一下这种区别。折射望远镜由一个镜筒构成，镜筒的上端有一个称之为“物镜”的凸透镜，下端则有一个称之为“目镜”的透镜，观测者的眼睛贴在目镜上观测。发光体发出的光线穿过第一个凸透镜，然后在折射的作用之下，在焦点[①]上形成一个倒像。观测者通过目镜来观测这个倒像，目镜像放大镜一样把它准确无误地放大。因此，折射望远镜的镜筒的两端分别由物镜和目镜封住。

与之相反，反射望远镜镜筒上端是敞开的。被观测的物体发出的光线畅通无阻地从镜筒上端进入，并映在一个金属面镜上，也就是说映在会聚透镜上。那些光线然后再反射到一个小镜子上，再从小镜子上反射到把物像放大了的目镜上。

---

① 焦点，光线经过折射后聚集成的那个点。——原注

这样，在折射望远镜里，折射起着主要的作用，而在反射望远镜中，起主要作用的则是反射。因此，前者便被称为“折射望远镜”，而后者则被叫做“反射望远镜”。制造这两种光学仪器的最大的困难就在于物镜的制作，无论是制作凸透镜还是金属凹面镜。

不过，在枪炮俱乐部进行伟大试验的时候，这些仪器已经特别精密，效果极佳了。伽利略用他那只能放大七倍的破望远镜观测天体的时代早已逝去。自16世纪起，光学仪器不断地在变长、变大，能够使人观测到恒星世界前所未有的深度。在这一时期所使用的折射望远镜中，值得一提的是：俄国的普勒科瓦天文台的那架望远镜，其物镜宽达十五英寸（约三十八厘米，时价八万卢布，合三十二万法郎）；法国光学家勒尔布尔的望远镜，装配着一个与前者差不多大小的物镜；剑桥天文台的那架望远镜，装配着一个直径为十九英寸（约四十八厘米）的物镜。

在反射望远镜中，我们所知道的有两架功率极强、体形极大。第一架是赫歇尔制造的，长三十六英尺，装配着一个四英尺半宽的反射镜，能将被观测物扩大六千倍。第二架架设在爱尔兰伯尔堡的帕森斯顿公园里，属于罗斯勋爵所有，其镜筒长达四十八英尺，反光镜宽六英尺（约一点九三平方米），可以将物体放大六千四百倍，必须建造一个特大的房子，才能安放这架重达两万八千磅的仪器，以便操作。

不过，大家都看到了，尽管这些望远镜体积庞大，但所能放大的倍数也就是最大不过六千倍。可是，放大六千倍只能将月球的距离缩短到三十九英里（约合十六法里），只能观测直径有六十英尺的物体，除非该物体特别大。

可发射到太空中的只是一枚宽九英尺、高十五英尺的炮弹。这么看来，至少得将月球的距离拉近到五英里（约合两法里）才行。而要想做到这一点，就得制造出一架放大倍数为四万八千倍的望远镜才行。

这就是给剑桥天文台提出的难题。就经费而言，问题并不大，主要是物质方面困难重重。

首先，必须考虑是选择反射望远镜还是折射望远镜。折射望远镜比反射望远镜有优越性：在同样的物镜条件下，它的放大倍数要大得多，因为光线穿过凸透镜的时候会被吸收，穿过金属反光镜的时候则会被反射，而前者所造成的损失要小于后者。但是，凸透镜的厚度受到限制，太厚了的话，光线就无法穿过，而且，制作这么大的透镜也是极其困难的，费时费力，往往长达数年。

尽管折射望远镜在观测月球这一反光体时效果非常好，观测物更加清晰明亮，但大家还是决定使用反射望远镜，因为制造它费时较少，而且它的放大倍数也强。由于光线在穿过大气层时其强度会损失一大部分，所以枪炮俱乐部决定把仪器架设在合众国的一座高山上，这样就能减少空气层厚度的影响。

我们已经知道，反射望远镜上有目镜，也就是观测者观测时所对着的那个放大镜，它是制造放大倍数的，而物镜则是支持最大化倍数的镜头，其中直径最大、焦距最长的物镜是最好的。如果想把物体放大四万八千倍的话，就必须大大超过赫歇尔和罗斯的物镜。这就是困难之所在，因为制造这些反光镜是非常精密细致的工作。

幸好几年前，法国科学院的一位科学家——莱昂·富科刚刚发明了一种方法，用镀银的反光镜取代金属反光镜，从而加快并简化了物镜的制造。其方法很简单，只要先浇铸所需尺寸的一块玻璃，然后再给它镀上银。这种方法效果极佳，所以被用于物镜的制造。

另外，物镜的安置是根据赫歇尔所设想的方法进行的。在天文学家德·斯劳的那架巨大的望远镜的镜筒底部装置了一个倾斜的反光镜，物体的图像经过这个反光镜的反射，便传到镜筒另一端的目镜上。这么一来，观测者无须立于镜筒下方，反而可以站到其上方去，借助放大镜，往巨大的圆锥体镜筒内观测。这种组合的好处在于可以去掉旨在把图像反射到目镜上的小反射镜。而目镜所看到的图像就不再经过两次反射，而只经过一次反射了。因此，损失的光线就会大幅地减少，而图像也就变得更加清晰了。这么一来，人们最终便会看到更加明亮的物体，这对于必须进行的天文观测来说是极其宝贵的长处。

这些难题全部解决之后，制作工作便全面展开了。根据剑桥天文台的计算，新型反射镜的镜筒应该是两百八十英尺长，而反射镜的直径应为十六英尺。这样的一架望远镜尽管体积巨大，那也不比几年前天文学家胡克所建议制造的那架望远镜大。后者建议制造的望远镜有一万英尺长。不过，安置这么大的一架仪器困难重重。

至于它的安置地点问题，立即便解决了。因为要选择一座高山，而合众国内的高山并不太多。

确实，在这个广袤的国家，只有两条中等高度的山脉，那条壮丽的密西西比河便在其间流过。如果美国人承认有什么王国的话，他们就会把这条河冠之以“河流之王”的。

东边是阿巴拉契亚山脉，其最高峰位于新罕布什尔州，高度不到五千六百英尺，这也太矮了。

相反，西边的落基山脉是一条连绵不断的山脉，起自麦哲伦海峡，沿着南美西海岸延伸，名为安第斯山脉或科迪勒拉山脉，然后穿过巴拿马地峡，经北美，一直延伸至北冰洋海岸。

这些山脉不算很高，与阿尔卑斯山或喜马拉雅山相比，简直是小巫见大巫。的确，它们中最高的那些山峰也只有一万零七百零一英尺，而勃朗峰高达一万四千四百三十九英尺，喜马拉雅山的珠穆朗玛峰的海拔高度竟达两万六千七百七十六英尺。

不过，既然枪炮俱乐部坚持要把望远镜和哥伦比亚德炮安置在合众国内，所以只好选择落基山脉了，于是一切必需的器材物资都在往密苏里州境内的朗斯峰上运。

想要描述美国工程师们所要克服的重重困难以及他们在工作中所表现出来的胆略与智慧，那非笔墨或语言所能为的。那真的是一次伟大的壮举。必须越过荒芜的草原，穿过人迹罕至的森林，蹚过可怕的急流，远离人烟，深入几乎无法生存的荒野地区，把一块块巨石、一件件沉甸甸的铸铁、角铁、巨大的镜筒部件以及重达近三万磅的物镜弄到终年积雪的雪线以上的山顶去。然而，这千难万险都被美国人的天才智慧战胜了。开始制造望远镜之后不到一年工夫，在9月的最后几天，那巨型望远镜便将自己那长达两百八十英尺的镜筒向空中竖起。它挂在一个很大的铁架上，精密的机械装备使之操作方便，可以对准天空中的任何一点，并且可以跟随着星体的移动而移动。

它的造价超过四十万美元（一百六十万法郎）。当它第一次对准月球的时候，观测者们的心情是既新奇又不安的。他们会在这架可以把物体放大四万八千倍的望远镜的视野中发现些什么呢？会发现一些居民？一些月球动物？一些城市？一些湖泊？一些海洋？不，只能发现科学界已经知晓的东西，而且在月面的各处，都完全证实了月球的火山性质。

不过，落基山的望远镜在为枪炮俱乐部服务之前，已经为天文学作出过巨大贡献。由于它强大的穿透能力，天空的最深处已经探测到了，许多星体的直径被精确地测量过了，而且剑桥天文台的克拉克先生还将巨蟹座从金牛座中分离了出来，这是罗斯勋爵从未做到的。

第二十五章　最后的细节

已经到了11月22日了，再过十天就要发射。只剩下一件工作还需要圆满完成。那是一项棘手的、危险的、要求小心又小心的工作，对这件工作，尼科尔船长第三次打赌，认为它成功不了。的确，这关系到要给哥伦比亚德炮装填上四十万磅的火棉。尼科尔船长曾经认为——也许他的想法不无道理——把这么大量的低氮硝化木棉素装进去有可能造成大灾难的，而且，不管怎么说，这堆极易燃爆的易燃品在炮弹的压力之下，会自燃的。

而且，美国人一向粗心而轻率，这也使得本已很危险的事情更加危险了——美国人在南北战争期间就对什么都不在乎，连装炮弹时嘴里都衔着雪茄。但是，巴比凯恩一心想着成功，绝不愿功败垂成。因此，他挑选了一些最优秀的工匠，亲自监督他们干活儿，一刻也不让工匠们离开自己的视线。由于他的小心谨慎、一丝不苟，使得所有的成功机遇都站到了他的一边来。

首先，他绝对不许把全部火药一下子全都运到石岗围墙内。他让人把火药装在密封的弹药车里，分期分批地运进来。四十万磅低氮硝化木棉素在彭萨科拉最熟练的弹药装配工的小心谨慎的操作下，被分别包成一个个五百磅的包，装进八百只很大的弹药桶里。每辆弹药车可以装十桶，通过坦帕城的铁路一辆接一辆地运到石岗来。通过这种方法处理，石岗围墙里的火药绝对不会超过五千磅。弹药车一到，光着脚的工匠们就立即卸车，然后用人工操作的吊车把火药一桶桶地装进哥伦比亚德炮的底部。任何蒸汽机械都被弄出施工现场，而且，方圆两英里内没有一点儿火星。尽管已是11月了，但阳光仍然强烈，要让这么多的火棉不被烈日烤燃也非易事。因此，大家宁可夜晚干活儿，借助在真空中制造的光亮照明，并借助鲁姆科夫的设备，创造出一个人工白昼，连哥伦比亚德炮的底部都被照得一清二楚。一桶桶的火药整齐有序地排列在炮的底部，彼此之间用一根金属丝连接着，旨在同时将电火花传到火药桶的中心去。

的确是要用电池来点燃这一大堆的火棉的。这些金属全都用绝缘材料包裹着，在与炮弹保持着同样高度的一个小洞口处，汇集成一条电路，然后穿过厚厚的铸铁炮壁，再穿过事先准备好的石头护壁上的洞孔伸到地面。一旦到达石岗顶部，金属丝便被一根根电线杆撑起，长达两英里，通过断路器接到一只本生灯的强力电池上。这时，只需用指头摁一下断路器的按钮，就会立即产生电流，四十万磅的火棉瞬间便点燃了。当然啰，电池只是在最后时刻才发挥作用。

11月28日，八百只弹药桶全部在哥伦比亚德炮的底部码放好了。这一步的工作算是圆满地完成了。但是，在这一期间，巴比凯恩主席经受了多少煎熬和抗争啊！他的确是在禁止闲杂人等进入石岗，但是，每天都有许许多多的好奇者攀爬榭栏，有的甚至疯狂置危险于不顾，跑到火棉堆前抽起烟来。巴比凯恩每天都怒气冲天。J.-T. 马斯顿想尽办法在协助他，拼命地驱赶擅自闯入者，并且仔细地捡拾美国佬们随地扔下的烟头。这个活儿可够艰苦的，因为有三十多万人拥挤在栅栏旁。米歇尔·阿尔当自告奋勇地一路押运弹药车，直到哥伦比亚德炮的炮口。但是，枪炮俱乐部主席却发现这个阿尔当一面在撵走擅自闯入者，一面自己嘴里还衔着一支大雪茄，这可是给那帮冒失鬼们树立了一个极可怕的榜样，所以他感到不能太信赖这个烟不离嘴的家伙，只好派专人紧紧地盯着他。

最后，好像神明在庇护炮手们似的，没有发生爆炸之类的事情，弹药装填工作圆满结束。因此，尼科尔船长的第三个赌看来是输定了。现在就看把炮弹装入哥伦比亚德炮，并将它放置在厚厚的一层火棉上去会怎么样了。

但是，在开始这项工作之前，必须把旅行所必备的东西先装进炮弹车厢，整齐有序地放置好。东西很多，如果把这事交由米歇尔·阿尔当去办，那它们立即就会把留给乘客们的位置给挤占掉了。没人想象得出这个可爱的法国人要把多少东西带到月球上去。肯定是一大堆乱七八糟的无用之物。巴比凯恩只好出面干预，只能带上一些必不可少的东西。

于是，工具箱里放了好几支温度计、气压计和好几副望远镜。

旅行者们都盼着沿途好好地观测月球，所以为了方便大家了解这个新的世界，还带了一张比尔和默德雷制作的精美的月球图，该图分成四个版面，被公认为经仔细耐心观察之后绘制而成的一幅真正的杰作。这幅图精确地再现了月球运行时面对地球的那一部分的全部的细微地形变化：山脉、峡谷、圆谷、火山口、山峰以及沟壑等都标得一清二楚，大小无误，方位精确，从高高矗立在月面东部的多尔弗尔山和莱布尼兹山，一直延伸至北部极地地区的“冰海”都一一标清了名称。

这对旅行者们来说，是极其珍贵的一份资料，因为他们在踏上月球之前便可以研究月球了。

他们还带了三支来复枪和三条装有爆炸弹头的猎枪；另外，还带了数量可观的火药和铅弹。

“我们并不知道将要面对的是谁，”米歇尔·阿尔当说道，“人或者兽都可能认为我们去拜访他（它）们是不怀好意！所以必须有所准备。”

另外，除了防身武器外，还带上了一些鹤嘴锄、十字镐、手锯以及其他一些必不可少的工具。当然，各种气候条件下——从严寒到酷热——所必备的衣服也是不能不带上的。

米歇尔·阿尔当带上了一定数量的动物，当然不必每种动物都带上一对，因为他觉得没必要跑到月球上去驯化蛇、虎、鳄以及其他一些凶猛的野兽。

“这都用不着的，”他对巴比凯恩说道，“不过，带上几头牲口，黄牛或母牛、驴或马，不仅增添乐趣，而且也可派上大用场。”

“我同意你的意见，亲爱的阿尔当。”枪炮俱乐部主席回答道，“但是，我的炮弹车厢并非诺亚方舟，它既无这么大的能力，也没这一使命。所以，我们还是尽我们之所能吧。”

最后，经过一番争论，旅行者们一致同意只带上尼科尔船长的那条母猎犬和一条很强壮的纽芬丝公狗。还带上了好几箱最有用的种子，那是必不可少的物品之一。如果任由米歇尔·阿尔当处理的话，他肯定还会带上几袋泥土，好在月球上播种。不过，他还是带上了十多棵小树苗，用稻草包裹好，放在炮弹车厢的一个角落里。

剩下的就是重要的食物问题，因为必须考虑到着陆地点可能是月球上绝对贫瘠的地方。巴比凯恩心细，带上了足够吃一年的粮食。不过，必须明确指出（这并不是要让大家感到惊讶），这些食物，包括肉和蔬菜，是经过水力压榨机压过的压缩食品，体积很小，但其营养成分并未降低，品种不多，但这毕竟是一次特殊旅行，不必过于挑剔了。另外还储备了五十加仑（约合二百升）的烧酒和只够两个月消耗的水。其实，根据天文学家们最近的观测，毋庸置疑，月球表面有着一定数量的水。至于粮食，认为地球居民在月球上找不到吃的，那简直是一派胡言。在这一点上，米歇尔·阿尔当是坚信不疑的。如果他有此疑惑的话，他也就不会决定去月球了。

"再说，"有一天，他对他的朋友们说，"我们地球上的同事们不会完全抛下我们不管的，他们肯定不会不与我们联系的。"

"肯定不会的。"J.-T.马斯顿回答道。

"您就这么肯定？"尼科尔船长问道。

"这很简单吗，"阿尔当回答道，"哥伦比亚德炮不是将一直待在那儿吗？喏！每当月球出现在天顶最佳位置时，即使不在近地点，也就是说，差不多一年一次，地球上的同事们难道就不能发射几枚装满食物的炮弹给我们吗？我们只需在固定的日子在上面等着就行了。"

"好极了！好极了！"胸有成竹的J.-T.马斯顿呼喊道，"说得真好！正直的朋友们，我们肯定不会忘记你们的！"

"我们就仰仗诸位了！因此，你们也明白了，我们将定期获得地球上的消息，对我们而言，如果无法与我们地球上的好友们通消息，那我们就两眼一抹黑了！"

米歇尔·阿尔当神色坚定、镇静自若地说出的这番话让枪炮俱乐部所有的人恨不得都跟着飞往月球去。他说得非常简单、普通、胜利在望，让人非跟他们三人登月不可，否则就枉为人了，只能可怜巴巴地生活在这个倒霉的地球上。

当各种物品在炮弹车厢中码放好了的时候，用于当弹簧的水也灌入一层层隔板里去了，用于照明的煤气也输入容器里了。至于制造氧气的氯酸钾和吸收碳酸气的苛性钾，巴比凯恩担心途中有所耽搁，带了够两个月的用量。提供清新空气并彻底净化空气的是一台极其精巧的自动运作的机器。炮弹已经准备就绪，只需将它装进哥伦比亚德炮里去。不过，装弹工作充满着困难和危险。

巨型炮弹运到了石岗顶部。几部功率强大的吊车钩住它，悬于金属竖井上方。

这是让人心惊肉跳的一刻。万一吊缆突然被这么重的一个大家伙坠断了，它便会掉下来，引着火棉，必然爆炸。

幸好，什么意外也没发生。几个小时之后，炮弹车厢平缓地在炮膛里往下滑落，停放在像易燃的鸭绒被一样的火棉层上，它没有出什么问题，只是把哥伦比亚德炮的火药层压得更瓷实了一点儿。

“我输了。”船长边说边将三千美元交给巴比凯恩主席。

巴比凯恩不愿接受一位旅行伙伴的钱，但是，见尼科尔坚持要给，他不得不做出让步，因为尼科尔船长坚持在离开地球之前履行自己的种种诺言。

“这么说，”米歇尔·阿尔当说道，“我现在只有一件事要祝福您了，正直的船长。”

“哪一件事呀？”尼科尔船长问道。

“就是祝福您输掉另外的两个赌注呗！这样一来，我们就笃定不会停在半路上了。”

第二十六章　发射

12月的头一天终于来到了，这可是命定的一天，因为如果炮弹不能在当晚10点46分40秒发射出去的话，那就只好再等上十八年多，月球才会同时位于天顶和近地点。

天气晴朗。尽管冬天将近，太阳仍然灿烂，沐浴着这个地球，它的三个居民将离它而去，飞向新世界。

许许多多的人都在焦急地等待着这一天的到来。他们头一天晚上辗转反侧，简直难以成眠！有多少人因这种难以忍受的期待之苦而憋闷难耐啊！人人都焦虑不安，心怦怦直跳，只有米歇尔·阿尔当是个例外。这个沉着稳健的人像往常一样忙忙碌碌、跑来跑去，看不出他心中有任何不寻常的担心。他睡得挺恬静，像蒂雷纳[①]一样，在大战之前总要在炮架上美美地睡上一觉。

从一大清早起，人群黑压压地挤满了石岗周围那一望无际的大草原。每隔一刻钟，从坦帕城发来的火车便送来新一批好奇者。人流不断地涌来，越聚越多，很快便人满为患了。根据《坦帕城观察家报》的统计，在这个难忘的日子里，有

① 蒂雷纳，（1611—1675），法国元帅，子爵。

五百万名看热闹的人踏上了佛罗里达的这片土地。

一个月以来，其中的大部分人都在围墙周围安营扎寨，为日后被称为“阿尔当城”的城市奠定了基础。平原上随处可见临时搭起的木板屋、茅屋、窝棚和帐篷，居住其中的这些临时居民人数众多，欧洲的那些大城市与之相比，也当自叹弗如。

在这里，地球上各个民族的人都有，操着各自的方言土语，简直就像是各种语言的大杂烩，如同《圣经》中所记载的巴别塔[①]一样。在这里，美国社会的各个阶层混杂在一起，完全平等。银行家、农民、水手、经纪人、棉花种植者、商人、船夫、官吏等等像原始人一样摩肩接踵，你挤我拥。路易斯安那的克里奥人[②]同印第安纳的农夫们称兄道弟；肯塔基和田纳西的绅士们、衣冠楚楚的高傲的弗吉尼亚人同大湖区半开化的设陷阱捕捉毛皮兽的猎人以及辛辛那提的牛贩子们一起高谈阔论。他们头戴阔边的白海狸皮皮帽，或者传统的巴拿马草帽，下穿奥普卢沙斯服装厂生产的蓝色棉长裤，上身套着雅致的棉布服，足蹬颜色鲜艳的低筒皮靴，显示着怪异的细麻布泡泡纱滚边，还故意显摆衬衣上、袖口上、领带上、十个指头上，甚至耳朵上的所有的装饰品：戒指、胸针、棱面钻石、项链、耳环、坠子等，价格昂贵，但却庸俗不堪。妇女、儿童、仆人等的穿戴也毫不逊色，前呼后拥地围着丈夫、父亲和主人，后者在家人、家丁的簇拥之下，简直就像是部落的酋长一般。

吃饭的时候，不妨看看这帮人是如何如狼似虎地扑向南部各州的特色菜肴的，一个个是如何狼吞虎咽的，致使佛罗里达州的食品供应都成了问题。其实，那些食物，如炖田鸡、焖猴肉、杂烩鱼、烤袋鼠肉、烧鼠肉、烧浣熊肉等，简直让欧洲人反胃。

同样，饮料或烧酒也种类繁多，帮助人们去消化上述那些难以消化的食物！

---

① 巴别塔，《圣经》故事中，诺亚的子孙拟造而未完成的一座摩天高塔。据《创世纪》载，诺亚的子孙向东迁徙，至示拿，见一平原，乃住，拟协力建造一城和一高塔以达天上。上帝虑彼等今后将无事不成，乃混乱其语言，致使互不通意，乃四散。该城遂被称为“巴别尔”，意为“混乱”，塔则称为“巴别塔”。

② 克里奥人，安第斯群岛的白种人后裔。

酒吧或小酒馆里玻璃杯、啤酒杯、酒瓶、长颈大肚玻璃瓶、各种形状的瓶子，比比皆是，还有各种各样的磨糖块的钵和成扎的麦管。人们又唱又叫，喊声如雷，令人难以忍受！

“薄荷糖浆酒！”一位零售商扯着嗓子叫喊道。

“波尔多桑加里酒！”另一位尖叫道。

“杜松子酒！”又一位在叫嚷着。

“鸡尾酒！白兰地！”还有一位跟着喊道。

“谁想尝尝真正的最新口味的薄荷糖浆酒呀？”那几位精明的酒贩子一边大声吆喝，一边像变魔术似的在一只只杯子里调制白糖、柠檬、青薄荷、碎冰块、水、白兰地和新鲜菠萝混合而成的清凉饮料。

人们的喉咙受到各种香料的强烈刺激，通常会大呼小叫，声震耳鼓，但是，那一天，12月的头一天，叫喊声变得又弱又小。酒贩子们就是叫破喉咙也引不起人们的兴趣。没有人想着吃点儿什么喝点儿什么，而且，一直到下午4点，有许多人还在人群中窜来窜去，连午饭都还没吃哪！更意味深长的是，美国人最喜爱的赌博也因兴奋激动被压制住了。看到九柱戏的小木柱倒在地上，骰子待在皮筒中睡大觉，轮盘赌具不再转动，木板记分纸牌被撇在一边，“惠斯特牌戏”“二十一点”“红与黑”“蒙特”和“法罗”都静静地躺在牌盒里一动不动，你便会明白，当天的大事吸引了人们，消除了一切需求，没有给娱乐留下一席之地。

一直到晚上，没有任何喧嚣之声，如同大难临头一般，有的只是一种焦躁不安笼罩在这群焦急的人们心头，人人心里都有一种说不清道不明的不适，一种痛苦茫然聚在心间，一种无法形容的感觉在揪着人们的心。人人都企盼着“这已成为过去”。

然而，将近7点钟的时候，这沉闷的寂静突然间被打破了。月亮从地平线上升起。千百万的欢呼声在向升起的月光致敬。它准时践约。呼喊声直冲云霄。当月亮女神在美丽的夜空中安详地照耀，并用它那皎洁的月光轻抚着如醉如痴的人们的时候，四面八方的掌声响成一片。

这时候，三位坚强不屈的旅行者出现了。人们一看见他们，呼喊声便变得更加高昂。美国国歌声立刻同时从每一个激动的胸膛中喷发出来，五百万人齐声合唱《扬基歌》[1]，歌声嘹亮，直上云霄。

然后，在这无法抑制的激情之后，歌声停止了，随着最后的歌声慢慢遁去，嘈杂声也停止了。随后，一阵阵的窃窃私语声飘浮在这群激动不已的人群上空。不过，这时候，那位法国人和那两位美国人已经走过外面挤满了人的围墙。他们由枪炮俱乐部的成员们以及欧洲各个天文台的代表们陪同着。巴比凯恩冷静沉着，平静地下达最后的几道命令。尼科尔船长紧抿着嘴，双手背在身后，步子坚定有力地走着。米歇尔·阿尔当仍旧一副悠然自得的样子，一副真正的旅行者的装扮，腿上绑着皮护腿，腰间系着腰包，一身宽大的栗色羽绒服。一路上，他十分热情大方地同人们握手。他精神饱满、热情洋溢、笑呵呵、嘻哈哈，还不时地逗弄可敬的J.-T.马斯顿，总而言之，是一个“地道的法国人”，或者退而求其次，是个地道的“巴黎人”。

10点了。登上炮弹车厢的时刻到了。要登上去，必须经过一道道“关卡”，然后，拧紧门板螺钉，移走吊车，拆除哥伦比亚德炮炮口上的脚手架，凡此种种，颇费时间。

巴比凯恩把他那只精确到十分之一秒的跑表与工程师默奇森的表对了一下，后者负责用电火花点燃火药；进入炮弹车厢的旅行者们可以盯着不慌不忙地走着的指针，它将指明他们出发的准确时间。

告别的时刻终于到了，场面极其感人。米歇尔·阿尔当尽管开心快乐，但仍不免十分激动。J.-T.马斯顿一向眼皮干涩，很久未见泪水，但此时此刻也不禁流出了一滴保存良久的眼泪来。他将他的这滴泪水滴在了他的亲切而正直的主席的额头上。

“我能跟你们一起去吗？”他说道，“现在还来得及的！”

“不行啊，马斯顿老友。”巴比凯恩拒绝他道。

片刻之后，那三位旅伴便坐进了炮弹车厢里，从里面将门板螺钉拧紧。然

① 美国独立战争时期流行的一首歌曲，一直被视为非正式的美国国歌。

后，哥伦比亚德炮那已经完全解放了的炮口，自由地伸向了天空。

尼科尔船长、巴比凯恩和米歇尔·阿尔当被严严实实地关在了密封的炮弹车厢里了。

有谁能描绘这万众一心的激动场面呢？

天空晴朗清亮，月亮在天空中移动着，运行途中，所有的星辰都黯然无光了。它穿过了双子座，几乎到了地平线与天顶的正中间。每个人都能轻易地了解所瞄准的目标的正前方，宛如猎人紧盯着他要捕捉的野兔一样。

一种瘆人的寂静笼罩着这一切。大地上没有一丝风！人人的胸中都紧憋着气！心脏都不敢跳动了。所有惶恐不安的目光都紧紧地盯着哥伦比亚德炮的炮口。

默奇森的目光紧盯着他的马表的指针。离点火的时间只有四十秒了，可那滴答的秒针的每一秒，都像是一个世纪般漫长。

走到二十秒的时候，所有的人全都战栗了一下，人人都突然感到被关在炮弹里的那几位勇敢的旅行者也在数着那可怕的一秒又一秒！有一些声音孤零零地在数着："三十五！——三十六！——三十七！——三十八！——三十九！——四十！——点火！"

默奇森立即用手指摁下开关，电流接通，电火花传向哥伦比亚德炮的底部。

刹那间，传来一声可怕的、闻所未闻的、超常的巨响，无论霹雳声、火山喷发声或者其他什么声响，都没法与它相比。一束巨大的火焰如同从火山中喷发出来一般，从地底深处轰然喷出。大地在抖动。只有少数几个人可能在那刹那间影影绰绰地看见炮弹在烈火浓烟中傲然地划破长空。

第二十七章　云层厚重

当炽热的烈焰冲上云霄时，迸发出来的光芒照亮了整个佛罗里达州。在无法计算有多长的那个瞬间，在这一大片地区，白昼代替了黑夜。这么巨大的一团火焰在墨西哥湾和大西洋上都可以看见，而且好多位船长都在自己的航海日志上记下了这一天大气现象的出现。

哥伦比亚德炮轰然一声响，大地都像是遇上了地震一般。连佛罗里达州的地底深处都在颤动。火药爆炸所产生的气体，因高温而扩散，以无可比拟的威力冲击大气层，而这股人造的飓风要比暴风雨中的飓风迅猛上百倍，像一股龙卷风似的在空中掠过。

观看者中无人能站得稳；男人、女人、儿童，全都像被暴风雨击打的麦子一般倒伏在地；随即传来一阵阵撕心裂肺的惨叫声，很多人受了重伤。而J.-T.马斯顿因为太掉以轻心，竟然站得太靠近，结果像一枚炮弹似的从他的同胞们的头顶上方飞过，被抛到了二十托瓦兹开外。霎时间，三十万观者惊呆了，什么也听不见了。

那股气浪冲翻了棚屋，击毁了窝棚，把方圆二十英里内的大树连根拔起，把铁轨上的火车一直吹回到坦帕城，然后，它便向雪崩似的扑向该城，摧毁了上百幢房屋，包括圣玛丽教堂在内。而新建起的证券交易所的墙壁，也从上到下裂了一个大口子。港口里有几条船互相挤碰撞击，径直沉入海底，还有十几条停泊在港湾里的船只像是扯断棉线似的挣脱缆绳，撞到岸边。

破坏的范围还扩大到了更远的地方，越过了美国的国境。后坐力的作用借助西风，在大西洋上，一直波及离美国海岸三百多英里的洋面。这场连菲茨·罗伊海军上将都未曾遇到过的人造风暴大发淫威，无比疯狂地扑向他的船只。有好几艘军舰被这场可怕的旋风卷挟，来不及逃脱，整个儿沉入海底，包括利物浦的恰尔德-哈罗德号。这是一场令人痛心疾首的大灾难，遭到来自英国的强烈斥责。

最后，还要补充一点，炮弹发射之后半小时，戈雷岛①和塞拉利昂的一些居民都声称听到了一声沉闷的声响，这是声波在越过大西洋之后在非洲海岸消失的最后的地点，但是除了几个当地的土著人说是亲耳听见外，并没有其他任何的确凿证据。

现在，得回到佛罗里达来。最初的一阵混乱平静下来之后，伤者、失聪者等等所有的人全都惊醒过来，拼命地叫喊着："阿尔当万岁！巴比凯恩万岁！尼科尔船长万岁！"狂热的欢呼声直冲云霄。好几百万人抬头仰望天空，举起望远镜，仔细地搜索着，全然不顾扭伤、摔伤造成的疼痛，只顾追踪那炮弹车厢。但是，他们什么也找不到。他们看不到它了，只有耐心地等待来自朗斯峰的电报了。剑桥天文台台长正在落基山上坚守着自己的岗位，而观测的使命正是交给这位才华横溢、坚韧不拔的天文学家的。

不过，有一个尽管是很容易预料但却并未预见的而此时又无能为力的现象，很快便开始考验公众的耐心了。

此前，一直晴空万里的天空骤然浓云密布。大气层被猛烈地冲击之后，在四十万磅低氮硝化木棉素燃烧后所产生的大量烟雾的弥漫之下，天空不被浓烟所遮蔽，还会是什么样子？大自然的所有秩序统统被扰乱了。可这并没有什么可惊讶的，在海战中，常常可以看到大炮的发射所引发的大气层的突然改变。

① 戈雷岛，塞内加尔的一岛名。

第二天，太阳照常升起，只是天边浓云密布，仿佛天地间挂着一块厚重而无法穿透的巨大幕布。遗憾的是，这块幕布一直延伸到落基山地区。这可是一个沉重的打击。全球各地一片声讨声起。但大自然却无动于衷，因为是人类用大炮扰乱了大气层，就应该喝下自酿的苦酒。

在第一天里，每个人都千方百计地想要穿透这云层，但是全都徒劳无益。再说，人人都抬头望天，实在是大错特错，忘了由于地球的转动，炮弹必然是沿着相反方向飞行的。

不管怎么说，反正当黑夜笼罩大地，伸手不见五指的时候，当月亮从地平线上升起的时候，是不可能看见它的；它像是存心躲开朝它开炮的那些胆大冒失的人的目光似的。所以什么也别想观测到，而朗斯峰的电报也证实了这个恼人的意外情况。

不过，如果试验成功了，那么12月1日10点46分40秒出发的旅行者们就该在4日午夜抵达目的地。因此，在这之前的几天里，反正是在这种条件之下很难看到像炮弹这么小的一个东西，所以嚷嚷也没有用，只能是耐心地等待着。

12月4日，从晚上8点到午夜，本可以跟踪追寻炮弹车厢的踪迹，它本应该像一个黑点似的出现在闪亮的月面上的，但是，天空依然麻木不仁，阴沉沉的，令公众愤怒到了极点。大家纷纷怒斥躲着不出来的月亮，但又无可奈何，这简直就是报应!

沮丧绝望的J.-T.马斯顿出发去朗斯峰了。他想要亲自观测一番。他并不怀疑他的朋友们最终会到达此行的目的地。再说，并没有人听说炮弹掉落在某个岛屿或陆地上了，而且，J.-T.马斯顿绝不相信炮弹可能掉在覆盖着地球四分之三面积的海洋里。

5日，天气仍与前几天一样。欧洲大陆的那些巨型望远镜，如赫歇尔的、罗斯的、富科的，全都一直在对准着黑夜星球，因为欧洲的天气恰恰相反——格外好。不过，这些仪器相对来说功率较差，无法有效观测。

6日，天气仍很坏。地球上四分之三的人焦躁不安。有人甚至想出一些最异想天开的办法来驱散堆积在空中的阴云。

7日，天空好像稍微有了点儿变化。大家都在企盼着，但这种希望并未维持多久，厚厚的云层仍然遮满天空，挡住人们的视线。

如此看来，情况变得严重了。确实，11日上午9点11分，月球将进入其下弦期。此后，它将倾斜，那么，就算天清气朗，观测的机会也变得极其渺茫了。事实上，这之后，月亮的月面显现得越来越小，最后进入新月时期，也就是说，它将与太阳同息同起，它将被太阳的光亮完全罩住。必须等到1月3日中午才能看到满月，重新开始观测。

报纸纷纷刊载这些带有各种评述的情况，毫不掩饰地将其全都告诉公众，让大家做好心理准备，拿出天使般的耐心来。

8日，仍无变化。9日，太阳又露出了一会儿小脸儿，像是在嘲讽美国人似的。大家冲着太阳骂骂咧咧，它大概是因这种对待而大伤自尊，便更不愿抛洒它的光芒了。

10日，无变化。J.-T. 马斯顿几乎要疯了，大家都替这位可敬之人担心着，生怕他脑子会出问题，而此前，他的那颗马来树胶制成的脑壳一直都在很好地保护着他的脑袋。

但是，11日，一场可怕的热带风暴刮了起来。猛烈的东风把聚集了很长时间的阴云吹散。到了晚间，被吞噬了一半的月面庄重地显现在清澈的星空之中。

第二十八章　一颗新星

当天夜里，让人焦急地企盼的那个激动人心的消息如一声霹雳，响彻合众国每一个州，并从美国越过大洋，在全球各条电报线上传送着。多亏了朗斯峰的那架巨型望远镜，炮弹车厢被影影绰绰地看到了。

下面便是剑桥天文台台长所做的记录。它对枪炮俱乐部的这次伟大的尝试作出了科学的结论。

朗斯峰　12月12日

致剑桥天文台的先生们：

12月12日晚8点47分，J.–M.贝尔法斯特先生和J.–T.马斯顿先生在月亮进入下弦月时，观测到了哥伦比亚德炮从石岗发射的炮弹。

这颗炮弹并未到达目的地。它从月球近旁飞过，不过，几乎是擦肩而过的，但是它还是被月球的引力吸住了。

这时候，它的直线运动变成了一种令人头晕目眩的高速圆周运动，并被吸附在环绕月球的一个椭圆形轨道上，成了月球的一颗名副其实的卫星。

这颗新的星球的情况尚无法确定。我们既不了解它的移动速度，也不知道它的自转速度。它与月球表面的距离估计约有两千八百三十三英里（约四千五百法里）。

现在，可能会有两种假设出现，它们可能会改变现状。

或者月球的引力占上风，炮弹车厢上的旅行者们将到达目的地；或者炮弹车厢被固定在一个一成不变的轨道上，围绕着月球运转，直到世界末日。

天文观测有一天会得出结论的，但是，在这之前，枪炮俱乐部的尝试除了为太阳系增添了一颗新星之外，并无其他任何成果。

J.-M.贝尔法斯特

这个意外的结局引出了多少问题啊！未来留待科学研究的将会有多少奥秘啊！由于那三位旅行者的勇气与忠诚，这次向月球发射炮弹的尝试表面上看来无甚价值，但却有着巨大的意义，影响是无法估量的。被关在一颗新卫星里的旅行者们，如果说未能到达目的地，但至少成为月球的一部分了。他们在围绕黑夜星球运转，而人类的眼睛第一次能够窥探到许许多多的秘密。尼科尔、巴比凯恩、米歇尔·阿尔当的名字将永远标榜在天文学大事记里，因为这几位英雄勇于拓展人类知识领域，不畏艰险地飞向太空，不怕牺牲生命去进行那现代最难以置信的试验。

不管怎么说，朗斯峰的报告一经公布，立即在全世界引起一片惊讶与恐惧。有没有可能帮这三位地球居民一把？想必是没有，因为他们已经越过上帝为地球生物划定的界线，跑到人类地盘以外的地方去了。他们还有两个月的空气可供自己呼吸。他们尚有一年的余粮。可是，这之后呢？一想到这里，即使最冷漠的人也会心跳不已的。

只有一个人不愿承认情况已经到了绝望的程度，只有一个人仍有信心，那就是他们的忠实朋友，同他们一样勇敢坚定的正直的J. -T. 马斯顿。

再说，他的眼睛仍一直在盯着他的朋友们。从今往后，他的家就安在朗斯峰天文台了，他的视野就是那架巨型望远镜的反射镜。只要月亮一从地平线上升起，他就将它框在望远镜的视野里，目光一刻也不离开它，执着地紧紧盯着它穿过星空在运行。他矢志不移地耐心地观测着炮弹车厢经过月面。这个可敬可爱的人真的在与他的三个朋友保持着永远的联系，他坚信总有一天会再见到他们的。

“我们会与他们联系上的，”一有机会，他逢人便说，“我们会有他们的消息的，而他们也将得到我们的消息！再说，我了解他们，他们是才智出众的人。就凭他们三个人，就能将艺术、科学和技术的精华带到太空。有了这种本领，一个人就能心想事成，而你们将看到他们会摆脱困难，克难呈祥！”

环绕月球

序　言

几年前[1]，全世界为一次科学史上前所未有的科学实验大为震惊和激动。美国南北战争结束之后，在巴尔的摩成立的枪炮俱乐部的成员们，突发奇想，意欲接触月球——没错，就是要上月球——准备往月球发射一枚炮弹。俱乐部主席巴比凯恩——这个创举的发起者，为此征询了剑桥天文台的天文学家们之后，便立刻为保证成功而做了必需的一应准备，而这一实验为大多数资深的科学家所赞许，认为可以成功。为此，巴比凯恩发起公众募捐，募集了近三千万法郎，于是，他开始为这个巨大的工程运作起来。

根据天文台的科学家们搜集的资料，发射炮弹的大炮应该安置在南北纬的零度到二十八度之间，以便瞄准天穹间的月球。炮弹必须具有每秒一万两千码初速度。炮弹在12月1日晚上十点四十六分四十秒发射的话，即可在12月5日午夜时分准时到达月球，也就是说，月球刚好是在它的近地点，即离地球最近的地点——离地球八万六千四百一十法里。[2]

---

① 这个时间指的是作者生活的年代，大约是一八六几年。

② 法里，法国古长度单位，1法里约等于4公里。

枪炮俱乐部的主要成员——巴比凯恩主席、埃尔菲斯通少校、马斯顿秘书，以及其他一些专家学者多次进行讨论，研究了炮弹形状和成分，以及大炮的安放位置和性能，还有需要使用的火药的质量和数量。会议做出以下决定：一、炮弹应为金属铝制成，直径为一百零八英寸，弹壁厚度为十二英寸，重一万九千二百五十斤[①]；二、大炮为哥伦比亚德铸铁炮，长九百英尺，就地浇铸；三、装填的炸药为四十万斤火棉[②]，能够在发射时产生六十亿升的气体，足以将炮弹射向"黑夜星球"。

这些问题解决之后，巴比凯恩主席在工程师的协助之下，来到了佛罗里达北纬二十七度七分和西经五度七分的一个地方。随后，就在这一地点完成了一项土木工程，极其成功地铸造了哥伦比亚德炮。

各项准备进行至此，突然出现一个意想不到的事，致使这一事件更加引起关注，兴趣倍增。

一位法国人——一位异想天开的巴黎人，也是一位既聪明又大胆的艺术家——要求进入这颗巨型炮弹，飞往月球去研究这颗地球卫星。这个勇敢无畏的冒险家名叫米歇尔·阿尔当。他来到美国，受到热烈的欢迎；他主持大会，受到胜利的欢呼；他让巴比凯恩主席与死对头尼科尔摒弃前嫌，言归于好；同时，作为和好的保证，阿尔当决定让他俩同他一起进到那颗大炮弹里飞往月球。

二人接受了阿尔当的提议。于是，众人便对炮弹的形状进行了改造，使之变成一个圆锥体。同时，又在这种"炮弹车厢"里装上了强有力的弹簧以及易碎隔层，以减小发射时的反作用力。随后，在"炮弹车厢"装上了够一年食用的食物，够几个月饮用的水以及够用几天的煤气。"车厢"内装有一个自动装置，可以制造和提供给三位旅行者吸入所需的空气。与此同时，枪炮俱乐部还在落基山的一座最高峰上安装了一台巨型望远镜，可以跟踪观察炮弹全程的运行情况。一切均已准备就绪。

---

① 这里的斤指法国古斤，相当于489.5克。

② 一种白色的纤维状物质，物理性质与棉花基本相同。它的爆炸威力比黑火药大2-3倍，但火棉的燃爆速度非常快，十分不安全。一般主要用作工业炸药、军事火药、推进剂等。

12月1日，“炮弹车厢”在规定的时刻，在人山人海的观众的目睹下发射了，而这可是第一次有三个地球人怀着必须到达目的地的坚定信念，飞向宇宙空间。这三位勇敢无畏的旅行者——米歇尔·阿尔当、巴比凯恩主席和尼科尔船长——将进行这趟九十七小时十三分二十秒的飞行。因此，他们到达月球表面的时间只能是12月5日午夜的满月时分，而不是像几家消息不灵通的报纸所说的12月4日。

但是，意外的情况发生了：哥伦比亚德炮发射时的巨响，立即产生了大量的气体，聚集在大气层中。这一意外激起了众怒，因为月亮被云雾遮住了，好几个夜晚人们都观赏不到月球。

可敬的J.-T.马斯顿，这个三位旅行者的最勇敢的朋友，在剑桥天文台台长J.-M.贝尔法斯特的陪同下，来到落基山朗峰观测站，那儿架设着一台天文望远镜，可以将月球的距离缩短到两法里。枪炮俱乐部的这位可敬的秘书，要亲自观测他的那三位勇敢无畏的朋友的“飞行器”的状况。

12月5日、6日、7日、8日、9日和10日，大气层聚集了厚厚的云层，阻碍了观测，人们甚至认为观测得延期到明年的1月3日，因为到11日，月球便成了下弦月，其光亮的部分变得十分少，难以清晰地追踪“飞行器”的踪迹。

然而最后，天公作美，人人欣喜：一场飓风在12月11日的夜晚到12日凌晨，将云层驱散，大气层透彻了，半圆的月亮清亮地挂在夜空。

就在当晚，J.-T.马斯顿和贝尔法斯特便从郎峰观测站向剑桥天文台的科学家发送了一封电报。

那么，这封电报到底说了些什么？

电报上说：贝尔法斯特先生和J.-T.马斯顿先生在12月12日晚八点四十七分，发现了哥伦比亚德炮在石岗发射出去的炮弹，不知何故，炮弹偏离了方向，并未到达目的地。不过，炮弹已经非常接近月球，仍受到了月球的引力作用，炮弹的直线飞行已改变成了一种圆周运动，因重力作用而在月球周围沿着椭圆形轨道运行，变成了月球的卫星了。

电报里还说，这个新的星球的数据尚未测算，因为必须从三个不同的观测点对它进行观测，才能测定它的数据。接着，电报里又指出，“飞行器”和月球表面的距离“可能”有两千八百三十三英里左右，即四千五百法里。

电报里最后提出两种假设：一、月球的引力最终可能将它吸走，那么，旅行者们就可能登上月球；二、炮弹可能会在一个固定不变的轨道绕着月球运行，直到世界末日。

如果出现后种结果，旅行者们的命运将会如何呢？没错，他们尚有食物，可以撑上一段时间，但是，即使他们的冒险之举得以成功，那他们如何返回地球呢？他们还有可能返回来吗？我们能够获悉他们的消息吗？当代的最博学的科学家在报刊上进行着论争，激起了公众们的极大兴趣。

在此，我们应该提出一个建议，让过于性急的观察者们好好深思。一个科学家向公众宣布一种纯属揣测性的发现时，往往不是很谨慎的。谁都没有强迫谁去发现一个行星、一个彗星或是一个卫星，但你若是弄错了的话，就必然会遭人耻笑的。因此，最好是你好好考虑清楚，而急脾气的J.-T.马斯顿在向全世界发表这封电报之前，本是应该三思而后行的，可是，他在电报中却对这一科学壮举先下了结论。

确实，这封电报如后来证实的那样，犯了两种错误：一是关于炮弹与月球表面的距离上的观测错误。因为12月12日根本无法观测到炮弹，而J.-T.马斯顿所观测到的或者他以为观测到的不可能是哥伦比亚德炮发射的炮弹。二是关于炮弹的命运的理论性错误，因为设想炮弹成为月球的卫星，是绝对违背理论力学原理的。

朗峰的观测者们只有一种假设可能会实现的，即这三位旅行者——如果他们还活着的话——能够借助月球的引力到达月球表面。

其实，这三位睿智而勇敢的旅行者，在炮弹发射时那可怕的撞击下，能够侥幸活着，已经是万幸了，而他们乘坐炮弹车厢旅行的壮举的最精彩、最奇特的细节倒是值得大书一笔的。本书叙述的这个故事将大大地消弭许多的幻想和预测。但是，它也将让我们对这一壮举的种种波折有一个正确的认识，而且也将突出巴比凯恩的科学理想，尼科尔的睿智以及米歇尔·阿尔当的幽默大胆。

另外，这个故事也将证明，他们的可敬可爱的朋友——J.-T.马斯顿专心一意地对着巨型望远镜观测月球在宇宙空间运行，实在是浪费时间。

儒勒·凡尔纳

第一章　从晚上十点二十分到十点四十七分

十点钟，米歇尔·阿尔当、巴比凯恩和尼科尔便向他们留在地球上的朋友们挥手告别了。旨在使之适应月球大陆的气候的两条狗已经关在了炮弹车厢里了。三位旅行者走近巨型铸铁炮，然后，一台活动吊车将他们吊放在炮弹的圆锥形顶上。

炮弹顶上专门开了一个洞口，让他们进入铝制“车厢”，吊车的复滑车退到“车厢”外面，哥伦比亚德炮的炮口随即离开了它的脚手架。

尼科尔与他的同伴们进到炮弹车厢内之后，立即动手将一块用大螺丝钉固定住的坚硬的金属板封堵上洞口。另外一些金属板将舷窗的透镜玻璃遮盖起来。旅行者们被严密地关在他们的金属质“监狱”里，陷入一片黑暗之中。

“现在，我亲爱的同伴，”米歇尔·阿尔当说，“咱们就像在自己家中一样的。我是个居家男人，很会搞家务。我们得先将我们的新居好好布置一番，让我们住得舒舒服服。首先，我们得在里面能够看得更清楚一点。说实在的！煤气可不是为鼹鼠而发明的。”

这个无忧无虑的小伙子边说边对着靴底划着了一根火柴，然后，将火柴凑近煤气灯口。这个容器里面装着高压缩的碳化氢气，足以保证炮弹车厢内的照明和取暖一百四十四小时，也就是六天六夜。

煤气灯点亮了。炮弹车厢内这么一亮，宛如一个舒适的房间，四壁有软垫保护，放着一圈长沙发，顶端成圆顶状。

里面装载的有武器、工具、器皿，全都牢牢地固定在浑圆的软壁上，能够毫发无损地承受发射时的冲击。但凡人所能采取的预防措施全都到位，以保证这样的一个大胆冒险得以成功。

米歇尔·阿尔当检查了所有一切，表示对这儿的安置十分地满意。

“这是一间牢房，”他说道，“但却是一个飞行的牢房，要是有权将鼻子伸到窗外的话，我就会订上一个百年租约！你笑什么，巴比凯恩？你脑子里是不是有别的想法？你是在想这个牢房可能成我们的坟墓？就算是坟墓，我也不会用它来换穆罕默德的坟墓，他的坟墓只能在空间飘浮，不能动弹！”

当米歇尔·阿尔当这么谈着的时候，巴比凯恩和尼科尔在做着最后的准备。

当三位旅行者最后关在炮弹车厢里时，尼科尔的精密计时器正指着晚上十点二十分。这只精密计时器与默奇森工程师的计时器校对过，两只表误差大概只有十秒。巴比凯恩看了看计时器。

“朋友们，”他说的，“现在是十点二十分。十点四十七分时，默奇森将要把与哥伦比亚德炮的火药的电线通上电流。在这一确定的时刻，我们将飞离地球。因此，我们还要在地球上待上二十七分钟。”

“二十六分十三秒。”一丝不苟的尼科尔回答道。

“嗯！”米歇尔·阿尔当心情极其愉悦地大声说道，“二十六分钟够我们干多少事呀！我们可以讨论讨论最重要的道德问题或政治问题，甚至能够解决这类问题！二十六分钟如果很好利用的话，比什么都不干的二十六年还有价值得多！帕斯卡尔或牛顿的几秒钟比一群终日无所事事的蠢货的一辈子都更加宝贵……”

“你这是在做总结吧，滔滔不绝的演说家？”巴比凯恩主席问道。

“我的结论是我拥有二十六分钟。”阿尔当回答道。

“只有二十四分钟哦。”尼科尔说道。

“你说二十四分钟就二十四分钟吧，较真的船长，”阿尔当回答道，“我们在二十四分钟里可以深入讨论……”

“米歇尔，”巴比凯恩说，“在飞行途中，我们将有足够的时间深入讨论最最困难的问题。现在嘛，我们得考虑出发的问题。”

“我们不是准备就绪了吗？”

“是的，没错，不过，为了减轻可能出现的开头的撞击，还得采取一些预防措施！”

“装有易碎材料做的隔板的排水装置不是弄好了吗？它的弹性不是很好，将足以保护我们吗？”

“但愿如此，米歇尔，”巴比凯恩和颜悦色地回答道，“但是，我的心里不踏实！”

“啊！你真是马后炮！”米歇尔·阿尔当大声嚷嚷道，“都这时候了，你还说什么‘但愿如此’……！‘心里不踏实’……！你这是有意等我们都被关在笼子里才说这种倒霉的话！行了，我不干了，我要退出。”

“怎么出得去呀？”巴比凯恩反诘道。

“是呀，怎么出得去呀！”米歇尔·阿尔当说道，“很难出去了。我们已经上了车，司机在二十四分钟之前就拉响了汽笛了……”

“二十分钟前。”尼科尔更正道。

有一会儿工夫，三位旅行者互相之间你看看我，我看看你。随后，大家便开始将带来的一些装置逐一检查了一遍。

“所有的东西全都安置妥当了，”巴比凯恩说，“现在须决定一下的是，我们应该采取什么姿势能最有效地承受住发射时的撞击。对所采取的姿势不可掉以轻心，必须尽可能地避免血液突然过度地涌入脑袋里。”

“说得对。”尼科尔说。

“那么，”米歇尔·阿尔当边模仿边回答道，“我们就像大马戏团里的小丑，头朝下，脚朝上！”

“不，”巴比凯恩说道，“我们应该侧身躺着，这样就能更好地承受撞击。要注意，在炮弹发射的那一时刻，我们无论是在炮弹内还是在炮弹前面，差不多都是一回事。”

“如果只是‘差不多’的话，我就放心了。”米歇尔·阿尔当回答道。

“你同意我的看法不，尼科尔？”巴比凯恩问道。

“完全同意，”船长回答说，“还有三分半钟。”

“这个尼科尔，不像是个大活人，倒像是一只带擒纵机构并有八个轴孔的秒表……”米歇尔大声嚷道。

同伴们不再听他唠叨了，大家极其镇定自若地做最后的安排。他们宛如两个登上车厢的有条不紊的旅客，尽可能地让自己安顿得舒服一些。我不禁在想，这些美国人的心脏是什么材料构成的？怎么无论多么可怕的危险近在咫尺，脉搏也不快跳一下！

炮弹车厢内安放着三个厚厚的、结实而舒适的床垫。尼科尔和巴比凯恩将三个床垫置于圆形舱中央，形成一个活动地板。出发前的那一刻，三个旅行者将躺在那上面。

在这一时刻，阿尔当待不住，像一只困兽一样在他的狭小的牢房里转来转去，一会儿与他的朋友们聊上几句，一会儿又跟两只狗说说话。大家可以看得出，他不久前刚给那两只狗取了名字：狄安娜和卫星。

“嗨！狄安娜！嗨！卫星！”他叫着逗它们，“你俩马上就要向月球犬展现地球犬的良好风度！这将是给犬类长脸啊！说真的，如果我们能够回到地球，我就带上一只杂交的月球犬回来，那可就热门了。”

“那要看月球上是否有狗。”巴比凯恩说。

“肯定有，”米歇尔·阿尔当肯定地说，“如同有了马、牛、驴、鸡一样嘛，我敢打赌，我们会在月球上找到母鸡的！”

“我赌一百美金，如果我们找不到的话，我认罚。”尼科尔说。

“一言为定，船长，”阿尔当握着尼科尔的手回答道，“对了，你打赌可是曾经输过三次啊——这个壮举所需的款项、大炮的浇铸成功完成、哥伦比亚德炮装填上火药并未出现意外，总计六千美金。”

“你说得没错，”尼科尔回答道，“现在是十点三十七分零六秒。”

“就这么说定了，船长，对了，在这一刻钟之内，你还得交给主席九千美金，其中四千美金是因为哥伦比亚德炮没有爆炸，五千美金是因为将升到六英里的空中。”

“我带着美金呢。”尼科尔拍拍上衣口袋回答道，“我现在就可以付款。”

“好呀，尼科尔，看得出你是个办事认真的人，这一点我比不上你，但是，说句老实话，反正你总打赌，总是输多赢少。”

“为什么呢？”尼科尔不解地问。

“因为你如果赢了第一个赌，也就是说哥伦比亚德炮连同炮弹车厢一起爆炸，巴比凯恩也不会付你美金的。”

“我的赌注存放在巴尔的摩银行里了，”巴比凯恩干脆地说，“尼科尔如果一命呜呼了，那么赌金也就到他的继承人手中了！”

“啊！你们这两个实用主义者！”米歇尔·阿尔当大声说道，“这真是两个讲求实际的人啊，我真佩服你们，可我却无法理解你们。”

“十点四十二分！”尼科尔说道。

“只有五分钟了！”巴比凯恩应声道。

“是呀！只有短短五分钟了！”米歇尔·阿尔当应和道，“我们正关在一颗炮弹里，炮弹又置于九百英尺深的一门大炮底部！炮弹底部装上了四十万磅的火棉，等于一个六十万磅的普通火药！而我们的朋友默奇森手里拿着计时器，眼睛盯着表针，食指按在电钮上，正在读秒，马上就将把我们送上宇宙空间了……”

“行了，米歇尔，别说了！”巴比凯恩严肃地说，“咱们准备吧。我们离庄严的一刻只有片刻长了。朋友们，握握手吧。”

“好吧。”米歇尔·阿尔当虽然强忍着，但似乎十分激动。

三位勇敢无畏的伙伴最后紧紧地拥抱了一下。

“愿上帝保佑我们！”虔诚的巴比凯恩说。

米歇尔·阿尔当和尼科尔在中央放着的厚软垫上躺了下来。

“十点四十七分！”船长嗫嚅着说。

只剩二十秒钟了！巴比凯恩迅速地灭掉煤气灯，在他的两个同伴身旁躺了下来。

炮弹车厢里一片死寂，只听见计时器在读秒。

突然间，可怕的剧烈撞击产生了，炮弹车厢在火棉燃烧时释放出的六十亿升气体的推动下，冲向空中。

第二章　最初的半小时

怎么回事？这个可怕的撞击产生了什么后果？炮弹车厢的制造者的聪明才智获得了可喜的成果了吗？在弹簧、四个缓冲装置、排水装置和易碎的隔板的保护之下，冲击减轻了吗？他们经受住了这种只需一秒钟即可横穿巴黎或纽约的每秒一万一千米的初速度的可怕的反作用力了吗？这显然正是这个激动人心的场面的成千上万的目睹者心里所想问的问题。他们忘记了此次旅行的目的，而只是在考虑那三位旅行者！如果他们中间有某个人——比如J.-T.马斯顿——能够朝炮弹车厢内部瞅上一眼的话，那么他会看到什么呢？

什么也看不到。炮弹车厢内黑漆漆的。不过，他那圆柱形和圆锥形的炮弹壁的抗力确是极其好，没有一点裂痕，没有一点弯曲，没有一点变形。这个令人赞叹的车厢在火药的猛烈燃烧下毫发无损。也没有像大家所担心的那样，化作一阵“铝雨”。

总之，炮弹车厢里没有造成什么混乱。只有几个物件被猛烈地抛向拱顶，但是，最重要的东西似乎全都承受住了撞击，他们的系索也都安然无恙。

隔板破裂，水溢了出来，活动的圆形金属地板一直下沉到炮弹的底部，三个躯体一动不动地躺在上面。米歇尔·阿尔当、巴比凯恩、尼科尔还活着吗？这颗炮弹车厢难道变成了一口金属棺材，将三具尸体带往宇宙空间去了吗?

炮弹车厢发射之后几分钟，其中的一个躯体动了动，他的胳膊在活动，脑袋抬了抬，随即便跪了起来，是米歇尔·阿尔当。他摸了摸自己，发出一声“嗯”的声音，很响很响，然后便说道:

“米歇尔·阿尔当毫发无损，咱们来看看那两位吧！”

勇敢的法国人想要站起来，但是，却站立不住。他的脑袋在晃来晃去，血液往脑袋里涌来，他的两眼发黑，像个醉鬼似的。

“呜呼！”他吐了口气，“我像是喝了两瓶科尔东酒似的感觉。只不过，这酒是不适合喝的！”

随后，他用手摸了好几次脑门儿，揉了揉太阳穴，便大声喊道:

“尼科尔！巴比凯恩！”

他忐忑不安地等待着。没有任何回应，连一个表明他的同伴们心脏仍在跳动着的叹息声也没有。他又喊了一遍，仍旧是没有任何回应。

“真见鬼！”他嚷道，“他们像是从六楼头冲下摔了下去似的！嗯！”他带着那种天塌下来都不皱眉头的坚定信心又说道，“如果一个法国人能够站起来，那么两个美国人就将毫无困难地站立起来的。不过，咱们得先弄准情况才是。”

阿尔当感到一下子又能活蹦乱跳的了。他的血液在静静地流动，恢复了正常的循环状态。他努了一把力，让自己恢复平静。他终于站了起来，从口袋里掏出一根火柴，将火柴擦着了。然后，他把火柴凑近灯嘴，将灯点上。煤气灯没有一点受损，煤气也没有泄漏。再说，如果漏气的话，就会闻到煤气味的。而且，米歇尔·阿尔当也不会拿着一根点燃的火柴在这个满是氢气的环境中走来走去的。假如氢气与空气混合在了一起的话，就会形成爆炸性气体，就可能撞击未死却因爆炸而亡了。

煤气灯一点着，阿尔当便俯身探看自己的两位同伴的躯体。两个人的身体叠摞在了一起，如同两只无生命的物体。尼科尔在上面，巴比凯恩在下面。

阿尔当扶起船长，让他靠在一个长沙发上，用力地揉搓他的身体。经他的巧手按摩搓弄，尼科尔有了知觉，他睁开了眼睛，立刻镇定下来，抓住了阿尔当的手。最后，往自己周围看了看。

“巴比凯恩呢？”他问道。

“你放心吧，我马上替他按摩，”米歇尔·阿尔当镇静地说，“我是先从你开始的，因为你在他上面。现在，咱们来帮帮巴比凯恩吧。”

阿尔当和尼科尔说着便将俱乐部主席扶起，把他弄到长沙发上。巴比凯恩似乎比他的两个同伴更加痛苦。他身上有血，但是，尼科尔发现血只是从他肩头流出来的，所以他心里踏实了：只不过是擦破了一点皮，他仔细地替伤者包扎好了。

不过，巴比凯恩待了好一会儿才清醒过来。这之前，他的两个同伴吓坏了，狠命地替他猛按摩了一阵。

“不过，他还有呼吸。”尼科尔说着，便把耳朵贴在巴比凯恩的胸口上。

“是的，他正像一个习惯于每天这么进行按摩的人那样在呼吸，”阿尔当附和道，“尼科尔，咱们给他按摩，用力地按摩。”

这两个临时充数的医生便努力地有效地进行按摩，巴比凯恩的意识果然恢复了。他睁开了眼睛，坐了起来，抓住他两个朋友的手，能开口说话了。

“尼科尔。”他问道，“咱们在往上飞吗？”

尼科尔和巴比凯恩彼此对视了一眼。他们俩还没有考虑炮弹车厢是不是还在前进。他们首先关心的是旅行者们自身的安全，没有去想这个“炮弹车厢”。

“我们真的是在往上飞吗？”米歇尔·阿尔当重复了一句。

“要不就是我们安安静静地停在了佛罗里达的地面上了？”尼科尔问道。

“或者就是待在墨西哥湾的海底了吧？”米歇尔·阿尔当又说道。

“那怎么会！”巴比凯恩主席大声说道。

他的同伴们提的两种假设立即让他清醒过来。

不管怎么说，他们仍然无法弄清楚炮弹车厢的情况。炮弹车厢看上去一动不动，同外界又没法联系，所以无法解答这一问题。说不定炮弹车厢正在偏离空间轨道？说不定它上升不久便坠落地球，甚至是坠于墨西湾了，因为佛罗里达州半岛较狭窄，这种可能是完全存在的。

情况极其严重，问题关系重大，必须尽快解决。巴比凯恩非常着急，他的精神力量战胜了身体虚弱，霍地站了起来，他听了听，外边一片死寂。但是，壁垫很厚，隔绝了地球上的一切声响。然而，有一个情况让巴比凯恩很警觉：炮弹车厢内部的温度非常高。他立即从防护罩里取出一支温度表看了看，表上显示的是摄氏四十五度。

“没错！”他大声嚷叫着，“没错！我们是在前进！令人透不过气来的热力是从炮弹车厢外壳渗透进来的！这热力是炮弹车厢与大气层摩擦产生的。它很快便会降下来的，因为我们已经在空间飘浮着了，在几乎让我们窒息的高温之后，我们将经受严寒的考验了。”

“什么？”米歇尔·阿尔当问道，“照你的说法，巴比凯恩，自现在起，我们将飞出大气层的边缘了？”

“绝对如此。米歇尔，你听我说，现在是十点五十五分，我们出发已经有近八分钟了。如果我们的初速度没有因为摩擦而降低的话，那么只需六秒钟，我们就能够穿过围绕着地球的十六法里的大气层了。”

“没错，”尼科尔应声道，“可是，您认为因为摩擦，速度会降多少？”

“要降三分之一的，尼科尔，”巴比凯恩回答道，“这种降速是很大的，而据我的测算，确实会有这么大的。如果我们的初速度是一万一千米的话，出了大气层，这一速度就将降低到七千三百三十二米，不管怎么说，我们已经穿过了这段距离，还有……”

“这么说来，”米歇尔·阿尔当说道，“我们的朋友尼科尔输掉了两个赌注了——四千美金，因为哥伦比亚德炮没有爆炸；五千美金，因为炮弹已经飞升到六英里以上的高度了。行了，尼科尔，交钱吧。”

“我们首先得搞清楚，”船长回答道，“然后才能付款。巴比凯恩的推论完全有可能是正确的，那我就愿赌服输，付上九千美金。但是，我脑海里有一个新的假设出现，那就可能不知是谁输谁赢了。”

“什么假设？”巴比凯恩赶忙问道。

“我的假设是，不管是什么原因，火药如果没有点着的话，我们就没有出发。”

“见鬼了，船长，”米歇尔·阿尔当嚷嚷道，“我不明白，这叫什么假设呀！太胡扯了！难道我们没有被震晕过去吗？难道不是我把你唤醒的吗？难道我们主席的肩膀不是因为反作用力而受伤出血的吗？”

“是的，米歇尔，”尼科尔说道，“但是，还有一个问题。”

“你说吧，船长。”

“你听见爆炸声了吗？它响得非常厉害？”

“没有听见，”阿尔当很惊奇地回答道，“确实，我并没有听到爆炸声。”

“那您呢？您听见了吗，巴比凯恩？”

“我也没有听见。”

“怎么回事呢？”尼科尔问。

“这倒也是呀，”巴比凯恩主席嘟囔着说，“为什么我们没有听见爆炸声？”

三个朋友面面相觑。这可是一个解释不清的现象，炮弹既然发射出去了，那就必然会发出爆炸声的呀。

“咱们首先得搞清楚我们身在何处，”巴比凯恩说，“咱们先把舷窗打开。”

打开舷窗非常简单，一下子就办成了。他们用一把活动扳手将舷窗外面的螺栓帽拧松开，然后，将螺栓推向外面，随即用橡胶皮囊将螺栓留下的孔隙给堵上。

护窗板像活动门一样垂了下来，于是透镜玻璃便显露出来了。第二个同样的舷窗在左面，第三个在拱顶，第四个在炮弹车厢的底部。这样就能够从四个不同的方向，透过两侧的透镜观察天穹，透过下面和上面的舷窗直接观察地球和月球。

巴比凯恩同他的两个伙伴立刻冲向打开的舷窗。外边，没一点儿光，一片漆黑。炮弹车厢被黑夜笼罩起来。尽管如此，巴比凯恩主席仍然大声嚷道：

“朋友们，我们并没有落在地球上！也没有沉到墨西哥湾底里！真的！我们进到宇宙空间了！你们瞧瞧这些星星，它们在黑夜里闪闪发亮！瞧瞧地球与我们之间的那深邃的黑暗吧！”

“太棒了！太棒了！”米歇尔·阿尔当和尼科尔声音极低地喊道。

确实，这浓浓的暗黑表明炮弹车厢已经离开地球，因为正值皓月当空之时，如果是在地球上，就能看到它的。这片暗黑还表明，炮弹车厢已经穿越了大气层，否则，在空气中弥漫的扩散的光线就会在炮弹车厢的金属外壳上出现反射光的，而且它也会照亮舷窗玻璃的，可是，舷窗玻璃黑漆漆的。这用不着怀疑了。旅行者们已经离开地球了。

“我输了。”尼科尔说。

“我祝贺你！”阿尔当调侃道。

“喏，九千美金在这儿。”船长从口袋里掏出一沓美金来说。

“您用打收条吗？”巴比凯恩接过美金问道。

“如果不太麻烦的话，还是打一张收条，这样正规点。”尼科尔回答道。

巴比凯恩主席严肃而冷静地像是坐在账房里似的，从口袋里掏出自己的拍纸簿，从中撕下了一点，用铅笔写了一张正式的收条，注明日期，签字，画押，然后交给船长，船长仔细地把它放进他的皮夹子里。

米歇尔·阿尔当脱了鸭舌帽，一句话也没说，只是向他的两位同伴鞠了一躬。在这种情况之下，还如此这般地讲究形式，让他简直无话可说。他还从未见到过如此有“美国味”的人呢。

巴比凯恩和尼科尔办完了手续，便站到舷窗前，看看夜空。在黑色的天幕下，星星一颗颗地闪烁着。但是，从这个方向，他们无法瞥见月亮。月亮从东往西运行，渐渐地升上天穹。看不到月亮，这也引发了阿尔当的一番深思。

“月亮呢？”他说道，“它会不会偶然间爽约了呀？”

“你就放心吧，”巴比凯恩回答道，“我们即将踏上的那个星球就在它的位置上，只不过从我们这个方向无法瞅见它罢了，咱们把另一边的舷窗打开。”

正当巴比凯恩要离开舷窗跑到另一边的舷窗前时，他的注意力被一个逐渐移近的发亮的物体吸引住了。那是一个大圆盘，硕大无比，无法估计它的面积。它那朝向地球的面闪闪发亮，仿佛反射大月亮的光的小月亮。它以一种神奇的速度在向前运行，仿佛在围绕着地球道与我们的炮弹车厢交叉在一起。这个活动体边前进边自转，如同所有遗留在空间里的天体一样。

“咳！”米歇尔·阿尔当嚷叫道，“那是个什么玩意儿？是另外一个炮弹车厢？”

巴比凯恩没有回答。这个庞然大物的出现令他惊讶而不安。它有可能与炮弹车厢相撞，其后果则不堪设想，不是炮弹车厢偏离轨道，就是两者相撞，炮弹车厢坠落地球，或最终被这颗行星的引力吸走。

巴比凯恩主席很快便对这三种假设的结果进行了总结，无论是其中的哪一种应验的话，都将导致他的试验失败。他的同伴们默默地望着宇宙空间。那个大家伙逐渐在靠近，越变越大，大得惊人，而且由于某种视觉想象，炮弹车厢似乎在向它冲过去。

“上帝啊！”米歇尔·阿尔当惊呼道，“两列火车要撞上了！”

旅行者们不自觉地便往后猛退着。他们被吓傻了，但这种恐惧并未延续很久，顶多只有几秒钟。这个小行星在离炮弹好几百米的地方飞过去了，消失不见了，这倒并非它的运行速度太快的缘故，而是因为它的一面与月球相背，很快便融入黑漆漆的宇宙空间里了。

“一路顺风！”米歇尔·阿尔当满意地叹了口气，大声说道，“太好了！宇宙无限大，一个小小的炮弹车厢可以无忧无虑地遨游啊！不过，这个差点儿撞着我们的自命不凡的球体究竟是个什么玩意儿呀？”

“这我知道。”巴比凯恩应答道。

“天呀！你无所不知呀！”

“这是一颗普通的流星，”巴比凯恩说，“不过，它因为体积庞大，被地球引力吸引，成为地球卫星了。”

“这可能吗？”米歇尔·阿尔当惊奇地说，“地球像海王星一样有两个月亮呀？”

“是的，我的朋友，是两个月亮，尽管一般而言，地球像是只有一个月亮似的。但是，这第二个月亮极小，但速度却极快，所以地球居民们无法看见它。正因为考虑到某些干扰，一位名为珀蒂先生的法国天文学家才得以确定过第二个卫星的存在，并计算出它的各种数据来。根据他的观察，这颗流星绕地球一圈只需三小时二十分，可见其速度之惊人。”

“所有的天文学家都承认这颗卫星的存在吗？”尼科尔问道。

“不是的，”巴比凯恩回答道，“不过，他们如果像我们这样见到过它的话，他们也就不会再怀疑了。其实，我在想，这颗差点儿撞着我们的炮弹车厢，并且可能给我们造成很大麻烦的流星，却让我们确定了我们在空间的位置。”

“怎么确定？”阿尔当问。

“因为已经知道了它的距离，而且，我们还与它相遇了，那么我们现在的位置与地球正好是八千一百四十公里。”

“两千多法里！”米歇尔·阿尔当惊叫道，“比我们称之为地球的这个可怜的天体上的快车要快得多呀！”

“我完全相信这一点，”尼科尔看了看他的计时器，回答道，“现在是十一点，而我们离开美洲大陆只有十三分钟。”

“只有十三分钟？”巴比凯恩问道。

“是的，”尼科尔答道，“如果我们的初速度一直保持在每秒十一公里的话，那我们每小时则可飞行一万法里呀！”

“这一切太好了，朋友们！”巴比凯恩主席说，“但是，问题仍旧是，始终是那个无法解决的问题：我们为什么没有听到哥伦比亚德炮的炮声呢？”

大家都没有吭声，交谈戛然而止。巴比凯恩一边在思索，一边在动手打开第二个侧边舷窗的护窗板。护窗板打开了，皎洁的月光洒满炮弹车厢内部。尼科尔是个节俭的人，他将用不着了的煤气灯灭掉了，再说，有灯光反而不利于观察宇宙空间。

月亮皎洁，清澈柔美。地球上大气层的雾气遮挡不住月光了，它透过舷窗，径直射向炮弹车厢内部，银光闪闪。天穹的黑幕更加衬托出月光的明亮。在光线无法扩散的以太①空间里，月亮无法遮挡住周边的星星了。从炮弹车厢舷窗看出去的天空呈现出一个全新的景象，地球上的人是无法看到的。

人们能够想象得到，这几个勇敢无畏的人在怀着多么大的兴趣观赏着他们此行的最后目的地——月球。地球的这颗卫星沿着自身的轨道在不知不觉地靠近天顶，亦即它将在大致九十六小时之后要到达的那个地方。它的山峦、平原亦即所有的地形地貌，尽管并不比从地球的某个点上看上去更加清晰，但是，它的光线透过真空，变得异常明亮。圆圆的月亮宛如一面白金镜子一样光芒四射。旅行者们已经把在他们脚下遁去的地球上的一切记忆忘得一干二净了。

还是尼科尔船长第一个让大家想起已经被他们遗忘了的地球的。

---

① 希腊哲学家阿那克萨哥拉斯所设想的一种物质，为五元素之一。19世纪的物理学家认为它是一种曾被假想的电磁波的传播媒介。但后来的实验和理论表明，如果不假定“以太”的存在，很多物理现象可以有更为简单的解释。也就是说，没有任何观测证据表明“以太”存在，因此在今天，“以太”理论已被科学界所抛弃。

“是呀！”米歇尔·阿尔当回答说，“我们对地球不可忘恩负义。既然我们离开了故土，我们得最后看它一眼。我要在它完全从我眼里消失之前，再看一看地球！”

巴比凯恩为了满足他的这位同伴的愿望，便动手把炮弹车厢底部的窗户的障碍物拆除掉，以便直接观察地球。被发射时的冲力推移到炮弹车厢底部的金属圆盘，毫不费力地便被拆了下来。拆下的零件被小心翼翼地靠着弹壁摆放着，以便必要时，继续使用。这时，炮弹车厢底部便露出一个五十厘米直径的圆形窗洞，洞口有一块十五厘米的铜框架箍着的玻璃板封闭着。下面还装有一块铝制板，由螺栓固定着。旋下螺帽，松开螺栓，护窗板落下，从里面就可以观察外面了。

米歇尔·阿尔当跪在窗玻璃上，外面漆黑，窗玻璃就好像是不透明玻璃似的。

“嗨！地球在哪儿呢？”他嚷嚷道。

“地球就在那儿呀。”巴比凯恩说。

“什么？”阿尔当说，“就那个银白色的细成一条弯弯的线的东西呀？”

“当然是呀，米歇尔。再过四天，月圆之时，我们就抵达月球了，那就是我们的新的地球了。下面的地球就成了一个‘月牙形’了，很快就会从我们的眼里消失掉，将淹没在深深的暗黑中好几天。”

“啊！那就是地球呀！”米歇尔·阿尔当睁大眼睛看着他的故乡星球的细长的“月牙儿”念叨着。

巴比凯恩主席解释得完全正确。从炮弹车厢里看过去，地球进入了“下弦”，看到的只是它的八分之一，是一个细月牙形，挂在黑漆漆的天空中。由于厚厚的大气层的缘故，它的光线透着浅浅的蓝色，比上弦月还要暗淡一些。这个“地球月牙”却显得硕大无比，宛如一个巨大的弓张开在苍穹中。特别是在它的凹面上面的几个小点，非常明亮，那是几座高山峻岭，不过，它们有时会消失在一些厚厚的暗影之下，而在月球上是看不到这些亮点的。

不过，在一种自然现象出现之后，如同月球的八分之一弧面受光时一样，可以分辨得出地球的完整轮廓来。整个地球在一种灰光的作用之下，可以辨别出来，但比月球还要灰暗一些。这种情况的出现，原因不难理解。月球上的灰暗光线是地球接受了日光面反射出来的。可是，在这里却正好相反，地球上的灰暗光线则是月球反射出来的太阳光。由于地球与月球两个星体的体积有所不同，地球的光线要比月球亮十三倍。因此，地球的光线就自然要比月球的暗，而且，必须指出，由于光渗作用的缘故，下弦时的地球的弧线要比球面的弧线还要长的。

当三位旅行者正努力地想要穿透宇宙空间那一片漆黑进行观察之时，一阵流星雨在他们的面前划过。数百颗流星与大气层接触，化作火花划破夜空，仿佛在地球的灰暗的部分洒遍火花。此时此刻，地球正位于近日点，而且，12月正是出现大量流星的时候，据一些天文学家的计算，流星多达每小时两万四千颗。但是，米歇尔·阿尔当对科学理论不屑一顾，他更愿意相信是地球在用它最明亮的烟火欢送它的孩子们出征。

总之，他们所看到的这个隐没于黑暗中的天体——太阳系中的一个小星体——的所有一切，对于那些大行星来说，只不过是一颗普通的星星或晚星的落下或升起而已！

这个星体虽然是宇宙间的一颗几乎看不见的小星星，一颗瞬间即逝的新月形的星星，但它却是旅行者们寄托了自己无限深情的星体。

三个同伴长久地静默着，但却是灵犀相通的，他们都在观察着，而此时此刻，炮弹车厢正以均匀递减的速度在前进着。过了一会儿，三人感到困倦，都想睡觉了。是身体疲乏还是精神困顿？想必是经受了地球上的最后几小时的过度激奋，必然会产生这种困乏疲惫的感觉。

"好吧，"米歇尔说，"既然必须睡觉，那咱们就睡上一觉吧。"

三人身子一躺倒在各自的睡垫上，便立刻酣睡了。

但是，他们刚睡了没一刻钟，巴比凯恩便突然站起身来，大声叫醒了他的两个同伴。

"我找到了！"他大声嚷叫道。

"你找到什么了？"米歇尔·阿尔当连忙蹦起来，急忙问道。

"找到我们为什么没有听见哥伦比亚德炮的声响的原因了！"

"原因是？"尼科尔问。

"因为我们的炮弹车厢速度比声速快！"

第三章　他们安顿下来了

这个答案很奇怪，但肯定是正确无误的。一旦明白了原委，三个朋友又躺下来，进入了梦乡。要想安安静静地睡觉，他们还能去哪里找到比这儿更安静的地方，比这儿更平和的环境呀？在地球上，无论是城市的房屋还是乡村的茅舍，都能感受到地壳的震颤。在海上，轮船被波浪冲击，拍打着，总是摇晃不停，东倒西歪的。在空中，气球在不同的气流密度的大气里，总是或升高或下降的。只有这颗在绝对真空中，在绝对寂静中飘浮着的大炮弹向它的客人们提供了绝对安静的休息。

因此，如果不是12月2日出发八小时后的早晨七点，一个突然的声响将他们惊醒的话，这三位勇敢无畏的旅行者也许还要酣睡很久哩。

这个声音显然是狗的叫声。

“狗！是狗！”米歇尔·阿尔当腾地站起身来，大声嚷道。

“它们饿了。”尼科尔说。

“真该死！”米歇尔说，“我们竟然把它俩给忘到脑后去了！”

“它们在哪儿？”巴比凯恩问道。

大家赶忙去找，发现长沙发下面蜷缩着一只，它被发射时的冲击波吓傻了，瘫在那个角落，直到感到饿了才叫出声来。

是可爱的狄安娜，还羞答答地躺在它的避难地，唤了它老半天，它也不肯爬出来。米歇尔·阿尔当在一个劲儿哄它，安慰它，鼓励它。

“出来吧，狄安娜，”他哄它道，“出来吧，好闺女！你呀，你的命运将在犬类年鉴上永留芳名的！你呀，你会成为阿尼比斯神的伴侣，会成为基督教徒的圣罗克[①]的女友！你呀，你值得被地狱魔王铸一座青铜雕像，如同朱庇特以一个吻的代价给美丽的女神欧罗巴的那只名叫图图的狗一样！你呀，你的威名将胜过蒙塔尔纪和圣贝尔纳山的英雄们！你呀！将飞往星际空间，也许会成为月球犬中的夏娃！你呀，你将在天庭证明图斯内尔[②]之言言之有理，他说：‘开天辟地，上帝创造人，但看到人很软弱，便给了人一只狗！’过来，狄安娜！快到这儿来！”

狄安娜是被哄住了还是没被哄住，谁也不清楚，反正它一点点地在往前爬过来，还呜呜地哼唧着。

“好呀！”巴比凯恩说，“我看见夏娃了，可是亚当在哪儿呀？”

“亚当！”米歇尔在喊叫，“亚当不会离得太远！它就在附近什么地方！卫星！过来呀，卫星！”

但卫星却没有出现。狄安娜仍在哼唧着。大家发现它现在根本没有任何伤处，便给了它一些好吃的食物，它就不再哼唧了。

卫星似乎找不到了，大家分头找，终于在炮弹车厢高处的一个格子里找到了它。实在是弄不明白，那一个撞击怎么就把它给抛到了那么高的地方去了。可怜的亚当伤得不轻，可怜兮兮的。

“见鬼！”米歇尔说，“都怪我们没好好地训练它！”

大家小心翼翼地将它抱了下来。它的脑袋撞到圆顶上，已撞破了，看来它一

---

① 圣罗克（1295—1327），圣罗克一生誓做鼠疫患者的护理者，有一次，他病倒在旷野里，被一只狗救了一命。

② 图斯内尔（1803—1885），法国新闻记者，作家。

时间很难康复。不过，它倒是舒舒服服地躺在了一张软垫上，一躺上去，便哼唧了一声。

“我们会照料你的，”米歇尔说，“我们会对你的生命负责的。我宁可断掉一只胳膊也不愿意让我可怜的卫星坏掉一只爪子的！”

他边说便喂了卫星几口水，卫星咕噜咕噜地喝了下去。

照料了两只狗之后，旅行者们便专心一意地在观察地球和月球。地球只显现成一个灰暗的圆盘，是一个月牙形，比头一天更小，但是，同越来越靠近一个浑圆的圆圈的月球相比，仍然是硕大无比的。

“见鬼！”米歇尔·阿尔当说道，“我真的很气恼，我们为什么不在地球‘月圆’之时出发呀，也就是说我们要是在地球与太阳相对之时出发该多好呀！”

“为什么呀？”尼科尔问。

“因为那样的话，我们就可以在新的一天里看到我们的陆地和海洋了，它们会在阳光的照射下闪闪发亮，而海洋的颜色要更深一些，如同一些世界地图上所描绘的那样。我要是能看到地球的两极该有多好啊，人类的眼睛还从未看到过它们呢！”

“那当然好啰，”巴比凯恩回答道，“但是，地球如果是‘满月’的话，那么月球就是新月了，也就是说，在阳光的照射下，就看不到月球了。因此，对于我们来说，宁可看到目的地也比看到出发点要好。”

“您说得很有道理，巴比凯恩，”尼科尔船长赞同道，“不过没关系，当我们到达月球的时候，正值月球的漫漫长夜，我们有的是时间，可以不急不忙地观察那颗我们的同类熙熙攘攘地挤在一起的星球的！”

“我们的同类！”米歇尔·阿尔当喊叫道，“可是现在，他们只是月球人，而不是我们的同类！我们现在是居住在一个新的世界里，只是住在炮弹车厢里，只有我们几个！我是巴比凯恩的同类！而巴比凯恩是尼科尔的同类。除了我们，没有人类了，唯有我们三个人是这个微型世界里的居民，直到我们将变成普通的月球人之前！”

“再过将近四十八小时。”船长反驳道。

“那是几点钟呀？”米歇尔·阿尔当问道。

“八点半。”尼科尔回答道。

“好吧，”米歇尔说，“我看不出我们有什么理由不马上先吃点饭。”

确实，这个新星球上的居民也不能待在上面不吃不喝，他们的胃不吃东西也照样扛不住的。作为一个法国人，米歇尔·阿尔当声称自己是个烹饪大师，这个角色非他莫属，无人能同他竞争。煤气很足，炉火正旺，食物箱里有的是盛宴所需的食材。

早餐先上三杯鲜美的浓汤，是用南美潘帕斯大草原上的反刍动物肥美的部位的肉块制作的有名的利比希饼加上开水冲泡而成的。

除了牛肉浓汤以外，还有几块压缩牛排，鲜嫩可口，与英国咖啡馆厨房中制作的牛排可以媲美。想象力极其丰富的米歇尔甚至认为它们同只有三成熟的牛排一样鲜美。

接着牛排上来的是罐头蔬菜，可爱的米歇尔说，“比新鲜蔬菜还要新鲜”，最后，上了美式的茶和抹了黄油的面包片。大家都称赞茶浓香醇厚，这是俄国沙皇赠送的上等茶叶泡制的，沙皇送了几箱这种茶叶供三位旅行者饮用。

最后，为了早餐的尽善尽美，阿尔当拿出一瓶上等的“黑夜牌”葡萄酒，说是偶然在食品柜里发现的。三个朋友于是便举起杯来祝愿地球与其卫星团结起来。

接着，仿佛勃艮第山坡上酿造的这瓶佳酿也不够够劲儿似的，太阳也想要参加这个宴会。此时此刻，炮弹车厢正从地球投射的阴影中走出来，万道金光因月球轨道与地球轨道的交角关系，直射到炮弹车厢底部。

“太阳出来了！”米歇尔·阿尔当大声喊道。

“是太阳，”巴比凯恩说，“我正等着它呢。”

“不过，”米歇尔说，“地球在宇宙空间留下的圆锥形阴影伸展到月球以外了？”

“如果不计算大气层的折射，阴影延展得还要更远的，”巴比凯恩说，“不过，当月球被这个阴影包围住的话，那是因为太阳、地球和月球这三个星球是在一条直线上。如果正好是满月的话，就会出现日食，而如果我们正好在这一时刻出发的话，我们全程都将陷于阴影之中，那就麻烦得很了。”

“为什么呢？”

“因为尽管我们飘浮在空间，但我们的炮弹车厢沐浴在阳光之中，它将吸收光和热。因此，我们可以节约煤气，从各个方面来看，这种节约是很宝贵的。”

“确实，因没有大气层的影响，不至于让温度和阳光减弱，所以我们的炮弹车厢里面暖融融的，而且非常明亮，仿佛突然间从冬季进入到夏季了。月球在上方，太阳在下方，上下两边都在温暖着我们的炮弹车厢。”

“这里面真舒服啊。”尼科尔说。

“我觉得确实如此！”米歇尔·阿尔当大声地说，“如果能在我们的铝制星球上铺上一层腐殖土的话，我们就能在二十四小时内种出豌豆来。我唯一有所担心的是，炮弹车厢壁千万可别熔化了！”

“你就放心吧，我尊敬的朋友，”巴比凯恩回答道，“炮弹车厢在大气层上运行的时候，就已经承受住了极高的高温了。即使佛罗里达的观众们看到它像一只火球，我也不会担心什么的。”

“可是，J.-T.马斯顿大概会以为我们被烤焦了。”

“我们惊讶的是，我们并没有被烤焦，”巴比凯恩说，“这可是我们先前所没有预计到的。”

“我先前可是一直在担心着的。”尼科尔淡淡地说道。

“可是你怎么没早告诉我们呀，伟大的船长！”米歇尔·阿尔当握住船长的手大声说道。

这时候，巴比凯恩便忙着布置炮弹车厢内部，仿佛他要永远留在里面不走似的。大家记得这个炮弹车厢的底部的面积有五十四平方英尺。底部到顶部为十二英尺，安排得极其合适，旅行的工具和器皿各放一处，没有乱堆乱放，给三个旅行者留下了宽敞的活动空间。嵌于底部的那个厚厚的窗户能够承受极大的重量，不致破碎。因此，巴比凯恩同他的同伴们活动自如，就像走在一种坚实的地板上，但是，阳光直接地照射着它，从它的下部照上来，留下一些奇特的影子。

他们先着手检查水箱和食物箱。这些容器都做了防震措施，所以没见一点儿损坏。食物很充足，足可以供三位旅行者整整一年的使用。巴比凯恩早已有所准备，生怕炮弹车厢落在月球上的一个荒芜无物的地方。至于水和五十加仑的烧酒，只够两个月的饮用。不过，据天文学家们最近的一些观察，月球上有一层薄薄的大气层，密度较大，至少在它的深层地区是这样，那儿不会没有溪流，没有水源的。因此，在旅途中和在月球大陆上安顿下来之后的一年时间里，勇敢无畏的探险者们大概不会遭受饥渴之苦的。

至少，炮弹车厢内的空气问题，也是无须担忧的。莱赛和雷格诺装置就是用来制造氧气的，可以提供两个月的氯酸钾。当然，它会消耗一定量的煤气，因为必须让生产氧气的材料保持在四百摄氏度以上。不过，这个问题也不用担心，因为煤气很充足。再者，这个装置无须太操心，它是自动运转的。在四百多度的高温之下，氯酸钾将变成氯化钾，能释放出它所含的全部氧气。十八磅的氯酸钾到底可以产生多少氧气呢？能够产生七磅氧气，足够炮弹车厢中的旅行者们每日之所需。

但是，光是更新用过的氧气仍然不够，还得吸收呼出的碳酸气。而在十二个小时左右之后，炮弹车厢内已经充溢着这种有毒气体，这种有毒气体是血液元素经吸收的氧气燃烧之后所产生的。尼科尔在看到狄安娜艰难的呼吸状态时便知道空气状况不佳了。确实，碳酸气——在著名的“狗岩洞”内就有同样的情况发生——由于其重量的缘故，总是沉积在底部的。

可怜的狄安娜因为脑袋总是垂着，所以比它的主人们更早地受到伤害。尼科尔见此情景，便立即在炮弹车厢底部取出好几只盛着苛性钾的容器，摇晃了一阵之后，然后放在地上。

这种物质极易吸收碳酸气，所以不一会儿便将炮弹车厢内的有毒气体吸收掉，净化好了。于是，大家便着手清点检查仪器。温度计和气压计经受住了撞击，只有一支最低温度计的玻璃管破碎了。他们便从存放精良无液气压表的塞满棉花的盒子里取出了一支来，挂在炮弹车厢的壁上。当然，它只经得住并显示出炮弹车厢内部的空气压力，同时它也能显示空气中温度。此刻，它的指针在七百六十五毫米之间摆动着。这表明现在是个大晴天。

巴比凯恩也带来了好几个指南针，它们全都完好无损。大家都知道，在这种环境中，指南针会疯狂地转动的，也就是说，没有指向固定的方向。的确，由于炮弹车厢所在的位置的距离的关系，两极的磁力不可能对仪器产生明显的作用。但是，到了月球上，它也许就能测量上面的特殊现象了。总而言之，能够确定地球卫星是否也像地球一样受到磁力的影响，这倒是很有趣的。

炮弹车厢里，还有一个测量月球山脉高度的测高仪、一个测量太阳高度的六分仪，一个旨在测绘平面图和测量与地平线的角度的大地测量仪——经纬仪、一个接近月球时不可或缺的望远镜，所有这些仪器都仔细地检查过，虽然受到过猛烈的震动，但却完好无损。

至于器皿、镐、锄以及尼科尔精心挑选的各种工具，以及米歇尔·阿尔当打算在月球上移种的树苗和一袋袋各种种子，全都安然无恙地放在炮弹车厢上部的位置上。那上面有一个像谷仓似的地方，大手大脚的法国人在那儿堆满许多东西，都是些什么东西，这个快乐的法国小伙子没有说，另两位并不知晓。他时不时地爬上固定在壁上当作扶梯的一个个防滑钉，上到那儿去巡视一番。他整理这个，挪动那个，把手匆匆地伸进一个个神秘的盒子里，一边还哼着不成调的法国老歌老调，自得其乐。

巴比凯恩兴致勃勃地察看了他的火箭和其他的一些引爆剂，它们全都没有问题。这些重要的东西，极其沉重，在炮弹车厢穿过失重线之后，因受到月球的引力作用而下降，能够减小下降的速度，落在月球表面。不过，在月球上的下降速度只是在地球上下降的物体速度的六分之一，这是因为两个星球的质量不同而导致的。

检查完了之后，大家都非常满意。随后，三人便又回到侧窗和底窗去观察宇宙空间了。景象依然。天穹上满是星辰和星座，清晰明亮，足可以让一位天文学家见了会高兴得发疯的。一边是太阳，它那光辉夺目的圆盘，好似炉火熊熊的炉口，金光闪闪，光芒四射，没有圆晕，雄踞在黑色的天空背景下。另一边是月球，仿佛静止在星河中间，向无边无垠的宇宙抛洒太阳的反光。接着是一个很大的黑盘，似乎把天穹戳了一个大窟窿，半边还镶有一条银线，那是地球。这边那边，一团团星云仿佛恒星世界里的一片片奇大无比的雪片。从天顶到天底，悬着一条细沙般的星星组成的环形白带，这就是银河。而在星河系中，太阳只不过是一个四等大小的星辰而已!

观察者们被这一如此新奇的景象牢牢吸引，不愿离开，这番美景真的是无法描述。它让他们产生了多少的遐想啊！它在他们的心中激起多么新颖奇异的想象啊！巴比凯恩在这番情感的激发下想要动手写他的旅行日记，他把开始时的桩桩件件全都记录下来。他在用他那粗大方正的字体安静地写着，并带着一点儿商业性质的风格在写。

这时候，尼科尔这位数学家在重新研究他的轨道公式，极其娴熟地在计算着数字。米歇尔·阿尔当忽而与巴比凯恩聊一聊，可巴比凯恩却默不作答；忽而同尼科尔说道说道，可尼科尔也没在听；他想同狄安娜聊上一会儿，可它却一点儿也听不懂他的那些理论。最后，他只好自言自语，自问自答，走来走去，东摸摸西弄弄，忽而弯下身子看看底窗，忽而又上到炮弹车厢顶部，嘴里始终哼着小曲。在这个微小的天地里，他那份法国人的骚动不安，没着没落，暴露无遗，毋庸置疑，他真的是个待不住闲不住的典型。

白日里，或者不如说是地球上的一个白昼的十二个小时（因为这个说法不很确切）里，最后做的一件事是精心准备的丰盛晚餐。到目前为止，尚未出现动摇旅行者们信心的任何事情。因为他们满怀信心，坚信胜利在握，便心平意静地入睡了，而此时此刻，炮弹车厢正以一种平均递减的速度在穿越太空。

第四章　学点代数

一夜无话，说实在的，“夜”这个词并不确切。

炮弹车厢的位置与太阳没有改变。用天文学家的话来说，炮弹车厢的底部是白天，而黑夜则是在它的上方。因此，在本书的叙述中，使用了“白天”和“黑夜”这两个词，但两个词所指的是太阳在地球上的升起和落下的那段时间。

三位旅行者睡得十分香甜，因为，尽管炮弹车厢的速度很快，但它似乎纹丝不动。没有任何的一点儿动静让人感到它在穿越宇宙空间。当它位于真空里，或者周围的空气与它一起移动时，它行进得无论有多么迅速，都不可能对机体产生明显的不同。有哪一位地球居民能感觉出地球的速度来？而地球却是每小时要运行九万公里的呀？在这种情况之下，运动与静止是感觉不出来的。因此，任何物体在这中间都是毫无影响的。一个静止的物体，如果没有任何外力的推动，它将永远处于一种静止状态。如果它处于运动状态的话，那么，在没有任何障碍阻止它的话，它就不会停止下来的。这种运动或静止的不变性，就叫做惰性。

巴比凯恩和他的两个同伴因此就可以认为自己处于一种绝对静止的状态当中，因为他们被关闭在炮弹车厢内。不过，如果他们身在炮弹车厢外面，其结果也会是同样的。如果月亮不是在他们的上方变得很大的话，他们就会认为自己飘浮在一种完全静止的状态中了。

12月3日这天早上，旅行者们被一阵没有想到的欢快的叫声惊醒，那是雄鸡在炮弹车厢内引吭高歌。

米歇尔·阿尔当第一个爬起来，一直上到炮弹车厢的顶部，将一只微微开启的箱子关好。

“你能不能不叫呀？”他悄声细气地说，“你这个坏东西想坏我的大事呀！”

这时候，尼科尔和巴比凯恩也醒了。

“哪儿跑来的公鸡呀？”尼科尔问。

“不是的，我的朋友！”米歇尔连忙回答道，“是我想要学鸡叫叫醒你们。”

他一边说着，一边发出一阵响亮的雄鸡啼鸣声，而且学得像极了，甚至胜过真正的雄鸡的叫声。

两个美国人不禁哈哈大笑起来。

“真是天才！”尼科尔一脸狐疑地看着他的这个同伴。

“没错，”米歇尔回应道，“在我们国家，大家就喜欢这么开玩笑。这有浓厚的高卢人的风格。我们在上流聚会里也是这么学公鸡叫的。”

接着，他转换话题，对巴比凯恩说道：

“巴比凯恩，你知道我一整夜都想了些什么吗？”

“不知道。”巴比凯恩主席说。

“我在想我们的那些剑桥天文台的朋友们。你已经发现我是个有名的数字盲。因此，我无法猜测出天文台的那些科学家们是怎么能够计算出炮弹车厢离开哥伦比亚德炮飞向月球的初速度的。”

“你是想问，”巴比凯恩回答道，“到达地球引力和月球引力保持平衡的失重线的速度吧，因为到达那儿时，也就是说，到达炮弹车厢的旅程约十分之九的地方，它就会因本身的重量而降落在月球上了。”

“即使如此，”米歇尔又问道，“但是，我再问一句，他们又是怎样计算出它的初速度来的呢？”

“没有什么比这更容易的了。”巴比凯恩回答道。

“你也能做这种计算？”米歇尔·阿尔当追问道。

“完全可以。如果不是天文台已经有了计算结果，用不着我们再去费心劳神的话，尼科尔和我，我们也能计算出来的。”

“真棒，巴比凯恩老友，”米歇尔称赞道，“你就是拿刀劈了我，我也算不出来！”

“因为你不懂数学。”巴比凯恩轻描淡写地回答道。

“哎，你们这帮专吃‘x’的人呀！你们以为就说一个词：‘数’，就什么都让人明白了？”

“米歇尔，”巴比凯恩对他说，“你相不相信没有铁锤照样可以打铁，没有铁犁照样可以耕地呀？”

“很难相信。”

“喏，数学就是一种工具，如同铁犁或铁锤一样，对于懂得使用它的人来说，它就是个好工具。”

“是吗？”

“绝对如此。”

“你能不能当着我的面使用一下这个工具呀？”

“如果你对它感兴趣的话，我就使用给你看一看。”

“你是说要向我展示我们炮弹车厢的初速度是如何计算出来的吗？”

“是的，我尊敬的朋友。我可以根据这一问题的各种数据，也就是说，根据地球中心到月球中心的距离，地球的半径、地球的质量，准确无误地推算出炮弹车厢的初速度来，而这只需运用一种简单的方式即可。”

“那就看看你那个公式吧。”

“你会看到的，不过，我就不给你画炮弹车厢在月球与地球中间实际穿越的曲线图了，因为这两个星球在围绕太阳运转。喏，我将把它俩视作静止不动的，这就足够了。”

“为什么呀？”

“因为只需找到人们所说的‘三个物体的问题’的那种问题，答案便有了，而且，积分学还不够先进，无法解决这一问题。”

“哟，”米歇尔·阿尔当不屑地说，“这么看来，数学尚不完善呀？”

"当然还不完善。"巴比凯恩回答道。

"好吧，也许月球人的积分学要比您的更加先进点！什么是积分学呀？"

"积分学是与微分学相反的一种计算方法。"巴比凯恩严肃地回答道。

"我洗耳恭听。"

"换句话说，就是一种通过微分来求数的有限量。"

"起码这句话还较明白易懂些。"米歇尔较为满意地回答道。

"现在，"巴比凯恩接着说道，"只要有一张纸和一支铅笔，我用不了半小时就能够列出你所需要的公式。"

说完这话，巴比凯恩便埋头计算起来。此时，尼科尔仍在观察空间，让他的同伴去忙着准备早餐去了。

还不到半小时，巴比凯恩便抬起了头，把一张写满了数学符号的纸拿给米歇尔·阿尔当看。符号中间有下列的这个总公式：

$$\frac{1}{2}(v^2-v_0{}^2)-gr[\frac{r}{x}-1+\frac{m'}{m}(\frac{r}{d-x}-\frac{r}{d-r})]$$

"这是什么意思呀？"米歇尔问道。

"它的意思是，"尼科尔回答他说，"二分之一年乘以v^2与$v_0{}^2$之差，等于gr乘以方括号x分之r减一，再加上m分之m'乘以小括号d与x之差分之r减去d与r之差分之r小括号，然后是方括号。"

"x骑着y，y又骑着z，z又骑着p，"米歇尔·阿尔当哈哈大笑地说，"你懂这个玩意儿，船长？"

"这是再清楚明白不过的了。"

"算了吧！"米歇尔说，"不过，这倒是很清楚的，但我不想再讨教了。"

"你真是说话不算数！"巴比凯恩批评他说，"你想学点数学，可你又觉得厌烦！"

"我宁愿被吊死！"

"说实在的，"尼科尔用行家的目光检查了这个公式之后，接过来说，"我觉得你的这个公式太好了，巴比凯恩。这是几种运动中的力的一个完整的公式，我深信它能让我们找到要寻找的答案的。”

“我还真的很想弄懂它呢！”米歇尔大声地说，“哪怕用尼科尔十年寿命作为代价，我也要搞明白的！”

“你就好好地听着吧，”巴比凯恩打断米歇尔说，“二分之一v^2与$v_0{}^2$之差，就是这个公式的含义，它在告诉我们动能变化的二分之一。”

“很好，但尼科尔知道这个含义吗？”

“当然知道啰，米歇尔，”船长回答道，“所有这些你觉得神秘莫测的符号，对于能够读懂它的人都显得一清二楚，明白无误。”

“尼科尔，你的意思是说，”米歇尔问道，“有了这些比埃及白鹮鸟的文字更难懂的象形文字，你就能找到炮弹车厢所需要的初速度了？”

“毫无疑问，”尼科尔回答道，“我甚至可以这么说，根据这个公式，我将永远都可以告诉你炮弹车厢在任何一个点上的速度的。”

“你说的是真的？”

“绝对是真的。”

“这么说来，你同我们主席一样精明了？”

“不，米歇尔，困难的是巴比凯恩所做的那些事。那就是要列出一个公式，就必须考虑问题的方方面面的条件的。剩下来的只不过是一个算术问题，只要求四则运算就可以了。”

“这就很了不起了！”米歇尔·阿尔当说，他一辈子做加法都没做对过一次，“就像中国的七巧板游戏似的，可以拼出无数的图形来。”

这时候，巴比凯恩便说，尼科尔如果仔细思考一下这个问题的话，他也肯定能引出这一公式的。

“这我可说不准，”尼科尔说，“因为我越是研究它，就越觉得它妙不可言。”

“现在，你听好，”巴比凯恩冲他那位无知的同伴说，“你会看到所有这些符号都有一个含义的。”

“愿闻其详。”米歇尔无奈地说道。

“d，”巴比凯恩说，“是地球中心到月球的中心的距离，因为它们是计算引力的中心。”

"这个我懂。"

"r是地球的半径。"

"r，半径，没错。"

"m是地球的质量，m'是月球的质量。事实上，我们必须考虑这两个互相吸引的物体的质量的，因为引力的大小是同质量成正比的。"

"这是当然的。"

"g代表重力，代表一个物体朝着地球降落时一秒钟所坠落的距离。这清楚吗？"

"非常清楚！"米歇尔回答。

"现在，我用x代表炮弹车厢和地球中心不断变化的距离，用v代表炮弹车厢在这个距离的速度。"

"好。"

"最后，方程式中的v_0代表炮弹车厢穿过大气层之后的速度。"

"其实，"尼科尔说，"必须在这个点上计算这时的速度，因为我们已经知道初速度正好是穿出大气层之后的速度的一又二分之一倍。"

"这儿我又不懂了！"米歇尔说。

"这个问题非常简单。"巴比凯恩说。

"可我却觉得不简单呀。"米歇尔回答道。

"这也就是说，当我们的炮弹车厢到达大气层最后边界时，已经丧失其三分之一的初速度了。"

"失掉那么多呀？"

"是呀，我的朋友，这只是它在同大气层摩擦导致的。你很清楚，它越是运行得快，就越是受到空气的阻力的影响。"

"这一点我同意，"米歇尔回答道，"而且，我也明白这一点，尽管你的那个什么v^2呀，v_0^2呀把我的脑袋都给搅糊涂了！"

"这是数字的第一步，"巴比凯恩又说，"现在嘛，为了解决这一问题，我们将这些不同的符号的已知数代进去，也就是说，把它们的数值代进去。"

"你干脆干掉我算了！"米歇尔叫唤道。

“这些符号，”巴比凯恩说，“有一些是已知数，而其余的则需要计算。”

“我们计算它们吧。”尼科尔说。

“咱们来看看r，”巴比凯恩又说，“r代表地球的半径，它在我们的出发地佛罗里达的纬度等于六百三十七万米。d代表地球中心到月球中心的距离，等于五十六个地球半径，也就是……”

尼科尔立马进行了运算。

“也就是，”他说道，“在月球位于近地点时，亦即离地球最近的时候，等于三亿五千六百七十二万米。”

“正确，”巴比凯恩说，“现在，m'与m之比，也就是说，月球的质量与地球的质量之比，等于一比八十一。”

“太棒了。”米歇尔说。

“g等于重力，在佛罗里达时它是九点八一米。因此，gr等于……”

“六千二百四十二万六千平方米。”尼科尔回答。

“那现在呢？”米歇尔·阿尔当问道。

“现在，这些符号已经代进去了，”巴比凯恩回答道，“我将寻找v的数据，也就是说，炮弹车厢离开大气层，到达地球和月球的引力彼此抵消时的速度。既然此刻其速度等于零，而X这个中性点的距离便由d的十分之九来代表，也就是说，位于两个星球中心距离的十分之九上。”

“我模模糊糊地感觉到应该就是这样的。”米歇尔说。

“因此，我便可以得出这样的结论：x等于d的十分之九，而v等于零，那么，我的公式便是……”

巴比凯恩很快地便把它写在了纸上：

$$v_0^2 = 2gr[1 - \frac{10r}{9d} - \frac{1}{81}(\frac{10r}{d} - \frac{r}{d-r})]$$

尼科尔贪婪地看着这个公式。

“就是这样！就是这样！”他大声嚷嚷道。

“清楚吗？”巴比凯恩问道。

“一清二楚。”尼科尔回答说。

“你们俩太棒了！”米歇尔喃喃地说。

“你总算明白了吧？”巴比凯恩问道。

“我明白了？”米歇尔·阿尔当大声嚷嚷道，“我的脑袋都要炸了！”

“因此，”巴比凯恩接着说道，“v_0^2等于两个gr乘以一减去九d分之十r，减去八十一分之一乘以d分之十r与d减r之分之r的差。”

“现在，”尼科尔说，“为了求出炮弹车厢穿越大气层的速度，只需进行运算即可。”

船长是一位能够解决各种难题的专家，他以惊人的速度开始演算起来。除法、乘法很快便在他的手指下列出长长的一串来。数字像冰雹一样纷纷落在白纸上。巴比凯恩专注地看着他，而米歇尔·阿尔当则双手按住太阳穴，因为他的偏头痛开始犯了。

“好了吗？”沉默了几分钟之后，巴比凯恩问道。

“好了，算完了，”尼科尔回答道，“v_0，也就是炮弹车厢离开大气层的速度向两种引力相等的地方运行的速度应该是……”

“多少？”巴比凯恩问。

“在第一秒钟里，是一万一千零五十米。”

“啊！”巴比凯恩蹦了起来说，“您说什么？”

“一万一千零五十一米。”

“该死！”俱乐部主席做了个绝望的手势说。

“你怎么了？”米歇尔·阿尔当非常惊讶地问。

“我怎么了？在这一时刻，由于空气的摩擦，速度已经降低三分之一了，初速度大概是……”

“一万六千五百七十六米！”尼科尔答道。

“可剑桥天文台声称初速度只需一万一千米足矣，可是我们的炮弹车厢出发时的速度就是这个呀！”

“那又怎么样？”尼科尔问。

“怎么样？这一速度是不行的！”

“哦！”

“我们将无法飞抵失重线！”

“真见鬼了！”

“我们甚至走不到一半的路程！”

“天杀的炮弹车厢！”米歇尔·阿尔当像是炮弹车厢要撞上地球了似的，腾地跳了起来，大声吼叫道。

“我们将要重落在地球上了！”

第五章　空间的酷寒

这个意外情况犹如晴天霹雳。谁能料到会出现这种计算错误呀？巴比凯恩怎么也不愿相信这一情况。尼科尔又检查了一次自己的数字，完全准确无误。至于得出这些数字的公式，没人会怀疑它是错的，而他又检查了一遍之后，很清楚，炮弹车厢到达没有引力的地方必须具有的每秒初速度是一万六千五百七十六米。

三位朋友沉默不语地互相看着，没人想到要吃早饭了。巴比凯恩咬着牙齿，眉头紧蹙，痉挛着握紧拳头，透过舷窗观察着。尼科尔抱着手臂，仔细地核对他的计算数字。

米歇尔·阿尔当喃喃地说："这帮蠢货学者！他们从来干不出什么好事的！我愿意出二十个皮斯托尔①跳到剑桥天文台上，把它同它里面的数据全都毁掉！"

突然间，船长冲着巴比凯恩说了一个想法。

"唉！"他说道，"现在已经上午七点了。我们都飞行了有三十二个小时了，已经飞过一半的路程，而据我所知，我们并没有降落。"

巴比凯恩没有吭声。但是，他在匆匆地瞅了一眼船长之后，便拿起一只罗

---

① 皮斯托尔，西班牙古币名。

盘，用来测算一下地球的角度。然后，他又透过底部的舷窗，进行了非常精确细致的观察，因为炮弹车厢表面上是完全静止不动的。然后，他抬起了头，擦去了额头上的汗水，在纸上写下几个数字。尼科尔明白俱乐部主席想要通过地球的直径来测算炮弹车厢与地球之间的距离。他忧心忡忡地看着他。

“对！”片刻之后，他便大声说道，“对，我们并没有坠落！我们已经离地球有五万多法里了！如果炮弹车厢的速度在出发时只有一万一千米的话，它本应该会停下来的，而我们已经越过了这个点！我们仍然在上升！”

“这是很明显的，”尼科尔应声道，“因此，我们可以得出一个结论：在四十万磅烈性炸药的猛力推动下，我们的初速度已经超过了所要求的一万一千米了。因此，我认为，我们仅只在十三分钟之后就已经遇到了地球的第二颗卫星，它正在离地球两千多法里的距离，围着地球转哩。”

“这种解释很可能是正确的，”巴比凯恩赞同道，“炮弹车厢隔离板破裂，里面的水喷射而出之后，突然减轻了很多重量。”

“没错！”尼科尔说。

“啊，我正直的船长，”巴比凯恩大声说道，“我们得救了！”

“好了，”米歇尔·阿尔当心安地说，“我们既然得救了，那就吃早餐吧！”

确实，尼科尔并没弄错。幸好，炮弹车厢的初速度超过了剑桥天文台所指明的速度，但是，它的数据仍然是错误的。

旅行者们经受了一场虚惊之后，便坐了下来，高高兴兴地吃早餐了。他们食欲旺盛，交谈甚欢。

“我们怎么会不成功呀？”米歇尔·阿尔当说个没完，“我们怎么会到不了目的地呀？我们已经出发了。我们前方不会有什么障碍的。我们一路上不会有拦路虎的。道路畅通！比海上与海湾搏斗的轮船都更加顺利，比飘在天上的与大风搏击的热气球都要顺顺当当！既然大风阻挡的轮船都能到达目的港，既然热气球能在天上自由飘荡，为什么我们的炮弹车厢就不能抵达所确定的目的地呢？”

“它肯定能到达目的地的。”巴比凯恩说。

“即使是为了美国人民的荣誉，”米歇尔·阿尔当又说道，“也只有美国人民能够完成这样的一个壮举，只有美国人民能够产生一个巴比凯恩主席！嗯！我在想，我们现在不再焦虑不安了，我们又怎么过活呢？我们将无聊极了呀！”

巴比凯恩和尼科尔摆了摆手，不以为然。

“不过，我事先预料到这种情况了，”米歇尔·阿尔当又说道，“你们只要说一声，象棋、跳棋、多米诺骨牌，我样样都有！我就缺少一张桌球台！”

“怎么？”巴比凯恩问，“你把这些破玩意儿都带来了？”

“那当然，”米歇尔回答道，“这倒并不是单纯为了消遣，也是为了丰富丰富月球咖啡馆的娱乐生活嘛。”

“我的朋友，”巴比凯恩说，“如果月球上有人居住的话，月球人将比地球人早出现几千年的。因为毋庸置疑，这个星球比我们的星球更加古老。如果月球人已经存在了几十万年，如果他们的大脑与地球人的大脑组织结构相同的话，他们早就发明创造了我们已经发明的一切了，甚至已经发明创造了我们地球人再过上几个世纪才会发明创造的东西的。他们将没有任何要向我们学习的东西，而我们则将向他们学习所有的一切。”

“什么？”米歇尔反驳道，“你认为他们已经有了像菲狄亚斯、米开朗琪罗或拉斐尔那样的艺术家？”

“是的。”

“也有像荷马、维吉尔、弥尔顿、拉马丁、雨果那样的诗人？”

“毫无疑问。”

“也有像柏拉图、亚里士多德、笛卡尔、康德那样的哲学家？”

“绝对有。”

“也有像阿纳尔那样的喜剧演员，像……像纳达尔那样的摄像家？”

“肯定有。”

“如此说来，巴比凯恩朋友，如果他们同我们一样棒，甚至比我们更棒的话，那这些月球人，他们为什么没有尝试过同我们地球人联络一下呢？他们为什么不发送一个月球炮弹车厢到地球上去呢？”

“谁告诉你说他们没有这么尝试过？”巴比凯恩严肃认真地回答他。

“说实在的，”尼科尔补充说，“这么做，他们比我们更容易，原因有二：一、因为月球的引力比地球要小五倍，这便使得发射一个炮弹车厢更加容易；

二、因为他们只需把这个炮弹车厢发射到八千法里的高空即可，而无须发射到八万法里，这样的话，只需要十分之一的发射火力即可。”

“既然如此，我再问一遍，他们为什么没有这么做呢？”米歇尔反问道。

“那我也再说一遍，”巴比凯恩反驳道，“谁告诉你说他们没有这么尝试过？”

“那他们是什么时候做过的？”

“几千年前，地球上还没有出现人类之前。”

“那么，炮弹车厢呢？炮弹车厢在哪儿呀？我要看看炮弹车厢！”

“我的朋友，”巴比凯恩回答道，“你真的是伶牙俐齿，我对你的睿智佩服不已。不过，有一种假设，对我比任何的假设都有利，那就是月球人虽然比我们古老，比我们聪明，但却没有发明火药！”

这时候，狄安娜汪汪地叫了起来，参加了他们的说话——它要吃早饭了。

“啊！”米歇尔·阿尔当说，“我们一个劲儿地在争论，忘了狄安娜和卫星了！”一盆丰盛的狗食端给了狄安娜，它狼吞虎咽地吃了起来。

“看见没有，巴比凯恩？”米歇尔说，“我们本该将这个炮弹车厢做成第二个诺亚方舟，把我们地球上的各种家养动物都各带上一对到月球上去的。”

“那是当然，”巴比凯恩回答道，“可是地方不够啊。”

“那就彼此稍微挤一挤嘛！”

“问题是，”巴比凯恩说，“黄牛、母牛、公牛、马等所有这些反刍动物在月球上会对我们有用的，但是，遗憾的是，这个炮弹车厢既不能变成牛栏，也不能变成马厩。”

“但至少，”米歇尔·阿尔当说，“我们可以带上一头驴，一头小毛驴，也就是考西华努斯[①]喜欢的坐骑——那个既勇敢又能吃苦的牲口！那些可怜的驴子，我非常喜欢它们！它们是最受苦受累的动物。它们一辈子不仅天天被鞭子抽打，而且死了之后还得挨打！”

“此话怎讲？”巴比凯恩问道。

---

① 考西华努斯，神话中的森林之神，善于歌唱和预言。

“那还不懂呀！”米歇尔说，“因为它们死后剩下来的驴皮都被制作成鼓了！”

巴比凯恩和尼科尔听到米歇尔的这种奇谈怪论，不禁哈哈大笑起来。但是，他们的那个快乐的朋友的一声叫唤，又把他俩的笑声止住了。巴比凯恩躬下腰去，看了一眼卫星的窝，然后又站直身子，说道：

“太好了！卫星没病了！”

尼科尔“啊”了一声，松了口气。

“不，”米歇尔说，“它死了。这一下麻烦大了，”他又说道，“我很担心，我可怜的狄安娜，你在月球上没法传宗接代了！”

真可惜，不幸的卫星未能养好伤活下来。它死了，真的死了。米歇尔·阿尔当六神无主，看着他的两个朋友。

“现在出现一个问题，”巴比凯恩说，“我们无法让我们的卫星的尸体同我们一起再待上四十八小时。”

“当然不行，”尼科尔说，“不过，我们的舷窗全都是有铰链固定住的。它们是可以放下来的。我们可以打开一扇窗，把它的尸体抛到宇宙空间里去。”

主席思索了片刻，然后说道：

“是的，必须这么做，但是必须特别小心才是。”

“为什么？”米歇尔问道。

“有两个原因，你马上就明白了，”巴比凯恩回答道，“第一个原因是与炮弹车厢里的空气有关的，必须尽可能减少空气的消耗。”

“可我们不是可以制造空气吗！”

“只能制造部分空气。我们只是在再造氧气，我正直的米歇尔，不过，我们必须密切注意我们的装置，千万不能让氧气的供给量超出限量，因为如果过量的话，便会引起我们非常严重的心理混乱。不过，我们即使能再造氧气，但却不能制造氮气，它是一种导体，我们的肺吸收不了它，而且又不能让它受损。所以，一旦打开舷窗，这氮气就溢出窗外了。”

“哦！把可怜的卫星扔出舷窗用不了多长时间呀。”米歇尔说。

“好吧，不过咱们动作得快。”

“那第二个原因呢？”米歇尔问道。

“第二个原因嘛，就是不能让外面的冷空气进到炮弹车厢里面来，否则我们会被活活冻死的。”

“不过，太阳……”

“太阳能替我们的炮弹车厢加热，它能吸收阳光，但是它却无法为我们此刻所飘浮在的真空加热的。但凡没有空气的地方，就不会再有热力，而只有扩散的光线，同样，阳光照射不到的地方，就是一片黑暗，必然极其寒冷。假如有这么一天，太阳熄灭了，那么地球在星光照射下将会遭遇严寒的。”

“这一点无须担心。”尼科尔说。

“那可不一定，”米歇尔·阿尔当说，“再说，就算太阳熄灭了，难道地球就不可能远离太阳吗？”

“好啊！”巴比凯恩说，“米歇尔脑子开窍了！”

“哎，1861年，”米歇尔说，“我们不是知道地球曾经穿过一条彗星的尾部了吗？所以，我们便可以假设有一条引力大于太阳引力的彗星存在，地球就会变成它的卫星，被带到很远很远的空间，太阳光对地球表面就将丝毫没有任何影响了。”

“没错，这是有可能的，”巴比凯恩回答道，“但是，地球的这样的一种移位的结果很可能并不像你所假设的那么大。”

“那为什么呀？”

“因为冷与热在我们的地球上可能要保持平衡的。有人计算过，如果1861年的彗星将地球拽走，但它在离太阳最远的地方所承受到的热力是月球的十六倍，即使用最大的透镜把这种太阳光集中在焦点上，也产生不了能让人感觉到的热力的。”

“那是怎么回事呢？”米歇尔不解地问。

“你先别着急，”巴比凯恩说，“有人还计算过，在近日点，也就是说在离太阳最近的地方，地球所承受的热力可能达到夏天的两万八千倍，这种热力能够让地球物质玻璃化，让地球上的水汽化，于是有可能会形成一层浓厚的云层，把这种极热的温度降低。这么一来，远日点的寒冷与近日点的热力便相互抵消，变成一种平均温度，地球便可以承受了。”

“那么，行星空间的温度估计有多少度呢？”尼科尔问。

“从前，”巴比凯恩回答道，“人们认为那个温度是极其低的，根据统计，有人认为可能有零下好几百万摄氏度。后来是米歇尔的一位同胞、法国科学院的一位有名的学者傅立叶[①]纠正了这一数据，使之更加正确地估计出来。按他的说法，空间的温度不会低于零下六十摄氏度。”

“嗯哼！”米歇尔嗯了一声。

“这差不多与在北极，在梅尔维尔岛或勒利昂斯观测到的温度相同，”巴比凯恩回答说，“也就是零下五十六摄氏度。”

“还须证明傅立叶的估计是否有错，”尼科尔说，“如果我没记错的话，另一位法国学者普伊耶先生认为空间的温度是零下一百六十摄氏度。这是我们将要验证的。”

“现在还不到时候，”巴比凯恩说，“太阳光正直射到我的温度计上，使得温度变得虚高。不过，当我们到达月球时，我们在月球的轮番更替的十五天中，将有足够的时间从容不迫地做这一试验，因为我们的星球都是在真空中运行着的。”

“你所说的真空是什么呢？是绝对真空吗？”米歇尔问道。

“是的，绝对没有空气。”

“在这个真空里没有任何东西代替空气？”

“有，用以太来代替。”巴比凯恩回答道。

“啊！以太是什么呀？”

“我的朋友，以太是无法估量的密集原子，据分子物理学的著作说，体积非常小，而且彼此相距遥远，如同宇宙空间中的星体之间相隔的距离一样。不过，它们的距离却是在三百万毫米以下。正是这些原子通过它们每秒钟四百三十兆次的振动产生光和热，但是它们的振幅却只有回到六万分之一毫米。”

“你一说就是几十亿几百亿的！”米歇尔·阿尔当不满地嚷嚷道，“难道有人测量过、计算过吗？所有这一切，巴比凯恩朋友，都是科学家们弄出来吓唬人的，根本就没任何意义。”

“但是，必须得用数字来说明问题的……”

---

① 傅立叶（1772—1837），法国哲学家和社会学家，空想社会主义的创始人。

“不对，最好是用比较法。一兆并不说明什么问题的。一比较就全都清楚了。比如说，当你将告诉我天王星的体积比地球大七十六倍，土星比地球大九百倍，木星比地球大一千三百倍，太阳比地球大一百三十万倍，其他的我就不说了。因此，我非常偏向比较，甚至喜欢‘双重的列日人’①的那些古老比较法，他们会蠢呼呼地对你说：‘太阳是一个直径两英尺的大南瓜，木星是一只橙子，土星是个红白相间的小苹果，海王星是一颗尖果樱桃，天王星是一颗大樱桃，地球是一粒豌豆，金星是一粒小豌豆，火星是一枚大头针，水星是一粒芥子，还有天后星、谷神星、灶神星和智慧星等，只不过是一些小沙粒罢了！这么去解释至少能让人听明白的！”

米歇尔·阿尔当大发宏论，将那些科学家们以及一连串的数字大家们奚落了一番之后，他们便着手为卫星举行葬礼。只要将它扔到宇宙空间中去就行了，如同水手们将一具尸体扔进大海里一样。

但是，正如巴比凯恩主席所叮嘱的那样，动作必须要快，尽量减少空气的流失，因为空气流动得很快，一下子便会跑到真空里去的。右边的那几扇舷窗窗口约三十厘米，螺栓都拉下来了，悲伤不已的米歇尔已经准备就绪，要将卫星的尸体扔向宇宙空间。铰链舷窗在一个强大的杠杆的作用下开了一条小缝，卫星就被扔出去了。只有这种杠杆能够克服内部空气对炮弹车厢壁的压力，而且空气逸出的只有一点点，行动极其成功。这之后，巴比凯恩就不再担心清除炮弹车厢内的垃圾问题了。

---

① 列日，比利时的一座城市。列日人具有典型的“列日”精神，即高傲和顽强，与生俱来的喜好嘲弄和反抗，但同时又热情好客。

第六章　问与答

12月4日，三位旅行者在飞行了五小时四十分之后醒来了，这时候，计时器指示着地球上的时间是早晨五点。按时间来算，他们只是超过了在炮弹车厢内所度过的五个小时四十分钟，但是，从路程来算，他们已经走完了全程的十分之七了。这个特别情况系炮弹车厢的速度的正常减速造成的。

当他们从底部舷窗观察地球时，他们觉得它只像是一个小黑点，掩映在太阳光中。既看不到它的月牙形，也看不见它的灰蒙蒙圆盘状。第二天午夜时分，它才会呈新月状的，而这时候月亮是呈满月状。在他们上方的那个黑暗星球越来越靠近炮弹车厢的轨迹，从而在确定的时间与月球相会。在他们周围，黑色苍穹里满坠着闪亮的星星，似乎在缓缓地移动着。但是，由于它们相距甚远，其体积之大小似乎并没有改变。太阳与众星辰完全像他们从地球上看到时一样大小。至于月球，它却大大地增大了，但是，旅行者们携带的望远镜倍数很小，还无法清晰地观察月球表面，也无法看清它的地形地貌或地质情况。

因此，他们三人只好百无聊赖地东扯西拉地聊个没完。不过，他们聊得最多的还是月球。大家都在倒出自己所掌握的知识。巴比凯恩和尼科尔一直是很严肃认真的，而米歇尔·阿尔当则是异想天开，没有准头。炮弹车厢、它的状况、它的方向、它可能出现意外情况以及降落在月球上所必需的准备情况，全都是他们推测揣度的谈资。

正好，吃早饭的时候，米歇尔提到一个与炮弹车厢相关的问题，引出了巴比凯恩的一个挺奇怪的回答，在此，应该提上一提。

米歇尔假设道，炮弹车厢在巨大的初速度的推动下，突然停下了，那会造成什么样的后果呢？他很想知道。

"可是，"巴比凯恩说，"我却看不出它怎么可能会停下来。"

"咱们假设一下，它真的这样了呢？"米歇尔追问道。

"这是一个绝对不可能出现的情况的假设，"实实在在的巴比凯恩反诘道，"除非它丧失了推动它的力了。不过，即便如此，它的速度也只会是渐渐地降低，也不至于突然便停止下来的。"

"假设它在空间撞上一个物体的话呢？"

"什么物体？"

"我们遇到的那颗巨大的流星。"

"那样的话，"尼科尔插言道，"炮弹车厢就会被击个粉碎，我们就一块儿完蛋了。"

"比这更糟，"巴比凯恩说，"我们可能会被活活地烧死。"

"烧死！"米歇尔吼道，"那才好哩！我巴不得能出现这一情况，好让我们看看。"

"你有可能看到的，"巴比凯恩回答道，"现在，人们已经知道热只是一种运动变化。当你烧水的时候，也就是说当你给水加热的时候，那就表示你在让水分子加快运动。"

"天哪！"米歇尔嚷道，"你这是一种神奇的理论！"

"而且是正确的理论，我可敬的朋友，因为它可以解释所有的热现象。热只不过是一种分子的运动，一个物体的粒子的振动。当我们扳动车辆的刹车时，车子便停了下来。可是，车子前进的运动怎么样了呢？它已转化为热了。为什么要在车轴上抹油呢？就是为了防止车轴过热，因为这种热就是失去的运动所转化的产物。你明白了吗？"

“茅塞顿开！”米歇尔赞叹地说，“这么说，比如，当我跑了很长一段时间，我全身都汗淋淋的，大颗大颗的汗珠在往下滴，可我为什么被迫停下了脚步呢？非常简单，因为我的运动转化成了热！”

听米歇尔这么一说，巴比凯恩禁不住哈哈大笑起来，然后，他便又开始阐述他的理论了：

“因此，在撞击的情况下，我们的炮弹车厢如同一粒子弹击到金属板上掉落下来，是滚烫滚烫的。它的运动便变成热了。鉴于此，我肯定地说，如果我们的炮弹车厢撞上了流星的话，它的速度突然失去，转化为热能，足以让它一瞬间‘粉身碎骨’了。”

“那么，”尼科尔问道，“如果地球在运行之中突然停了下来的话，那会怎么样呢？”

“它的温度就会急速地上升，立即化为蒸汽。”巴比凯恩回答道。

“挺好，”米歇尔说，“这么一来，事情就简单了，世界立即终结了。”

“那要是地球落在了太阳上呢？”尼科尔问。

“根据计算，”巴比凯恩回答，“地球撞上太阳所产生的热量相当于一千六百个地球那么大体积的煤炭所产生的热量。”

“太阳增加了这么大的热量，”米歇尔·阿尔当反驳道，“估计天王星或海王星上的居民们想必是不会抱怨的，因为他们在自己的星球上大概要冻死了。”

“因此，朋友们，”巴比凯恩又说，“任何突然停止的运动都要产生一些热量的。按照这一理论，可以说太阳的热力是由许多不停地落在太阳上的流星产生的。有人甚至计算出……”

“咱们千万可别相信，”米歇尔喃喃地说，“下面又是一大套数字了。”

“有人甚至计算出，”巴比凯恩不受干扰，继续说道，“每一颗撞击到太阳上的流星都将产生相当于它的体积的四千倍所产生的热量。”

“那么太阳的温度是多少呀？”米歇尔问。

“它相当于它的表面二十七公里厚的煤炭燃烧时所产生的热量。”

“它能在一个小时之内煮沸二十九万万万万立方米的水。”

“那不要把我们给烤焦了？”米歇尔嚷嚷道。

“那倒不会，”巴比凯恩回答道，“因为地球的大气层吸收了十分之四的太阳能。再说，地球所截取的太阳热能只不过是太阳热辐射的二十亿分之一而已。”

“我明白，一切均安然无恙，”米歇尔说，“而这个地球大气层真的是一种必不可少的发明创造，因为它不仅能让我们呼吸，而且还不让我们被太阳烤焦。”

“对，”尼科尔说，“但是，遗憾的是，月球却并非如此。”

“嗨，没事的！”米歇尔始终信心满满地说，“如果月球上有居民的话，他们也能够呼吸的。如果那上面不再有人的话，那他们也会替我们三人留下足够的氧气的，即便是它全都聚集在深沟里的话，也无伤大雅！果真如此，我们也别爬到山上去了！就这么简单。”

米歇尔说着便站了起来，走过去观察那个闪光耀眼的月球。

“哎呀！那上面大概热得厉害呀！”他说道。

“非但如此，白昼在月球上要持续三百六十小时的！”

“反之，月球上的黑夜也持续这样长，而且，由于热辐射的缘故，温度将会降到行星空间的温度。”巴比凯恩说。

“真是可爱的地方呀！”米歇尔说，“管它哩！我真希望现在就已经登上月球了！嗯！伙伴们！把月球当做地球，看着地球从地平线上升起，看到地球上的所有大陆的面貌，心中在想：那是美洲，那是欧洲，然后，看着它将消失在太阳的光辉之中，那是多么奇特呀！对了，巴比凯恩，月球人能看到日食和‘地食’吗？”

“是的，”巴比凯恩说，“日食是能够看到的，当这三个星球在同一条线上时，地球正好在当中，就可以看到。但是，那只是日环食，这时候，地球的影子照射在太阳上，可以看到其很大一部分的。”

“那为何没有日全食呢？”尼科尔问，“是不是地球的圆锥形阴影伸不到月球以外去呀？”

“是的，如果我们不把地球大气层的折射作用考虑在内的话；反之，如果计算这种折射作用，那就是日环食了。因此，我们以d'代替横视差，而已p'代替视半径……”

“哎呀！”米歇尔说，“又是个二分之一的v_0^2……！我的数学家呀，你能不能用大众化语言说呀！”

“好吧，”巴比凯恩说，“用大众化语言来说，就是月球与地球的平均距离是地球半径的六十倍，而地球的圆锥形阴影则因折射的缘故缩短了四十二倍左右。因此，结果便是，在日食发生时，月球刚好位于纯阴影之外，而太阳不仅将其边缘的阳光，甚至将它中心的阳光都射向月球了。”

“这么说，”米歇尔调侃道，“既然没有日食，那还说什么日食不日食的呀？”

“唯一的原因是因为这些太阳光被折射后大大地减弱，而且它们穿过大气层的那些光线也都失去了很大部分的光亮。”

“这一说法甚为满意，”米歇尔说，“再说，我们到达月球之后，自然会看到的。现在，你告诉我一下，巴比凯恩，你认为月球从前是个彗星吗？”

“这倒是一个新的想法！”

“是呀，”米歇尔得意扬扬地说，“我对这类问题是有些想法的。”

“但这可不是米歇尔的什么见解。”尼科尔说。

“好呀！我只是个剽窃者呀！”

“那可不，”尼科尔回答道，“根据古人的材料，阿尔卡狄亚人声称，他们的祖先在月球成为地球的卫星之前便在地球上居住了。根据这一事实，某些科学家也认为我们看到的月球是一颗彗星，说这颗彗星的轨道有一天离地球很近，所以才被地球吸引住。”

“这种假设有什么真实性吗？”米歇尔问道。

“没有，”巴比凯恩回答，“证据是月球上找不到那种始终围绕着彗星的气层体。”

“可是，”尼科尔又说，“月球在成为地球卫星之前，难道就不会再经过近日点时离太阳很近很近，致使其气体层被太阳给吸收掉了？”

“这倒也有可能，尼科尔朋友，但这也并不太有可能的。”

“那为什么呀？”

“因为……说老实话，我也一头雾水。”

“啊！我们所未知的东西集中在一起，准能写出几百本大书的！”米歇尔大声说道。

“这个先别研究了！现在几点了？”巴比凯恩问道。

“三点了。”尼科尔回答道。

“像我们这样的学者聊起天来，时间过得就非常快！”米歇尔说，“说实在的，我真的感觉到学了很多很多的东西！我感到我都成了一个知识渊博的人了！”

米歇尔边如此说，边爬到炮弹车厢的拱顶上去了。他声称“为了更好地观察月球”。这时候，他的两个伙伴在通过底部舷窗观察着宇宙空间，没有发现有什么新的东西。

米歇尔·阿尔当从上面下来，到了侧舷窗边，突然发出了一声惊奇的尖叫。

“怎么了？”巴比凯恩问。

俱乐部主席走到侧舷窗前，隐约瞅见一个被压扁了的口袋一样的东西，在距离炮弹车厢几米处飘浮着。这个东西如同炮弹车厢一样，似乎静止不动，这说明它同炮弹车厢一样在做上升运动。

“那是个什么玩意儿呀？”米歇尔·阿尔当在自言自语，“是宇宙空间的一个微小的星体？它被我们的炮弹车厢吸引住，将与我们一起飞往月球？”

“让我觉得惊奇的是，”尼科尔说道，“这个物体的重量肯定比我们的炮弹车厢轻得多，但它却能够同我们保持平行！”

“尼科尔，”巴比凯恩略加思索后说道，“我不知道这个物体究竟是什么，但我却知道它为什么能同我们的炮弹车厢保持平行。”

“为什么呀？”

“因为我们飘浮在真空中。我亲爱的船长，在真空里，所有的物体不论重量大小、形状如何，全都以同样的速度在降落或运动（降落也是一种运动）。降落的速度不同是由空气的阻力造成的。当你让一根管子变成真空管时，你往管子里扔进一些物体——沙粒或铅粒——它们会以同样的速度往下落。在这儿，这个宇宙空间里，也是同样的原因同样的结果。”

“完全正确，”尼科尔说，“凡是我们从炮弹车厢扔出去的东西都将与炮弹车厢一起直抵月球的。”

“哎！我们好蠢呀！”米歇尔大声嚷嚷道。

“为什么这么骂自己呀？”巴比凯恩问。

“因为我们本该在炮弹车厢里装上满满当当的有用的东西：书呀、工具呀、用具呀等等，那样的话，我们就可以将它们全都扔到外面去，而它们‘全都’会在我们后面飞往月球的！而且，我还在想，我们为什么不像火流星那样，到宇宙空间里去漫步呀？要是飘浮在太空间里，那不是要比鸟儿扇动翅膀飞行来得更加爽快啊！”

“那倒也是，”巴比凯恩说，“可是，怎么呼吸呢？”

“是呀，该死的空气，需要它时，它却没了踪影！”

“不过，米歇尔，即使不缺空气，但你的密度低于炮弹车厢的密度，你很快就落在后面了。[①]”

“那就是说，这是一个恶性循环。”

“而且是最糟糕的恶性循环。”

“那就得困死在炮弹车厢里了？”

“没错，只好如此。”

“啊！”米歇尔声音吓人地大叫一声。

“你怎么了？”尼科尔问。

“我明白了，我猜测到这颗所谓的火流星是什么玩意儿了！根本就不是什么小行星在伴随着我们！它也不是行星的一块碎铁。”

“那它是什么呀？”巴比凯恩问道。

“那是我们的可怜的狗！是狄安娜的丈夫！”

确实，那个变了样的、难以辨认的、什么都不像的东西是卫星的尸体，像是一个瘪了气的风笛，在不停地往上升着！

---

① 由于作者生活的时代人们对太空了解得并不多，所以书中讲述的有些太空理论并不是很准确。

第七章　陶醉的时刻

于是，一个离奇而又合乎逻辑、荒诞而又可以理解的现象在这些怪异的条件之下出现了。扔到炮弹车厢外面的所有东西都将沿着同样的轨道运行，而且也同它一起停止。这是他们当晚说不完的话题。另外，随着旅行者们终点的越来越近，三个旅行者的心情也愈来愈舒畅了。在他们当时的那种精神状态下，他们对什么意外呀、新现象呀，全都见怪不怪了。他们激越的想象力已经把炮弹车厢抛到脑后了，根本就没有注意到它的速度在明显地下降。不过，月球在他们眼里却变得更大了，他们已经觉得只要伸出手去，就能抓住月球了。

第二天，12月5日，刚早晨五点钟，三个旅行者便全都爬起来了。这一天，如果计算是绝对正确的话，将是他们旅行的最后一天了。当天晚上，午夜过后，再过上十八个小时，等到满月的那一时刻，他们将登上灿烂的月球表面了。下一个午夜，这趟旅行便会结束，那将是往昔与今朝相分别的一个最特殊的时刻了。因此，自一大清早起，他们便透过被阳光照射得金光闪闪的舷窗，向黑夜星球致敬，信心满满地而且快乐无比地呼喊“万岁”！

月球在满天星斗的宇宙空间里大模大样地前进着。再旋转几度，它就将抵达空间的那个精确的点，与炮弹车厢会合。巴比凯恩根据自己的观察计算，炮弹车厢将在月球的北半球着落，那儿是一片大平原，山峦甚少。如果月球的大气层像大家所认为的那样的话，只是聚集在低洼的地方，那就非常好了。

"不过，"米歇尔·阿尔当说道，"在平原着陆要比在高山上着陆好。如果你把一个月球人放到欧洲的勃朗峰，或者放到亚洲的喜马拉雅山上，很难说他已经到达地球上了！"

"还有，"尼科尔船长补充道，"炮弹车厢一旦接触月球，如果是落在平地上，那它就会一动不动。相反，如果是落在一个斜坡上，它就会像遇上雪崩似的往下滚去，而我们又不是松鼠，不可能安然无恙地从炮弹车厢里钻出来的。而现在，一切都非常好。"

的确，这个大胆的尝试似乎毋庸置疑，就要大功告成了。不过，巴比凯恩被一个想法围绕着，但他又不想让他的两个同伴担忧，所以也没有说出来。

这时候，炮弹车厢的行进方向朝着月球的北半部，这说明它的轨迹稍稍有点改变。按照数字计算发射时炮弹车厢应该是冲月球的正中心的。如果不是冲着正中心的话，那就是出现了一点偏差。这是什么原因造成的呢？巴比凯恩想象不出原因之所在，也无法确定这一偏差有多大，因为缺少方位标。不过，他希望这一偏差别将它引往别的地方，而是引向月球的上半部，那个地区更适合降落。

巴比凯恩没有将他的种种担忧告诉他的两个同伴，只是自己在不停地观察月球，希望看到月球的方向不要有太多改变。万一炮弹车厢没有落在所预计的目标地点而冲向星际空间里去了，那就可怕至极了。

此时此刻，月亮不再是个平平的圆盘了，而是已经让人感到是个球体状了。如果阳光斜射到它的话，根据那些阴影就可能看到那些突兀的高山轮廓了。月光也可以看到巨大的火山的深处，也可以分辨清楚广袤平原上纵横交错的一条条沟壑了。但是，在刺目的阳光下，看不清山峦起伏的情况，只能隐隐约约地分辨一下月亮的那个好似人的面庞一样的宽大的影像。

"就算是像人的面庞吧，"米歇尔·阿尔当说，"但是瞅着阿波罗神的妹妹的那张麻脸，实在是让人觉得很不是滋味！"

这时候，离月球极近的这三位旅行者一直在观察着这个新的世界。他们凭借自己的想象力在畅想这片陌生的土地。他们忽而登上一座座山峰，忽而下到偌大的环形深坑处。他们在这儿那儿仿佛看到了被一层稀薄的大气层笼罩着的一个个浩瀚的大海，以及一条条溪流从山上蜿蜒而下。他们俯瞰深渊，希望捕捉到这个星球的声音，但是在这真空寂寥之中，没有一丝声响。

这最后的一天让他们浮想联翩，激动不已。他们连最细小的细节都记了下来。当他们逐渐靠近这个星球时，一种莫名的不安油然而生。如果他们感觉到炮弹车厢的速度已经降低，那他们的焦虑不安会更加厉害的。这样的一种速度让他们感到自己无法被送往目的地的。因为这时候炮弹车厢几乎已经“没什么重量了”。它的重量在不停地减轻，等到达月球吸引力和地球吸引力互相抵消的分界线时就会完全失重了，这将引发一些令人惊讶不已的现象。

然而，尽管焦虑不安之事层出不穷，但米歇尔·阿尔当却并没有忘记像平时一样地按时准备早饭。大家吃得很香，没有什么比这种电煤气加热的浓汤更加美味可口的了，也没有什么比这些罐头肉更加让人馋涎欲滴的了。早餐结束前的最后一道工序是几杯法国的玉液琼浆，一提到法国葡萄酒，米歇尔·阿尔当便指出，在那灼热的太阳照射下培育出来的月球葡萄——如果月球上有葡萄的话——肯定会酿出最醇美的葡萄酒来的。不管怎么说，这个具有远见的法国人并没有忘记在自己的包裹里放上几棵珍贵的梅多克和科多尔的葡萄秧，他对这两种葡萄情有独钟。

莱赛和雷格诺装置一直极其精准地运行着。空气始终保持在完全清新的状态。任何碳酸气的分子都无法抵挡住苛性钾，至于氧气，则正如尼科尔船长所说，“它肯定是最上乘的”。混在炮弹车厢里的极少的水蒸气，与这种空气融合在一起，减轻了干燥，即使巴黎、伦敦或纽约的许许多多的公寓房以及戏院也肯定不会有这么清新空气的条件。

但是，这种装置要想正常运转，就必须让它保持最佳状态。因此，米歇尔每天早上都要检查一下装置的运转情况，看看气流调节阀，试试龙头，用高温计调整一下煤气的火力。直到日前为止，一切正常，而且，旅行者们也像尊敬的J.-T.马斯顿一样，开始胖了起来。如果如此这般地继续下去，几个月都关在炮弹车厢内，他们有可能没人能认得出来了。总之，他们如同笼子里的小鸡一样，开始长膘了。

巴比凯恩透过舷窗在观察，发现了卫星的尸体以及各种各样被他们扔了出去的东西仍旧在不离不弃地陪伴着他们。狄安娜看到卫星的尸体时痛苦地嚎叫。这些飘浮物似乎静止不动，仿佛落在一块坚实的土地上似的。

“朋友们，你们知道吗，”米歇尔·阿尔当说，“如果我们中的某位在出发时因撞击而亡，我们就麻烦大了，不知如何安葬他，怎么说呢？那也就只好为他举行‘以太葬’了，因为在这儿，以太代替了土地！你们看，这具尸体有可能在空间像一块心病似的一直跟随着我们！”

“那可就更愁死人了。”尼科尔说。

“哎！”米歇尔又说，“我感到遗憾的是，无法到空间去溜达溜达。要是能够跑到这个光芒万丈的以太空间里飘浮着，在那纯洁的阳光里翻来滚去的，那该多么刺激呀！如果巴比凯恩料事如神，带上一套潜水服，并配上一只打气筒，我就能到那去疯一疯了，像神话中的喷火怪兽和长着翅膀的怪兽了。”

“喂，我的好米歇尔，”巴比凯恩对他说道，“你即使跑到外面去了，想扮演长着翅膀的怪兽也扮演不了多一会儿的，因为尽管你身穿潜水服，但你体内的压缩空气便会膨胀起来，像一颗炮弹或者说一只气球那样在空中往上飞升，并爆炸开来。因此，你也别觉得遗憾，而且，你还得老老实实地记住：只要我们飘浮在真空里，我们就不许你跑到炮弹车厢外面去优哉游哉！”

米歇尔·阿尔当在某种程度上还是被说服了，他承认这是很困难的一件事，但却说这并不是“不可能的事”，他从不说什么“不可能”的。

谈话从这一主题转到另一个主题，不停地在说，没有片刻的间断。这三位朋友在这种氛围下，脑海里的种种思索全都涌现出来，犹如春天里刚开始的阵阵暖风，吹生着树叶快快地吐绿。他们感觉自己的大脑好像是枝繁叶茂的灌木丛。

这些你问我答，彼此解惑的交谈持续了一个上午。而尼科尔提出的某个问题却没有立即得到解答。

“哎！”他说道，“登上月球固然很好，但是我们又如何回去呢？”

他的两个朋友闻听此言，神情惊讶地你看看我，我看看你。似乎这个问题还是第一次摆在他们面前。

“你这话是什么意思呀，尼科尔？”巴比凯恩严肃地问。

“还没到地方，就先问回去的事，我觉得很不合时宜。”米歇尔说。

“我这么说并不是在打退堂鼓，”尼科尔辩白道，“但我还要再问一遍：我们如何回去呢？”

“这我可不知道。”巴比凯恩回答道。

“可我看，”米歇尔说，“如果我早就知道如何回去的话，我也就根本不会来的。”

“这叫什么话呀？”尼科尔嚷嚷道。

“我赞同米歇尔所说的，”巴比凯恩说，“不过，我得说一句，现在这个问题没有任何意义。等上去之后，当我们认为该返航的时候，我们再考虑也不迟。如果说哥伦比亚德炮不在那儿了的话，可炮弹车厢还始终在的吧。”

“说得真好听呀！一颗没有枪的子弹！”

“枪么，”巴比凯恩回答道，“我们可以自己造。火药么，我们也能制作！月球上什么都不缺，金属呀、硝石呀、煤炭呀，全都有的。再说，要返回去的话，只需克服月球的引力，上升到八千法里的高度，就可以单纯依靠重力定律回到地球上的。”

“行了，”米歇尔有点激动地说，“别再讨论回去的问题了！我们已经对这个问题谈论得太多了。至于同我们地球上的老同事们的联系问题，这也并不是什么难事。”

“你有什么办法？”

“利用月球火山喷射的火流星呗。”

“此计甚妙，米歇尔，”巴比凯恩语气坚定地说，“根据拉普拉斯[①]的计算，大于我们普通火炮的威力五倍以上，就足以将一颗火流星从月球上发射到地球上去的。而且，所有火山的威力都要比这一个推力大得多。”

“太棒了！”米歇尔大声嚷道，“这些流星真是合适的邮差呀，而且还不收邮费！月球邮政局真是傻透了！不过，我有个想法……”

“什么想法？”

---

① 皮埃尔·西蒙·拉普拉斯（1749—1827），法国数学家、天文学家。

“一个绝妙的主意！我们为什么不在我们的炮弹车厢上架一根电报线呢？那样的话，我们就可以同地球互发电报了！”

“异想天开！”尼科尔说道，“一根长八万六千法里的电线难道没有重量吗？”

“那算不了什么的！我们要是将哥伦比亚德炮的火药增加三倍就可以了！甚至还可以加大到四倍、五倍的！”米歇尔嗓门儿极高地叫喊着，说出的话语似炮弹一般。

“你的这个提议不值一驳，”巴比凯恩回答道，“当地球自转的时候，我们的电报线也就缠绕住地球了，仿佛绞盘上的铰链一样，我们也就被拉回到地球上去了。”

“我敢对天发誓！”米歇尔说，“我今天想出来的全都是无法实现的主意！可以同J.-T.马斯顿的主意相媲美了！不过，我还是在想，如果我们回不到地球上去，J.-T.马斯顿有可能上来同我们会合的！”

“没错！他会来的，”巴比凯恩回答道，“他是一个可尊敬的勇敢的伙伴。再说，这不是很容易的事么！哥伦比亚德炮并没有一直埋在佛罗里达的地底下呀！制作火棉的棉花和硝酸也不缺呀？月球难道不再经过佛罗里达的上空？再过十八年，它难道不再回到它今天所在的位置吗？”

“没错，”米歇尔说，“没错，马斯顿会来的，而且，他还会同我们的朋友埃尔菲斯顿、布鲁斯贝里以及俱乐部的全体会员一起来的，他们将受到热烈的欢迎的！而且，以后，我们还将建造一些炮弹车厢，穿梭于地球与月球之间！J.-T.马斯顿万岁！”

如果说可敬的J.-T.马斯顿不可能听得见为他所发出的欢呼声的话，那至少，他的耳朵根子是要发热的。他现在在干什么呢？他想必是坚守在落基山的朗峰观测站，正在努力寻找在太空中运行的这个看不到的炮弹车厢哩。如果说他正在想念他的朋友们的话，那么必须实话实说，他的朋友们也同样在思念着他的，而且在这种特别兴奋的状态下，他们会向他致以良好的祝愿的。

可是，炮弹车厢的旅行者们那明显在增加的激奋源自何处呢？毋庸置疑，他们对酒精是有所节制的。他们这种大脑的奇特激奋是不是他们所处的环境所导致的？是因为他们离月球很近了，过几个小时就到月球了，以致大脑皮层受到月球的什么神秘的影响？他们满脸通红，仿佛被火炉烤着似的；他们的呼吸在加快，他们的肺部好像铁匠的风箱；他们的眼睛像是在冒火；他们的声音大得吓人；他们说的话像开香槟酒瓶似的咚咚咚地响；他们的举止让人感到担心害怕，因为动作太大，地方太小，无法伸展开手脚。可是，他们自己却并没有感到自己手舞足蹈到这种程度。

“现在，”尼科尔硬邦邦地说，“我不知道我们能否从月球返回去，所以我想要弄明白我们跑到那上面去干什么。”

“我们跑那上面去干什么？”巴比凯恩像是在演武厅里练武似的跺着脚回答道，“我一点儿也不知道！”

“你一点也不知道？”米歇尔吼叫着说，他那吼声震荡着炮弹车厢。

“我真的不知道，我甚至都没想过这个问题！”巴比凯恩也大声吼着回敬道。

“那好！我知道。”米歇尔说。

“你知道你就说呀！”尼科尔压不住火，大声嚷叫道。

“到时候我自然会说的。”米歇尔狠狠地抓住他同伴的胳膊吵吵道。

“现在就是说的时候，”巴比凯恩两眼冒火，攥紧着拳头，说道，“是你鼓捣我们做这趟危险可怕的旅行的，我们想知道为什么！”

“是呀！”船长说，“现在我不知道我要去哪里，我想知道我为什么要去那里！”

“为什么？”米歇尔一蹦三尺高地嚷叫道，“为了以美国的名义占领月球！为了给合众国加上第四十颗星！为了耕种月球上的土地，为了在月球上繁衍生息，为了把艺术、科学、工业传播到月球！为了让月球人开化，除非他们已经比我们更加文明了！为了让他们建立共和国，如果他们尚未成立的话！”

“那要是没有月球人哩！”尼科尔反诘道，他处于这种朦胧之中，变得什么都听不进去了。

“谁告诉你说没有月球人呀？”米歇尔以威胁的口吻吼道。

“我！”尼科尔怒吼着。

“船长，”米歇尔说，“别这么蛮横无理地吼么，否则我要叫你吃不了兜着走！”

两个对手血红着眼睛正要彼此扑上去，巴比凯恩眼见二人由争吵发展到要动手了，便猛地跳到二人中间，制止了搏斗。

“行了，你们这两个讨厌的家伙，”他边说边将二人分开，“如果没有月球人，我们也不害怕，照样活下去！”

“那倒是，”米歇尔不再固执己见地说，“我们用不着月球人。我们就制造月球人！打倒月球人！”

“月球王国属于我们。”尼科尔说。

“让我们三人一起组建月球共和国吧！”

“我代表众议院。”米歇尔嚷道。

“我代表参议院。”尼科尔说。

“巴比凯恩当总统！”米歇尔大声说道。

“但不是全国人民选举的总统！”巴比凯恩说。

“那好，就由国会来任命吧，”米歇尔大声地说，“而我就代表国会，我们国会一致任命你为总统！”

“万岁！万岁！巴比凯恩万岁！”尼科尔呼喊着。

“万岁！万岁！万岁！”米歇尔·阿尔当叫喊着。

随后，总统和“参议院”用一种挺吓人的声音唱《扬基歌》，而“众议院”则用雄浑的声音唱起《马赛曲》①。

于是，三人便开始疯狂地跳起舞来。一个个头发蓬松，手舞足蹈，疯狂不止地像小丑似的翻着跟斗。狄安娜也混在一起跳动起来，一边跳一边叫，一蹦竟蹦到炮弹车厢的拱顶上了。这时候，突然传来抖扇着翅膀的声音和公鸡的鸣叫，叫声极其响亮。有五六只母鸡像蝙蝠似的疯狂地向四壁撞击……

随后，三位旅行者仿佛在一种不明的力量影响下，肺部受到损害，一个个像醉鬼似的，被炽热的空气烧灼着他们的呼吸系统，最后便倒卧在炮弹底部，一动不动了。

---

① 《马赛曲》，法国国歌。

第八章　远离地球七万八千一百一十法里

出什么事了？这种几乎酿成大祸的奇特的醉态，其原因何在？其实，这是米歇尔干的一件小小的蠢事酿成的，幸好被尼科尔及时地纠正了。

在昏厥几分钟之后，船长首先苏醒过来，恢复了意识。

他虽然在两小时之前才吃过早饭，可是他现在却感到饿得不行，像好几天都没有吃饭似的扛不住了。他的胃和大脑，都处于极度的兴奋状态。

他总算爬了起来，要求米歇尔再给他一点吃的。米歇尔尚未苏醒，没有回答他。尼科尔打算泡几杯茶，好吃上一打三明治。他准备点火，便猛地擦着了一根火柴。

当他看到火柴的硫磺头发出的特别亮的亮光，几乎让他睁不开眼时，他简直惊呆了。被他点亮了的煤气灯口的火光如同电光一般明亮。

他脑子里一下子有了答案。这种强烈的亮光，他感觉到的生理上的混乱以及他的精神和情绪的极度亢奋，让他立刻明白过来。

“氧气！”他大声嚷道。

于是，他便俯身查看空气装置，发现开关开启了，这种无色、无味、闻不到的不可或缺的气体在大量地涌出来，而它若处于极纯的状态下，将会对人的机体产生极其严重的破坏。米歇尔蠢呼呼地把开关打开来，酿成了大祸！

尼科尔急忙关紧氧气开关，而空气里的氧气已经达到饱和状态了，它本会致三人于死地，但并不是因为窒息，而是因为它会充分燃烧[①]。

一小时之后，空气中的氧气浓度减低了，肺部功能恢复了正常。渐渐地，三个朋友从那种“醉酒”状态中恢复过来，但是他们仍然得把过量的氧气消化掉，如同一个醉汉要醒酒一样。

当米歇尔知道自己对这起事件应该负责时，他并没有显得十分尴尬。这一中毒事件倒是给旅行增添了点乐趣。在他的影响下，他们说了许多的蠢话，但说过也就很快便忘到脑后去了。

“再者，”快活的法国人补充说道，“我倒并不因为吸入这种醉人的空气而气恼。朋友们，你们知道吗，将来会建造一个奇特的场所，备有氧气开关，身体虚弱的人只要连续吸几个小时的氧气，就可能更加有精力地活着！我们不妨假设一下，在会议大厅或在剧院里氧气充足的话，与会者或演员或观众的头脑就会十分地清醒，精力特别地充沛，那么，他们的精神状态该是多么好呀！而且，将范围扩大，不是一个小型集会，而是让全国人民都享受到这种清新的氧气的话，他们将发挥多大的积极性，他们的生活将多么美满！我们也许能够将一个极弱的民族改变为一个伟大的强盛的国家，在我们古老的欧洲，我知道不止一个国家需要建立有氧体制，以保证人民的身体健康！”

米歇尔越说越起劲儿，几乎使人怀疑氧气龙头仍然开得太大，以致吸多了氧气，才这么兴奋不已的。不过，巴比凯恩的一句话抑制住了他的兴奋劲儿。

“你说的这一切全都非常好，米歇尔朋友，”巴比凯恩对他说，“但是，你是不是应该告诉我们一下，那几只母鸡是从哪儿跑出来参加我们的大合唱的？”

“母鸡？”

“是呀。”

---

① 氧气支持燃烧，但自身不能燃烧。由于作者生活的时代科技还不够发达，所以当时的人们认为氧气能够燃烧。

确实，有五六只母鸡和一只漂亮的雄鸡正在这边那边走来走去，东窜西窜；还咯咯咯地叫个不停。

“啊！这些蠢鸡！”米歇尔大声说道，“是氧气让它们亢奋，闹起革命了！”

“那你如何处理它们呢？”巴比凯恩问。

“让它们适应适应月球的气候呗！”

“那你为什么先把它们给藏了起来呢？”

“我只是想开个玩笑，我可敬的主席，只不过是一个小小的玩笑而已，可惜流产了！我本想瞒着你们，把它们放到月球大陆上去的！嗯！当你们看到这几只地球上的家禽在月球的田野上啄食的时候，你们肯定会惊讶得目瞪口呆的！”

“啊！你这个小淘气！淘气包！”巴比凯恩说，“你用不着多吸氧气也会疯疯癫癫的！你永远都像是我们吸多了氧气时那副德行！你是个疯子！”

“嗯！谁敢说我们当时头脑不清楚呀！”米歇尔·阿尔当反驳道。

经过这番你一言我一语的争论之后，三个旅行者便赶忙收拾炮弹车厢里凌乱不堪的东西。几只母鸡和那只公鸡被关进笼子里去了。可是，当巴比凯恩和他的两个朋友在忙着收拾东西的时候，三人都明显地感觉到了一种新的现象。

自离开地球时起，他们体重减轻了，炮弹车厢本身及里面的物件也都变轻了，而且越来越轻。如果说他们没能发现炮弹车厢在变轻，那他们总会有这么一个时刻感觉到他们自己以及他们所使用的物件与工具也都在变轻的。

毫无疑问，即使有一台天平，也发现不了这种失重现象，因为天平本身与它所称量的物件都会同样失去重量的。不过，比如使用一个弹簧秤来称量的话，就能准确地称量出物件的重量的，因为弹簧秤是不受地球引力摆布的。

大家知道，引力，换言之，也就是重力，是同物体的质量成正比的，而同距离的平方成反比的。于是便得出了如下的结果：如果空间里只有地球存在的话，如果其他所有的天体全都骤然消失了，根据牛顿定律，炮弹车厢离地球越远，它的重量就越轻，却又不会完全失去重量，因为地球引力永远存在，无论你离它有多远。

但是，在目前的这种情况之下，如果不把所有其他天体几乎等于零的引力计算进去的话，那么，炮弹车厢到了某一时刻便会完全不受重力定律的支配了。

事实上，炮弹车厢的运行轨迹是在地球与月球之间。随着它离地球渐行渐远，地球引力按照距离的平方成反比而逐渐变小，而月球的引力则根据同样的比例越来越大。炮弹车厢一旦行至两种引力彼此抵消的那个点的时候，就完全失重了。如果月球与地球的质量相等的话，这个点就应该是位于这两个天体相等距离的那个位置。但是，鉴于它俩质量的不同，很容易便能计算出这个点应该是在炮弹车厢行程的五十二分之四十七的地方，用数目字来表示的话，就是在离地球七万八千一百一十四法里的地方。

在这个地方，如果一个物体本身没有速度或者不自行移动的话，那它就会永远待在那儿，静止不动了，因为地球与月球的引力相等，双方都无法将它吸到自己那一边去。

如果炮弹车厢的推动力计算得准确无误的话，它到达这个地点时的速度为零，它就像车厢内所载的全部物体一样，失去了重量。

那么，这么一来，结果会怎样呢？有三种可能。

一、炮弹车厢仍保持着一定的速度，越过引力相等的那个点，因月球的引力大于地球的引力而落在其上。

二、速度太慢，无法抵达那个引力相等的点，因地球引力大于月球引力而回落到地球上。

三、炮弹车厢只有一个足够的速度到达那个点，却不足以越过它，那它就将永远地悬于那个位置上，如同悬于天穹与天底之间的所谓的穆罕默德的坟墓一样。

目前的情况就是这样，巴比凯恩清楚明了地向他的两个同伴说明这三种结果。他们对这一情况产生了浓厚的兴趣。那么，他们将如何弄清他们的炮弹车厢是否到达离地球七万八千一百一十四法里的那个地点呢？

只有在他们以及炮弹车厢里的物件不再受重力定律的支配时才能知晓。

到目前为止，旅行者们只是发现这个重力变得越来越小，却并没有完全失重。但是，就在那一天上午十一点的时候，尼科尔手上拿着的杯子滑落了，却没有落地，而是悬浮于半空中。

“哈哈！”米歇尔·阿尔当嚷叫道，“这可是有趣的物理现象呀！”

随即，所有的物件，武器呀，瓶子呀，全都奇迹般地悬浮在半空中了。狄安娜也一样被米歇尔放在了半空中，但他并没有像卡斯通或法国魔术家罗贝尔·乌丹那样在变魔术。不过，狄安娜像是并没有感觉到自己已经飘浮在半空中一样。

三位旅行者尽管熟谙科学原理，但也颇感惊讶。他们感到自己进入神奇幻境，觉得身体轻飘飘的，没有了重量。他们伸开双臂，却并不能自动垂下来。他们的脑袋在肩头上摇来晃去，不受控制。他们的脚也离开了炮弹车厢底部。一个个全都像是醉汉一样，站立不稳。许多作品都创造了一些隐形人和无影人，但是，在这儿，由于两个天体的引力彼此相互抵消，使人的体重全部丢失殆尽，成了“一身轻”了！

突然间，米歇尔轻轻地一蹦，身体便离开炮弹车厢的底部，悬于半空中，如同西班牙画家穆里约所画的《天使们的厨房》里的那个修声士一样。

不一会儿，米歇尔的两个朋友也跟他一样飘浮起来，三个人在炮弹车厢里悬空而立，仿佛“飞天”一般。

“这能相信吗？这是真的吗？这可能吗？”米歇尔嚷嚷道，“不，这不可能。可是，怎么又确定如此啊！啊！如果意大利画家拉斐尔看见我们如此这般的话，他会画出什么样的一幅《升天国》啊！”

“升天的时间不会太久的，”巴比凯恩说，“如果炮弹车厢越过中性线，月球的引力就将把我们引往月球的。”

“那我们的双脚就将站在炮弹车厢的拱顶上了。”米歇尔说。

“不会的，”巴比凯恩回答道，“因为炮弹车厢的重心很低，它将渐渐地翻转过来的。”

“那么一来，我们的所有一切全都得翻一个个儿了，这是肯定的呀！”

“你就放宽心好了，米歇尔，”尼科尔说，“翻个个儿也没什么了不起的。没有任何的物体会移动的，因为炮弹车厢将只是在不知不觉中翻转的。”

“其实，”巴比凯恩说，“当炮弹车厢一旦越过了引力中心线时，它的底部因为相对而言较重一些，将使炮弹车厢与月球保持垂直状态的。不过，必须越过中性线时，这一现象才会出现。”

“越过中性线！”米歇尔嚷道，“我们就像水手们越过赤道一样，我们要好好地庆祝一番！”

米歇尔稍微一动弹，便滑向了软壁。他在那儿拿了一瓶酒和几只杯子，把它们放在“半空中”，靠近各自的面前，他们立即互相碰杯，向中性线高呼“万岁”。

这种失重现象只持续了一个小时。旅行者们不知不觉地略有所感，觉得自己又回到了车厢的底部了，而巴比凯恩好像发觉炮弹车厢的圆锥形底部有点偏离朝向月球的方向了。底部通过一次翻转，向月球靠近了。于是，月球的引力战胜了地球的引力，炮弹车厢开始朝月球降落，但却几乎感觉不到。第一秒钟时的速度只有五十九万法里。但是，慢慢地，月球引力会加大，降速将会加快，炮弹车厢被其底部坠着，它的上部朝向地球，将会以一种加速度直奔月球大陆。这样，他们就可以到达目的地了。现在，没有什么可以阻遏这一壮举获得成功，尼科尔和巴比凯恩一起兴奋至极。

接着，他们便没完没了地聊起令他们惊奇的种种现象。尤其是那个失重现象，让他们谈兴最浓。米歇尔·阿尔当一直兴奋异常，总想得出些结论来，但那只是他的异想天开罢了。

“啊！我可敬的朋友们，”他大声说道，“如果在地球上我们也能摆脱这种重力定律，摆脱这条把我们拴在地球上的锁链，那该是多么伟大的进步啊！那就好比一个囚徒获得了自由一样！胳膊和腿都用不着再受累了。如果在地球上飞翔或飘浮在空中的话，必须有比我们现在力量大一百五十倍的力量。可是，只要摆脱掉地球的引力，我们灵机一动，立刻就飞向天空去了。”

“那倒是，”尼科尔哈哈大笑地说，“如果我们能像麻醉剂消除痛苦一样消失掉重力的话，当代社会就要面貌大变了！”

“是呀，”米歇尔满脑子都是这一主题，大声说道，“咱们把重力消灭掉，再也没有什么重担压肩了！而且，起重机、千斤顶、绞盘、曲柄以及其他一切机械装置，全都没有它们存在的理由了！”

“说得好，”巴比凯恩说，“不过，要是什么东西都没了重量，那么什么东西都立不住了，连你的帽子也戴不到头上了，可敬的米歇尔，而你的房子也建不起来了，因为建房子的砖得有重量才能连在一起呀！甚至大洋也没有了，因为它的浪涛没有地心引力把它们栓住。还有，大气层也不见了，因为空气分子在地球上留不住，全都飞向宇宙空间了！”

“这样的话就麻烦大了，”米歇尔说，“你们这帮实用主义者总是强把别人拉回到现实中来。”

“不过，你也不必懊恼，米歇尔，”巴比凯恩劝说道，“因为如果说，没有一个星球能摆脱重力规律的话，但至少你将到访的那个星球的重力要比地球的重力小许多的。”

“你是指月球？”

“正是，在月球表面，其物体的重量比地球上的物体重量要小六倍，这种现象很容易证实。”

“我们能看得出来吗？”

“当然能，因为地球上的两百公斤的物体，到了月球表面就只有三十公斤了。”

“那我们肌肉的力量在那上面会不会减小？”

“那不会的。如果你能跳一米高的话，在月球上就能跳十八英尺高了。”

“那我们上了月球就变成大力神了！”米歇尔嚷叫道。

“特别是，”尼科尔说，“如果月球人的身材与他们的月球成正比的话，那他们只有一英尺高了。”

“那不就成了矮人国了么！”米歇尔说，“我们就变成格列佛[①]了，我们都变成巨人国神话中的人物了。离开地球奔往太阳系，还是大有好处的呀！”

“你先别急，米歇尔，”巴比凯恩说，“如果你想扮演格列佛，你就只拜访小的行星吧，比如水星、金星或火星什么的，它们的质量都小于地球的质量。你千万别跑到大行星上去，比如木星、土星、天王星、海王星，因为在那些星球上，你扮演的角色就倒过来了，你就成了小人国的人了。”

“那在太阳上呢？”

“在太阳上，如果说它的密度比地球的密度小四倍的话，但它的体积却比地球大到一百三十二万四千倍，而其引力比地球的引力要大二十七倍。按照这一比例，太阳上的人其身材平均得有二百英尺高。”

---

① 格列佛，系爱尔兰作家斯威福特的小说《格列佛游记》的主人公。

“真是见了大头鬼了！”米歇尔嚷嚷道，“我将变成俾格米人，变成侏儒了！”

“那就是格列佛到了巨人国了。”尼科尔说。

“没错！”巴比凯恩说。

“看来有必要带上几门大炮上去，以求自保。”

“那是多此一举！”巴比凯恩反驳道，“你的炮弹在太阳上起不了任何作用，它们发射出去到不了几米就落在地上了。”

“这也太夸张了吧！”

“绝对如此，”巴比凯恩说，“在这个巨大的星球上，引力出奇的大，以致地球上的一个七十公斤的物体，到了太阳表面，便变成一千九百三十公斤了。你的帽子将有十二公斤左右！你的雪茄得有半磅重。总之，如果你降落在太阳大陆上，你的体重将是二千五百公斤左右——你连站都站不起来了！”

“见鬼！”米歇尔说，“那样的话，我们就得带上一台手提起重机了！行啊！朋友们，我们今天就只探访月球算了。在那上面，我们至少还能算是魁伟之躯啊！这之后，我们再看看是否有必要拜访太阳，在那上面，没有绞盘，杯子就到不了嘴边，水都喝不着！”

第九章　偏离轨道的种种后果

除了考虑此行的结果外，巴比凯恩至少已无须再为炮弹车厢的动力问题绞尽脑汁了。它的潜在速度就可以将它送过中性线。因此，炮弹车厢已无法再回到地球上。但它也不会老停留在那个引力点上的。现在有一种假设可能会变为现实，即：炮弹车厢在月球引力的作用下到达目的地。

实际上这是一种从八千二百九十六法里处跌落在一个星球上，而在这个星球上，物体的重量只有地球上的六分之一。不过，这种跌落相当危险，必须尽快地做好一切应对措施。

应对措施包括两个方面：一方面是减轻炮弹车厢接触月球表面时的冲撞力；另一方面则是减缓下降速度，从而减小着陆时的强烈的碰撞力。

对于第一种情况，恼人的是，巴比凯恩已经无法再使用那些极有效的减轻撞击的手段了，也就是说，没法再使用作为弹簧功能的排水装置和易碎隔层了。隔层虽然依然完好，但是，水却没了，因为所剩的那点极为宝贵的水，是留作上到月球的头几天所必不可少的，而月球上又缺水，所以那点水是轻易不能动用的。

再说，那一点点儿水也不足以起到弹簧的作用。出发之前，炮弹车厢的五十四平方英尺的密封底盘上，储存着三英尺高的水，总体积达六立方米，重达五千七百五十公斤。可是，现在这个储水箱内的水已不足原先的五分之一了。因此，尽管这个方法极其有效，但也只好放弃了。

幸好，原先看好这个储水装置的巴比凯恩，在活动底盘上装置了一些强而有力的缓冲垫，旨在当储水装置的横隔板破裂后起到一种缓冲的作用。这些缓冲垫尚在，只需将它们调节一下，重新装到活动盘上去即可。所有这些零件都极易操作，因为它们都十分地轻巧，很快就能将它们装好。

他们立即弄好了它。各种零件也都毫不费力地重新装好。这并不用大动干戈，只要装好螺栓，拧紧螺帽就可以了。而且工具应有尽有。很快，活动底盘装备完毕，立于钢质垫子上，就像桌面安在桌腿上一样容易。唯一不方便的是活动底盘放置的位置。底窗被挡住了。这么一来，等旅行者们垂直降落在月球上时，就无法观察月球的情况了。但是，也只好忍痛割爱了。再说，透过侧舷窗还是可以隐约看到月球的广袤地区的，如同在飞艇上往下看地球一样。

安放这个活动底盘花了一个小时时间。但一切准备就绪时，已时过正午了。巴比凯恩又在仔细地观测炮弹车厢的倾斜度，但是，让他非常焦虑的是，炮弹车厢并没有翻转到可以坠落的程度。它似乎在沿着一条与月面平行的曲线前行。此刻，已经是皓月当空了，而它对面的太阳也正烈焰熊熊。

这一情况让人不免忧心忡忡。

“我们能到得了月球吗？”尼科尔问。

“我们得做好能够登上月球的准备。”巴比凯恩回答他说。

“瞧你们吓得那个样儿呀！”米歇尔·阿尔当说，“我们一定能登上月球的，而且比我们所想象的还要更快地登上去。”

听了这话，巴比凯恩平静了些，又去忙他的准备工作，把减低降速的机械装置调整好。

他们回想在佛罗里达坦帕镇集会的那一情景。当时，尼科尔船长与巴比凯恩、米歇尔·阿尔当针锋相对，势不两立。尼科尔船长认为炮弹车厢准会像玻璃玩具似的一碰即碎，而米歇尔·阿尔当则回答他，通过适当地安置火箭的办法就可以延缓降落的速度。

确实，这些强大的火箭的支点就在炮弹车厢的底部，其反作用力能够适当地遏制炮弹车厢的速度的。这些火箭将在真空中燃烧，这点不错，不过它并不缺乏氧气，因为它能够自己供给自己氧气，就像月球火山一样，绝不会因为月球周围没有大气层就无法爆炸了。

巴比凯恩已经把装配好的火箭装在螺旋炮筒里了，它可以在炮弹车厢底部旋紧。这些炮的内部贴近炮弹车厢的底部，而其外部则突出去半英尺。一共有二十门炮。活动底盘上留有一个洞，以便点燃每一门炮的雷管。火箭爆炸的威力只显现在炮弹车厢的外面。混合火药事先已经紧紧地塞进炮膛里了。因此，只要把底部的金属活塞旋出来，再把炮筒旋进去，便大功告成了。

这个新的活儿将近三点钟的时候便完成。一应措施准备停当，只等降落的时刻到来了。

此刻，炮弹车厢明显地靠近月球。很明显，它已经受到月球一定的影响了，不过，它本身的速度也在推动它沿着一条斜线运行着。

在这两种力量的影响之下，炮弹车厢的行进轨迹也许会成为一条正切线。但可以肯定，炮弹车厢不会正常地降落在月球的表面，因为它的底部因其重力所致，大概会转向月球的。

看到炮弹车厢正抵抗万有引力的影响，巴比凯恩的焦虑不安愈发地加重了。在他面前出现的是难以预测的情况，而这一情况正穿过宇宙空间向他飞快地奔来。他作为科学家，原以为自己预见到了三种可能性了：回落到地球上，降落在月球上，滞留在中性线上！可是，现在又跑出来一个第四种可能，这种可能性是无限空间中最可怕的可能性中最大的一个，而且是突然出现的，防不胜防。面对这一可怕的情况，只有像巴比凯恩这么坚定不移的科学家，像尼科尔这样镇定自若的人，像米歇尔·阿尔当这样勇敢无畏的冒险家，才会不致乱了阵脚，六神无主。

他们三人立即对这一问题进行了讨论。换了别人的话，一定会从实际去考虑的，他们可能会问这个炮弹车厢要把他们带到什么地方去。可是，他们三人却并没这么考虑，只是在寻找产生这一情况的原因之所在。

“这么说，我们脱离轨道了？”米歇尔说，“怎么会呢？”

“我很担心，”尼科尔回答道，“尽管各种预防措施全部到位了，但是哥伦比亚德炮可能并没有对准目标。一个失误，哪怕极其微小，也足以把我们抛到月球引力圈外去的。”

“难道我们真的没有瞄准好吗？”米歇尔问。

“我相信不会，”巴比凯恩说，“大炮是绝对垂直的，它的方向绝对正对天穹。而月球通过天穹时，我们将在满月的时候到达月球的。一定是另有原因，可我一时还想不出来。”

“我们是不是到得太迟了？”尼科尔问。

“太迟了？”巴比凯恩应声道。

“是的，”尼科尔说，“剑桥天文台的通知里说，必须在九十七小时十三分二十秒完成这个旅行。这也就是说，到得早了不行，月球尚未到达指定位置；到得晚了也不行，月球就转过去了。”

“是这么回事，”巴比凯恩说，“不过，我们是在12月1日晚十点四十六分四十秒出发的，应该在5日子夜月圆之时准时抵达的。可今天已是12月5日了。现在是下午三点半，再过八小时三十分足以将我们送达目的地的。为什么不能到达呢？”

“是不是速度过快了？”尼科尔说，“因为我们现在知道，我们的初速度比原先设想的更快。”

“不！绝不可能！”巴比凯恩反对道，“如果炮弹车厢的方向没有问题，那再快的速度也阻止不了我们到达月球的。不可能，绝不可能！肯定是轨道有偏差。我们偏离了轨道。”

“因为谁？因为什么？”尼科尔问。

“我说不明白。”巴比凯恩回答道。

“那么，巴比凯恩，”米歇尔接着说道，“关于这个偏差的问题，你愿不愿意听听我的看法？”

“你说吧。”

“叫我出半个美金我也不想探究它！我们偏离了轨道了，就这么回事。咱们去往何方，我觉得无所谓！我们走到哪儿算哪儿，管它哩！既然我们已经被带上宇宙空间，我们最终是会因引力作用而落在某个引力中心的！”

巴比凯恩对米歇尔·阿尔当的这种无所谓的态度不以为然。他倒并不是担心他们的前途！他只是想知道他的炮弹车厢为什么会偏离了轨道，这是他不惜任何代价想弄个一清二楚、水落石出的。

这时候，炮弹车厢继续在月球旁边移动着，而且那些扔到外面的东西也跟着它一起在移动。巴比凯恩甚至能够通过月球上的几个标记，观测到月球离他们不到两千法里，发现它的速度仍旧如常。这是一个新的证据，证明炮弹车厢并没有坠落到月球上。炮弹车厢的推力仍然大过月球的引力，但是它的轨迹肯定让它在靠近月球，而且可以希冀到了一个更近的距离，重力便占了上风，最终将导致降落的。

这三个朋友现在没什么好干的了，只有继续观察。不过，他们仍然无法确定月球地形到底是怎样的。在阳光的照射下，那些突出的地形全都在一个水平线上，分辨不清。

他们就如此这般地透过舷窗观察着，一直观察到晚上八点。这时候，他们看到的月亮奇大无比，竟至遮盖住了半个天穹。太阳在一侧，月亮在另一边，它们都在放射着光芒。

此时此刻，巴比凯恩认为可以估计离他们的目的地只有七百法里了。他觉得炮弹车厢的速度似乎是每秒二百米，也就是说，每小时大约一百七十法里。在向心力的影响下，它的底部在向着月亮转动，但是，离心力始终占着上风，很可能直线运动会转变为某种曲线运动，但他却确定不了这是什么性质的曲线运动。

巴比凯恩始终在寻找他解不开的那道难题的答案。

几个小时过去了。炮弹车厢明显地在靠近月球，但是，同样明显的是它到达不了目的地。至于它将要经过的离月球最近的那个距离，那只不过是吸引力与排斥力作用于这个活动物体的结果而已。

“我只想做一件事，”米歇尔又说，“就是最靠近月球，好让我能窥视它的秘密！”

“导致我们的炮弹车厢偏离的那个原因真该死呀！”尼科尔大声嚷道。

“是该诅咒呀，”巴比凯恩回应道，仿佛他的脑子突然开了窍似的，“应该诅咒的是我们在途中遇到的那颗火流星！”

“嗯！”米歇尔·阿尔当说。

“您想说什么呀？”尼科尔冲巴比凯恩问道。

“我是想说，”巴比凯恩语气肯定地说，“我是想说，我们之所以偏离，唯一的原因就是那颗游魂似的星体！”

“可是它并没有擦碰着我们呀。”米歇尔反驳道。

“擦碰不擦碰，那倒无所谓。可它的体积与我们的炮弹车厢相比，可是大巫见小巫了，而且它的引力足以影响到我们行进方向的。”

“影响极小的！”尼科尔反诘道。

“那倒是，不过，无论它的影响力是大还是小，”巴比凯恩说，“反正对于一个八万四千法里的距离而言，这种影响则足以让我们到不了月球了！”

第十章　月球的观测者们

巴比凯恩显然已经找到了炮弹车厢偏离的那个唯一可以让人接受的原因了。无论偏离是多么小，它都足以改变炮弹车厢的轨迹的。这也是命该如此。一个大胆的尝试竟是因一个偶然的因素而流产，除非出现奇迹，否则他们不可能到达月球的。他们是否能够靠近月球，以解决某些物理的或整个地质的直到如今都没能解决的难题呢？现在这是唯一的让旅行者们牵肠挂肚的问题。至于他们自身未来的命运么，他们甚至都不愿去想一想。可是，在这无限的孤寂中，空气眼看就要耗尽了，他们会怎么样呢？再过几天，他们可能将在这个飘忽不定的炮弹车厢中窒息而死。可是，对于这几个不屈不挠的勇士们来说，几天仿佛是几个世纪一般呀！将每分每秒全都用来观察这个他们已不再奢望登上的月球了。

炮弹车厢与月球的距离估计将近二百法里。在这种情况下，就月球的能见度而言，旅行者们比地球上配备高倍数的大望远镜观测月球的居民们，距离还要远得多哩。

的确，众所周知，约翰·罗斯[①]在帕森镇架设的倍数高达六千五百倍，能够

① 约翰·罗斯（1777—1856），英国的一位北极探险家。

将月球拉近到十六法里，尤其是朗峰的那个望远镜倍数更大，能够把月球放大四万八千倍，将距离缩短到不足两法里，月球上的直径十米的物体全都显得十分清晰。

因此，在这个距离上，用肉眼观测月球的地形面貌也看不太清楚的。肉眼只能大概地看到那些被不恰当地称之为“海”的广阔的洼地，但无法确定它们到底是些什么性质的结构。而那些突兀的高山也隐没在月面上太阳光的反射光芒之中了。目光像是俯视在银溶液的浴缸中一样模糊不清，让人不得不扭过头去。

这时候，月球那椭圆形状呈现出来了，好似一个巨型的鸭蛋，其小的那一端转向了地球。确实，月球像是其开始形成的初始时期那样，是液态状的或可塑性的，现在已是一个完全的浑圆形。不过，它很快就又被地球的引力所吸引，在重力的影响下，变成了椭圆形了。由于它变成了地球的卫星，它便失去了它原来的纯圆形状；它的重力中心在往外推移，根据这种情况，有几位天文学家便下结论说，它上面的空气和水可能已经藏到它背面去了，我们地球上是看不到的。

地球卫星原先的形状因这种变化瞬间便看不出来了。炮弹车厢与月球的距离因其速度大大低于初速度而疾速地减少，但是，仍然比特快列车的速度要大上八九倍的。炮弹车厢的倾斜度——甚至也就是因为这个倾斜度——给米歇尔·阿尔当留了点希望，让他盼着它能落在月球表面的某一个点上。他无法相信它不可能到达月球。不！他绝不相信它到不了月球！他老在这么念叨着。但是，优秀的“审判官”巴比凯恩却不停地在用一种毫不客气的逻辑推理告诉他：

“到不了的，米歇尔，肯定到不了的。我们顶多是撞到月球，而无法降落其上。由于向心力的缘故，我们受到月球的影响，但是离心力又毫不吝惜地把我们甩走。”

他说这番话的语气腔调让米歇尔·阿尔当最后的希望全都化为泡影了。

炮弹车厢靠近的月球部分是北半球，也就是月面图的下部，因为那些月面图都是根据望远镜的观测绘制的，而我们知道望远镜里看到的图像是倒置的。巴比凯恩所使用的是比尔和马德莱尔的月面图。这个半球呈现出一些广袤的大平原，平原上耸立着一些突兀的奇峰峻岭。

午夜时分，满月出现。在这一时刻，如果不是那颗该死的火流星捣乱，把他们的行进方向弄偏了的话，他们本该踏上月球的土地了！这颗黑夜星球根据剑桥天文台严格确定的时间也准时地到达了。精确地说，它已经到达它的近地点和纬线二十八度的天顶了。假若有这么一个人藏在与地平线呈垂直状的巨型哥伦比亚德炮的炮筒的最深处进行观测的话，就会看到月球正好落在大炮口上。大炮的中心线也就会穿过月球的中心。

无须说，在5日夜到6日凌晨这段时间里，旅行者们没有片刻休息。离这个新的世界如此的近，他们又怎能合上眼睛啊！不能。他们的全部身心都集中在唯一的一个字上：看！他们是地球的代表，从前与现在的人类的代表，他们要通过自己的双眼让人类看到月球的各个地区，探求地球卫星的种种秘密！他们的心中不免有着某种冲动，但也只是静静地从一扇舷窗走到另一扇舷窗。

他们的观测经巴比凯恩仔细整理，严格地确定了。他们有望远镜可以观测，有一些图可供查核。

第一位观测月球的人是伽利略①，他所使用的望远镜倍数很低，只能放大三十倍。但是，他却是第一个从“布满在孔雀尾巴上的‘眼睛’里”辨认出了一些山脉，并且测算出它们的高度来，他夸大地确定它们为月面直径的二十分之一，也就是八千八百米。但伽利略并没有根据自己的观测绘制任何的月面图。

几年之后，但泽的一位名为海韦留斯的天文学家把伽利略所说的这些山脉缩小到月球直径的二十六分之一，而他的观测只是严格地在上弦月和下弦月初始之时进行的。他的这种说法也有点言过其实。不过，我们之所以能够获得第一张月面图，那还是要感谢这位天文学家的。月球上面的那些明亮的圆点是一些环形山，而那些黑点则表明为一些宽阔的大海，可实际上那是一些广袤的平原。他把这些山和这些海按地球上的名字命了名：有阿拉伯半岛中央的西奈山、西西里岛中央的埃特纳山、阿尔卑斯山、亚平宁山、喀尔巴阡山、地中海、亚速海、黑海、里海等。不过，这些名称并不恰当，因为无论是那些山还是那些海，与地球上的山与海并无相像之处。只有南边有一些连接着宽阔大陆的、边缘呈锥状的、

---

① 伽利略（1564—1642），意大利天文学家。

很大的白花花的亮点，会让我们觉得像是倒转的印度半岛、孟加拉湾和交趾支那半岛的形状。因此，现在这些名称已经不再沿用了。另外一张月面图的绘制者更懂得人的心理，他建议利用人类的虚荣心来促使人们采用想要接受的名称。

这位观察家就是海韦留斯的同时代人里乔利神父。他所绘制的那张月面图既粗制滥造又漏洞百出。不过，他倒是为月球上的山脉取了一些古代伟人以及他同时代的学者们的名字，此后，这些名字便沿用下来了。

第三张月面图是在十七世纪由多米尼克·卡西尼①绘制而成的。他的这张月面图要比里乔利的那张图好，但是比例上还是不准确。随后又有多种缩影版出版，但是，这张月面图的铜版长期以来一直保存在皇家印刷厂里，后来竟被当做废品卖掉了。

著名的数学家和绘图家拉希尔②也绘制了一张月面图，高有四米，但从未刊印过。

在他之后，德国的一位天文学家托比·迈尔在18世纪中前后刊印了一张精美的月面图，他是根据月球的比例严格校正之后绘制而成的，但是，很遗憾，他于1762年不幸逝世。为能完成这项了不起的工作，随后，又有利林塔尔的施罗德绘制了许多月面图；接着，德累斯顿的一位名为诺尔曼的人也绘制了一张分为二十五个地区的月面图，可惜只刻印了四个地区。

1830年，比尔先生和马德莱尔先生用正交投影法③绘制了他们的那张著名的月面图。该图与月盘的图形好像一个模子倒出来的，不过只有中央部分上面的山脉和平原的轮廓是正确的，而其他部分——北部或南部，东部或西部的轮廓缩影都不及中央部分的轮廓缩影那么清晰明确。这张月球地形图高九十五厘米，分为四个部分，是月球地形图中之杰作。

除了上述这些科学家们外，还应该提及的是德国天文学家尤里乌斯·施密特

---

① 多米尼克·卡西尼（1625—1712），法国天文学家，祖籍意大利。

② 拉希尔（1640—1718），法国天文学家、数学家。

③ 正交投影法：投影线垂直于投影面的投影属于正交投影，也称为平行投影。

的月面地形起伏图、塞基[①]神父的月球地形图、英国天文业余爱好者沃伦·德拉吕的那些美丽的摄影版月面地形图，以及勒古久里·杜里埃先生和夏普伊先生于1860年绘制的线条清晰、布局明朗的正交投影图。

以上就是各种与月球相关的月面图。巴比凯恩就拥有其中的两张：一张是比尔先生和马德莱尔先生的，另一张是夏普伊先生和勒古久里先生的。这两张图给巴比凯恩的观测工作提供了便利。

他手头的光学仪器是一个精良的航海望远镜，是他专为此次旅行而定做的。这台望远镜可以将物体放大一百倍，因此它能够把月球向地球拉近到一千法里。但是，此时此刻，在这将近凌晨三点的时候，旅行者们与月球的距离不会超过一百二十公里，而且，在没有任何大气层干扰的环境中，这台望远镜能够将月球的距离缩短到不足一千五百米。

---

① 塞基（1818—1878），意大利天文学家、基督会士。

第十一章　幻想与现实主义

“您曾看见过月球吗？”一位老师讽刺地问他的一个学生。

“没有，先生，”那位学生更加讽刺地反诘道，“不过，我得说，我曾听人说到过它。”

其实，在某种意义上，这个学生调侃式的回答，可能大部分在月光下的人都会这么说的。多少人都曾听到过人们谈月球啊，但都从未见到过它……起码从未用望远镜或天文望远镜观测过月球！有很多人甚至都没有仔细看看他们的卫星的地形图！

当你看着一张月球地形图的时候，首先有一个特点让你感到惊奇：与地球和火星的布局相反，月球上的大陆全都集中在月球的南边。这些大陆的边缘不像南美洲、非洲和印度半岛那样清晰匀称，它们的边缘棱角突兀，变化多端，支离破碎，多海湾和半岛，让人自然而然地便联想起其他群岛[①]，小岛星罗密布，一块一块的。如果在月球表面有海的话，那航行起来也是困难重重，危机四伏的。月球上的水手们在这片海域航行或在这些可怕的岛屿边上靠岸停泊的话，那真的是

① 指印度尼西亚的那一大片群岛。

让人心惊胆战的。

我们还会发现，月球的南极地区陆地比北极地区要多得多。在北极地区，只有一小块帽状的陆地四周全都是宽阔的大海[①]包围着，与其他的大陆分隔开来。在南极，陆地几乎完全覆盖了南半球，因此，很有可能月球人在南极已经插上了自己的旗帜，而这之前，富兰克林们、凯恩们、迪蒙·迪维尔们、朗贝尔们等英法航海家们全都没有到达这个尚无人知晓的地方。

至于岛屿，真可谓遍布其上，难以计数。所有这些岛屿全部像是用圆规画出来似的，或椭圆形或浑圆形，组成一片辽阔的岛群，堪与古代神话中的许多美丽的传说所赋予的诗情画意的希腊和小亚细亚之间的那些岛屿相媲美了。纳克索斯岛、泰内多斯岛、米洛斯岛、卡尔帕罗斯岛等著名岛屿的名字往往会不期然地闪现在我们的脑海里，以至我们常常会去寻觅尤利西斯[②]的战船或亚尔古人[③]的“剪羊毛的剪刀”。至少，那是米歇尔·阿尔当所常常挂在嘴边的话，他在月面图上看到的不过是希腊的一个群岛而已。在他的那两位不太富于狂热的同伴眼里，这些海岸的形状似乎像是新不伦瑞克和新苏格兰的那些支离破碎的土地，然而，正是在这个法国人发现了神话里的英雄的踪迹的地方，那两个美国人找到了适合建立月球上工商业城市的地点。

在描述了月球的大陆部分之后，我们还要就月球上的山脉说上几句。我们能够清楚地分辨出月球上的山脉、独立的山峰、环形山岳和沟壑。月球上起伏不定的地势绵延于这一区域，山高沟深，险峻异常。有些地方仿佛是一个大得无边无垠的瑞士，有些地方又仿佛是一个连绵不断的挪威，所有这一切都是火成岩时期形成的。月球的这种如此起伏不定，高低不平是月球在开始形成时不断地收缩所致。月球表面的这种状况有利于研究那些大的地质现象。某些天文学家认为，月球表面尽管比地球表面形成得更加久远，但是它却处于新生期。那上面，没有水

---

① 这儿所说的“海”只是很久很久以前可能是被海水覆盖着的无边无垠的地区，但现在已经变成了辽阔的平原了。——作者原注

② 尤利西斯：古希腊史诗《奥德赛》的主人公。

③ 多指希腊神话中随伊阿宋到海外寻找金羊毛的亚尔古人。

来侵蚀原始山脉，而其不断增大的侵蚀作用现正在起着一种平整作用。与此同时，那里因为没有受到空气风化作用的影响，其山脉的形态依然保持着原始状态。而地球上，在没有受到潮水和海流的侵蚀，沉积层尚未覆盖地表之前，也是如此的。

我们的目光在这片广阔的大陆地区梭巡了一遍之后，便被那些更加辽阔无边的大海给吸引过去。不仅它的形状、分布和形态使人不禁联想到地球上的海洋，而且它们也同地球上的海洋一样，占据着月球的大部分面积。但是，它们并不是满是海水的海洋，而是大面积的平原，三位旅行者希望能尽快地确定它们的性质。

必须指出，天文学家们给月球上的这些所谓的“海”取了一些至少科学界认为是奇怪的名字，可科学界却直至今日仍然沿用着这些名字。当米歇尔·阿尔当把这张月面图与一位斯居黛丽①或一位希拉诺·德·贝热拉克②画的“温情图”作比较时，他是颇有道理的。

“只不过，”他补充说道，“它已不再是十七世纪的那张温情图，而是一张生命图了，月球被一分为二了，一部分属于阴性，另一部分属于阳性。右边是女性世界，左边是男性世界！”

米歇尔在这么说的时候，一边还冲着他的两位平凡乏味、毫无诗情画意的同伴耸了耸肩，巴比凯恩和尼科尔是从另一个完全不同的角度去看那张月面图的，与他们的这位狂想型的朋友大相径庭。然而，他们的这位朋友却也不无道理。还是留待大家去评议吧。

在那左半球上，有“云海”伸展开来，人的理智往往要沉溺其中。不远处，便是“雨海”，是人生无尽的烦恼汇聚而成的。在其近旁系“风暴海”，人在其中与其情欲相抗争，但常常是后者占了上风。随之，失望、背叛、不忠以及尘世间的种种苦难，使人疲惫不堪，苦不堪言，而最终获得的却是那浩瀚的“幽默

---

① 斯居黛丽（1607—1701），法国女作家。

② 希拉诺·德·贝热拉克（1619—1655），法国作家，星际幻想旅行小说《另一个世界》的作者。

海”，只是“露水湾”在向它提供几滴甘露而已。云、雨、风暴、幽默，除此之外，人生还能有什么呢？人生难道不都包含在这四个词儿里了吗？

右半球是“献给女士们的”，它上面的一些海要小得多，其名称的含义涵盖了女人一生的所有变故。年轻姑娘俯视的是“宁静海”，而“梦幻湖”上映照着美妙的未来！“仙酒海”中，柔情的波涛在涌动爱情，和风在吹拂！随后而来的是“繁殖海”，是“危机海”，是“雨雾海”，但它们也许太小了，最后是那宽阔无边的“平静海”，种种虚幻的情欲、无益的梦幻、难填的欲望都在其中消失殆尽，而滚滚波涛也都静静地没于“死亡湖”中了！

这是多么怪诞的一系列名称啊！月球一分为二，又像是一男一女结合在一起，形成一个生命之球，带入空间，这是多么奇特啊！狂想家米歇尔如此这般地诠释古代天文学家们的这种幻想难道没有道理吗？

但是，当他那无尽的想象就这样在一座座“海”里纵马驰骋的时候，他的那两位端庄持重的同伴却从地理学的角度在看待这些事情。

他们心中早已熟悉了这个新的世界。他们在测算它的角度和直径。

对于巴比凯恩和尼科尔来说，“云海”不过是一个一片广袤的低洼地带，上面有几座环形山，并且占据南半球西部的一大片地区。它拥有的面积为十八万四千平方法里，其中心位于南纬十五度、西经二十度。“风暴海”只是月球表面最广袤的平原，占地面积达三十二万八千三百平方法里，其中心位于北纬十度，东经四十五度，上面耸立着以开普勒[1]和阿里斯塔克[2]的名字命名的两座令人赞叹的峦峰峻岭。

更往北部一些，被“云海”隔开的地带，是绵延着的“雨海”，其中心位于北纬三十五度，东经二十度，它的形状几近圆形，面积为十九万三千法里。离它不远便是“幽默海”，那是一个只有四万四千二百平方法里的小池塘，位于南纬二十五度，东经四十度。最后是三个海湾，名为：“酷热湾”“露水湾”和“鸯

① 开普勒（1571—1630），德国天文学家。

② 阿里斯塔克，公元前3世纪的希腊天文学家。

尾湾”，都夹在高山之中的小平原。

“女性”的那个半球更加变化不定，特点是有许许多多更加小的海。北边的“冷海”位于北纬五十五度，经度零度，面积为七万六千平方法里，与“死海”和“梦幻湖”相连；“宁静海”位于北纬二十五度，西经二十度，面积为八万六千平方法里；“危海”界限分明，是一个圆形海，位于北纬十七度，西经五十五度，面积为四万平方法里，如同被群山环抱着的里海。在赤道附近的是“安静海”，位于北纬五度，西经二十五度，面积为十二万一千五百零九平方法里；它的南面与“酒仙海”毗邻，“酒仙海”的面积为两万八千八百平方法里，位于南纬十五度，西经三十五度；而其东边，则同“繁殖海”（该半球最大的海）相邻，面积为二十一万九千三百平方法里，位于南纬三度，西经五十度。最后，在最北边和最南边也有两个海：“洪堡德海”和“南海”，前者面积为六千五百平方法里，后者面积为二万六千平方法里。

在月盘的中心，横跨在赤道和零度子午线上的是“中央湾”，仿佛一个连字符似的连接着两个半球。

在尼科尔和巴比凯恩看来，始终可见的地球卫星就是这样的一个构成情况。他们仔细地计算了所有的数据之后，发现这个半球的面积为四百七十三万八千一百六十平方法里，其中的三百三十一万七千六百平方法里是火山、山脉、环形山、岛屿，总之，是构成月球的坚实部分，另外的一百四十一万零四百平方法里是海洋、湖泊、沼泽，也就是月球上有水的地方。然而，可敬的米歇尔对此毫不在意。

大家可以看出，这个半球比地球上的那个半球要小十三点五分之一。不过，月球学家们却已经在那上面找到了五万多个火山口。因此，月球表面应该是隆起的，裂口随处可见，犹如一柄漏勺，而英国人则毫不客气地称它为“青奶酪”。

当巴比凯恩提到英国人给它取的这个绰号时，不禁跳了起来，他叫嚷道：

“这就是英国人的那种傲慢恶性，十九世纪时，他们对待美丽的狄安娜、金发女子菲比、可爱的伊西斯、迷人的阿斯塔罗斯、黑夜女王、拉托娜和朱庇特的女儿、神采奕奕的阿波罗的小妹妹，采取的就是这种态度！”

第十二章　山岳的形态

我们已经介绍过了，炮弹车厢沿着飞行的那个方向，将它引向了月球的北半球。三位旅行者远远地偏离了中心点，如果他们的轨道没有发生这种无可挽回的偏离的话，他们本该到达这个中心点了。

现在是午夜三十分了。巴比凯恩估计他们与月球的距离有一千四百公里，这个距离要比月球的半径长一些，不过，随着炮弹车厢向北极飞行而去，这个距离将会缩小的。此刻，炮弹车厢并不是在赤道上方，而是越过了北纬十度线，而巴比凯恩与他的两位同伴从他们已经在月球图上标明的这条纬度线起直到北极，都能十分清晰地观测月球。

的确，通过望远镜来看的话，这个一千四百公里的距离能缩短为十四公里，亦即三法里半。落基山的天文望远镜能够将与月球的距离缩得更短，不过地球的大气层使得望远镜的观测能力大大地缩减了。因此，巴比凯恩立于炮弹车厢里，举起望远镜，已经观测到地球上的观测者几乎无法捕捉到的某些详细情况。

“朋友们，”俱乐部主席语气庄重严肃地说，“我不知道我们将去向何方，我不知道我们是否还能再看到地球。不过，我们还是应该继续工作，以便留给后人一些有用的东西。我们应该抛开一切个人得失，忘我地工作。我们是天文学家。这个炮弹车厢就是剑桥天文台送往空间的观测站，我们就来进行观测吧。”

他说完之后，他们便立即极其细致精确地干了起来，他们根据炮弹车厢与月球的不断变化的距离，毫厘不差地绘制了月面的各种情况。

当炮弹车厢飞抵北纬十度线时，它似乎在严格地循着东经二十度前行。

在此，必须详细地对如何使用月面图加以说明。在月面图上，由于望远镜所看到的都是倒置的物像，南在上，北在下，而且，又因为这种倒影的缘故，东就在左，西便在右了。不过，这并没多大关系。只要把月面图翻转过来，那么就如同我们眼睛所见到的那样，东在左，西在右，这是和地图恰恰相反的。这种反常现象之所以存在，是因为观测者们如果站在北半球，在欧洲，如果愿意的话，就会发现月球位于他们的南面。他们在观测月球时，背冲着北，这与他们看地图的姿态完全相反，所以东便在他们的左边，而西则在他们的右边。如果观测者站在南半球，比如站在巴塔戈尼亚，那么月球的西部自然也就在他们的左边了，而东部则在他们的右边，因为他们背对着南边。

这就是月面图两个主要方位的明显的倒置的原因，所以在跟着巴比凯恩观测时，必须注意这一点。

三位旅行者借助比尔和马德雷尔的月面图能够毫不犹豫地确认望远镜镜头中的月球各部分。

“我们此刻看到的是什么？”米歇尔问道。

“是‘云海’的北部，”巴比凯恩答道，“我们离得太远了，无法确定其性质。这些平原是否像早期的那些天文学家所声称的，是由一些干砂粒构成的？是否像沃伦·德·拉吕先生所说的是一些广袤的大森林？沃伦·德·拉吕先生认为月球大气层很低很密，我们稍后将会弄明白是怎么回事的。在没有确定之前，先别做任何的断定。”

在月面图上，这片“云海”边缘不是很清晰。有人猜测这片广袤的平原，是由它右边不远处的托勒密、普尔巴克、阿扎谢尔等火山所喷出的岩浆所凝成的大石头组成的。但是，炮弹车厢正在往前运行，明显地在靠近月球，“云海”北边很快便出现了一座座高山。在其前面，耸立着一座美丽雄伟的高山，其山峰仿佛隐没在喷薄而出的万道光芒中。

“那是？……”米歇尔问。

“哥白尼山。”巴比凯恩答道。

“咱们仔细瞧瞧它。”

此山位于北纬九度，东经二十度，高出月球表面三千四百三十八米。从地球上就可以清晰地看到它，所以天文学家们完全可以很好地研究它，特别是月球进入下弦月和新月之间的那段时间，因为在此时此刻，它的阴影从东往西拖得很长，便于测量它的高度。

除了南半球的蒂戈山[①]之外，哥白尼山构成了它那最大的山峰。它孤峰突兀，宛如一座巨型灯塔，雄踞在与“风暴海”相邻的“云海”边上，以它那灿烂的光芒同时映照着那两个海。它那绵延不断的光束，在满月之时光芒四射，闪亮耀眼，越过北边的群山奇峰，一直延伸至“雨海”，实为无出其右的一个异景奇观。地球时间凌晨一点，炮弹车厢像飘荡在空间的一只气球，俯视着这座雄伟壮丽的高山。

巴比凯恩得以准确无误地辨清此山的主要状况了。哥白尼山属于大型环形山中第一流的环形山脉之一。它同凌驾于“风暴海”之上的开普勒山以及阿里斯塔克山一样，有时候就像穿过灰色月盘的一个亮星，因而被视为一座活火山。其实，它也同月球表面上的所有的火山一样，只不过是一座死火山而已。它的火山口直径在二十二法里左右。用望远镜可以从中看到历次喷发的痕迹，而且，其四周满是火山岩的碎块，其中有一些碎块尚留在火山口中。

“月球有着好几种环形山，”巴比凯恩说，“不难看出，哥白尼山属于辐射性火山。假如我们能更靠近一些的话，我们就可以看到其内部有着许多锥状体，它们从前全都是火山口。月球圆盘上无一例外地有一种奇特的现象，那就是所有的环形山的内部都比其外面的平原要低，与地球上的火山口完全不同。因而，这些环形山底部的总体曲线绘出的球体的直径要小于月球的直径。”

“为什么会出现这种特殊情况呢？”尼科尔问。

---

① 蒂戈山，是以丹麦天文学家蒂戈的名字命名的。

“我不知道。”巴比凯恩回答道。

“这种辐射状真壮观，”米歇尔连连称赞着，“我很难想象得出，有谁能够看到比这更加壮观的景象啊！”

“要是我们的这趟旅行幸运的话，我们就会到达南半球，看你还能怎么说呀？”

“那好！我就说比这儿还要美得多！”米歇尔·阿尔当回答道。

此刻，炮弹车厢垂直地凌驾在环球山的上方。哥白尼山的轮廓构成一个几近完美的圆圈，其峭壁悬崖清晰可见。你甚至都能看到一种双层的环状山壁。在其四周，是一大片灰蒙蒙的平原，荒芜凄楚，上面有一个个黄色的突起。在环形山内，时不时地会闪亮一下，仿佛藏在首饰盒里的宝石突然闪现出耀眼的光芒。往北看去，壁垒较低，可能是通往火山内部的一个凹陷的洞口。

在飞临近边的平原上空，巴比凯恩记录下了许许多多的不太大的山岳，其中有一座小小的环形山，名叫盖·吕萨克山①，其宽度为二十三公里。南边是一片平原，很平坦，没有一个丘陵，连一个土丘都没有。北边则正好相反，一直到与“风暴海”接壤处，仿佛一片被飓风掠过的海面，遍布着山峦与丘陵，宛如浪涛滚滚。在这片大平原上，一条条光束在向哥白尼山汇聚，如百川奔向大海一般。其中有几个宽达三十公里，长度简直无法估算。

我们的三位旅行者在讨论着这些奇特的光线的来源，但他们同地球上的观测者们一样，也弄不清楚这些光线是怎么回事。

“这些光线会不会只是一些普普通通的能强烈反射阳光的山梁？”尼科尔说。

“不会，”巴比凯恩回答道，“要是那样的话，在月球的某些条件，这些山梁就会投射出一些阴影的，可是，它们并没有投射出阴影来。”

确实，这些光线只是在白昼的天体位于月球对面的时候才出现的，而等到太阳倾斜时，它们也就消失了。

“那这些光线又该如何解释呢？”米歇尔问，“因为我无法相信文学家们永

---

① 盖·吕萨克山，以法国物理学家、化学家盖·吕萨克的名字命名的月球山。

远也拿不出一种说法来！”

“是呀，”巴比凯恩说，“赫歇尔[①]倒是有过一种看法，但他却不敢肯定。”

“那有什么呀。他是怎么认为的？”

“他认为这些光线大概是冷却了的熔岩流，当阳光正常地照到它们的时候，它们就会闪闪发光。可能是这么回事，但是无法确定。不管怎么说，反正我们更加靠近蒂索山的时候，就可以更好地搞清楚这些光线产生的原因了。”

“朋友们，你们说这片我们从高处往下看到的平原像什么吗？”米歇尔问。

“不知道。”尼科尔回答道。

“喏，我看所有这些纺锤状的熔岩就像是随手乱扔的游戏棒，只缺少一个铁钩将它们一根一根地挑出来。”

“别逗趣了！”巴比凯恩制止道。

“好，咱们都严肃点，”米歇尔心平气和地说，“就别提什么游戏棒了，但是，说它们像是死人的骸骨总没错吧。这片平原就像是一个巨大的万人冢，里面埋葬着上千代的死者遗骸。”

“这个形象的比喻，你该认可了吧？”

“没什么区别，大同小异。”巴比凯恩反诘道。

“见鬼！你可真是个刺儿头！”米歇尔回敬道。

“我尊敬的朋友，”讲究实际的巴比凯恩说，“我们尚不知那是些什么东西的时候，弄清楚它像什么有什么意义呀！”

这时候，炮弹车厢仍以几乎相同的速度在循着月球前行。不难想象，我们的三位旅行家没有想过休息一小会儿。景象每分每秒都在变化，稍不留神便一晃而过了。凌晨一点半左右，他们隐隐约约地看到另一处山脉的座座山峰。巴比凯恩看着月面图，认出那是埃拉托斯泰纳山[②]。

这是一座环形山，高达四千五百米，是月球上那些众多的环形山之一。巴比

---

① 赫歇尔（1738—1822），英国天文学家。

② 埃拉托斯泰纳山，以古希腊数学家、天文学家、哲学家埃拉托斯泰纳（公元前约275—前194）的名字命名的山。他是第一个测量出黄道倾斜度的人。

凯恩就此告诉他的朋友们，开普勒就这些环形山的形成有他的独特的见解。按照这位著名的数学家的看法，这些状似炮口的洞穴有可能是月球人挖出来的。

“他们挖这些山的目的何在？”尼科尔问。

“出于极其自然的心理！”巴比凯恩回答道，“他们从事这项巨大的工程，挖掘这么巨大的洞穴，很有可能是为了藏身其中，避免被阳光连续直射十五天之苦。”

“月球人倒是不蠢呀！”米歇尔说。

“这种想法很出奇！”尼科尔说，“不过，有可能开普勒并不知道这些环形山有多么大，因为进行这么大的工程，非巨人不可，月球人根本就办不到的！”

“为什么办不到？如果月球表面上的物体的重量比地球上的轻六倍呢？”米歇尔说。

“那要是月球人比我们的身材要矮上六分之一呢？”尼科尔反问道。

“要是并不存在月球人呢？”巴比凯恩也补充地问了一句，然后，大家也就结束了这个问题的讨论了。

一会儿，埃拉托斯泰纳山便隐没到地平线下面去了，可炮弹车厢这时尚未太靠近月球，没能仔细地观测这座山。这座山把亚平宁山脉与喀尔巴阡山脉分隔开来。

我们在月球山岳图中看到几条山脉，它们大部分是分布在北半球的。不过，有这么几座山却是位于南半球的。

以下是由南向北顺序排列的各种山脉的排列表，并注明了它们的纬度以及它们的主峰的高度。

多菲尔山	南纬八十四度，高七千六百零三米
莱布尼茨山	南纬六十五度，高七千六百米
鲁克山	南纬二十度至三十度，高一千六百米
阿尔泰山	南纬十七度至二十八度，高四千零四十七米
科迪勒拉山	南纬十度至二十度，高三千八百九十八米
比利牛斯山	南纬八度至十八度，高三千六百三十一米
乌拉尔山	南纬五度至十三度，高八百三十八米

阿朗贝尔山	南纬四度至十度，高五千八百四十七米
赫姆斯山	北纬八度至二十一度，高两千零二十一米
喀尔巴阡山	北纬十五度至十九度，高一千九百三十九米
亚平宁山	北纬十四度至二十七度，高五千五百零一米
金牛山	北纬二十一度至二十八度，高两千七百四十六米
里费山	北纬二十五度至三十三度，高四千一百七十一米
厄尔西尼山	北纬十七度至二十九度，高一千一百七十米
高加索山	北纬三十二度至四十一度，高五千五百六十七米
阿尔卑斯山	北纬四十二度至四十九度，高三千六百一十七米

在这些山脉中，最重要的就是亚平宁山脉，绵延一百五十法里，但没有地球上的那些大山脉长。亚平宁山脉沿着“雨海”的东部边缘伸展着，北部直抵长约一百法里的喀尔巴阡山脉。

旅行者们只能隐隐约约地看到亚平宁山脉的主峰，它从西经十度一直延伸到东经十六度，但是，喀尔巴阡山脉却是从东经十八度一直延伸到东经三十度，正好在他们三人的视野之中，所以他们能够摸清这条山脉的分布。

他们觉得有一种假设是可以成立的。看到这条喀尔巴阡山脉在这儿那儿的环形状态被突兀的山峰震慑住，他们便下结论，它从前曾经是一些大型环形山。而这些环状山大概曾经被“雨海”大片大片地吞噬而被割裂开来。这些喀尔巴阡山脉的山峰从其形状看来，最初可能是类似于普尔巴赫山、阿尔扎歇尔山和普托勒内山这样的高峰，它们的平均高度达三千二百米，与比列牛斯山脉的那些山峰的高度相差无几。它们的南坡陡直地直下到辽阔的“雨海”。

将近凌晨两点钟的时候，巴比凯恩与月球的二十度线持平，离那座名为皮蒂亚斯山的高一千五百五十九米的小山不远。炮弹车厢离月球只有一千二百公里了，从望远镜里看过去，只有三法里的距离。

“英布里奥姆水塘”在三位旅行者看来，像是一个巨大的凹坑，里面的具体情况尚不清楚。在他们的左边不远，耸立着朗贝尔山，其高度估计有一千八百一十三米；稍远处，接近“风暴海”的边缘，位于北纬二十三度，东经二十九度，则是金光四射的厄莱尔山。此山在月球表面只有一千八百一十五米高，是天文学家斯勒特尔发现的。这位学者一直在探索月球山脉的起源，他曾经想过：火山的体积是否总是与形成火山的山体持平？一般来说，是这样的，斯勒特尔因此而得出结论：火山仅仅一次喷发出的物质就足以形成那些壁垒了，因为连续不断的火山喷发破坏了这种关系。只有厄莱尔山在否定这一普遍规律，它的形成就是多次连续的火山喷发的结果，因为它的山洞的体积是它的“围墙”的一倍。

所有这些假设都给没有完备仪器的地球上的观察者们提供了便利。但是，巴比凯恩不再满足于这些假设了。他看到他的炮弹车厢在正常地靠近月球运行，他也就死心了，不再想着能够探清月球形成的秘密，因为他们已无法登上月球了。

第十三章　月球风光

凌晨两点半钟，炮弹车厢穿过月球纬度三十度线，与月面的实际距离为一千公里，但从望远镜中望去，只有十公里了。它好像是永远也无法降落在月球上的某一个地点了。它的速度已相对降低，而巴比凯恩主席却想不明白到底是为什么会出现这种情况，之前的推测也只限于推测，并无确凿根据。在离地球这么远的地方，必须具有很大的速度才能抵挡得住月球的引力的，因此，这其中到底是什么现象导致出现这种情况他们尚未弄明白。而且，时间太紧，也来不及去研究它。月球表面的那些突兀的地势在三位旅行者眼前迅速地闪过，他们不愿放过任何一个细节。

月球在望远镜里看过去的距离只有两法里半了。地球上的一个航空专家在这样的一段距离之下，能在月球表面上看到些什么呢？我们难以解答这一问题，因为在地球上飞行最高的高度没有超过八千米。

不过，巴比凯恩和他的两位同伴从这高度所看到的东西，我们来如实地叙述一下。

月球表面出现了一大块不同的颜色。月球学家们对这些颜色块的性质尚未有一致的看法。它们的颜色各不相同，反差很大。尤利乌斯·施密特认为，如果地球上的海洋干涸了，那么月球观测者也不可能在地球上各个海洋和陆地之间，辨别清楚地球观察家们看到的月球上的许多不同的颜色的。按照他的看法，月球上的那些被称之为“海”的广袤平原所共同具有的颜色，是微微有点泛绿褐色的深灰色。有几座很大的火山也呈现出这种颜色。

巴比凯恩了解这位德国月球专家的观点，而且比尔先生和马德雷尔先生也持有这一观点。某些天文学家认为月球颜色只是一种灰颜色，但巴比凯恩发现他和他的同伴们的观测与前者大相径庭。在某些地方，绿色十分明显，如同尤利乌斯·施密特所说，“宁静海”与“幽默海”也是如此的。巴比凯恩还发现，一些内部没有圆锥体的大火山显现的是一种淡蓝色，类似于刚磨光的铜板的反光一样。这些颜色完全是月面的颜色，并非像有几位天文学家所说的那样，是什么物镜的缺陷所致或地球大气层干扰的结果。巴比凯恩认为，在这个问题上，不应该有任何的怀疑。他通过真空在观测，不可能有任何的光学方面的错误。他认为月球上的这些不同的颜色完全是科学事实。现在，这种深浅不同的绿色，是否是由月球那又密又薄的大气层所保护的一种热带植物所呈现出来的呢？他现在还无法回答。

在更远一些的地方，他发现了一种淡红的颜色，十分显眼。在位于月盘边缘的厄尔西尼山附近的利希滕贝格山脉的一个环形山内部最深的地方，也呈现着这种颜色，但是巴比凯恩仍旧无法确定其性质。

对于月盘上的另一个特征，他也没什么把握，因为他无法准确地说出其原因，下面就是那个特征。

米歇尔·阿尔当就在主席身旁观测着，这时候，他发现了一些长长的白色线条，被太阳直射的强光照得明晃晃的。这是一条条明亮的沟壑，与哥白尼以前所说的光线完全不同。它们一条一条地保持着平行。

一向非常自信的米歇尔此时此刻也憋不住了，大声嚷道：

“啊！瞧呀，是耕地！”

“是一些耕过的田地？”尼科尔耸了耸肩说。

“至少是耕种过了的，”米歇尔·阿尔当反诘道，“这些月球人真是一些耕地的好把式，要耕出这么大的沟来，得驾上多么大的牛呀！”

“那可不是耕出来的犁沟，”巴比凯恩说，“而是一些沟槽。”

“就算是沟槽吧，”米歇尔顺从地说道，“不过，在科学界，沟槽是什么意思呀？”

巴比凯恩立刻便将他所知道的有关月球上的沟槽的情况讲给他的这位同伴听。他知道这是月球上的那些所有非山岳部分所能观测到的一些沟槽，这些沟槽往往是独立存在着的，长达四到五十法里不等，沟宽在一千米到一千五百米之间，而且其两侧完全是平行的。但是，巴比凯恩只知道这些，对于它们是如何形成的以及它们的性质，他就不清楚了。

巴比凯恩举起望远镜，极其专注地观察着这些沟槽。他发现这些沟槽的边缘极其陡峭。它们是一些平行的长壁垒，如果稍有点想象力的话，就会认为是月球上的工程师们修筑起来的长长的防御工事。

所有这些沟槽中，有一些是绝对笔直的，仿佛是木匠打的一条条的墨线。另有一些沟槽则稍微有点弯曲，但两边仍然是平行的。有的沟槽相互交叉；有的则穿过火山口；有的穿过环形山内部低地，比如波西多尼尤斯山和佩塔维奥斯山；有的则在那些“海”上弯来拐去的，比如“宁静海”。

这些自然的地形地貌必然会激发起地球上天文学家们的想象的。最早的那些观测并没有发现这些沟槽。无论是海韦留斯、卡西尼、拉希尔还是赫歇尔都不知道它们是什么东西。直到1789年，施勒特尔关于沟槽的报道才第一次引起了天文学家们的关注。这之后，又有一些天文学家开始研究起沟槽来，比如帕斯托尔夫、格鲁伊图伊森、比尔和马德雷尔。如今，沟槽的数目已经达到七十条。但是，尽管我们弄清楚了它们的数量，却没有能确定它们的性质。可以肯定的是，它们并不是什么防御工事，也不是过去的河床丧失水源变成了干涸的河床。因为，一方面，月球表面的水的重量非常轻，不可能冲刷出这么大的沟槽来的；另一方面，这些沟槽往往会穿越地势很高的一些火山口。

然而，必须承认，米歇尔·阿尔当倒是想出了一个好点子，无意之中竟然与尤利乌斯·施密特的看法不谋而合。

“为什么不能将这些无法解释的现象视为植物现象呢？”米歇尔说道。

“你是什么意思呢？”巴比凯恩兴冲冲地问。

“你先别急么，我可敬的主席，”米歇尔回答道，“这些深颜色的仿佛防御工事似的线条会不会是排列成行的树木呀？”

“你肯定那是成行成行的树木？”巴比凯恩追问道。

“我认为是，”米歇尔·阿尔当坚定地说，“我可以解释你们这些学者解释不了的东西！至少我的假设有一大优势：能解释为什么这些沟槽会或者似乎会周期性地消失。”

“那你说说看，是什么原因？”

“因为是这些大树落叶的时候，就看不见它们了，可是，等到它们又枝繁叶茂时，我们就又能看见它们了。”

“你的解释很妙，我亲爱的伙伴，”巴比凯恩说，“但是，无法让人信服。”

“为什么呀？”

“因为，可以说，月球上并没有季节变化，因此，你所说的植物现象也就不可能在月球上出现。”

确实，月球的倾斜度很小，所以太阳在每一条纬度线上的高度几乎都是保持不变的。在赤道地区上方，太阳几乎永远不变地占据着天穹，而在两极地区，它又不会升到地平线之上。因此，每一个不同地区，便总是春天、夏天、秋天或冬天，如同在木星上一样，因为木星的轴和运行轨道的倾斜度同样也是很小的。

这些沟槽到底是如何生成的？这个问题很难解答。它们肯定是在火山口和环形山形成之后，因为有许多的沟槽是突破环状壁垒进入火山口和环形山的。因此，有可能它们是最后的地质时代所形成的，系自然力的膨胀所致。

此刻，炮弹车厢已经到达月球纬度四十度了，与月球相距不会超过八百公里。而出现在望远镜镜头里的物体只有两法里远。在这个地方，在他们的脚下，耸立着埃利贡山，其高度达五百零五米，左边是那些不太高的圆山丘，靠近“雨海”，名为“鸢尾草湾”。

地球大气层必须比它原来的状况提高一百七十倍的清晰度，才能让天文学家们对月球表面进行更加全面的观测。不过，在炮弹车厢飘浮着的真空里，在观测者的肉眼与所观测的物体之间，没有任何的流体妨碍。再者，巴比凯恩把被观测的物体距离缩短到威力最大的望远镜从来没有达到的距离，无论是约翰·罗斯的高倍数的望远镜，还是落基山的那架天文望远镜，都不会产生如此好的景象的。因此，在这么有利的条件下，巴比凯恩应该可以解决有关月球的可居住性的重大问题了吧，但是，他对这个问题仍然束手无策。他所能够看到的只是广袤的平原和旷野，还有北边的一些光秃秃的山峦。这里没有任何一处是经过人工加工过的工程，也没有任何一处废墟证明人类曾经待过，甚至没有任何的哪怕是低级动物在这儿群居过。这里看不到哪处有动物的活动，也看不到哪处有植物存在的痕迹。地球上有三界——动物界、植物界和矿物界，在月球上却只有一界：矿物界。

“唉！”米歇尔·阿尔当神情有点尴尬地说，“难道连一个人也没有呀？”

“直到如今，就是一个也没有，”尼科尔说，“没有人，没有动物，没有树木。不过，话说回来，我们不应该过早地下结论，说不定月球大气层已经藏匿到洞穴里，藏匿到环形山内，或者甚至藏匿到月球的另一面去了。”

“再说，”巴比凯恩补充道，“即使你目光再锐利，距离七公里以上，一个人你也看不见了。因此，假如真的有月球人的话，他们可看到我们的炮弹车厢，但我们却看不到他们。”

将近凌晨四点时分，炮弹车厢到达纬度五十度的地方，与月球的距离缩短到六百公里。左边有一条蜿蜒曲折的群山线，闪闪发亮。右侧则相反，是一个漆黑的洞，宛如一口深井，又黑又深。

这个洞名为“黑湖”，亦称“柏拉图山”，系深邃的环形山，当月球进入下弦月和新月，其阴影从西往东投射时，人们就可以从地球上对它进行观察研究。

这种黑乎乎的颜色在月球表面尚属罕见。人们尚未了解它，只是在北半球“冷海”东边的厄狄米翁环形山①深处和月球东部边缘赤道上的格里马尔迪环形山的光底看到过这种黑颜色。

柏拉图山是一座环形山，位于北纬五十一度，东经九度，长九十二公里，宽六十一公里。巴比凯恩颇为遗憾炮弹车厢根本就没有飞临这个广阔的洞穴的上空，那儿有一个深渊可以探测，也许还能发现什么神秘现象的。但是，炮弹车厢

---

① 厄狄米翁环形山，以希腊神话中的狄安娜的情人、青年牧人厄狄米翁的名字命名的山。

无法改变其轨迹，只好认倒霉了。我们根本就操纵不了热气球，更别说操纵炮弹车厢了，因为我们被关在这个牢笼里了。

大约凌晨五点光景，终于越过了“雨海”的北部边缘。拉孔达米纳山[①]和米塔纳尔山[②]一个在左，一个在右。在月球上的这一地区，从纬度六十度起，全部是山区。从望远镜中望去，它同炮弹车厢的距离只有一法里，低于勃朗峰[③]与海平面的距离。这一地区全部都是兀立的山峰和环形山。靠近七十度线处，耸立着菲格拉乌斯山，山高三千七百米，火山口呈椭圆形，长十六法里，宽四法里。

此刻，从这个距离看过去，月盘的面貌极为奇特。呈现在眼前的景色与地球上的景色大相径庭，特别差劲儿。

月球没有大气层，也就是缺乏环绕月球的空气，其后果我们已经讲述过了。其表面没有晨曦和暮霭，没有白昼与黑夜的更迭交替，仿佛只靠着深沉沉的黑暗中突然亮起的一盏灯，灯亮则天明，灯灭则天黑。没有冷热的过渡，气温宛如沸水，瞬间便能从沸点降至冰点。

空气的缺乏还造成另一个结果：绝对的黑暗笼罩在太阳照射不到的地方。地球上那种光的扩散，使空气保持着光线的半明半暗，可以有黄昏、黎明，有阴影或半阴影，在月球上却并不存在这些。因此，月球上只有黑白两种颜色在交替，对比分明。一个月球人只要不让太阳照射到眼睛，那么他看到的天空就绝对是黑漆漆的，而且星星也像是在漆黑的夜里闪烁着。

这种奇特的现象给巴比凯恩及其两位朋友造成什么印象，那只好由大家来猜测了。他们都看得眼花缭乱了。他们已经分不清各个不同的景象相互间的距离了。月球上的景物没有明暗现象辨析，所以地球上的风景画家是画不出月球上的风景来的，顶多是在一张白纸上洒上几块墨迹而已。

即使炮弹车厢行至纬度八十度时，这种月球景观也依然如故。炮弹车厢现在

---

① 拉孔达米纳山，以法国数学家拉孔达米纳的名字命名的山。

② 米塔纳尔山，以法国作家米塔纳尔的名字命名的山。

③ 勃朗峰，位于法国东部的阿尔卑斯山脉的著名山峰，海拔4810米。

离月球只有一百公里了。甚至在清晨五点，当它从离乔亚山[①]五十公里处经过的时候，看到的月球风景也一如既往，没有任何的变化。而在这儿，望远镜已经能把距离缩短到八分之一法里了。似乎伸出手去就能摸得到月球。看来，可能炮弹车厢很快便要撞上月球了，哪怕是撞在月球的北极也好。而此时此刻，北极明亮的顶端已经在黑色的天幕中显现出来。米歇尔·阿尔当很想打开一扇舷窗，跳到月球上去。那可是从十二法里的高空跳下去！而他却不以为然。不过，这纯粹是一种徒劳无功的尝试，因为如果炮弹车厢无法到达月球的某一个点的话，那么米歇尔·阿尔当因本身也在运动，所以同炮弹车厢一样，也到不了月球的。

现在已是六点钟了，月球的北极显现出来。旅行者们看到的月球北极极其明亮，但它的另一半却完全隐没在黑暗之中。可是突然间，炮弹车厢一下子越过了明暗相间的分界线，瞬间就落入了漫漫黑夜之中。

① 乔亚山，以14世纪意大利航海家乔亚命名的山，据说此人是罗盘的发明者。

第十四章　三百五十四个半小时的漫漫黑夜

在突然出现这一现象的那一瞬间，炮弹车厢在离月球五十公里处越过北极。没几分钟工夫，它便沉入绝对的黑暗之中了。变化如此剧烈，没有颜色的变换，没有光亮度的逐渐减小，没有光波的渐渐减弱，月球便像是被谁一口气吹灭了似的。

“月球被溶化了，消失了！”米歇尔·阿尔当惊慌失措地叫喊着。

确实，没有了一丝光，也没有了一点影儿。先前还闪闪发亮的月盘，现在什么也看不到了。在周围闪烁星光的衬托下，它显得更加黑暗无边。正是“这个黑暗”让月球陷入茫茫黑夜之中，长达三百五十四个半小时。这个长夜是因月球的自转和围绕地球的公转所致。炮弹车厢陷入月球的圆锥形阴影之中，也同月球一样，不再受太阳光的照射，所以全都看不见了。

炮弹车厢内一片漆黑，三位旅行者彼此谁都看不见谁。因此，必须将这车厢内的黑暗驱散，尽管巴比凯恩惜煤气如命，也不得不使用储量不多的煤气，借助它来制造人造亮光。唉，太阳不施舍，让他们失去多么宝贵的资源啊……

“这个浑蛋的太阳！”米歇尔·阿尔当诅咒着，“它竟然不愿意免费提供我们阳光，逼着我们去浪费煤气。”

“咱们也别斥责太阳了，”尼科尔说，“那不是它的错，要怪就得怪月球，因为它挡在我们与太阳之间，让我们沉入黑暗之中。”

“是太阳的错！”米歇尔也这么责怪着。

“是月亮的错！”尼科尔反对道。

二人无聊地争论着，但被巴比凯恩给制止住了：

“朋友们，这不是太阳的错，也不是月亮的错。这是炮弹车厢的错，因为它没有严格地循着自己的轨道运行，傻乎乎地偏离了轨道。不过，更正确地说，应该是那颗讨厌的火流星，是它该死地将我们最初的运行轨道给弄偏了。”

“好了，”米歇尔·阿尔当说，“既然事已至此，咱们就吃饭吧。观测了一整夜，总得恢复一下体力了。”

这一提议没人反对。米歇尔一会儿便准备好了早餐。但是，大家也只是喂喂肚子，喝了酒却没有举杯庆祝，也没高呼“万岁”。这三位勇敢无畏的旅行者被吸进黑暗之中，没了阳光的陪伴，不免感到一种莫名的惆怅涌上心头。维克多·雨果善于描写的那种“可怕的黑暗”紧紧地缠绕在他们的心间。

此时此刻，他们在聊着这自然规律强加在月球居民们身上的这三百五十四个半小时，亦即将近半个月的时间。巴比凯恩向他的两位朋友阐释这奇特现象的前因后果。

“这肯定是一种奇特的现象，”他说道，“因为，如果说月球的每一个半球都要有十五天见不着太阳的话，那么我们此时此刻正凌驾其上的这个半球，在那漫漫长夜中，也是无缘见到光闪闪的地球的。总而言之，在月球上只有一面能见到‘月亮’——也就是我们的地球，它就是月球人的‘月亮’。因此，如果地球也如此的话，比如，如果欧洲见不到月亮，而只能在它对面半球的陆地上才能见到月亮的话，你们想一想，一个欧洲人到了澳大利亚会多么惊讶呀！”

“大家跑那么远就是为了看月亮呀！”米歇尔说道。

“嗯，”巴比凯恩接着说，“那些住在地球相反的一面，也就是说，住在我们地球同胞们永远看不见的另一面的月球人也会这么惊讶不已的。”

“也就是说，”尼科尔补充道，“如果我们在新月时到达这儿，也就是十五天后到达这儿的话，我们就有可能看到它了。”

“我再补充一句，”巴比凯恩又说道，“与之相反，对看得见的那一面上的月球人来说，大自然在惠顾他们，他们比看不见的那一面上的自己的兄弟们就幸运得多了。正如你们所看到的那样，他们的兄弟仍有连续三百五十四个半小时的漫漫长夜要熬，见不到一丝光亮。但他们却恰恰相反，当太阳照耀着他们十五天之后，沉入地平线下，他们便可以看到对面地平线上升起一轮‘红日’来，这个‘红日’就是地球，它要比我们所熟悉的月球大十三倍，它在一个两度的直径上增大，并投射出强十三倍的光线，且不受地球大气层的任何影响。而且，地球是在太阳又重新升起的那一刻才消失！”

“妙语如珠！”米歇尔·阿尔当说，“不过，也许带了点学究气儿。”

“因此，”巴比凯恩连眉头都没有皱一下就继续说，“月球的可以看得见的一面应该是非常适合居住的，因为在这一面，当满月之时，可以看见太阳，而当新月时，又可以看见地球。”

“可是，”尼科尔说，“阳光照射的热度会让人受不了的，所以这一长处也就被抵消了。”

“在这个方面，月球的两面都存在着同样的缺陷，因为地球的反光显然是没有什么热度的，不过，看不见的那一面总是比看得见的那一面所承受的热度更高。我这是针对您说的，尼科尔，因为米歇尔可能搞不明白的。”

“谢谢！”米歇尔说。

“的确，”巴比凯恩接着说道，“当看不见的那一面同时接受太阳的光线和热力的时候，那是因为月亮呈新月状，也就是说，月球位于太阳与地球之间，三个星体连成一线。因此，当它与满月时相比，离太阳比离地球要近两倍，估计可能会有太阳与地球之间的距离的二百分之一，大致有二十万法里。也就是说，这看不见的一面在接受阳光的时候，离太阳近二十万法里。”

“非常正确！”尼科尔说。

“相反……”巴比凯恩正待往下说。

“等一等！”米歇尔打断了他的这位正儿八经的同伴。

“你想说什么？”

“就想说一说我的看法。”

“为什么呀？”

“为了证明我已经听明白了。”

“那你先说。”巴比凯恩微笑着说。

“相反，”米歇尔说，一边在模仿巴比凯恩的语调和手势，“相反，当月球看得见的一面在承受阳光时，正值满月时期，也就是说，它相对地球而言，离太阳更远，大约有二十万法里，所以它接受的热力就要少一些。”

“说得好！”巴比凯恩大声赞扬道，“你知道不，米歇尔，对于一位艺术家而言，能懂得这么多，真的是非常聪明了。”

“没错，”米歇尔不以为意地回答道，“我们意大利林阴大道的人全都这样。”

巴比凯恩庄重地握住他这位可爱朋友的手，继续讲述对居住在看得见一面的月球人的几个有利的地方。

除了其他的有利条件以外，他又引证道，只有在这一面居住的月球人才能看得到日食，因为必须等月球位于地球的另一边时，才有日食出现。由于地球运行至太阳与月亮之间的时候所出现的日食，能够持续两个小时，在此期间，由于地球大气层的折射，地球大概在太阳上只是一个小黑点。

“如此说来，”尼科尔说道，“这个看不见的半球非常倒霉，不为大自然所宠爱。”

“是呀，”巴比凯恩说，“不过，也并不是倒霉透顶。其实，由于某种天平动①，也就是月球中心的摆动，月球呈现给地球的会是比一半稍大一点的月盘。它像是一只钟摆，重力中心偏向地球，而且摆动均匀。这种摆动是怎么产生的呢？这是因为它的自转运动的速度是相等的，但它在沿着环绕地球的椭圆形轨道作公转运动时，其速度则并非如此，而是时快时慢。在近地点时，公转速度是优势，而月球则露出西边的一小部分来。在远地点时，自转的速度占了上风，月球便露出东边的一小部分来。它在东边或西边所显露出的那块纺锤状的面积的宽度大约为八度，因此，我们可以看到月球显露出的面积为其总面积的千分之

---

① 天平动又称天秤动，是一种天文现象，即月球环绕月心所作的周期性的、像天平那样摇摆的运动。主要是由于月球轨道的偏心率，还有月球自转轴和绕地球转动的轨道面的法线有6至7度的交角而形成。

五百六十九。”

“这有何难？”米歇尔回答道，“我们如果一旦变为月球人的话，我们就居住在看得到的那面好了。我么，我喜欢阳光！”

“可是，千万别像某些天文学家所说，”尼科尔反驳道，“月球大气层都凝结在另一面呀。”

“这个么，只不过是一种说法罢了。”米歇尔不在乎地说道。

这时候，三位旅行者正吃罢早餐，早已重新回到各自的岗位上去了。他们将炮弹车厢内的所有灯光全部熄灭，试图透过黑暗里的舷窗，向窗外看去。但是，除了一片漆黑，什么亮光都见不到。

有一件无法解释的事实在困扰着巴比凯恩：炮弹车厢如此近距离地越过了月球——大约五十公里——它怎么就没有降落在月球上呢？如果它的速度太快，我们还可以理解为什么没能降落。

可是，它的速度是比较慢的，但却又能抵抗得住月球的引力，这就让人费解了。炮弹车厢是不是屈从于一种不明的影响呢？是不是有一个什么物体把炮弹车厢锁在了太空间里了？现在已经很明显了，炮弹车厢将永远也到不了月球上。它要飞往何方？它会远离月球还是靠近月球？它是不是会在这漆黑的夜里被带向无限空间？所有这些问题都在困扰着巴比凯恩，但他又一筹莫展，无法解开这个谜。

其实，那个看不见的天体就在那儿，也许只离着几法里，或者几英里，可是无论巴比凯恩还是他的两个同伴，都看不到它。即使月球表面上有什么响动，他们也听不见的。空气这个传送声音的媒介并不存在，所以他们听不到这个月球的呻吟声，听不到这个阿拉伯传说中的“半身正化为花岗岩但心脏尚在跳动的人”的呻吟声！

无须赘言，就是再有耐心的观测者也会感到十分恼火的。从他们眼皮底下溜走的正是这个尚未被认识的半球！月球的这一面十五天之前或十五天之后，或已被太阳照射或将被阳光照射，可是此刻它却隐匿在绝对的黑暗之中。再过十五天，炮弹车厢将在何处？那几种引力会随意地将它引向何方？有谁能够说得清楚呀？

根据月面地理学的观察，一般来说，大家都认为月球那看不见的一面，按它的构成来说，是与看得见的那面绝对相同的。其实，在巴比凯恩谈及的那些月球天平运动中，我们已经发现其大约七分之一了。可是，在我们隐约看到的那些纺锤形月面上，只是一些平原和山脉、环形山和火山，与月面图上已经绘制出来的一样。因此，我们可以预测两面的性质是相同的，都是一片干燥死寂的世界。不过，如果大气层都躲藏到那一面去了呢？如果有了空气，水就给这些再生大陆以生命呢？如果植物仍在上面生长着呢？如果动物遍布这些大陆和海洋呢？如果人在这些可生活的条件之下，一直生存着呢？有多少问题让人产生极大的兴趣去研究呀！我们从对这个半球的观测中能够得出多少的答案啊！朝这个人类的肉眼从未看到过的世界看上一眼，那是多么赏心悦目，其乐无穷啊！

因此，不难想象这三位旅行者在这漆黑的夜里是多么懊丧。月盘上什么都看不见。只有空间的星座在引起他们的注意，而且必须承认，所有的天文学家，无论是法耶[①]们，夏科纳克们还是塞希们，都未曾在这么好的条件下观测过它们。

确实，这个沉浸在清澈的以太中的星星世界的美妙绝伦，真的是无与伦比。它们宛如一颗颗钻石镶嵌在苍穹上，闪闪发亮。从南极的十字星座到北极星，你可以一览无余，而这两个指示南北极的星座再过一万二千年，由于春分秋分的变化，将调换其角色，前者让位给南半球的卡诺皮斯星，后者则让位给北半球的维加星。旅行者们的思绪在这无尽的美妙环境中飘逸着，而人工制造的炮弹车厢像一颗人造星球似的在其中遨游。由于天然的作用，密度与湿度变化多端，致使星星闪烁不停。这些星星在这黑漆漆的夜空中，在这绝对的寂静中，仿佛一只只温馨的眼睛在看着你。

三位旅行者就是如此这般地、默然无语地、久久地看着被月球圆圆的黑影遮盖住的半边天空上的满天星斗。但是，一种难以言表的痛苦终于打断了他们的静观与沉思。那是一股刺骨的严寒所致，只见舷窗内壁很快便结上了厚厚的一层冰。这是因为太阳光不再直射到炮弹车厢上，所以炮弹车厢便逐渐失去了聚集在内壁间的热量了。由阳光照射所产生的这种热量导致空间空气很快就都化作蒸汽，于是，当温度急剧地下降后，车厢内的湿气一接触到舷窗玻璃便结成了冰，

---

① 法耶（1814—1902），法国天文学家、气象学家。

没法观测了。

尼科尔看了看温度计，已经下降到零下十七摄氏度了。因此，无论有什么理由要节约煤气，巴比凯恩不得不除了在向煤气要灯光以外，也得要向它要热力了。炮弹车厢内气温低得难以忍受，不想办法的话，这三位旅行者可能会被活活地冻死。

“我们将不会埋怨我们的这趟旅行太单调乏味！”米歇尔·阿尔当说，“起码气温在千变万化啊！我们忽而被阳光照射得睁不开眼睛，像南美潘帕斯大草原上的印第安人一样饱受酷热之苦！忽而像北极的爱斯基摩人一样陷于茫茫黑夜之中，忍受严寒的折磨！不，说实在的，我们没有理由来抱怨，再说，大自然确实是在惠顾我们的。”

“可是，”尼科尔问道，“外面的温度是多少呀？”

“与星际空间的温度完全相同。”巴比凯恩回答道。

“这么说，”米歇尔·阿尔当又说道，“我们先前沐浴在阳光下，我们没有测一下温度，现在机会来了，正好测一测呢。”

“是呀，机不可失，时不再来，”巴比凯恩赞同道，“因为我们现在所在的位置非常有利，正好测试一下空间的温度，看看傅立叶或者普耶的计算正确与否。”

“不管怎么说，反正是冷得很，”米歇尔说，“你们看一看炮弹车厢内的湿气全部凝结在舷窗上了。要是温度再继续下降一些的话，我们呼出来的冷气就会像雪花似的纷纷飘落的！”

“咱们把温度计准备好。”巴比凯恩说。

无须说，一支普通的温度计在这种情况下是测不出什么结果来的。管内的水银在零下四十二摄氏度就会冻结住了。不过，巴比凯恩带来了一支沃尔费式的液流温度计，能够测到很低很低的温度。

测试前，先将这支温度计与普通温度计作了比较，然后，巴比凯恩便着手测试了。

“我们怎么个测试法？”尼科尔问。

“这太容易了，”从不畏难的米歇尔·阿尔当说，“咱们迅速地打开舷窗，把温度计扔出去，它将紧紧地跟随着炮弹车厢前行的，一刻钟之后，便将它收回来……”

“伸手去拿回来吗？”巴比凯恩问。

“是呀，伸手去拿呀。”米歇尔回答道。

“哼，我的朋友，你可千万别这么干。”巴比凯恩说，“你的手往外一伸，缩回来时就成残肢了，因为外面那种冷实在是可怕极了。”

“真的呀！”

“你会感到一种可怕的灼烧痛，如同被一块烧红的铁烫了一下似的。因为热量突然从我们的肉体里散发出来，或者突然进入体内，都让人感到同样的疼痛。再说，我不能确定我们扔出舷窗外的东西会不会跟着我们的炮弹车厢一起运行。”

“为什么呢？”尼科尔问。

“因为，如果我们穿越一个大气层，无论它的密度是多么小，这些物体都会落在我们后面。再者，外面漆黑一片，我们也无法确定它们是否仍在我们旁边飘浮着。因此，为了不致让我们的温度计失去，我们将拴牢它，这样就会较为容易地将它收回来。”

听从了巴比凯恩的建议，尼科尔迅速打开舷窗，把用一根短绳拴着的温度计扔出了窗外，然后立刻便将它关上了。舷窗打开及关上仅仅一秒钟，但是，这一秒钟就足够让外面的酷寒的冷空气钻进炮弹车厢里面来了。

“真是见了鬼了！”米歇尔·阿尔当嚷嚷道，“冷得简直可以冻死一头北极熊了！”

巴比凯恩等了半个小时，让温度计有足够的时间下降到外界空间的温度。半个小时以后，温度计便飞快地收了进来。

巴比凯恩计算了一下流入温度计下面的小球里的酒精数量之后，说道：

“零下一百四十摄氏度。”

普耶先生反对傅立叶是不无道理的。这就是星际空间的令人望而生畏的可怕温度，当月球失去太阳连续十四天照射后聚集的热量之后，月球的温度可能就是这么个温度！

第十五章　双曲线或抛物线

我们看到巴比凯恩和他的两个同伴对被带往太空间的这个金属制物体给他们带来的前途漠不关心，不免感到颇为惊讶。他们不问自己这样一来会去到什么地方，而只是专心一意地去做一些试验，仿佛是心平气静地待在自己的实验室里忙碌着一样。

我们可以回答说，这几位心理素质极佳的人不会为这样的事情感到担忧的，他们无所畏惧，他们心里想着其他的事情，而并不在意自己的命运如何。

事实上，他们也控制不了他们的炮弹车厢，他们既无法阻止它前进，也无法改变它的方向。一名水手可以随意地改变船的方向，一名热气球驾驶员可以控制他的气球或上或下，可是他们则不然，他们对自己的炮弹车厢毫无办法，无可奈何，只有听天由命，如同航海家所说的只好顺水漂流了。

地球上是12月6日这一天的上午，这一时刻，他们身在何处？可以很肯定地说，他们离月球很近，甚至非常近，看着月球在空间里像是一个黑漆漆的硕大无朋的大幕布。至于他们与月球的距离，还无法估算，被一些无法解释的力量控制着的炮弹车厢，在不到五十公里的地方掠过月球的北极。但是，在它进入圆锥形阴影的两个小时之后，这一距离是加大了呢，还是缩小了？没有任何坐标可以估计它的方向或速度！也许它在飞快地驶离月球，像是马上就要越出那漆黑的一片。也许正好相反，它正在明显地靠近月球，有可能会很快撞上看不见的那半球上的某座高山。这样的话，这趟旅行便宣告终结，而旅行者们想必也就灰飞烟灭了。

这一问题引起了一番争论，而总是有说头的米歇尔·阿尔当发表了他的看法：炮弹车厢受到月球引力的控制，最后将会像陨石落在地球表面似的落在月球上。

“首先，我的伙伴，”巴比凯恩回答他道，“并非所有的陨石都能够落在地球上的。落在地球上的陨石数量其实极少。因此，即使我们会成为陨石的话，我们也不一定就会落在月球表面的。”

“可是，”米歇尔回答道，“要是我们非常靠近月球的话……”

“错！”巴比凯恩很肯定地说，“你难道没有看到过在某些季节，有成千上万的流星划破天空吗？”

“看到过呀。”

“那好，这些流星，或者说这些小天体，只有在划过大气层因摩擦而产生热量的条件下才会发出亮光的。不过，如果穿过大气层的话，他们至少是在离地球十六法里的地方划过，然而，即使如此，落在地球上的也是极少的。对于我们的炮弹车厢来说，也是如此。它可能非常靠近月球，但不会落在月球上的。”

“那么，”米歇尔追问道，“我很好奇，很想知道我们漂流着的炮弹车厢如何在空间存在下去？”

“我觉得只有两种可能性。”巴比凯恩稍稍思考了一下回答道。

“哪两种可能性？”

“炮弹车厢将在两种数学曲线中做出选择，它将依据自己所具有的速度选择其中的一种，但此刻我还无法估计。”

“对，”尼科尔说，“它将沿着抛物线或双曲线运行。”

“确实，”巴比凯恩回答道，“如果具有一定的速度，它将会沿着抛物线运行；而如果其速度更大的话，那它就会沿着双曲线运行。”

“抛物线和双曲线，这两个词儿太伟大了，”米歇尔·阿尔当大声嚷道，“我一下子就知道它们是什么意思了。不过，您说的那个抛物线到底是什么玩意儿呀？”

“我的朋友，”船长回答说，“抛物线是一条二次曲线，它是由一个与圆锥体的母线平行的平面切割圆锥体时所产生的曲线。”

“噢！噢！”米歇尔·阿尔当像是听明白了似的连连点头称是。

“它几乎与迫击炮发射的炮弹飞行路线差不多。”尼科尔又解释道。

“对，对，但双曲线呢？”米歇尔又问。

“米歇尔，双曲线也是一条二次曲线，它是由一个与圆锥体的轴线平行的平面切割圆锥体而形成的，曲线的两端向着两个方向无限延长，永不相交。”

“这可能吗？”米歇尔极其认真严肃地大声问道，仿佛听到一件极其严重的事情似的，“但你得记住，尼科尔船长，我感兴趣的是，你的双曲线的意义——我差点要说成是‘双关语’了——比你所下定义的那个词还要晦涩难懂！”

尼科尔和巴比凯恩没怎么理睬米歇尔的玩笑话，他们已经在一门心思地讨论一个科学问题了。炮弹车厢完全会沿着哪一条曲线运行？这是他们极其关心的。一个认为是沿着双曲线运行，另一个则说是沿着抛物线。他俩提出了一些理由，但都夹杂着一些未知数。他们讨论时所说的话，米歇尔听不太懂，所以他很恼火。争论颇为激烈，双方各执一词，各执一理，互不相让。

这场科学争论在延续着，最后，弄得米歇尔极不耐烦，于是，他便说道：

“噢呦！我的大学者先生们，别再没完没了地争论什么抛物线或双曲线了，行不行呀？在这个问题上，我只想知道一件感兴趣的事。我们将沿着你们的曲线中的一条或另一条运行，那很好，可是，这两条曲线将把我们带往何方呀？”

“没有任何的方向。”尼科尔回答道。

“什么，什么地方也去不了了？”

“没错，肯定如此，”巴比凯恩说，“这是两条非闭合曲线，它们都将无限地延展下去！”

“啊！我的学者们呀！”米歇尔大声说道，“你们真是我最爱的人呀！哎！既然抛物线或双曲线都将把我们带往无限空间去，那我们还管它是抛物线还是双曲线干什么呀！”

巴比凯恩和尼科尔闻言，不禁哈哈地笑了起来。他们刚才真的是“为艺术而艺术”啊！在这种时刻讨论这样一个无聊的问题有什么意义呀！不幸的事实是，无论炮弹车厢是被抛物线还是被双曲线带走，它都再也无法与地球或月球相会了。

危险的事近在眼前，这三位勇敢无畏的旅行者的命运将会如何呢？如果说他们饿不死、渴不死的话，那么再过几天，当煤气用完了，即使不被冻死，他们也会因缺乏空气窒息而死的！

然而，即使必须考虑节省煤气的问题，但是周围温度的急剧下降也迫使他们要消耗一定量的煤气的。严格说来，他们可以不用亮光，但却不能不增加温度。非常幸运的是，莱赛和勒尼奥的装置也能够提供一些热力，可以提高一点炮弹车厢内的温度，而且用不着太耗费煤气，也能将温度保持在可承受的温度上。

可是，通过舷窗观测外面变得极其困难了。炮弹车厢内的湿气凝聚在舷窗玻璃上，立即结成了冰。必须不停地擦拭，方能将玻璃上的冰霜弄掉。这样，他们仍可以观测到一些极其有趣的现象。

其实，如果这看不见的一面有大气层的话，我们不就能看到一些流星划破大气层了吗？如果炮弹车厢本身穿过大气层的话，我们不就可以从月球那儿捕捉到一点它的回声了吗，比如暴风雨的怒吼声，雪崩的轰鸣声，火山爆发的剧烈声响什么的？再有，如果有这么几座火山在喷发，火光四射，我们不就可以看到它们的闪光了吗？就这样的一些情况，经过我们仔细地分析研究，就完全可以弄清楚月球结构的那个晦涩难懂的问题了。因此，巴比凯恩和尼科尔像天文学家一样待在舷窗前，极有耐心地在观测着。

但是，直到这之前，月球表面依然一片漆黑，寂然无声。它并没有回答这些热情似火、孜孜不倦的旅行者向它提出的那些问题。

这就引起了米歇尔的那个看似较正确的论断：

“如果有一天我们再进行这样的旅行的话，我们一定得选在月亮呈新月状的时间前来。”

“那倒是，”尼科尔回应道，“这个时间段会更有利得多。我觉得，我们这一路上，由于月球隐没在太阳光里无法看见，可我们却看见了浑圆的地球。再者，尽管我们像此时此刻这样，在引力的作用下，围绕着月球在运行，但是那样我们至少有幸能够看到地球上看不见的那一面月球被阳光照射得金光闪闪！”

“说得好，尼科尔，”米歇尔·阿尔当称赞道，“巴比凯恩，你是怎么想的？”

“我是这么想的，”严肃认真的俱乐部主席回答道，“如果有这么一天，我们真的再进行这样一个旅行的话，我们将仍然在同一时段和同样的条件下出发。假如我们到达了目的地，那我们在月球可见的一面找到一些大陆，岂不比落在深陷黑夜中的那一面更好吗？我们最初的营地不就会安置在比较好的条件下了吗？没错，肯定如此。至于那看不见的一面，我们在月球上做探索式的旅行时也可以看到它的。因此，我们事先选择的满月的那个时段还是选的对的。不过，我们必须到达目的地才行，而为了到达目的地，我们不应该偏离自己的路线。”

“这一点，肯定是应该的，”米歇尔·阿尔当说道，“可是，我们却失去了一次观测月球另一面的大好机会！关于行星的卫星问题，谁能说得清其他星球上的居民就不如地球上的学者们更加高明？”

对于米歇尔·阿尔当所指出的这一点，我们很容易就能作出如下的回答：没错，其他的一些卫星因为离月球很近，所以研究起它们来就容易得多。土星、木星、天王星上如果有居民的话，他们可能与它们各自的“月亮”建立起联系会更加容易一些的。环绕木星运行的那四颗卫星的距离分别为十万八千两百六十法里、十七万两千两百法里、二十七万四千七百法里和四十八万零一百三十法里。但是，它们的距离是从木星的中心计算的，如果减去木星的半径一万七千到一万八千法里的话，我们就会发现第一颗卫星离木星表面并没有月球离地球表面那么远。在土星的那八个“月亮”中，有四个都比较接近土星，“狄安娜”离土星八万四千六百法里；“泰蒂斯”离土星六万二千九百七十法里；“昂赛拉德”离土星四万八千一百九十一法里；最后，“米马斯”离土星的平均距离只有三万四千五百法里。天王星的八颗卫星中的第一颗名为“阿里埃尔”，与天王星的距离只有五万一千五百二十法里。

因此，如果在这三颗星球上进行一次类似于巴比凯恩主席这样的试验的话，困难就会小得多。如果这些星球的居民们敢于冒险的话，那么，他们也许就已经了解了在行星上永远看不到的卫星的另一面的结构了。但是，如果他们从未离开过他们的星球的话，他们就不会比地球上的天文学家们更高明。

此时此刻，炮弹车厢在一片黑暗之中运行的轨道无法计算，因为没有任何的方位标。它的运行方向是不是受到月球的引力或者受到一颗不明星球的干扰？巴比凯恩对此无法解答。但是炮弹车厢的相对位置已经出现了变化，这一点，巴比凯恩在凌晨四点左右就发现了。

这个变化在于，炮弹车厢的底部已经转向了月球表面，并保持着垂直的状态。这一变化由引力，也就是重力引起的。炮弹车厢最重的部分向着看不见的那面月面倾斜，似乎眼看就要向它降落了。

它会降落吗？旅行者们最后能够到达他们朝思暮想的那个目的地吗？不能。巴比凯恩通过对一个说不清的方标进行观察后发现，他的炮弹车厢靠近不了月球，它是沿着差不多是月球的同心圆的一条曲线在移动。

这个方位标是尼科尔突然间在由黑夜构成的月球边缘线上发现的一个亮点。它不可能同星星混在一起，它一点点地在变大，毋庸置疑，这表明炮弹车厢正在朝着它而去，在正常情况下是不可能落在月球表面上的。

“是火山！是一座活火山！”尼科尔大声叫喊着，“月球的地火在喷发！这个世界尚未完全熄灭。”

“没错！是火山喷发！”巴比凯恩用他那夜间可用的望远镜仔细地观察分析之后说道。

“若不是火山，还能是什么呀？”

“可是，要继续燃烧的话，那得有空气才行呀。这么说，月球的这一部分一定有大气层包裹着。”

“也许吧，”巴比凯恩回答道，“但不一定。火山同某些物质的分解就可以自己向自己供氧，并因此而将火焰喷向真空。我甚至认为，从它燃烧的剧烈和亮度来看，这可能是某些物质在纯氧中燃烧所致。所以我们先别急着下结论，说月球有一个大气层存在着。”

这座火山的位置大致在月球看不见的那一面的南纬四十五度。但是，让巴比凯恩大失所望的是，炮弹车厢移动的曲线轨道离所看到的火山喷火口很远。因此，他无法确定喷射物的性质了。发现这个亮光点半个小时之后，它便消失在黑暗的月球边缘下面去了。不过，发现这一现象应该是月面学研究的一件大事。它在证明月球内部的热力并未消失殆尽，而但凡有热量存在的地方，有谁能够肯定地说植物界、动物界不是直到现在为止还在同大自然的毁灭力量进行着抗争呢？

地球上的学者们无可辩驳地认定，这个火山的存在无疑会对月球可居性这一重大问题提出许多有力的论据。

巴比凯恩陷入沉思之中。他忘我地沉浸在那月球世界神秘命运的幻想中。他在努力地想着将他直到此时此刻之前所观测到的事实联系起来，但是，突然间，一个新的意外把他拉回到现实中来了。

这一意外事件不只是一个宇宙现象，而且还是一个后果会很严重的极端危险事件。

突然间，在以太空间的中心，在那片深沉的漆黑之中，出现了一个巨大的东西。它好像是一轮月亮，一个极其明亮的月亮，在宇宙空间那无垠黑暗之中，闪亮得让人睁不开眼。这个物体是圆形的，放射出强烈的光芒，把炮弹车厢里照得通亮。巴比凯恩、尼科尔、米歇尔·阿尔当的面孔在这白色的强光照射下，显得怪模怪样，脸色铁青苍白，发绿，犹如物理学家们用掺了盐的酒精发出的幽光所产生的一个幽灵。

“真见鬼！”米歇尔·阿尔当嚷叫道，“我们好丑陋啊！这个该死的月球在搞什么呀？”

“是一颗火流星。”巴比凯恩说。

“是在真空中燃烧的火流星？”

“是的。”

这个火球确实是一颗火流星。巴比凯恩没有说错。如果说，从地球上观测这些宇宙的流星的话，一般来说，它们是没有月亮那么亮的，可是，在这儿，在黑漆漆的以太空间里，它们却是光芒四射的。这些遨游在天空中的天体本身就拥有使它们燃烧到热化的材料。

它们的燃烧无须借助于周围的空气。的确如此，如果说有某些火流星在离地球两三法里处穿越大气层的话，那么其他的那些火流星则完全相反，它们划出的轨道是在大气层所延伸不到的地方。像这样的火流星，1844年10月27日就在一百二十八法里的高空出现过，另外的一个出现在1841年8月18日，在一百八十二法里的高空消逝了。这些火流星中有这么几个直径有三四公里，其速度可高达每秒七十五公里[①]，但其运行方向则与地球相反。

突然出现在至少一百法里远的黑暗高空中的这颗流星，据巴比凯恩估计，直径大概得有两千米。它在以每秒大约两公里的速度运行，也就是每分钟三十法里的速度。它切断了炮弹车厢的道路，大概几分钟之后便会与之相遇。它越来越近，变得也更加奇大无比。

如果我们也能做一次这样的旅行的话，我们可以想象一下，我们的这三位旅行者目前的处境如何。尽管他们英勇无畏，沉着冷静，临危不惧，但是，此时此刻，他们仍然是张口结舌，一动不动，全身颤抖，茫然不知所措。他们已经无法控制的那个炮弹车厢径直冲向那个比反射炉的炉口都更加灼热无比的庞然大物，仿佛是向火海冲去一样。

巴比凯恩抓住了他的两个同伴的手，三个人眯缝着眼，看着那个燃烧着的小行星。如果他们的思维还没被破坏的话，如果他们的脑子在这种恐惧之中仍然在活动的话，那他们肯定认为自己完蛋了！

在这颗火流星出现后两分钟，简直就像是过了难熬的两个世纪一般！就在炮弹车厢正要撞上去的时候，火球突然像一枚炸弹似的爆炸了。但是没有发出一点声音，因为，声音不过是空气的振动，而这里是一片真空，自然就不可能有声音了。

尼科尔大喊了一声。他的两个同伴和他一起扑向舷窗。多么美丽的景色啊！什么样的笔触能够描绘出这一场景！什么样的调色板能有那么多的颜色来绘出这壮观的景象！

它像火山口喷发出的四射光芒，它像火灾现场那冲天火光。数不清的、光亮亮的碎片照亮了天空。各种大小不一、颜色各异的碎块全都汇聚在天空中，五彩缤纷，流光溢彩。这是红、橙、黄、绿、灰等各种颜色组成的一个熊熊燃烧着的大火圈。原先那个巨大而可怕的球体，现在只剩下些碎片，向四处迸射而去，也像一个个小小的行星那样，或似一柄长剑，或被一层白雾围着，还有的则在其后

---

① 地球沿着黄道运行的平均速度是每秒30公里。——作者原注

拖着长长的明亮耀眼的宇宙尘埃的尾巴。这些白花花的石块彼此交叉，互撞，粉碎成更小的碎块，其中有几块还撞上了炮弹车厢。炮弹车厢的左舷窗甚至被猛烈地击中一下，裂了一条裂纹出来。炮弹车厢仿佛飘浮在枪林弹雨之中，其中最小的都可以一下子把炮弹车厢击得粉碎。

溢满以太空间的光线越来越强烈，因为那些小行星满布在空间，四面八方无处不在。有一会工夫，天空如此亮晶晶的，米歇尔便把巴比凯恩和尼科尔拉到他的舷窗前，大声嚷道：

“那看不见的月球，终于露面了！”

这三位旅行者透过这种发光的介质，朝那个神秘的星球瞥了几秒钟，这是人类第一次用肉眼看到的月亮背面。

他们在这么遥远的距离分辨出了什么？他们看到了月球上的几条长长的地带，看到一些在稀薄的大气层中形成的一些真正的云，透过那云层，所有的山峦以及那些小的突出物全都显现出来了，有环形山，有大开洞口、奇形怪状的火山，和看得见的那面月盘上的一模一样。随后，又看见广袤的空旷之地，并非贫瘠的平原，而是真正的大海和辽阔的大洋，它们像一面面镜子，将天空中的各种各样奇幻般的耀眼亮光映在其上。最后，在大陆的月面上，有一些很大的黑斑，如同在闪电迅速照射下看到的一片片无边无际的森林……

是幻觉？是眼睛看花了？还是骗人的光学现象？他们能否就这匆匆一瞥所获得的信息给出一种科学的肯定？他们敢不敢只是对看不见的那一面月盘浮光掠影地一瞥，就说出“月球上是可以居住的”这个论断？

这时候，宇宙间的那似闪电般的亮光逐渐变弱了。那些小星星在四散奔逃，前后隐没在遥远的地方。以太空间又落入墨黑的黑暗之中，刚才隐匿不见了一会儿的星辰重又闪耀在空间，隐约可见的月盘又重新沉入厚重的黑幕之中。

第十六章　南半球

炮弹车厢刚刚逃过一劫，那是一个可怕而又无法预料的危险。谁能想到会同火流星有这样的一种际会？这些飘浮在天空中的星体可能会给三位旅行者造成极大的危险的。对他们来说，它们好似这以太大海中遍布着的暗礁，但是他们比航海家们更加不幸，因为他们无处可躲。但是，这几位天空的冒险者，他们在抱怨吗？没有，因为大自然使得这颗流星突然惊人地爆炸开来，让他们一饱眼福，得以观赏到这个灿烂辉煌的奇观异景，因为这场无与伦比的烟火连鲁格杰里[①]都做不出来，它在几秒钟内照出了月球那个看不见的清晰亮堂的光环。在这一闪而过的明亮景象中，三位旅行者得以观看到月球上的大陆、海洋和森林。大气层是否会给月球的不可知的一面带去有生命的分子呢？这些问题仍然没有解决，它们永远摆在人类的面前，激起人们极大的兴趣！

此刻正是午后三点半。炮弹车厢正沿着它的曲线轨道围绕着月球运行。它的运行轨道是否因为受到火流星爆炸的影响而又一次被改变了？大家可能对此有所担心。不过，炮弹车厢应该是沿着机械学规律所确定的曲线运行的。巴比凯恩倾

① 鲁格杰里，意大利佛洛罗萨的天文学家，卒于1615年。

向于认为这条曲线可能是一条抛物线，而非双曲线。但是，如果是抛物线的话，炮弹车厢就应该较快地移出在太阳对面的空间里所投下的圆锥形阴影。其实，这个圆锥形阴影很狭小，因为与太阳的直径相比较，月球的夹角的直径是非常小的。可是，到目前为止，炮弹车厢仍旧在这个深沉的黑影里飘移着。无论其速度是快还是慢——不过，它的速度慢不了——它依然待在那个阴影之中。这一点是明摆着的。不过，如果运行轨迹是一个货真价实的抛物线的话，它也许就不会出现这样的一种现象了。这是个新的问题，它把巴比凯恩弄得头晕脑胀，他真的是被困在一大堆的未知数中，无法摆脱出来。

三位旅行者没有想到要休息片刻，全都全神贯注地在试图捕捉一种新的微光可能带给有利于天体图学研究的某种意想不到的情况。将近五点钟，米歇尔·阿尔当分发了几片面包和一点冷冻肉作为晚餐，几个人三口两口便将食物吞下肚去，谁都没有离开各自的舷窗，而舷窗上的水汽在不停地凝结成霜花。

傍晚五点四十五分左右，尼科尔透过望远镜看到了月球南部边缘，而炮弹车厢运行的前方，有几个亮晶晶的点，在黑色天幕上闪闪发光。也许是连绵的峻峭山峰宛如一条抖动不停的闪光线浮现在天边。它们非常亮，如同月球处在八分之一相位上时，月盘边缘出现的一条线似的。

我们不会弄错的，那不是一颗普通的火流星，因为这发光的山脊既无火流星的颜色，也无那种流动性。它更不会是一座火山，因此，巴比凯恩断定道：

“是太阳！”

“什么？是太阳？”尼科尔和米歇尔·阿尔当同时大叫道。

“是的，朋友们，正是太阳，它正照耀着月球南边的那些山脉的高峰哩。很显然，我们已在靠近月球南极！”

“我们越过北极之后，”米歇尔说，“一下子就绕着月球兜了一圈了！”

“是的，我正直的米歇尔。”

“这么说，我们就无须提出什么双曲线呀、抛物线呀或其他什么非闭合线了！”

“不是非闭合线，而是一条闭合曲线。”

“什么线？”

“椭圆形线。我们的炮弹车厢不会消失在星际空间了，而是有可能沿着一个椭圆形轨道环绕月球运行。”

“没错儿！”

“而且，它将成为月球的卫星。”

“月亮的月亮！”米歇尔·阿尔当大声嚷嚷道。

“不过，我得提醒一下，我可敬的朋友，”巴比凯恩说道，“尽管如此，我们仍然会完蛋的！”

“是呀，不过，是另一种死法，而且是极其有趣的死法！”无忧无虑的法国人带着极可爱的笑容回答道。

巴比凯恩的看法是正确的，炮弹车厢在沿着椭圆形轨道前行时，必定会成一颗小小的卫星，环绕月球运行。它将是太阳系中新增加的一个小星球，它是一个只有三个居民的微型世界，而这三个居民很快便会因缺氧而窒息身亡。巴比凯恩当然不会因向心力和离心力同时给炮弹车厢带来难逃的命运而感到开心的。他同他的两位伙伴将再次见到月球的那明亮的一面。也许他们还能维持一段时间，还能最后看上一眼那个被太阳照射得金光闪亮的地球！随即，他们的炮弹车厢将只是一个熄灭了的，没有生命气息的物体，如同那些在以太空间里运行着的了无生气的小行星一样。对于他们来说，尚存的唯一安慰便是最后终于脱离了这片深沉的黑暗，重见光明，回到了沐浴在阳光下的太阳辐射区域中。

这时候，巴比凯恩辨认出的那些山峦从黑暗之中慢慢地呈现出来。这就是耸立在月球南极地区的多菲尔山和莱布尼茨山。

可看见的那个半球上的所有的高山全都被精确地测量完。我们对这种完美无缺的测量工作感到惊奇不已，而且，对这些山脉的高度的测量是极其严谨的。我们甚至断定，月球上的山脉的高度与地球上的山脉的高度的测量是同样准确无误的。

最通常的做法是根据当时太阳高度来测定山脉阴影的长度。但借助一个镜头上有着两条平行线的十字丝[①]的望远镜，也可以很容易地进行这种测量。这种方法还可以用来测量月球火山口和洞穴的深度。伽利略就曾使用过这种方法，而

① 十字丝，为确定望远镜视线方向，在光学系统焦面上特制的固定标记（呈十字形）。

且，后来比尔先生和马德雷尔先生也这么做过，取得了极大的成就。

另外一种方法被称之为“正切线测定法”，也可以用来测量月球上的山脉。当月球的高山在明暗界线以外的黑暗部分形成发光点的时候，便可以采用这一方法。照射着这些发光点的太阳光线比明暗分界线的太阳光线更高。因此，发光点和月相分界线上最近的一点间的黑暗的距离正是发光点的高度。但是，我们知道，这种测量方法只能适用于明暗界线附近的高山峻岭。

第三种方法是用装有测微器的望远镜来测量映现在天空背景上的月球高山的侧影。不过，这种方法只适用于靠近月球边缘的高山。

在任何情况下，我们都将会发现，这种测量阴影，测量黑暗的距离或者测量侧影的方法，对于观测者而言，只能是在太阳光斜射在月球上时才能进行。而当太阳光直射在月球上时，也就是说，满月的时候，所有的阴影全都消失，当然也就无法测量了。

伽利略在认识到月球山脉的存在之后，第一个使用这种用阴影方法来测量它们的高度。正如我们已经说过的那样，他确定这些山脉的平均高度为四千五百托瓦兹。海韦留斯认为大大低于这一高度。可是，里奇奥列则认为要将这一高度翻上一番。他俩的数字相差甚远，未免有点夸张。赫歇尔拥有一些很完善的仪器，所以他所测定的高度比较接近实际的高度。但是，说到底，仍旧必须到当代观察家们的报告中去寻找。全世界最杰出的月面学家比尔先生和马德雷尔先生测量过一千零九十五座山脉。根据他俩的测算，这些山脉中有六个的高度超过五千八百米，有二十二个高达四千八百米以上。月球上的最高的那个山脉高达七千六百零三米。不过，它低于地球上的那些高山峻岭，其中有几座山峰比月球上的那座最高峰要高五六百托瓦兹。但我们必须指出，如果将地球与月球的体积作一比较的话，那么月球山脉相对而言要比地球的最高峰更高一些。因为前者高度是月球直径的四百七十分之一，而后者高度则只是地球直径的一千四百四十分之一。如果让一个地球山脉达到一座月球山脉的相对比例的话，那么，它的垂直高度就得高达六法里半。可是，地球上最高的山也高不过九公里。

因此，我们可以作一比较，喜马拉雅山脉有三座高峰比月球上的高峰还要高：珠穆朗玛峰高达八千八百三十七米；干城章嘉峰高八千五百八十八米；道拉吉里峰高八千一百八十七米。月球上的多费尔峰和莱布尼茨峰的高度与同一条山脉的杰瓦西尔峰为七千六百零三米。高加索山脉和亚平宁山脉的那几座主峰——牛顿峰、卡萨图斯峰、居尔蒂乌斯峰、雪特峰、地索峰、克拉维乌斯峰、布朗卡努斯峰、昂迪米翁峰——都要高于四千八百一十米的勃朗峰；与勃朗峰同样高度的有：莫莱特峰、泰奥菲勒峰和卡塔尼亚峰；与罗斯峰这座四千六百三十六米高的山峰同样高的有：皮科罗莱尼峰、维尔纳峰和阿尔帕鲁斯峰；与四千五百二十二米高的基尔文峰相似的有：马克罗伯峰、埃拉托斯泰纳峰、阿尔巴泰克峰、德朗布尔峰；与高三千七百一十米的泰内里费峰相同高度的有：巴孔峰、西萨图斯峰、菲托洛斯峰以及阿尔卑斯峰山的那几座高峰；与比利牛斯山脉中高达三千三百五十一米的贝尔杜峰高度相近的有：罗厄梅峰和波古斯洛斯基峰；与高三千两百三十七米高的埃特纳峰相同高度的有：埃尔古峰、阿特拉斯峰和富尔内里乌斯峰。

以上便是可以比较月球山脉高度的参照物。而炮弹车厢正是被这条轨道引向这片南半球的山岳地区，那儿耸立着月球山岳形态上最壮美的样品。

第十七章　蒂索峰

傍晚六点，炮弹车厢在离月球不到六十公里处经过南极，与经过北极时的距离相等。因此，其轨迹的椭圆形曲线明显地显现出来。

此时此刻，三位旅行者又回到阳光普照的温暖环境之中。他们又看见了那些星星缓慢地从东往西移动着。三位旅行者不由自主地向太阳欢呼。太阳用它那温暖的日光把热力送到炮弹车厢内。舷窗又变得清晰透明了。玻璃上的冰层像魔法似的全部融化掉了。为了节约煤气，他们立即将它关掉。只有制氧装置在消耗它平时所需要的煤气量。

“啊！”尼科尔说，“这暖洋洋的阳光真好啊！月球人经过一个漫漫长夜，焦急地盼望着的太阳又出现了！”

“是呀，”米歇尔·阿尔当可以说是猛吸了一口光亮的以太，然后说道，“有光明与温暖在，生命就无虑了！”

此时此刻，炮弹车厢的底部开始微微地偏离月球表面，沿着一条相对平直一些的椭圆形轨道运行着。在这个点上，如果地球呈“满月”状的话，巴比凯恩同他的两个同伴就可以再见到它的。但是，它在太阳光的照射下，隐没不见了，根本无法看到它。不过，另有一个景象吸引住了他们的眼球，那就是被望远镜拉近到八分之一法里的月球南部地区所呈现的景象。他们于是便不再离开舷窗一步，并记录这片奇异的大陆的详细情况。多菲尔峰和莱布尼茨峰分别形成两组高山群，几乎一直延伸到月球的南极。第一组高山群自南极一直延伸至月球东部纬度八十四度；第二组则位于东部边缘的纬度六十五度并延伸至南极。

在它们奇形怪状的山脊上，有一些金光闪闪的光幕，如同塞希神父提到的那些光幕。巴比凯恩怀着比这位著名的罗马天文学家更加有把握地摸清了它们的性质。

“那是一片雪域！”他大声说道。

“雪域？”尼科尔惊喜地重复道。

“是的，尼科尔，是一片雪域，都冻住了。你们瞧，它反射出的光是多么耀眼啊！冷却了的熔岩不可能反射出如此强烈的光的。因此，那上面有水，而且有空气。也许没有我们所希望的那么多，但是有水、有空气是确凿无疑的！”

是的，这无须怀疑！如果有一天，巴比凯恩重返地球的话，他的这些记录将证明对月面观察的重要材料是真实的。

多菲尔峰和莱布尼茨峰高耸在一片平原中间，该平原的面积并不算大，被绵延不绝的环形山和环形壁垒包围着的这两座山峰是相会在这环形山地区唯一的两座山。相对而言，它们并不陡峭，只不过是在这儿那儿留下了几座尖峰，最高的那个高达七千六百零三米。

但是，炮弹车厢在上方俯瞰着所有的一切，而高低起伏的山势隐没在这金光耀眼的光亮之中。显现在这三位旅行者眼前的是那种古老的月球景色，单调划一，颜色只有两种，或白或黑，没有浓淡变化，因为月球上的光线无法扩散。但是，这个单调枯燥的世界仍旧以它那奇特异样而吸引住他们三人的眼球。他们好似被狂风吹拂着，在这片混沌不开的地区漫游着，一边观赏着那一座座高山峻岭在他们的脚下退去，一边用他们自己的目光，或窥探着月球坑洞，或下到沟槽，或攀上壁垒，或探究那些神秘的洞穴，或窥视那一条条的裂隙。然而，他们却没有发现一丝植物痕迹，没有发现任何城市的存在的迹象。有的只是一片片的地质层，一股股涌出的熔岩和一道道如一面面大镜子一样反射着难以忍受的阳光的光滑的喷岩。这是一个毫无生命存在的世界，是一个死寂的世界，在这里，雪崩自山顶滚滚而下，无声无息地消失在深渊底部。运动倒是存在，但是了无声响。

巴比凯恩通过反复地观察，发现月盘边缘尽管为各种不同的力所左右，但它的山岳形态依然同中央地区的相同。同样的环状堆集，同样的地表突起。不过，我们可能会想，它们的地势应该不是这样的。的确，在中央部分，尚处于可延压时期的月球外壳受到月球和地球的双重引力拉扯，它们沿着月球和地球半径的延长线朝着相反方向对它进行影响。相反，在月盘的边缘，月球的引力可以说是垂直于地球引力的。似乎这两种条件之下所产生的地面的突起本该是形状各异的，但是，事实并非如此。月球的形成及其结构有其自身的规则，它并没有受到外部力量的任何影响。这也就证实了阿拉戈[①]的那个著名论断“月球的地势起伏并未受到外部影响”是正确的。

不管怎么说，这个月球世界的目前状况就是一个死寂的世界，没有人敢说它曾经存在过生命。

然而，米歇尔·阿尔当却认为自己认出了一堆废墟，并指给巴比凯恩看。这堆废墟位于纬度八十度和经线三十度附近，是一堆石头，布局规整，像是一座城堡，凌驾于原本是史前时期的河床的沟槽上。离它不远的地方，便是那座高达五千六百四十六米的与高加索山同样高的雪特山。米歇尔·阿尔当以他那惯常的执着精神坚持认为那“明显”是一座城堡。他又在它的下方隐隐约约地看到一座城市拆毁了的城墙。这儿那儿，或是廊柱的一个依然完好的拱形建筑，或是两三个倒卧在基石上的圆柱，稍远处，有一连串的可能是支撑渠道管道的拱腹，在其他地方，还有几个架在沟槽深处的倒塌了的桥墩。他辨认出了这一切，但是，他只是在凭借自己的目光猜想，那目光只是一个想入非非的“望远镜”，所以他的观察是不足为信的。不过，有谁能够证明，有谁敢说这个可爱的米歇尔·阿尔当没有真正看到他的两位同伴不想看到的那个情况呢?

时间太宝贵了，不能浪费时间去讨论这个问题。无论月球城是真是假，它也早就消失在远处了。炮弹车厢与月球的距离在逐渐增大，月球表面的地势起伏也渐渐模糊不清了。只有那些高山、环形山、火山口、平原仍然清晰地显现着。

---

① 阿拉戈（1786—1853），法国天文学家。

此刻，左边，月球山岳形态学中最美丽的环形山中的一座，也是这个大陆上的一个奇观出现了，那是巴比凯恩根据月面图一眼便认出的牛顿山。

牛顿山精确的位置在南纬七十七度和东经十六度。它构成一个圆形的火山口，其峭壁高达七千二百六十四米，似乎无法逾越。

巴比凯恩提醒他的两位同伴注意观察这座高耸的山，它耸立在周围的平原上，与火山口的深度并不相等。这个巨型的洞穴深不可测，形成一个黑乎乎的深渊，阳光永远找不到它的底部。据汉勃尔德的说法，那是一个绝对的黑暗王国，无论太阳的光线还是地球的光线都无法穿透它。神话学家们不无道理地称它为“地狱入口”。

“牛顿山是那些环形山中最典型的环形山，”巴比凯恩说，“地球上找不到这样的环形山。它们证明月球因逐渐冷却而形成，那是多亏了一些激烈的原因，因为在地下火的推动下，山的高度在大幅度地增高，这样一来，洞底便在下沉，比月球表面要低得多得多。”

“我同意这一看法。”米歇尔·阿尔当说。

越过牛顿山几分钟之后，炮弹车厢直接凌驾于莫莱特环形山上方。它远远地沿着布朗卡努斯山峰前行，将近晚上七点半钟时，它便到了克拉维乌斯环形山。这座环形山是月球上最了不起的山中的一座，位于南纬五十八度，东经十五度。它的高度估计有七千零九十一米。三位旅行者距离它有四百公里，在望远镜下只有四公里，他们可以仔细地欣赏这个巨大的火山口的全貌。

“地球上的火山，”巴比凯恩说，“与月球上的火山相比，那简直是小巫见大巫了。我们测量威苏维火山和埃特纳火山最新的几次喷发所形成的最古老的火山口，被确定为只有六公里宽。法国的康塔尔环形山为十公里宽，锡兰的岛上环形山为七十公里，并被认为是地球上最大的环形山。与我们此刻凌驾其上的克拉维乌斯环形山的直径相比，简直不值一提！”

“那它有多宽呀？”

“宽达二百二十七公里，”巴比凯恩回答道，“它确确实实是月球上最大的环形山，不过，还有好多环形山的宽度达二百公里、一百五十公里、一百公里等！”

“啊！朋友们，”米歇尔大声嚷嚷道，“你们想想看，当这个静默的黑暗星球上的那些火山口发出轰鸣声时，它们喷发出的激流般的熔岩、冰雹似的石头、滚滚的浓雾和炎炎的烈火该是多么惊天动地啊！那景色是多么神奇！可是现在，这个月球怎么就悄无声息了呀！它变成了遗骸残迹了，如同爆竹、钻天猴、火蛇、太阳灯等灿烂一下，立刻便变成了碎纸屑了！谁能说出这些灾难性的巨变的前因后果来呢？”

巴比凯恩没有听米歇尔·阿尔当的这番唠叨。他在凝视着克拉维乌斯山那厚达好几法里的峭壁。在那巨大无边的洞穴底部，有一百来个已经熄灭了的小火山口，宛如一柄漏勺，由一圈五千米高的峭壁拱抱着。

四周围是一片荒凉的平原。没有比这些山体更加贫瘠的了，没有什么比这些火山废墟更苍凉的了，我们不得不说，这些峭壁和高山的残骸全都拥塞在月球表面了！地球的这颗卫星似乎曾在这儿发生过了爆炸。

炮弹车厢一直在往前行进，而月球上的这番乱象也始终未变。环形山、火山口、崩塌的火山连绵不断，没有平原，没有大海，仿佛没完没了的瑞士和挪威的更替不断。最后，在这片龟裂的地区中央，在那最高的地方，月球上的那座最壮美的山——那座闪光耀眼的蒂索峰出现了，我们的子孙后代将永远铭记这位著名的丹麦文学家的大名。

在满月时分，在万里无云的天空中，人人都会注意南半球上的那个发光点的。米歇尔·阿尔当为了形容它，不惜动用其全部想象力。在他看来，这个蒂索峰就像是一个炽烈的发光源，一个辐射中心，一个喷射光线的火山口！它是一个发光的轮毂，一个以它那银色触须紧紧地箍住月盘的海星，一只金睛火眼，普路托[①]头上的一个光环！仿佛是造物主拿起一颗星星向月亮扔过去，星星立刻成了齑粉！

蒂索峰形成一个极其明亮的光源，连地球上的居民们都无须望远镜，用肉眼就能看得见，尽管他们与它相距有十万法里。那儿，在离它仅有一百五十法里的这几位观测者眼里，它的光线的强度就不言而喻了！透过那纯净的以太空间，它的亮光强得让人眼睛都睁不开来，巴比凯恩及其两位同伴只好用煤气灯将他们的

---

① 普路托，希腊神话中的冥王哈迪斯的别名。

眼镜片熏黑，才能眯着眼睛看到它。他们随即默然无语地观看着，凝视着，只是偶尔发出几句赞叹声。他们所有的感情、所有的印象全都集中在他们的目光中，如同生命受到深邃的感动一般，全都集中到心坎里了。

蒂索峰如同阿里斯塔克山和哥白尼山一样，属于发光山脉系列。但是，它却是所有这类山脉中最完美的、最顶尖的一个，它不可否认地在证明月球的形成是多亏了这件可怕的火山活动。

蒂索峰位于南纬四十三度，东经十二度，中心是一个宽八十七公里的火山口。它略微呈椭圆形，四周环绕着环形壁垒，东边与西边高出外面的平原有五千米。这是一个勃朗峰群，围绕着一个共同的中心，并且像被一头金光闪闪的秀发笼罩着。

这个无与伦比的大山群是由许多的山岳汇聚而成的，火山口有许多的赘生物，这一切至今都没有被拍摄到过。确实，每当满月时节，蒂索峰便大放光彩，独傲群雄。而这时候，蒂索峰不见阴影，各个角度的线条全都消失不见，拍出来的照片全都是白花花的一片，见不到影像。这种情况确实让人沮丧，因为这个奇特的地区本应让人精确地拍摄下来才是。这只是一些洞穴、火山口、环形山、重叠交错的山峦的集大成者；极目望去，如同被抛弃在这个脓包似的土地上的一个火山网。我们明白，火山喷发出来的岩浆仍然得撑着它们原来的形状。由于冷却凝结，它们便留下了这个从前月球在普路托的魔力影响下所形成的这副容貌。

旅行者们与蒂索的环形峰的距离并不算远，因此他们得以观测环形山的主要地形地貌。众多的山脉自蒂索环形山开始，沿里外两面斜坡蔓延开去，山山相连，宛如一个硕大无朋的大平台。两边的山峰比东边的看上去要高三四百英尺。地球上没有任何安营扎寨的技术可与这种天然堡垒相媲美的。一座建造在环形洞穴中的城市是绝对攻不破的。

这是一座攻不破的而且是山峦起伏、风光无限的城市！大自然确实没有让这个火山口底部成为一个平淡无奇、空洞无物的地方。它的山峦自成一统，宛如一个世外桃源。旅行者们清晰地看到圆锥状山，中央丘陵，地势起伏，自然排列，仿佛是在月球上造就的一个杰作。那儿是一个神殿广场，那儿是建造宫殿的地基，这儿是一座城堡的高台。这一切拱抱着一座高一千五百英尺的中央山峰。如果在这儿建造古罗马城的话，那它可能还要大上十倍！

“啊！”米歇尔·阿尔当看到如此美景，不禁兴奋不已地喊叫着，“在这个群山环绕的地方，可以建造一座多么雄伟的城市啊！那将是一座平静安宁的城市，一个摆脱人间苦难的宁静的庇护所！所有的愤世嫉俗者，所有仇恨人类的人，所有厌恶社会的人，都能在这里与世无争地平静安逸地生活着！”

“所有的人？那这地方就容不下了！”巴比凯恩这么反驳了一句。

第十八章　严重的问题

这时候，炮弹车厢正经过蒂索山的环形峭壁。于是，巴比凯恩和他的两个朋友便全神贯注地在观察那著名的环形山极其奇特地向四面八方散发出的那些亮光山的线条。

这个发光的光环是什么呀？是什么地质现象画出来这浓密的发光秀发呀？这个问题理所当然地萦绕在巴比凯恩的脑海之中。

确实，在他目光所及，他看到了这些向四面八方伸展开去的两边高中间凹的发光沟槽，其中有的宽有二十公里，有的竟然有五十公里宽。这些发光线条有的甚至一直延伸至离蒂索峰三百法里的地方，尤其是朝向东部、东北部和北部的，似乎遮挡住南半球的一半了。其中有这么一条，竟然延伸到位于南纬四十度的尼昂德尔环形山。另外还有一条，越变越粗大，一直越过“酒海”，经过四百法里的路程，到达比利牛斯山。还有几条伸往西边，形成光帘，包裹住“云海”和“幽默海”。

所有这些发光的线条，不但出现在平原上，而且也同样出现在不论多么高的高山上，它们到底是如何形成的呢？它们全都是从一个共同的中心——蒂索火山口——发出的。它们都是从它那儿被射出去的。天文学家赫歇尔认为它们的发光现象是因冷却后的古熔岩流所致，但他的观点并未被广泛接受。另外的一些天文学家认为这些难以解释的线条是一些冰碛[①]，一些游走性岩块，它们有可能是在蒂索山形成时期被抛射出来的。

“为什么不会呢？”尼科尔问巴比凯恩道。

巴比凯恩讲述了那些不同的看法，并且边说边一一地否定了它们：“因为这些发生线条的规律性以及把火山物质抛射到如此地远的地方，那必须有足够的力量的，可是它们却又是无法解释的。”

“见鬼！”米歇尔·阿尔当说，“我觉得这些线条的起因很容易解释的。”

“是吗？”巴比凯恩问。

“是呀，”米歇尔回答道，“我只需说一句就解释清楚了：这是一个巨大的星型裂痕，类似于一颗子弹或一块石块打在一块玻璃上所造成的裂痕。”

“嗯！”巴比凯恩笑吟吟地说，“那我倒要问问，有谁有那么大的力气，用手扔一块石头就能砸得那么厉害呀？”

“没必要用手呀，”米歇尔仍然坚持己见地说，“至于石头么，咱们假设可能是一个彗星。”

“啊！彗星！”巴比凯恩大声说道，“你总是拿彗星说事儿！我正直的米歇尔呀，你的解释倒是挺不错的，但是你所说的彗星那是不可能的。造成如此大的裂痕的那种撞击力可能来自这个星球本身。月球的硬壳在急剧冷却收缩的时候，就足以造成这么大的裂痕的。”

“行呀，就算是冷却收缩的缘故吧，比如月球得了肠绞痛什么的。”米歇尔·阿尔当说。

“再说，”巴比凯恩说道，“这一观点是一位美国学者内史密斯提出的。我认为他的解释足以说明这些山脉的光线形成的原因了。”

“这个内史密斯倒是一点不傻！”米歇尔说。

三位旅行者兴趣盎然地久久地观看着蒂索山的美丽景象。他们的炮弹车厢在

① 在冰川作用过程中，所挟带和搬运的碎屑构成的堆积物，又称冰川沉积物。

太阳和月亮双重光线的照射下，大概会像是一个炽热放光的星球。因此，他们突然之间从冰冻严寒转入到高温酷热中了。大自然大概就是这样准备把他们训练成为月球人吧。

成为月球人！这个想法又将他们拉回到那个老问题了：月球上能住人吗？三位旅行者在看到了自己亲眼所见的一切之后，能解答这一问题不？他们的结果是肯定的还是否定的？米歇尔·阿尔当催促他的两位朋友发表意见，要求他们直截了当地回答他月球上是否有动物和人。

“我觉得我们能够回答你提出的问题，”巴比凯恩说，“不过，依我看，这个问题不应该这么去提。我倒觉得应该用另一种方式来提。”

“那你提吧。”米歇尔催促道。

“是这样，”巴比凯恩说，“这个问题分两种情况，并要求有两个答案：月球上可以居住吗？月球上有人居住过吗？”

“对，”尼科尔应声道，“我们首先得弄清楚月球上是否可以居住。”

“说实在的，我对此一窍不通。”米歇尔说道。

“就我而言，我的答案是否定的，”巴比凯恩说，“就目前月球的情况来看，由于大气层十分地稀薄，它上面的海大部分都已干涸，水源不足，植物难以生长，而且还忽冷忽热，白昼和黑夜达三百五十四个半小时，所以我认为月球上无法居住，而且我还觉得它也不适合动物的生长发育，没法满足我们的生存需要，就像我们现在所了解的那样。”

“我同意，”尼科尔说，“不过，难道月球对于我们的身体结构完全不同的一些生物来说也同样不能生存吗？”

“对于这个问题么，”巴比凯恩说，“那就更难以回答了。不过，我倒是想试试看，但是，我得先问问尼科尔，是否无论任何生物，其‘运动’都是生命的必然结果吗？”

“那是毫无疑问的。”尼科尔回答道。

“那好，我尊敬的朋友，那我就回答你，我们在一个顶多五百米的距离上观察过月球大陆，但是我们根本就没有看到月球表面上有任何东西在移动。如果说有任何人类存在的迹象的话，那我们便能从他们征服大自然的痕迹，从他们的建筑物，甚至从一些废墟上看到他们的痕迹的。可是，我们看到了什么呢？始终无非到处都是大自然造就的地质工程，从未见到有人类留下的建筑。如果说月球上有动物界的代表的话，那它们也许是躲藏在我们看不到的深不见底的洞穴之中。但我并不赞同这一看法，因为，假如它们真的存在过的话，那么，它们就会在那种即使极其稀薄的大气层下的平原上留下一些痕迹的。可是，我们在任何地方都没有发现有这样的痕迹出现。那么，唯一的可能就是这里也许与生命的标志——运动——没有任何关系的生物存在！”

“你的意思是指没有生命的、活的创造物了？”米歇尔反诘道。

“正是，”巴比凯恩回答道，“可这对我们来说，就毫无意义了。”

“这么说，我们可以总结我们的看法了。”米歇尔说。

“是的。”尼科尔说。

“那好吧，”米歇尔·阿尔当说道，“科学委员会在枪炮俱乐部的炮弹车厢内举行会议认为，对新观察到的情况进行辩论之后，对月球能否适宜居住的问题，一致投票决定：不行，月球不适宜居住。”

巴比凯恩主席将12月6日的这个会议记录和决定记在了他的笔记簿里。

“现在，”尼科尔说，“我们开始讨论第二个问题吧，它是第一个问题的不可缺少的补充说明。我要向尊敬的委员会提问：如果说月球现在不适宜居住的话，那么它以前是否有人居住过呢？”

“请公民巴比凯恩发言！”米歇尔·阿尔当说。

“朋友们，”巴比凯恩说道，“关于我们的地球卫星是否适于居住的问题，我认为即使没有做这一次旅行，我也有一种观点可以陈述。我要补充一句，我们亲自进行的观察更加证实我的这个观点。我认为，我甚至确信，月球上曾经居住过类似我们地球人的身体结构的人，并且还存在过在解剖学上与地球上的动物相同的动物，不过，我还得补充一句，这些人类或动物已经消失了，他们已经永远灭绝了！”

“这么说，”米歇尔问道，“月球有可能比地球更加古老？”

“不，”巴比凯恩信心十足地说，“只不过它这个世界老得更快了一些罢了，而且，它的形成和老化也都更快一点。相对而言，月球的物质的组织力量要比地球内部强得多。这个皱巴龟裂、千疮百孔、鼓鼓囊囊的月盘的现状就已证明这一点了。月球与地球初始时只是两个气状的团块。后来，在不同的力量的影响之下，由气体变成液体，而这之后，才由液体状转变成为固体状。可以十分肯定的是，在我们的地球还停留在气体状态或液体状态的时候，月球就已经因冷却而变为固体状态，适合居住了。”

“这我相信。”尼科尔说。

“那时候，”巴比凯恩继续说道，“有一层大气层在围绕着月球。水被这层气体包围着，没有蒸发掉。在空气、水、光线、太阳热能和月球中心热力的影响下，植物便占据了准备好接受它的那些大陆了，因此，可以肯定生命大致在这一时期出现了，因为大自然不会白白地做一些无用功的，而一个如此适合居住的世界是必定应该有人居住的。”

“不过，”尼科尔说，“我们的地球卫星有许多固有的运动现象，它们可能阻遏住植物界和动物界的扩张的。比如说，那三百五十四个半小时的白昼与黑夜不就是一个例证吗？”

“在地球的两极，”米歇尔说，“它们要持续六个月的！”

“这个论据没多大价值，因为南北两极并没有人居住。”

“请注意，朋友们，”巴比凯恩又说，“如果说在月球现在这个阶段，那些漫长的黑夜与白昼造成温差极大，机体难以忍受的话，那么，在那个历史时期却并不是这样的。那时候，大气层用一件液态‘大衣’包裹着月盘。水蒸气变成了云雾在遮挡着。这个大自然屏障减低了太阳光的热力，抑制住了夜晚的黑暗。光线同热力可以在空气中扩散。此后，那些力量的影响之间的平衡已不复存在，现在，这个大气层几乎完全消失了。而且，我下面要说的可能会让你们吃惊的……”

“但说无妨。”米歇尔·阿尔当说。

“我真的认为在月球上有人居住的那个时期，黑夜与白昼并没有长达三百五十四个半小时！”

“为什么呢？”尼科尔急切地问道。

“因为，当时，很有可能月球的自转与它的公转并不相等，而且，只有在二者相等的时候，月球的任何一点都要受到太阳光十五天的照射的。”

“我同意，”尼科尔说，“可是，既然这两种运动那时候是不相等的，那为什么它们现在却又能相等呢？”

“因为这种相等与否是由地球引力决定的。可是，有谁告诉我们，在地球尚处于液体状态时，这种引力有足够的力量改变月球的运动呢？”

“可是，”尼科尔反驳道，“那又有谁告诉我们说月球一直是地球的卫星呢？”

“可有谁跟我们说过，”米歇尔·阿尔当大声嚷嚷道，“月球并没有在地球之前就已经存在了？”

这一下，大家的想象奋勇而至，各抒己见，巴比凯恩想要制止这种无休止的假设。

“这些全都纯属空想，解决不了任何问题的，”巴比凯恩说，“我们别再这么无休止地争论下去了。我们就当是地球的引力不够强，因此月球的自转和公转就不相等了，白昼与黑夜有可能像地球上的白昼与黑夜一样在交替着。不过，即使没有这些条件，生命也有可能存在的。”

“这么说来，”米歇尔·阿尔当问道，“人类可能是从月球上消失了？”

“没错，”巴比凯恩回答道，“不过，他们想必是在月球上坚持几千个世纪之后才消失的。随后，渐渐地，大气层变得稀薄了，月盘变得无法居住，就像地球总有一天将因冷却的缘故而变得无法居住一样。”

“因为冷却的缘故？”

“想必是的，”巴比凯恩回答道，“随着地火的熄灭，炽热物质聚集起来，月球外壳就变冷了，渐渐地，这一现象的后果便出现了：动物灭绝，植物消失。很快，大气层变得极其稀薄，很有可能被地球吸引过去，呼吸的空气消失了，水也蒸发掉了。到了这个时期，已变得无法居住的月球就变成了一个死寂的世界，正如我们今天所见到的那样。”

“你是说地球也会遭此厄运？”

“非常有可能。”

“那会是在什么时候呢？”

“当它的外壳逐渐冷却到无法居住时。”

“是否有人计算过我们那不幸的星球会在什么时候开始冷却呀？”

“想必有人计算过了。”

“你知道会在什么时候呀？”

“我当然知道。”

“那你快说呀，你这个讨厌的学者，”米歇尔·阿尔当嚷叫着，“你简直急死人了！”

“好的，好的，我正直的米歇尔，”巴比凯恩平静地说道，“我们已经知道地球在世纪中温度降低了多少，而按照这样的速度计算，地球的平均温度将在四十万年之后下降至零摄氏度！”

“四十万年！”米歇尔嚷叫道，“啊！这一下我可以喘上气来了！真的，你可是把我给吓坏了！刚才听你那么说，我还以为我们只有五万年可活呢！”巴比凯恩和尼科尔见他们的这个同伴竟会如此担忧，不禁哈哈大笑起来。接着，尼科尔想要有个结论，便又提出了刚才讨论的第二个问题。

“月球上曾经有人居住过吗？”他问道。

答案是肯定的，而且大家全都赞同。

他们的这个讨论提到的许许多多的理论问题稍有点轻率，尽管这个讨论在这个方面总结了一些科学上的一般概念。而在这一时刻，他们的炮弹车厢已经飞快地朝着月球赤道前进了，与此同时，也在正常地离开月球越来越远。它已经越过威廉环形山，在离月球八百公里高空处越过了纬度四十度线。接着又将波塔图斯山留在了三十度线的右边，沿着那个“云海”南边飞向“云海”北边。许多的环形山隐现在满月的一片白茫茫的强光中，诸如布伊欧山和普尔巴赫山（它们状若正方形，中央有一个火山口），以及阿尔扎歇尔山，其中心有一座高峰，光闪耀眼，美不胜收，妙不可言。

最后，炮弹车厢一直在远离月球，三个旅行者的眼睛已看不太清山峦的轮廓了，它们全都变得模糊不清，而地球的这颗卫星的所有的绝妙的、奇特的、怪异的景致留给他们的只是那难以磨灭的记忆了。

第十九章　与不可能进行搏斗

在一段较长的时间里，巴比凯恩及其两位同伴默然无语，沉思默想，像遥望加纳福地的摩西一样，远远地看着那个世界，他们此时此刻已经离它越来越远，无法返回了。炮弹车厢与月球的相对位置已经改变，现在它的底部已转向了地球。

巴比凯恩看到的这一变化不禁令他震惊不已。如果炮弹车厢必须沿着一个椭圆形轨道环绕运行的话，为什么不像月球环绕地球那样，将它那最重的底部转向月球呢？这一点颇令他费解。

在观察炮弹车厢运行的情况时，我们可以发现它正在远离月球，沿着一条类似于它靠近月球时的曲线在前行。因此，它的轨迹划出了一个长长的椭圆形，很可能一直延伸到地球和月球的引力彼此抵消的那个点。

这就是巴比凯恩根据自己观察到的情况正确地得出的结论，他深信他的两个朋友是同意他的看法的。

随即，各种各样的问题便像雨点般地提了出来。“那要是到达了这个死寂点的话，我们会怎么样呀？”米歇尔·阿尔当问。

“这是个未知数。”巴比凯恩回答道。

“那我想，我们总可以做一些假设吧？”

“有两种可能，”巴比凯恩回答，“或者是炮弹车厢的速度不够快，那么它就将永远地待在这条双重引力的线上……”

“那我宁可选择另外一种，不管其后果怎样。”米歇尔急切地说。

“要么它的速度很快，”巴比凯恩接着说道，“那它就会沿着它的椭圆形轨道永远围绕着月球旋转。”

“这个假设也让人没法放宽心，”米歇尔说，“我们原来已经习惯于把月球当成我们的仆人的，这下子可好，我们反倒成了卑贱的月球仆人了！这就是等待着我们的未来呀。”

巴比凯恩和尼科尔都没有吭声。

“你们怎么不说话呀？”米歇尔不耐烦地催促道。

“没话可说了。”尼科尔说。

“难道就一点法子也没有了？”

“没有了，”巴比凯恩回答道，“你还想与不可能的事进行搏斗呀？”

“为什么不行呀？”一个法国人和两个美国人难道会被这点小事吓傻了吗？

“那你说怎么办？”

“控制住这个裹挟我们的运动！”

“控制住它？”

“是呀，”米歇尔劲头上来了，说道，“或者控制住它，或者改变它，反正得让它协助我们完成我们的计划。”

“可是，应该怎么做呢？”

“这就要看你们两位了！如果炮兵控制不了他们的炮弹，那还叫什么炮兵！如果炮弹指挥炮手，那就该将这个炮手塞进炮膛里去！天哪，你们算什么学者呀！竟然把我塞进炮膛里来，却想不出法子去解决难题！……”

“把你塞进炮膛！”巴比凯恩和尼科尔齐声嚷叫道，“把你塞进炮膛！你这么说是什么意思？”

“你们先别发火！”米歇尔说，“我并不是在抱怨！这趟漫游我觉得挺开心！炮弹车厢我也觉得挺舒适！不过，即使无法在月球上降落，那至少，也应该尽我们自己的力量在其他什么地方降落呀。”

“我们也在这么想呀，我正直的米歇尔，”巴比凯恩回答他说，“可是，我们想不出有什么可行的办法来。”

“我们就无法改变炮弹车厢的运动吗？”

“没有办法。”

“降低速度也不行？”

“不行！”

“难道就不能像一艘超载过重的船一样，扔掉些东西？”

“你想扔掉点什么！”尼科尔说，“我们并没有带压舱物。再者，我觉得扔掉点重量之后，炮弹车厢的速度会更快的。”

“更慢！”米歇尔说。

“更快！”尼科尔反驳道。

“既不会更快也不会更慢，”巴比凯恩息事宁人地回答道，“因为我们是在真空中飘浮着，在真空中就无须考虑什么轻重的问题了。”

“那好，”米歇尔语气坚定地说，“那就只有一件事要做的了。”

“什么事？”尼科尔问。

“吃早餐！”英勇无畏的法国人镇定自若地回答道，他每当遇到最棘手的情况时，总是使用这一招儿。

的确，即使这一招儿对炮弹车厢的运行方向不会产生任何影响，还是可以尝试一下的，反正也不会造成什么不良后果的，而且，对胃也大有裨益么。说实在的，这个正直的米歇尔确实满脑子的好主意。

于是，凌晨两点，三人便吃起了早餐来，但是，时间已经不重要了。米歇尔送上的是他的拿手的菜肴，还配上一瓶从他的秘密酒窖里取出来的喜人的美酒。如果他们脑子里还想不出好主意来的话，那就太对不起这瓶1863年的尚贝尔丹的玉液琼浆了。

早餐毕，大家又开始观察起来。

在炮弹车厢的周围，被他们扔到宇宙空间的东西依然跟炮弹车厢保持着不变的距离飘浮着。很显然，炮弹车厢在围绕月球运行时，没有穿越任何的大气层，否则，所有这些被扔出去的物体因它们自身的重量会改变自己的速度的。

往地球方向看去，什么也看不到。地球只有一天，从头一天到午夜时分，它处于“新月”状，再过两天，它的“新月”便离开太阳光，成为月球人的时钟了，因为它在自转的时候，它的每一个点都总是在二十四小时之后经过同一条月球子午线。

在月球这一边，景色则迥然不同。皓月当空，但明亮的月光却遮盖不住那灿烂的群星闪烁。月球表面的平原地区已经色彩暗淡，如同从地球上所看到的一样。只有蒂索山依然光芒四射，其中心尤为耀眼，宛如一轮小小的红日。

巴比凯恩没有任何办法确定炮弹车厢的速度，不过，根据力学原理推理，他认为这个速度在有规律地减小。的确，如果承认炮弹车厢的轨迹就是围绕着月球的，那么这个轨迹就必然是椭圆形的。科学证明它必然是这样的。任何围绕着一个引力中心运转的物体都逃不脱这一规律。宇宙间所有的运行轨道都是椭圆形的，无论是环绕行星的卫星，还是环绕太阳运行的行星，或者是环绕着一个未知的引力中心运行的太阳，全都如此。为什么枪炮俱乐部的这个炮弹车厢会逃脱这个自然规律呢？

在椭圆形的轨道上，引力中心总是占据椭圆形的两个圆心中的一个圆心。因此，卫星有时离它的引力体比较近，有时又离它比较远地围着它运行。当地球更靠近太阳时，它就位于近日点，而当它离太阳远的时候，那它就位于远日点。如果是月球的话，它在靠近地球时，就位于近地点，而离地球远的时候，它就位于远地点。如果是炮弹车厢借助天文学家的语言来表述的话，那么它离月球最近的地方就叫近月点，而远的地方则叫远月点。

在近月点时，炮弹车厢的速度就该是最大的，而在远月点时，它的速度就应该是最小的。因此，它显然是朝着远月点运行，而巴比凯恩是对的，他认为它的速度将下降到这一点，以便在逐渐靠近月亮时，会渐渐地加快速度的。如果炮弹车厢的远月点是在地球与月球的引力相等的死寂点相重叠的话，它的速度将绝对成为零的。

巴比凯恩仔细地研究了这些不同的情况的后果，而当他要从中做出一个决定的时候，突然间，米歇尔·阿尔当的一声喊叫打断了他的思路。

“见鬼！”米歇尔嚷叫道，“必须承认我们都是些十足的笨蛋！”

“我看倒也是，”巴比凯恩应声道，“不过，你为什么这么说呀？”

“因为我们就有一个很简单的方法，使我们降低离开月球的速度，可是我们却并没有运用它！”

“到底是什么办法呀？”

“就是利用我们的火箭的后坐力呗。”

“正是！”尼科尔说。

“我们直到现在还没有动用过它，”巴比凯恩说，“这点不假，不过，我们将会动用它的。”

“什么时候呀？”米歇尔问。

“当时机成熟时。请注意，朋友们，在炮弹车厢所在的位置与月面仍呈倾斜状的时候，我们的火箭在改变它的方向时，有可能使它偏离月球，而不是靠近月球。可你们不是坚持要到月球上去吗？”

“正是！”米歇尔回答道。

“你们先等一下。由于一种无法解释的影响，炮弹车厢现在正在将其底部逐渐转向地球。很有可能在两种引力相等的死寂点，它的圆锥形顶部将绝对地朝向月球。这时候，我们就可以希望它的速度降为零。那将是我们采取行动的时刻，而在我们的火箭的帮助之下，我们也许会直接降落在月球的表面的。”

“棒极了！”米歇尔说。

“我们先前没有这么做，之所以我们没能在第一次穿过死寂点时这么做，那是因为当时炮弹车厢的速度仍然很快的缘故。”

“非常有道理！”尼科尔说。

“先别着急，”巴比凯恩说，“等着所有的有利条件都聚集到我们这一边来，而且，我们失望了这么久了，机会要来了，我开始相信我们会到达目的地的！”

米歇尔·阿尔当听巴比凯恩这么一说，不禁心花怒放，连呼“万岁”。可这三个胆大的疯子没有一个记起来：他们曾经认为的那是个不可能实现的目标，月球上根本就没人居住过！不！月球上可能是并不适宜居住！然而，他们将要想尽一切办法登上月球，唯一的一个需待解决的问题是，炮弹车厢究竟在什么确切的时间可能到达两种引力相等的那个死寂点呢？到了那一时刻，这三位旅行者将孤注一掷，降落在月球上。

要计算这个顶多只能有几秒钟的误差的时刻，巴比凯恩只需查看一下他的旅行笔记，并标出月球上的那几条纬度线的高度即可。这样的话，炮弹车厢经过死寂点和南极间的距离所需要的时间与从北极到死寂点的距离应该是相等的。而通过各个点的时间已经仔细地记录了下来，所以计算起来就很容易了。

巴比凯恩认为炮弹车厢到达这个点的时间应该是12月8日的凌晨一点钟。而此时是12月7日的凌晨三点。因此，如果炮弹车厢没有受到干扰的话，它将在22小时之后，到达所盼望的那个点。

火箭本来是准备留作减低炮弹车厢降落速度时使用的，可现在却恰恰相反，三个勇敢无畏者将用它来激发一个完全相反的效果。不管怎么说，反正火箭已经准备就绪，专等时刻一到便点火发射了。

"既然现在没什么可做的了，"尼科尔说，"那我提个建议。"

"什么建议？"巴比凯恩问。

"我建议咱们睡上一觉吧。"

"什么？"米歇尔·阿尔当大叫一声。

"我们已经有四十个小时没有合眼了，"尼科尔说，"先睡上几个小时，我们会精力充沛的。"

"我不睡。"米歇尔不高兴地说。

"那好，"尼科尔说，"那就各行其是吧，我可得睡上一觉！"

尼科尔说着便躺在一张长沙发上，像死猪似的打起呼噜来。

"这个尼科尔可是挺聪明的，"巴比凯恩立即说道，"我也要学他的样儿了。"

不一会儿，他那男低音的呼噜声便同船长的男中音一呼一应了。

"我敢肯定，这两个讲求实际的人有时候还是有一些很合时宜的主意的。"米歇尔·阿尔当说。

于是，米歇尔伸开他那两条长腿，将两条长胳膊枕在脑后，也沉入了梦乡。

不过，他们睡得并不长久，也不踏实。三个人的脑子里的操心事像是马灯似的，所以几个小时之后，将近早晨七点的时候，他们全都在同一时刻，腾地站起身来。

炮弹车厢一直在远离月球，它的圆锥体那一部分越来越转向月球。直到现在也没搞清楚这是个什么现象，但是它却恰好有利于巴比凯恩的计划。

再过十七个小时，行动的时刻就将来临。

这一天似乎特别长。这三位旅行者无论胆子有多大，在这一时刻即将来到时，他们也总不免心里怦怦直跳。这一时刻将决定一切，要么是降落到月球上，要么将永远沿着一条不变的轨道环绕着月球运行。他们一直在数着时间，觉得时间走得太慢太慢。巴比凯恩和尼科尔一门心思地沉浸在计算当中，米歇尔则在狭窄的舱壁间走来走去，并且还在贪婪地凝视着这个无动于衷的月球。

有时候，对地球的一些回忆飞速地闪过他们的脑海，他们又看见了他们俱乐部的朋友们，尤其是那个最亲密无间的J.-T.马斯顿。此时此刻，这位可敬可爱的秘书大概正待在落基山他的岗位上呢。如果他在他的巨型望远镜上发现我们的炮弹车厢，他会做何感想？他看到它消失在月球南极后面之后，却又见它从北极冒了出来！这可是一颗卫星的炮弹车厢卫星啊！J.-T.马斯顿有没有将这个出乎意料的新闻传播出去？这次伟大的创举的结局就是这样吗？……

然而，这一天过去了，没有发生任何意外。地球上的午夜降临了，12月8日即将开始。再过一个小时，就将到达两个引力相等的死寂点了。此时此刻，炮弹车厢的速度怎样？我们估计不出来。但是，巴比凯恩计算出来的数据是绝对不会出错的。凌晨一点，这个速度就可能为零，而且必定是零。

另外，还有一个现象大概会表明炮弹车厢到了两个引力相互抵消的死寂点。在这个点上，地球引力和月球引力将会为零，物体不再有“重量”了。这个罕见的现象曾经让巴比凯恩及其两位同伴在去的时候感到非常惊讶。在回去的时候，在这同样的条件下，再现这种情况，必须在这个精确的时间上尽快行动。

炮弹车厢的圆锥形顶部已经在明显地转向月盘了。它必须转到可以利用火箭的全部后坐力的方位。看来，好运来到这三位旅行者的面前了。如果炮弹车厢在这个死寂点上的速度绝对为零的话，就会产生一个决定性的运动，哪怕是小之又小的运动，都将使它降落到月球上的。

“差五分钟就一点了。”尼科尔说。

“一切准备就绪，”米歇尔·阿尔当一边回答，一边把一个事先准备好的引火线凑近煤气灯的火上。

“等一下。”巴比凯恩手里拿着表说道。

正在这一时刻，重力便完全不再起作用了。旅行者们自己也感到自己的身子没有了重量。如果说他们尚未到达完全失重的状态，那他们也离那个死寂点非常近了……

“一点钟了！”巴比凯恩说。

米歇尔·阿尔当将引火线凑近一根与火箭连接着的火线。炮弹车厢内空气稀薄，他们没有听到任何的爆炸声。但是，透过舷窗，巴比凯恩看到一条长长的“尾巴”，但燃烧随即便熄灭了。

炮弹车厢内的旅行者们明显地感到了一阵晃动。

他们全都睁大眼睛在看，只听不说话，并且屏住了呼吸。在这绝对的寂静之中，仿佛能听见他们的心跳声。

“我们在降落？”米歇尔·阿尔当终于忍不住问道。

“没有呢，”尼科尔回答道，“因为炮弹车厢的底部尚未转向月球！”

这时候，巴比凯恩离开了舷窗玻璃，回头看看他的两个同伴。他脸色苍白，眉头深蹙，紧咬住嘴唇。

“我们在降落！”他说道。

“啊！”米歇尔·阿尔当叫喊着，“是向月球降落？”

“向地球！”巴比凯恩回答道。

“真见鬼！”米歇尔·阿尔当嚷嚷道，随即便又颇有哲理地说，“很好！我们在进到炮弹车厢里的时候就在想，可能难以从里面走出去呢！”

确实，可怕的降落开始了。炮弹车厢本身所具有的速度把它带到死寂点的那一边去了。火箭的后坐力也没能减小它的速度。这个速度在来的时候就曾将它带过死寂点，在返回途中又将它带到死寂点的另一边。物理学要求炮弹车厢在它的椭圆形轨道上重新越过它所穿过的所有的点。

这是一次可怕的坠落，是从七万八千法里的高处在降落，没有什么“弹簧”可以拉住它，减小它的速度。根据弹道学的原理，炮弹车厢应该与它被射出哥伦比亚德炮时的速度相同，亦即以“最后一秒的速度为一万六千米”的那个速度降落地球！为了给出一个参考数字，我们曾计算过，从只有二百英尺高的巴黎圣母院的钟楼扔下一个物体，它落到地面时的速度是“每小时一百二十法里”。而此时此刻的炮弹车厢降落到地球上的速度应该是每小时五万七千六百法里。

“我们完蛋了。”尼科尔冷冷地说。

“好啊，如果我们死了，”巴比凯恩带着一种宗教热情的语气说道，“我们这趟旅行的成效就发扬光大了！上帝将会告诉我们他的秘密的！在另一个世界里，灵魂将无须机器或仪器就能无事不知了！灵魂将与永恒的智慧融为一体！”

“没错，”米歇尔·阿尔当说，“整个的那个另一个世界会很好地安慰我们，不致使我们对那个名叫月球的小小星球感到遗憾了！”

巴比凯恩搂抱着双臂，一副听天由命的样子。

“听从上苍的安排吧！”他说道。

第二十章 “苏斯格安娜号”的探测

“喂，中尉，探测进行得怎么样了？”

“我认为马上就要结束了，”先生答道，“可是，谁会想到离陆地这样近，而离美国海岸只有一百多法里的地方，海水竟然会如此深啊？”

“确实，布尤斯菲尔德，这里是一条深海沟，”布尤斯贝里船长说，“这儿有一个海谷，是亨博德海流冲出来的，这个海流沿着美洲海岸流去，直抵麦哲伦海峡。”

“这么深很难铺设海底电缆，”中尉说道，“海底电缆最好是铺设在一座平坦的海底高原，如同连接瓦朗蒂亚和纽芬兰的那条美国电缆一样。”

“你说得对，布尤斯菲尔德。不过，请您告诉我，我们现在铺设了多长？”

“现在，外线已经铺了两万一千英尺了，先生，”布尤斯菲尔德回答道，“牵引探测器的那个‘炮弹车’还没能到海底，因为探测器总是会往上浮起的。”

“这个布鲁克装置真的太神奇了，”布尤斯贝里船长说，“它测出的数据精确可靠。”

“触底了！”突然，前舱监督操作的一个舵手叫了起来。

船长和中尉马上奔往前甲板。

“水深多少？”船长问。

“两万一千七百六十二英尺。”中尉一边回答，一边将这一数字记在了日记本上。

“很好，布尤斯菲尔德，”船长说，“我将把这一数字标在我的航海图上。现在，把探测器收回来吧。这项工作得花上好几个钟头。在这段时间里，工程师将点火生炉，而我们则将准备好，等你们的工作一结束，便拔锚起航。现在是晚上十点，不好意思，中尉，我要去睡一会儿了。”

“您去吧，先生，没事的！”布尤斯菲尔德中尉亲切地回答道。

“苏斯格安娜号”的船长可以说是一位正直的人，是他的军官们的最谦逊的仆人。他回到自己的舱里，喝了一杯掺有热糖水和柠檬汁的白兰地，对他的厨师的手艺表示非常满意，然后，又对为他铺好床铺的仆人称赞了一番，便躺下来安然入睡。

此时此刻，已是晚上十点了。12月的第十一天即将在一个美丽安谧的夜晚结束了。

“苏斯格安娜号”是美国海军的一艘五百匹马力的轻型巡航舰，正忙于新墨西哥海岸上的那个狭长的半岛附近，离美国海岸大约有一百法里的太平洋上进行探测。

风渐渐小了，大气层平静安然。舰旗纹丝不动地软塌塌地挂在顶桅桅杆上。

乔纳森·布尤斯贝里船长是枪炮俱乐部最积极的会员之一——布尤斯贝里上校的堂兄弟，他娶了他的表妹，一个名叫霍尔施比登的姑娘，肯塔基州的一位可敬的商人之女。乔纳森船长没有想到天气会那么好，这对这种困难的测量工作十分有利。他的轻型巡航舰并没有感觉到此前的那场惊天动地的大风暴，那场大风暴把堆积在落基山上空的满天乌云吹得不见了踪影，对于观测炮弹车厢的运行好得不得了。一切都让他称心如意，因此，他怀着一个长老派信徒的那种炽热的情感，感谢上苍的恩赐。

“苏斯格安娜号”进行的一系列测量工作，目的在于找寻一个适合铺设连接夏威夷群岛与美国海岸之间电缆的最佳海底。

这是一家颇具实力的大公司的一个庞大的计划。公司老板名叫赛茅斯·菲尔德，精明强干，甚至声称要铺设一个连接大洋洲各个岛屿的庞大的电缆国，该计划堪称美国人的天才的伟大事业。

前期的探测工作便交给了“苏斯格安娜号”轻型巡航舰。12月11日夜晚，这艘轻型巡航舰，正停泊在北纬二十七度七分和华盛顿的西经四十一度三十七分的位置。①

这时候，月球已呈下弦月，刚刚开始冒出地平线。

布尤斯贝里船长回舱睡觉之后，布尤斯菲尔德中尉和几位军官便聚集在船尾甲板上。月亮升起时，他们的思想全都转向整个半球的人都睁大着眼睛观赏的这个天体上去了。最好的海军望远镜都无法发现那个在半个月球周围游走的炮弹车厢，然而，所有的望远镜全都对准着那个闪亮的月盘，几百万双眼睛都在同时盯着它。

“他们出发已经十天了，”布尤斯菲尔德中尉说道，“他们现在怎么样了？”

“他们已经到达目的地了，中尉，”一个年轻的海军军官学校学员大声说道，“他们像任何一位到达一个新地方的旅行者一样，正在四处溜达呢！”

“您既然这么说了，我相信他们是这样的，我年轻的朋友。”布尤斯菲尔德中尉微笑着说。

“说实在的，”另一位军官说，“我们不应该怀疑他们登陆月球会失败。炮弹车厢应该在5日午夜满月之时抵达月球。今天已经是12月11日了，已经有六天了。六乘二十四小时，等于一百四十四小时，而且，又没有黑暗，他们有足够的时间舒舒服服地安顿下来。我觉得我看见我们的三位勇敢正直的同胞了，看见他们在月球上的一个山谷底部的一条溪流边安营扎寨了，而旁边就是那个降落时半截身子降在火山残余中的炮弹车厢，尼科尔船长开始在进行水平测量，巴比凯恩主席在誊清他的旅行日记，米歇尔·阿尔当在抽着哈瓦那雪茄，雪茄的香气飘散在孤寂的月球上……”

“没错，应该如此，就是这样！”那年轻的海军军校学员被他上司的寓于诗

① 正是巴黎的西经119° 55′。——作者原注

情画意的描绘所激动，大声说道。

“我希望是这样，”不怎么激动的布尤斯菲尔德回答道，“遗憾的是，我们始终无法与月球进行直接联系。”

“请问，中尉，”年轻的海军军校学员问道，“难道巴比凯恩主席不会写字吗？”

闻听这一回答，一阵哄笑声陡然升起。

“我不是指写信，”那年轻学员急切地说道，“月球上的邮政局与地球上的邮政局是不搭界的。”

“那可能是电报局吧？”一位军官揶揄地说。

“更不是什么电报局，”那年轻学员并没有被难倒，回答道，“与地球建立符号联系应该是很容易的。”

“怎么联系？”

“借助朗峰的天文望远镜嘛。你们知道，它可以将月球到落基山的距离缩小至两法里，我就可以看到月球表面上直径九英尺的物体。喏！如果我们的那三位天才睿智的朋友能创造一些巨大的字母，问题便迎刃而解了！让他们写上一些长一百托瓦兹的字，并且写上几句一法里长的话，他们不就能把他们的情况告诉我们了么？”

大家不禁向这位不乏才气的年轻学员热烈地鼓起掌来。甚至布尤斯菲尔德中尉也觉得这个主意不错，切实可行。他还补充说道，用抛物柱面镜发出光来，也可以与月球进行直接联系的；确实，这种光束在金星或火星表面上，抑或是在海王星表面上，都可以看得见的。他最后说道，在靠近地球的那些行星上所观察到的一些发光点，也可能是向地球发出的信号。但是，他又指出，如果说我们通过这种方法可以获得一些月球世界的消息的话，可我们却无法从地球向它们发出信息，除非月球人拥有能够进行远距离观察的仪器设备。

“那是当然的啰，”一位军官应声道，“但是，那三位旅行者命运如何，他们做了些什么，他们观察到了什么，这是我们更加感兴趣的。再者，如果此次尝试得以成功的话——这一点我并不怀疑——我们将再次进行试验。哥伦比亚德炮仍然存放在佛罗里达的地下。现在的问题就是炮弹车厢和火药的问题了，不过，每一次月球通过天顶时，我们都可以往它那儿送上一批旅客的。”

“很显然，”布尤斯菲尔德中尉说，“J.-T.马斯顿将在这几天的某一天与他的那几位朋友重逢的。”

“如果他愿意带上我的话，”那位年轻的海军学员激动地说，“我准备陪他前往。”

“啊！业余爱好者将不会少的，”布尤斯菲尔德回答道，“如果任由他们这么干的话，那么，用不了多久，地球上一半的居民都将移居到月球上去了！”

“苏斯格安娜号”上的军官们的这番讨论一直延续到凌晨一点左右。我们真的搞不明白，这些英勇无畏、思想放不开的人都在说些什么令人茫然的学说和颠覆性的理论呀！自从巴比凯恩进行这次试验以来，美国人似乎认为没有什么不可能的事。他们已经在计划派遣不再是一个科学家委员会，而是派遣一支包括步兵、炮兵和骑兵的大部分去征服月球世界了。

凌晨一点，探测器仍未拉上甲板。还有一万英尺的缆绳尚在水中，这起码还得继续干上好几个钟头。根据船长的命令，舰艇已经点火，锅炉的压力已经在上升。“苏斯格安娜号”随时可以拔锚启航。

正在这时候——凌晨一点十七分——布尤斯菲尔德中尉正要离开船尾甲板，准备回到自己的舱室时，他的注意力突然被遥远的、完全出乎意料的呼啸声吸引住了。

他同他的同伴们开始还以为是哪儿有蒸汽漏了出来，但是，当他们抬起头来时，发现这呼啸声是从遥远的高空大气层里传来的。

他们还没来得及彼此询问几句，那呼啸声就越来越响，非常惊人，随即，突然之间，他们的眼睛被强光射得迷离不清，隐隐约约地看到一颗大得惊人的流星，飞速地火光熊熊地穿过大气层。

这个火在他们的眼中在逐渐增大，最后，霹雳雷鸣般地砸到轻型巡航舰的前桅上，将前桅齐根折断，随即轰然一声沉入到巨浪翻滚的大海中去了。

假若“苏斯格安娜号”再靠近几英尺的话，那“苏斯格安娜号”就会连人带设备一股脑儿地沉入海底了。这时候，布尤斯贝里舰长衣冠不整地冲向舰首甲板，军官们立刻奔到他的身旁。

“请问，先生们，出了什么事？”他问道。

“舰长，是‘他们’回来了！”

第二十一章　J.-T.马斯顿被召唤来了

“苏斯格安娜号”上人人激动不已。军官和水手们已经将刚才经受的那番惊吓忘诸脑后，不再担心被那个已经沉于海底的火球砸伤烧死了。现在，他们只是在想那个结束这试验的灾难。如此看来，有史以来的、这个最大胆无畏的试验夺去了进行试验的那三位勇敢冒险者的生命。

“是‘他们’回来了。”年轻的海军学校学员刚才说了，而且，大家都听明白了。谁都不会怀疑那颗“流星”不是枪炮俱乐部的那个炮弹车厢。至于车厢内的那三位旅行者的命运，众说纷纭。

“他们死了！”一个人说。

“他们还活着，”另一个人说，“海水很深，他们坠落的速度减缓了。”

“但是他们缺氧，”又一个说道，“他们大概已经窒息身亡了！”

“是烧死的！”又有一位反驳道，“因为炮弹车厢穿过大气层的时候，已经成了一个大火球了！”

“这都有什么关系呢！”大家异口同声地说，“死也好，活也好，反正都得将他们打捞上来！”

这时候，布尤斯贝里舰长已经将军官们召集在一起，并征得大家的同意，召开了一个会。必须立即作出决定。最急迫的是要将炮弹车厢打捞上来。这项工作非常困难，但并不是不可能。但是舰上缺乏既具功效又非常精密的必需的机械设备。因此，大家决定将舰艇开往最近的港口，并通知枪炮俱乐部炮弹车厢已经坠落的情况。

这个决定获得一致通过，但港口的选择还得讨论一下。在纬度二十七度上没有什么临近海岸可以停靠的。再往北去，在蒙特雷半岛的上方，有一个与半岛同名的城市。但是，它却是建在一片大沙漠的边缘，与内地没有电报网进行联系，可是，没有电报网，这个重大的消息就没法发出去。

再往北几纬度的地方便是旧金山湾。从黄金国首都，就可以很容易地同美国中心地区取得联系。“苏斯格安娜号”开足马力用不了两天工夫，便能驶抵旧金山湾。因此，它必然要立即启航。

锅炉的火已经生旺了。舰艇可以立即启航。还有两千寻的探测绳在海底。布尤斯贝里舰长不愿浪费宝贵的时间，只好忍痛割爱，斩断探测绳。

“我们在绳头拴上一只浮标，”他说道，“它将向我们指出炮弹车厢落下的确切地点的。”

“不过，”布尤斯菲尔德中尉回应道，“我们已经知道我们的确切方位是北纬二十七度七分和西经四十一度三十七分。尤斯菲尔德先生，”舰长说道，“现在，就请您动手斩断探测绳吧。”一只坚固的浮标用两个圆木加固之后，被扔到洋面上去。探测绳的顶端紧紧地夹在两个圆木中间，浮标可以随着波浪漂浮，但不会离目标太远。

这时候，工程师让人通知舰长，锅炉压力在增加，可以启航了。舰长得到这个好消息很高兴，并让来人代他向工程师致意。于是，舰长便向东北方向掉转船头，加足马力，驶向旧金山湾。此时正是凌晨三点。

二百二十法里的航程，对于“苏斯格安娜号”这样的快艇而言，简直不算一回事。只需三十六小时，它就能跑完这段航程，12月13日，午后一点二十七分，它就驶进旧金山湾里了。

看到美国海军的这艘快艇飞速地驶抵港口，看到它那齐根斩断的船首斜桅和用支柱支撑住的前桅，人们的好奇心被极大地激发起来。码头上人山人海，人头攒动，熙熙攘攘，都在等着看舰艇上的人走下舷梯。

抛锚之后，布尤斯贝里舰长和布尤斯菲尔德中尉下到一只八条桨的小船，很快便被送到了岸上。

他俩立刻跳上岸来。

“电报局在哪儿？”他们没有去理会公众纷纷提出的各种问题，只是大声问道。

港口的执勤军官在一大群好奇的人的簇拥下，亲自送他俩前往电报局。

布尤斯贝里和布尤斯菲尔德走进电报局，看热闹的那帮人则拥挤在电报局门口。

几分钟后，同样内容的电报发出四份：一、华盛顿，海军部秘书长收；二、巴尔的摩枪炮俱乐部副主席收；三、落基山朗峰天文台尊敬的J.-T.马斯顿收；四、马萨诸塞州剑桥天文台副台长收。

电报内容如下：

12月11日凌晨一点十七分，哥伦比亚德炮的炮弹车厢在北纬二十度七分和西经四十一度三十七分处坠落在太平洋海底。

请指示。

“苏斯格安娜号”船长　布尤斯贝里

五分钟后，旧金山全城的人全都获知了这一消息。下午六点前，公众回各州便传遍了这一噩耗。午夜过后，整个欧洲通过电报都知道了美国这次伟大的试验的结果了。

我们就不将这一意外结果对全世界产生的影响加以描述了。

海军部秘书长收到电报之后，立即打电话给“苏斯格安娜号”，命令它在旧金山湾待命，不得熄火。二十四小时全天候地准备出海。

剑桥天文台召开了特别会议。他们以科学家的那种镇定自若的态度，平静地在讨论这个问题的科学方面的情况。

在枪炮俱乐部，像是炸开了锅。所有的炮兵全都聚集在了一起。可敬的威尔科姆副主席正在宣读J.-T.马斯顿和贝尔法斯特发来的那封操之过急的电报。该电报宣称他们在朗峰的那架巨型望远镜中看到了炮弹车厢。该电报还说，炮弹车厢受到月球引力的作用，在太阳世界里扮演卫星的角色了。

现在，我们已经获知这方面的真实情况了。

然而，布尤斯贝里的电报来了，它与J.-T.马斯顿的电报完全相反，以致枪炮俱乐部内部形成了两派。一派认为炮弹车厢已经坠落，因此，三位旅行者已经返回；而另一派却坚持朗峰的观测结果，认为“苏斯格安娜号”船长判断有误。后面这一派认为所谓的炮弹车厢只不过是一颗流星，它在坠落时速度极快，击碎了轻型巡航舰的舰首而已。大家不太清楚如何反驳他们的观点，因为这颗“流星”速度太快，观察它实属不易。“苏斯格安娜号”舰长及其军官们完全有可能出于好心而弄错了。然而，有一个论据对他们极为有利，也就是说，如果炮弹车厢落在了陆地上，它与地球的接触点就只能是在北纬的二十七度和西经的四十一度和四十二度间，这是因为考虑到所经历的时间和地球的自转运动。不管怎么说，反正枪炮俱乐部内，大家一致决定，布尤斯贝里的兄长毕尔比和军医埃尔菲斯顿毫不耽搁地将前往旧金山，看看用什么办法将炮弹车厢从太平洋海底弄上来。

这些忠贞执着的人立即动身，那趟横贯美国中部的列车，很快便将他们送到圣路易斯，在那儿，邮政快递正等着他们哩。

海军部秘书长、枪炮俱乐部副主席和天文台副台长几乎是在同一时刻收到从旧金山发来的电报，可敬的J.-T.马斯顿感到平生从未有过那么激动不已，即使是在他那门著名的大炮爆炸时，再一次差点儿让他送命。他也没有那么激动过。

我们记得俱乐部的这位秘书长在炮弹车厢发射出去之后不一会儿，他几乎是与它一起离开的，他心急火燎地奔向落基山的朗峰观测站去了。剑桥天文台台长，科学家J.-M.贝尔法斯特陪着他一起去的。这两个朋友一到观测站，便匆匆地收拾一下，安顿下来，没再离开他们那架巨型天文望远镜所在的那个山顶。

我们清楚地知道，这个巨型装置是被英国人称之为“尖端观测”的反射望远镜。该装置对被观测物只反射一次，因此，物体的清晰度就更加好。而J.-T.马斯顿和贝尔法斯特在观测时，也就无须待在望远镜的下方，而是待在它的上方。他俩爬上螺旋式楼梯，上到顶端；该楼梯也是一个杰作，极其轻巧便利，从顶端到金属井底，有二百八十英尺深，井底有一面金属镜子。

连日来，这两位科学家就是在望远镜顶端的这个狭小的平台上度过他们的日日夜夜的，他们时而诅咒白昼的强光，让他们看不见月亮，时而诅咒夜晚那死死遮挡住月亮的云层。

焦急地等待了几天之后，12月5日的夜晚，当他们发现炮弹车厢在带着他们的朋友们遨游太空时，他俩是多么兴奋啊！可是，乐极生悲，绝望之情油然而起，因为他们当时片面地了解情况，竟然向全世界发出他们的第一封电报，错误地认定炮弹车厢已经成为月球的卫星，沿着一条永远不变的轨道在运行。

自此之后，炮弹车厢便没再在他们的眼里出现过。其实这也不难理解，因为炮弹车厢已经运行到月球背面去了。但是，当炮弹车厢应该再次出现在月球看得见的那一面的时候，性情急躁的J.-T.马斯顿与他的那位同样是急脾气的同伴的那份焦急难耐，是可想而知的了！夜晚，每一分钟，他们都以为又看到炮弹车厢了，可是却根本没有看见它！自此，他俩之间便争论不休，吵得不可开交。贝尔法斯特坚信，炮弹车厢一直没有出现，可J.-T.马斯顿则硬是说他“看得一清二楚”！

“那就是炮弹车厢！”J.-T.马斯顿一个劲儿地这么说。

“不是的！”贝尔法斯特说，“那是月球上发生的一次雪崩！”

“那好！咱们明天再看。”

“别看了！我们再也看不见它了！它被拖进宇宙空间了。”

“不会的！”

“就是的！”

就在二人这么你一言我一语地争论得没完没了的时候，枪炮俱乐部秘书那有名的火爆脾气对可敬的贝尔法斯特构成了一种永恒的危险了。

这两个人很快便水火不容，难以相处了。但是，一个意想不到的事情一下子打断了他俩那永无休止的争论。

12月11日午夜，两个反目成仇的朋友正在专心致志地观察月面，J.-T.马斯顿像平时习惯的那样，嘟嘟囔囔，骂骂咧咧，而科学家贝尔法斯特也火冒三丈，毫不相让。枪炮俱乐部秘书一口咬定他刚才看到炮弹车厢了，甚至还说米歇尔·阿尔当的面孔还贴在一个舷窗的玻璃上。他边说还边舞动着他那假臂上吓人的铁钩子，着实让人担心不已。

这时候，贝尔法斯特的仆人来到平台上（当时正是晚上十点钟），他立即把一封电报交给他的主人。电报是“苏斯格安娜号”舰长发来的。

贝尔法斯特撕开信封，看了看电文，不禁惊叫起来。

“嘿！怎么啦？”J.-T.马斯顿急切地问。

“炮弹车厢！”

“它怎么了？”

“它坠落到地球上了！”

回答他的是又一个惊叫，甚至是吼叫。

他转向J.-T.马斯顿。这个不幸的人正大大咧咧地俯身观测，突然间一下子就掉进金属井里去了。那可是个两百八十英尺的深井啊！贝尔法斯特吓坏了，急忙奔向井口。

他松了口气。J.-T.马斯顿假臂的铁钩子钩住了天文望远镜的一个间距架。他正在一个劲儿地发出可怕的尖叫声。

贝尔法斯特急忙喊人。他的助手们纷纷奔了过来。几辆复滑车被安放好，大家七手八脚，费了九牛二虎之力才将不谨慎小心的枪炮俱乐部秘书救了上来。

他被安全地吊上了井口。

“哎呀！”他说道，“我要是把望远镜砸坏了，那可就……”

“那您就得赔了！”贝尔法斯特严肃地说。

“那该死的炮弹车厢坠落了？”J.-T.马斯顿问道。

“掉进太平洋了！”

“咱们快走吧！”

一刻钟之后，两位科学家从落基山上走下来，两天之后，他俩与他们的枪炮俱乐部的朋友们在同一时间到达旧金山，途中竟累死了五匹马。

“怎么办呀？”他们嚷叫道。

“把炮弹车厢打捞上来，”J.-T.马斯顿回答道，“而且要用最快的速度打捞上来！”

第二十二章　救援

炮弹车厢坠落海底的确切地点已经弄清，但是抓住它，将它拉回洋面上来，却缺乏工具。必须赶紧设计、制造。美国工程师们不会被这点小困难给难住的。一旦抓钩安装好，并且有了蒸汽，他们保证搭救三位旅行者。大家都深信他们仍然活着。

“没错，他们肯定还活着！”J.-T.马斯顿不停地叨叨着，他的信心感染了大家，“我们的这几个朋友是精明强悍的人，他们不会就那么傻瓜似的摔死的。他们仍然活着，安然无恙地活着，不过，我们必须抓紧时间，尽快找到他们才行。我倒并不担心他们缺粮缺水！他们的粮食和水能够维持很长时间的！但是，空气么，他们很快就会没有空气了。所以必须抓紧！越快越好！”

于是，大家便立刻忙了起来。“苏斯格安娜号”返回它的新的目的地。它那功率强大的机器已安排有序，与拉纤的链索连接在了一起。铝制炮弹车厢的重量只有一万九千二百五十磅，比在同样条件下打捞横贯大西洋的海底电缆要轻许多。但唯一的困难在于炮弹车厢是圆锥形的，厢壁光滑，抓不太牢，难以打捞。

为此，默奇森工程师急忙赶到旧金山，让人制造巨型的强有力的自动抓斗，如果抓斗牢牢地抓住了炮弹车厢的话，它是绝不会“松手”的。他还让人准备了一些既防水又抗压的潜水船，便于潜水员摸清海底情况。他还在“苏斯格安娜号”上安装了几个设计精巧的制造压缩空气的装置。这些装置像是几间货真价实的空气室，四壁装着舷窗，并且设有隔层，可以引入海水，使它们得以沉入海底。这些装置在旧金山就有，本是为建造海下堤坝用的。这可真的是天从人愿，因为现场制造的话，时间来不及。

不过，尽管这些设备完美无缺，尽管操作这些设备的科学家们多么有本事，但是，操作能否不出差错，却无法保证。这可是在水下两万英尺深处打捞炮弹车厢啊，成功与否，实在难料！再说，即使炮弹车厢被打捞上来了，里面的那三位旅行者是否能够承受得住两万英尺深的海水都未必能减轻的那种可怕的撞击呢？

总而言之，必须赶紧行动。J.-T. 马斯顿日夜不停地督促工匠们。他自己也准备好了或穿上潜水服，或尝试钻进空气压缩机里，去摸清他的三位英勇无畏的朋友的情况。

与此同时，虽然大家全都一门心思在制造各种机器，虽然合众国政府为枪炮俱乐部拨去大量的资金，但是，仍然逝去了漫长的五天——真好比五个世纪啊！但各种准备工作仍然没有完成。在这段时间里，公众舆论情绪亢奋到了极点。全世界的电话、电报打个不停。

营救巴比凯恩、尼科尔和米歇尔·阿尔当已经成为一件国际性大事。曾经认购过枪炮俱乐部捐款的各国人民都十分关心这一营救工作。

最后，拉纤的链索、空气压缩机、自动抓斗全部装到“苏斯格安娜号”上了。J.-T. 马斯顿、默奇森工程师、枪炮俱乐部的代表们也都住进自己的舱室。万事俱备，只等启航了。

蒸汽的压力已经达到顶点，“苏斯格安娜号”很快便驶出了海湾。

至于船上的军官们、水手们、乘客们相互间的交谈就无须赘述了。这些人只有一个念头，他们的心都激动地在跳动着。在大家奔去救援巴比凯恩及其两个伙伴时，将被救援的这三个人在做什么呀？他们现在情况如何？他们是不是在试图冒险，获得自由？没有人能说得清楚。事实是，任何办法都有可能以失败告终。这个金属牢房没于大洋下近两万英尺的地方，让三位“囚徒”无能为力，无计可施。

12月23日，上午八点，“苏斯格安娜号”在快速飞驰之后，大概已经到达出事地点了。必须等到中午才能测定确切的方位。那只与探测器连在一起的浮标尚未被找到。

中午时分，布尤斯贝里舰长在监督观测的军官的协助下，当着枪炮俱乐部的代表们的面测定了方位。他突然间有点焦虑不安，方位确定了，“苏斯格安娜号”到达炮弹车厢沉没点的西边，离它仅有几分钟的航程。

于是，轻型巡航舰“苏斯格安娜号”随即便向目标所在位置驶去。

十二点四十七分，他们看到了浮标。浮标完好无损，没有怎么偏离。

“总算找到了！”J. -T. 马斯顿叫嚷道。

“咱们马上开始吧？”布尤斯贝里舰长问。

“立刻开始，分秒必争！”J. -T. 马斯顿说。

一应必要措施均已采取，轻型巡航舰几乎一动不动地停泊着。

在研究如何打捞炮弹车厢以前，默奇森工程师想首先摸清炮弹车厢在洋底的具体位置。专门用于这一探测的潜水机器备足了空气。操纵这些机器设备的工作并非毫无危险，因为在海底两万英尺的地方，水的压力是非常大的，它们有可能会断裂破碎，其后果不堪设想。

J. -T. 马斯顿、布尤斯贝里舰长、默奇森工程师不惧危险，毅然决然地钻进了空气室。舰长在驾驶台上指挥着操作、准备一有信号便停止下放或拉回链条。螺旋推进器已经脱开了，舰上的全部机器的力量都从绞盘上快速地传送到舰旁的探索仪器上了。

空气室于下午一点二十五分开始下潜，储水室在重量的牵引下消失在大洋下面。

舰上的军官们和水手们既担心炮弹车厢里的“囚徒”，又为下潜器“囚犯”担忧，至于后面的这几个“囚犯”，他们已经达到忘我的境界，他们正贴在舷窗玻璃上，专心一意地在观察那些他们所穿过的那些水流。

下潜速度极快。两点十七分，J. -T. 马斯顿及其同伴们已经下潜到太平洋底了。但是，他们什么都看不到，眼前呈现的只是一片既无海洋动物又无海洋植物的贫瘠的沙漠。在他们的那几只光线极强的反射探照灯的灯光照射下，他们得以观察到很大的一片黑黑的水层，但是，没有发现炮弹车厢。

这些勇敢无畏的潜水员的焦急心情不言而喻。他们的探索仪与轻型巡航舰有电线连接着，他们发出了一个设定的信号，“苏斯格安娜号”便让他们固定在离海底地面几米高处的一海里的范围内移动。

他们如此这般地搜索了海底平原，不时地被一个个光影所骗，弄得心烦意燥，心痛欲裂，这里是一块岩石，那里是一个海底沙丘，乍一看，还以为是他们倾心寻找的炮弹车厢呢，但是，随即发现自己看走了眼，不禁灰心丧气。

“他们到底在哪儿呢？他们究竟在什么地方？”J.-T.马斯顿叫嚷道。

这个可怜人在大声呼唤巴比凯恩、尼科尔、米歇尔·阿尔当，仿佛这几个倒霉的朋友能听见他在喊，或者在这密不透风的环境下能够回答他似的。

寻找工作就在如此这般的情况之下继续着，直到探索器里的空气变得浑浊时，他们不得不浮出水面。

拉纤自下午六点左右开始，直到午夜前才停止。

“明天再说吧，”J.-T.马斯顿站在轻型巡航舰的甲板上说道。

“好的，”布尤斯贝里舰长回答道。

“明天去另一个地方。”

“好的。”

J.-T.马斯顿并未怀疑成功不了，不过，他的同伴们已经没了开头几个小时的那份亢奋劲儿了，他们知道这项工作十分地艰难。在旧金山看着很容易的事，到了这儿之后，在茫茫大洋之中，几乎是完成不了的任务。成功的希望在大幅度地减少，要见到炮弹车厢，只能是碰运气了。

第二天，12月24日，尽管头一天累得筋疲力尽，但探索工作又开始了。轻型巡航舰向西移动了几分钟的路程，探测仪装满了空气，又将那几位探索者带往大洋深处去了。

整整一天过去了，一无所获。海底犹如一片荒漠。25日这一天没有任何的收获。26日也两手空空。

这可真的让人绝望了。大家在想，那三位被关在炮弹车厢里的“囚犯”已经被关押了三十六个小时了！也许此时此刻，他们即使逃过了坠落的危险，那也开始感到憋闷难耐了！而且，想必空气耗尽之后，他们的勇气、精神也全都要垮了！

“空气么，可能是没有了，”J.-T.马斯顿肯定地说，“但是，精神则是永远存在的。”

又继续寻找了两天之后，到了28日，所有的希望全都化为乌有了。这个炮弹车厢，简直就是大海中的一粒沙子！只好放弃寻找了。

然而，J.-T.马斯顿则坚决反对撤回。如果见不到他的朋友们的坟墓，他是绝不会离开的。可是，布尤斯贝里舰长却无法再继续留下去，尽管可敬的秘书一再请求，他仍不得不下达返航的命令。

12月29日，上午九点，“苏斯格安娜号”船首对着东北方向，向旧金山返航。

上午十点钟。轻型巡航舰缓缓地，像是舍不得离开灾难发生的地点似的，开走了。正在这个时候，在第三层帆横木上观察海面的那个水手突然大声喊道：

“一只浮标正顺着风向在漂浮着。”

军官们立刻朝着那个方向望去。他们从望远镜中认出了那个标志物确实是像用来指示海湾或河流行道的浮标的模样。但是，非常奇怪，竟然有一面小旗在露出洋面五六英尺的圆锥体上飘扬着。在阳光下，这个漂浮物在闪闪发光，仿佛其外壳是银质板制成的似的。

布尤斯贝里舰长、J.-T.马斯顿以及枪炮俱乐部的代表们登上甲板，仔细地辨认那个在波浪上漂动着的物体。

所有的人都在焦急忧虑地观察着，但没有一个人吭声，谁都不敢把自己脑子里突然而至的想法说出来。

轻型巡航舰离被发现物体只有两锚链[①]。

舰上所有的人员全都浑身猛地一颤。

那是一面美国旗！

正在这一刻，一声如雷鸣般的吼声响起。是那位正直的J.-T.马斯顿像一个大物件似的倒了下去。原来，他忘了自己的右胳膊是一个铁钩状的假肢，再者，他也忘了自己头上戴了一顶普通的马来树胶制的小圆帽，所以被摔了个半死。

---

① 锚链，长度单位，1锚链约合200米。

大家赶忙向他奔过去，扶起他，把他弄醒。他醒来的头几句话说的是什么呀?

“唉！我们真傻！真是十足的笨蛋，头号的蠢货！”

“您到底是怎么啦?”大家围着他在问。

“还怎么啦?……”

“您说清楚些呀。”

“咱们蠢到家了！”气势汹汹的秘书吼叫道，“炮弹车厢的重量只有一万九千二百五十磅！”

“那又怎样?”

“它的排水量为二十八吨，换句话说，就是五万六千磅，因此，它已‘浮上来了！’”

啊！这个正直的人加强语气说的这句“浮上来了！”真是棒极了。这真是一条真理！所有的那些科学家，没错儿，所有那些科学家全都忘了那条基本规律：炮弹车厢由于本身重量轻的缘故，开始坠落时会先坠入海底深处，但是，它自然而然地便会重新浮出海面的！而现在，它正静静地随着波浪起伏漂荡着……

舰上的几只小船被放到海里。J.-T.马斯顿及其朋友们急匆匆地上了小船，一个个激动得心情难以平复。当那几只小船向着炮弹车厢划去时，所有人的心都在激烈地跳动着。炮弹车厢里的情况如何?他们是活着还是已经死亡?还活着，肯定还活着！除非巴比凯恩及其两位朋友插上旗子后不一会儿就死了！

小船上的人全都默然无语。所有的心脏都在怦怦地直跳。他们的眼睛模糊不清。炮弹车厢的一个舷窗开着。窗框槽里有一些碎玻璃片，说明窗玻璃已经破碎了。这扇舷窗此刻离洋面约有五英尺。

一只小船靠了上去，那是J.-T.马斯顿乘坐的一只。J.-T.马斯顿急忙扑向那破碎的舷窗……

正在这时候，只听见一声欢快响亮的声音响起，那是米歇尔·阿尔当的声音，他喜不自胜地叫嚷道：

“大满贯，巴比凯恩，大满贯！”

原来是巴比凯恩、米歇尔·阿尔当和尼科尔三人在玩牌。

第二十三章　尾声

大家都还记得，这三位旅行者出发之时曾经获得全世界无限的好感。如果说，他们进行这个大胆试验之初，已经激起了新旧大陆的人的巨大的热情的话，那么，今天，欢迎他们凯旋又将是一种什么样的场景呢？当初，涌到佛罗里达半岛去欢送他们的那几百万观众，难道会不争先恐后地奔去欢迎他们凯旋吗？这些从全球各处前来美国海岸的大批的外国人，他们能不见到巴比凯恩、尼科尔和米歇尔·阿尔当就离开合众国的领土返回去吗？不会！观众们怀着无比真诚的心情去回应这项举世无双的伟大的科学实验的。这几个人离开了地球，在宇宙空间做了这次奇特的旅行之后返回地球，就像先知厄里亚斯①重新回到地球来时一样，将会受到盛大的欢迎的。大家首先盼望的是看到他们，然后听听他们的说话声，这就是众人的心愿。

这一心愿很快便会让合众国的居民们得到满足的。

巴比凯恩、米歇尔·阿尔当、尼科尔、枪炮俱乐部的代表们毫不迟延地回到巴尔的摩，在那儿受到难以描述的无与伦比的热烈欢迎。巴比凯恩的旅行日记已

---

① 厄里亚斯：《圣经》中的犹太先知，曾乘火车飞到太空。

经准备好公开发行了。《纽约先驱论坛报》已经买下了版权，但价格尚未披露，不过肯定是价格不菲。事实上，在发表《月球旅行记》期间，这家报纸的印数高达五百万份。在这几位旅行者返回地球后的第三天，他们旅行的细枝末节也全都公之于众了。现在只剩下一睹这项非常人所能的试验的英雄们的风采了。

巴比凯恩及其两位朋友环绕月球的探险之旅，使得人们能够对有关地球卫星的各种不同理论进行分析研究。这三位科学家在极其特殊的条件之下亲眼观测了月球。现在，有关这颗星球的形状，它的起源以及它的可居住的问题，哪些学说该摒弃，哪些学说该肯定，我们已经非常清楚了。对于月球的过去、现在以及未来的最后的秘密也都一清二楚了。这三位细心执着的科学家测定出蒂索山——这个月球上的奇特形态的山岳不到四十公里，对此，我们还能够提出异议吗？他们的目光曾经沉到柏拉图环形山的深渊底层，眼见为实，我们还能提出什么不同的看法呢？这三位英勇无畏之人，敢为天下先，竟然把人类的目光带往迄今为止人类从未见到过的月球的那一面，简直让人难以相信，对于他们的这种英勇壮举，除了刮目相看，还能说什么呢？现在，只有他们三位有权对研究月球世界结构的月面学下一个定论，就像居维埃对化石骨骼下了定论一样，并且他们也有权这么说：月球就是这样的，它是一个不适宜居住的世界，而且现在并没有人在上面居住！

为庆祝枪炮俱乐部中最杰出的那位会员及其两位同伴的载誉归来，枪炮俱乐部决定要为他们三位举行一个宴会，而且，这个宴会必须无愧于这三位凯旋者，必须无愧于美国人民，还必须要让合众国的全体居民都能直接参加才行。

全国各条铁路都用移动铁轨连接起来。然后，在各个火车站，全都彩旗飘扬，并装饰着同样的装饰品，并摆放好桌子，放上同样的菜肴。而且，按照计算好的时间，根据精准无误的电钟，居民们按规定的时间依次入席。

从1月5日到9日的四天时间里，各条线路上的火车如同每个星期日那样，一律停驶，合众国全铁路线一律停运。

只有一辆挂着一节荣誉车厢的高速火车头，有权在这四天当中，在美利坚合众国的各条铁路线上飞驰。

火车头上有一位司机和一位机修工，而枪炮俱乐部的秘书、勇敢的J.-T.马斯顿因特殊照顾，也上了火车头。

那节车厢成为巴比凯恩主席、尼科尔船长和米歇尔·阿尔当的专车。

那位机修工一声哨声，列车在一阵欢呼声、“万岁”声以及美国英语的所有的感叹词的欢叫声中驶离巴尔的摩火车站。它以八十法里的时速飞驶着。但是，要是与这三位英雄飞离哥伦比亚德炮炮口时的速度相比，那简直就不值一提了！

就这样，他们从一座城市奔向另一座城市，发现沿途都聚集着大批的已经入席的民众，向他们发出同样的欢呼声，一个劲儿地向他们致敬。他们就这样经过合众国东部，穿过宾夕法尼亚州、康涅狄格州、马萨诸塞州、佛蒙特州、缅因州和新不伦瑞克州；接着，他们又驶过合众国的北部与东部，经过纽约州、俄亥俄州、密歇根州和威斯康星州；然后，往南，途经伊利诺伊州、密苏里州、阿肯色州、得克萨斯州和路易斯安那州；接着，驶向东南部，从亚拉巴马州到佛罗里达州；再北上，从佐治亚到南北卡罗莱纳州；再从田纳西州、肯塔基州、弗吉尼亚州、印第安纳州，访问了中部；然后，又从华盛顿东站出发，回到巴尔的摩。在这四天的行程中，他们能够相信全美利坚合众国的居民都坐在了唯一的一台巨大无比的筵席上，同时，民众们也在以欢呼声向他们致敬！

这种尊崇是这三位英雄当之无愧的，人们把他们如神话般地视为人间的仙人。

可现在，在旅行史上尚无先例的这个科学试验，能够产生一点实际效果吗？我们将能同月球进行直接的联系吗？我们将能建立一种通往太阳系的宇宙空间的航行机构吗？我们将会从一个星球前往另一个星球，从木星前往水星，并且稍后再从一个恒星前往另一个恒星，从北极星到天狼星吗？将会有一种运输方式可能送我们去探访密集在天穹上众多的太阳吗？

对于这些问题，我们还无法回答。但是，在了解到盎格鲁-撒克逊人的大胆的创造精神之后，谁也不会对美国人努力利用巴比凯恩主席的科学试验感到惊讶了。

因此，在这三位旅行者归来之后不久，广大公众对一家名为“全国星球交流公司”的成立表示了热烈的欢迎。该公司注册资本达一亿美元，共分为十万股，每股一千美元。巴比凯恩任董事长，尼科尔任副董事长，行政秘书为J.-T.马斯顿，执行经理为米歇尔·阿尔当。

鉴于美国人做事都具有预见性，甚至将破产的可能都会事先有所考虑，所以便预先任命哈里·特罗洛普为财务总监，任命弗朗西斯·代顿为破产债权团的法定代表。

图书在版编目（CIP）数据

从地球到月球 / (法) 儒勒 · 凡尔纳著 ; 陈筱卿译 . -- 南京 : 江苏凤凰文艺出版社 , 2016

ISBN 978-7-5399-9340-9

Ⅰ . ①从… Ⅱ . ①儒… ②陈… Ⅲ . ①科学幻想小说—法国—近代 Ⅳ . ① I565.44

中国版本图书馆 CIP 数据核字 (2016) 第 125529 号

书　　名	从地球到月球
作　　者	(法) 儒勒 • 凡尔纳
译　　者	陈筱卿
出版统筹	黄小初　周亚林
选题策划	王　蒙
责任编辑	姚　丽
责任监制	刘　巍　江伟明
出版发行	凤凰出版传媒股份有限公司 江苏凤凰文艺出版社
出版社地址	南京市中央路165号，邮编：210009
出版社网址	http://www.jswenyi.com
经　　销	凤凰出版传媒股份有限公司
印　　刷	三河市金泰源印务有限公司
开　　本	690×980毫米 1/16
字　　数	300千字
印　　张	21
版　　次	2016年11月第1版　2021年6月第5次印刷
标准书号	ISBN　978-7-5399-9340-9
定　　价	32.80元

江苏凤凰文艺版图书凡印制、装订错误可随时向承印厂调换